纪望平 绘

毋忘草

梁遇春◎著

吉林出版集团有限责任公司

目 录

寄给一个失恋的人的信（一）

秋心：

在我这种懒散心情之下，居然呵开冻砚，拿起那已经有一星期没有动的笔，来写这封长信；无非是因为你是要半年才有封信。现在信来了，我若使又迟延好久才复，或者一搁起来就忘记去了；将来恐怕真成个音信渺茫，生死莫知了。

来信你告诉我你起先对她怎样钟情想由同她互爱中得点人生的慰藉，她本来是何等的温柔，后来又如何变成铁石心人，同你现在衰颓的生活，悲观的态度。整整写了二十张十二行的信纸，我看了非常高兴。我知道你绝对不会想因为我自己没有爱人，所以看别人丢了爱人，就现出卑鄙的笑容来。若使你对我能够有这样的见解，你就不写这封悱恻动人的长信给我了。我真有可以高兴的理由。在这万分寂寞一个人坐在炉边的时候，几千里外来了一封八年前老朋友的信，痛快地暴露他心中最深一层的秘密，推心置腹般娓娓细谈他失败的情史，使我觉得世界上还有一个人这样爱我，信我，来向我找些同情同热泪，真好像一片洁白耀目的光线，射进我这精神上之牢狱。最叫我满意是由你这信我知道现在的秋心还是八年前的秋心。八年的时光，流水行云般过去了。现在我们虽然还是少年，然而最好的青春已过去一大半了。所以我总是爱想到从前的事情。八年前我们一块游玩的情境，自然直率的谈话是常浮现在我梦境中间，尤其在讲堂上睁开眼睛所做的梦的中间。你现在写信来哭诉你的怨情简直同八年前你含着一泡眼泪，咽着声音讲给我听你父亲怎样骂你的神气一样。但是我那时能够用手巾来擦干你的眼泪，现在呢？我只好仗我这枝秃笔来替那陪你呜咽，抚你肩膀低声的安慰。秋心，我们虽然八年没有见一面，半年一通讯，你小孩时候雪白的脸，桃红的颊同你眉目间那一股英武的气概却长存在我记忆里头，我们天天在校园踏着桃花瓣的散步，树荫底下石阶上面坐着唧唧哝哝的谈天，回想起来真是亚当没有吃果前乐园的生活。当我读关于美少年的文学，我就记起我八年前的游伴。无论是述Narcissus[1]的故事，Shakespeare[2]百余首的十四行诗，Gray[3]给Bonstetten[4]的信，Keats[5]的Endymion[6]，Wilde[7]的Dorian Gray[8]都引起我无限的愁思而怀念着久不写信给我的秋心。十年前的我也不像现在这么无精打采的形象，那时我性情也温和得多，面上也充满有青春的光彩，你还记着我们那一回修学旅行吧？因为我是生长在城市，不会爬山，你是无时不在我旁边，拉着我的手走上那崎岖光滑的山路。你一面走一面又讲好多故事，来打散我恐惧的心情。我那一回出疹子，你瞒着你的家人，到我家里，瞧个机会不给我家人看见跑到我床边来。你喘气也喘不过来似讲的："好容易同你谈几句话！我来了五趟，不是给你祖母拦住，就是被你父亲拉着，说一大阵什么染后会变麻子……"这件事我想一定是深印在你心中。忆起你那时的

---

[1] 今译那喀索斯，希腊神话中的美少年，因为爱上了自己在水中的倒影，被神惩罚致死。

[2] 莎士比亚（1564—1616），英国著名大戏剧家。

[3] 格雷（1716—1771），英国著名诗人。

[4] 邦施泰滕（1745—1832），瑞士作家。

[5] 济慈（1795—1821），英国著名浪漫主义诗人。

[6] 恩底弥翁，希腊神话中的年轻牧人，因长相英俊为月亮女神所爱。根据这则神话，济慈于1817年写了一首以这个牧人名字为题目的长诗。

[7] 王尔德（1854—1900），英国著名作家。

[8] 道林·格雷，王尔德的小说《道林·格雷的画像》中，主人公的名字。

殷勤情谊更觉得现在我天天碰着的人的冷酷，也更使我留恋那已经不可再得的春风里的生活。提起往事，徒然加你的惆怅，还是谈别的吧。

来信中很含着"既有今日，何必当初"的意思。这差不多是失恋人的口号，也是失恋人心中最苦痛的观念。我很反对这种论调，我反对，并不是因为我想打破你的烦恼同愁怨。一个人的情调应当任它自然地发展，旁人更不当来用话去压制它的生长，使他堕到一种莫明其妙的烦闷网子里去。真真同情于朋友忧愁的人，绝不会残忍地去扑灭他朋友怀在心中的幽情。他一定是用他的情感的共鸣使他朋友得点真同情的好处，我总觉"既有今日，何必当初"这句话对"过去"未免太藐视了。我是个恋着"过去"的骸骨同化石的人，我深切感到"过去"在人生的意义，尽管你讲什么"从前种种譬如昨日死，以后种种譬如今日生"同Let bygones be bygones[1]；"从前"是不会死的。就算形质上看不见，它的精神却还是一样地存在。"过去"也不至于烟消火灭般过去了；它总留了深刻的足迹。理想主义者看宇宙一切过程都是向一个目的走去的，换句话就是世界上物事都是发展一个基本的意义的。他们把"过去"包在"现在"中间一齐往"将来"的路上走，所以Emerson[2]讲"只要我们能够得到'现在'，把'过去'拿去给狗子罢了。"这可算是诗人的幻觉。这么漂亮的肥皂泡子不是人人都会吹的。我们老爱一部一部地观察人生，好像舍不得这样猪八戒吃人参果般用一个大抽象概念解释过去。所以我相信要深深地领略人生的味的人们，非把"过去"当做有它独立的价值不可，千万不要只看做"现在"的工具。由我们生来不带乐观性的人看来，"将来"总未免太渺茫了，"现在"不过一刹那，好像一个没有存在的东西似的，所以只有"过去"是这不断时间之流中站得住的岩石。我们只好紧紧抱着它，才免得受漂流无依的苦痛，"过去"是个美术化的东西，因为它同我们隔远看不见了，它另外有一

---

[1] 可译为既往不咎。

[2] 爱默生（1803—1882），著名哲学家、散文家、诗人。美国超验主义运动的代表人物之一。

种缥缈不实之美。好像一块风景近看瞧不出好来，到远处一望，就成个美不胜收的好景了。为的是已经物质上不存在，只在我们心境中憬憧着，所以"过去"又带了神秘的色彩。对于我们含有Melancholy[1]性质的人们，"过去"更是个无价之宝。Hawthorne[2]在他《古屋之苔》书中说："我对我往事的记忆，一个也不能丢了。就是错误同烦恼，我也爱把它们记着。一切的回忆同样地都是我精神的食料。现在把它们都忘丢，就是同我没有活在世间过一样。"不过"过去"是很容易被人忽略去的。而一般失恋人的苦恼都是由忘记"过去"，太重"现在"的结果。实在讲起来失恋人所失丢的只是一小部分现在的爱情。他们从前已经过去的爱情是存在"时间"的宝库中，绝对不会丢失的。在这短促的人生，我们最大的需求同目的是爱，过去的爱同现在的爱是一样重要的。因为现在的爱丢了就把从前之爱看得一个大也不值，这就有点近视眼了。只要从前你们曾经真挚地互爱过，这个记忆已很值得好好保存起来，作这千灾百难人生的慰藉，所以我意思是，"今日"是"今日"，"当初"依然是"当初"，不要因为有了今日这结果，把"当初"一切看做都是镜花水月白费了心思的。爱人的目的是爱情，为了目前小波浪忽然舍得将几年来两人辛辛苦苦织好的爱情之网用剪子铰得粉碎，这未免是不知道怎样去多领略点人生之味的人们的态度了。秋心我劝你将这网子仔细保护着，当你感到寂寞或孤恓的时候，把这网子慢慢张开在你心眼的前面，深深地去享受它的美丽，好像吃过青果后回甘一般，那也不枉你们从前的一场要好了。

照你信的口气，好像你是天下最不幸的人，秋心你只知道情人的失恋是可悲哀，你还不晓得夫妇中间失恋的痛苦。你现在失恋的情况总还带三分romantic[3]的色彩，她虽然是不爱你了，但是能够这样忽然间由

---

[1] 可译为忧郁症。

[2] 霍桑（1804—1864），美国著名作家，代表作《红字》。他是欧美象征小说传统的开创者。

[3] 可译为浪漫。

情人一变变做陌路之人，倒是件痛快的事——其痛快不下给一个运刀如飞杀人不眨眼的刽子手杀下头一样。最苦的是那一种结婚后二人爱情渐渐不知不觉间淡下去。心中总是感到从前的梦的有点不能实现，而一方面对"爱情"也有些麻木不仁起来。这种肺病的失恋是等于受凌迟刑。挨这种苦的人，精神天天痿痹下去，生活力也一层一层沉到零的地位。这种精神的死亡才是天地间唯一的惨剧。也就因为这种惨剧旁人看不出来，有时连自己都不大明白，所以比别的要惨苦得多。你现在虽然失恋但是你还有一肚子的怨望，还想用很多力写长信去告诉你的唯一老朋友，可见你精神仍是活泼泼跳动着。对于人生还觉得有趣味——不管詈骂运命，或是赞美人生——总不算个不幸的人。秋心你想我这话有点道理吗？[1]

秋心，你同我谈失恋，真是"流泪眼逢流泪眼"了。我也是个失恋的人，不过我是对我自己的失恋，不是对于在我外面的她的失恋。我这失恋既然是对于自己，所以不显明，旁人也不知道。因此也是最难过的苦痛。无声的呜咽比嚎啕总是更悲哀得多了。我想你现在总是白天魂不守舍地胡思乱想，晚上睁着眼睛看黑暗在那里怔怔发呆，这么下去一定会变成神经衰弱的病。我近来无聊得很，专爱想些不相干的事。我打算以后将我所想的报告给你，你无事时把我所想出的无聊思想拿来想一番，这样总比你现在毫无头绪的乱想，少费心力点吧。有空时也希望你想到哪里笔到哪里般常写信给我。两个伶仃孤苦的人何妨互相给点安慰呢！[2]

---

[1] 作者在将这篇文章收入《春醪集》时，此处删减了以下文字："俗语曾有'一、猪，二、婿，三、子，四、夫'一句话，可见在多数妇人中间，丈夫是在第四重要地位。你试想一日爱榜高张你忽然看见地位落在三名以外，你会生何感想？"

[2] 此处，作者在将文章收入《春醪集》时，删减了以下文字："还有好多的话，因为已经打了十二个呵欠，只好'下科再来'吧。"

寄给一个失恋人的信（二）

秋心：

在我心境万分沉闷的时候，接到你由艳阳的南方来的信，虽然只是潦草几行，所说的又是凄凉酸楚的话，然而我眉开眼笑起来了。我不是因为有个烦恼伴侣，所以高兴。真真尝过愁绪的人，是不愿意他的朋友也挨这刺心的苦痛。哪个躺在床上呻吟的病人，会愿意他的家人来同病相怜呢？何况每人有各自的情绪，天下绝找不出同样烦闷的人们。可是你的信，使我回忆到我们的过去生活；从前那种天真活泼充满生机的日子却从时光宝库里发出灿烂的阳光，我这彷徨怅惘的胸怀也反照得生气勃勃了。

你信里很有流水年华，春花秋谢的感想。这是人们普遍都感到的。我还记得去年读Arnold Bennett[1] 的*The Old Wives' Tale* [2] 最后几页的情形。那是在个静悄悄的冬夜，电灯早已暗了，烛光闪着照那已熄的火炉。书中是说一个老妇人在她丈夫死去那夜的悲哀。"最感动她心的是他曾经年轻过，渐渐的老了，现在是死了。他一生就是这么一回事。

---

[1] 本涅特，英国著名作家。
[2] 《老妇人的故事》，是本涅特较有代表性的小说之一。

青春同壮年总是这么结局。什么事情都是这么结局。"Bennett到底是写实派第一流人物，简简单单几句话把老寡妇的心事写得使我们不能不相信。我当时看完了那末章，觉有个说不出的失望，痴痴的坐着默想，除了渺茫，惨淡，单调，无味，……几个零碎感想外，又没有什么别的意思。以后有时把这些话来咀嚼一下，又生出赞美这青春同逝水一般流去了的想头。假使世上真有驻颜的术，不老的丹，Oscar Wilde的Dorian Gray的梦真能实现，每人都有无穷的青春，那时我们的苦痛比现在恐怕会好得多些，另外有"青春的悲哀"了。本来青春的美就在它那种蜻蜓点水燕子拍绿波的同我们一接近就跑去这一点。看着青春的易逝，才觉得青春的可贵，因此也更想能够在这一去不返的瞬间里得到无穷的快乐。所以在青春时节我们特别有生气，一颗心仿佛是清早的园花，张大了瓣吸收朝露。青春的美大部分就存在着这种努力享乐惟恐不及生命力的跳跃。若使每人前面全现一条不尽的花草缤纷的青春的路，大家都知道青春是常住的，没有误了青春的可怕，谁天天也懒洋洋起来了。青春给我们一抓到，它的美就失丢了，同肥皂泡子相像，只好让它在空中飞翔，将青天红楼全缩映在圆球外面，可是我们的手一碰，立刻变为乌有了。

就说是对这呆板不变的青春，我们仍然能够有些赞赏，不断单调的享乐也会把人弄烦腻了，天下没整天吃糖口胃不觉难受的人了。而且把青春变成家常事故，它的浪漫飘渺的美丽也全不见了。本来人活着精神物质方面非动不可，所以在对将来抱着无限希望同捶心跌脚追悔往事，或者回忆从前黄金时代这两个心境里，生命力是不停地奔驰，生活也觉得丰富，而使精神停住来享受现在是不啻叫血管不流一般地自杀政策，将生命的花弄枯萎了。不同外河相通的小池终免不了变成秽水，不同别人生同情的心总是枯涸无聊。没有得到爱的少年对爱情是赞美的，做黄金好梦的恋人是充满了欣欢，失恋人同结婚不得意的人在极端失望里爆发出一线对爱情依依不舍的爱恋，和凤凰烧死后又振翼复活再度幼年的时光一样。只有结婚后觉得满意的人是最苦痛的，他们达到日日企望的地方，却只觉空虚渐渐的涨大，说不出所以然来，也想不来一个比他们现状再好的境界，对人生自然生淡了，一切的力气免不了麻痹下去。人生最怕的是得意，使人精神废弛，一切灰心的事情无过于不散的筵席。你还记得前年暑假我们一块划船谈Wordsworth[1]诗的快乐吧？那时候你不是极赞美他那首*Yarrow Unvisited*[2]说我们应当不要走到尽头，高声地唱：

Twill soothe us in our sorrow

That earth has something yet to show,

The bonny holms of Yarrow ! [3]

青春之所以可爱也就在它给少年以希望，赠老年以惆怅。（安慰人的能力同希望差不多，比心满意足，登高山洒几滴亚历山大的泪的空虚是好万万倍了。）好多人埋怨青春骗了我们，先允许我们一个乐园，后来毫不践言只送些眼泪同长叹。然而这正是青春的好处，它这样子供给我们活气，不至于陷于颇偿了的无为。希望的妙处全包含在它始终是希望这样事里面，若使每个希望都化做铁硬的事实，那样什么趣味一笔勾消了的世界还有谁愿意住吗？所以年轻人可以唱恋爱的歌，失恋人同死了爱人的人也做得出很好失望（希望的又一变相，骨子里差不多的东西）同悼亡的诗，只有那在所谓甜蜜家庭两人互相妥协着的人们心灵是化作灰烬。Keats[4]在情诗中歌颂死同日本人无缘无故地相约情死全是看清楚此中奥妙后的表现。他们只怕青春的长留着，所以用死来划断这青春黄金的线。这般情感锐敏的人若生在青春常住的世界，他们的受难真不是言语所能说。这些话不是我有意要慰解你才说的，这的确我自己这么相信。春花秋谢，谁看着免不了嗟叹。然而假设花老是这么娇红欲

---

[1] 华兹华斯，英国著名浪漫主义诗人。

[2] 《被遗忘的蓍草》，作者华兹华斯。

[3] 可译为："大地抚慰我们的哀伤，除了向人们展示美丽的冬青和蓍草，还展示了其他的一切。"

[4] 济慈，英国浪漫主义诗人。

滴的开着，春天永久不离大地，这种雕刻似的死板板的美景更会令人悲伤。因为变更是宇宙的原则，也可算做赏美中一般重要成分。并且春天既然是老滞在人间，我们也跟着失丢了每年一度欢迎春来热烈的快乐。由美神经灵敏人看来，残春也别有它的好处，甚至比艳春更美，为的是里面带种衰颓的色调，互相同春景对照着，十分地显出那将死春光的欣欣生意。夕阳所以"无限好"，全靠着"近黄昏"。让瞥眼过去的青春长留个不灭的影子在心中，好像Pompeii[1]废墟，劫后余烬，有人却觉得比完整建筑还好。若使青春的失丢，真是件惨事，倚着拐杖的老头也不会那么笑嘻嘻地说他们的往事了。

---

[1] 庞贝，古罗马的港口城市，靠近今意大利的那不勒斯，于公元79年毁于维苏维火山的喷发。

人
死
观

　　恍惚前二三年有许多学者热烈地讨论人生观这个问题[1]，后来忽然又都搁笔不说，大概是因为问题已经解决了吧！到底他们的判决词是怎么样，我当时也有些概念，可惜近来心中总是给一个莫明其妙不可思议的烦闷罩着，把学者们拼命争得的真理也忘记了。这么一来，我对于学者们只可面红耳热地认做不足教的蠢货；可是对于我自己也要找些安慰的话，使这彷徨无依黑云包着的空虚的心不至于再加些追悔的负担。人生观中间的一个重要问题不是人生的目的么？可是我们生下来并不是自己情愿的，或者还是万不得已的，所以小孩一落地免不了娇啼几下。既然不是出自我们自己意志要生下来的，我们又怎么能够知道人生的目的呢？湘鄂的土豪劣绅给人拿去游街，他自己是毫无目的，并且他也未必想去明白游街的意义。小河是不得不流自然而然地流着，它自身却什么意义都没有，虽然它也曾带瓣落花到汪洋无边的海里，也曾带爱人的眼泪到他的爱人的眼前。勃浪宁[2]把我们比做大匠轮上滚成的花瓶。我客厅里有一个假康熙彩的大花瓶，我对它发呆地问它的意义几百回，

　　[1] 1923年，中国的思想界展开了一场被后人命名为"科玄之战"的争论。由北京大学教授张君劢的一篇名为《人生观》的文章引起。梁启超、胡适、吴稚晖、张东荪、林宰平、唐钺、孙伏园等人都参与了这场论争。
　　[2] 也译作布朗宁（Robert Browning 1812—1889），著名英国诗人。

它总是呆呆地站着，说不出一句话来。但是我却知道花瓶的目的同用处。人生的意义，或者只有上帝才晓得吧！还有些半疯不疯的哲学家高唱"人生本无意义，让我们自己做些意义。"梦是随人爱怎么做就怎么做的，不过我想梦最终脱不了是一个梦吧，黄粱不会老煮不熟的。

生不是由我们自己发动的，死却常常是我们自己去找的。自然在世界上多数人是"寿终正寝"的，可是自杀的也不少，或者是因为生活的压迫，也有是怕现在的快乐不能够继续下去而想借死来消灭将来的不幸，像一对夫妇感情极好却双双服毒同尽的（在嫖客娼妓中间更多），这些人都是以口问心，以心问口商量好去找死的。所以死对他们是有意义的，而且他们是看出些死的意义的人。我们既然在人生观这个迷园里走了许久，何妨到人死观来瞧一瞧呢？可惜"君子见其生不忍见其死"，所以学者既不摇旗呐喊在前，高唱各种人死观的论调，青年们也无从追随奔走在后。"天下兴亡，匹夫有责"，因此我做这部人死观，无非出自抛砖引玉的野心，希望能够动学者的心，对人死观也在切实研究之后，下个放之四海而皆准的判断。

若使生同死是我们的父母——不，我们不这样说，我们要征服自然——若使生同死是我们的子女，那么死一定会努着嘴抱怨我们偏心，只知道"生"不管"死"，一心一意都花在生上面。真的，不止我们平常时都是想着生。Hazlitt[1] 死时候说"好吧！我有过快乐的一生"（" Well．I've had a happy life．"）他并没想死是怎么一回事。Charlotte Bronte[2] 临终时候还对她的丈夫说："呵，我现在是不会死的，我会不会吗？上帝不至于分开我们，我们是这么快乐。"（"Oh！I am not going to die，am I？ He will not seperate us，we have been so happy．"）这真是不到黄河心不死。为什么我们这么留恋着生，不肯把死的神秘想一下呢？并且有时就是正在冥想死的伟大，何

---

[1] 哈兹里特（1778—1830），英国著名散文家、评论家。
[2] 夏洛蒂·勃朗特，英国著名女小说家。

曾是确实把死的实质拿来咀嚼，无非还是向生方面着想，看一下死对于生的权威。做官做不大，发财发不多，打战打败仗，于是乎叹一口气说："千古英雄同一死！"和"自古皆有死，莫不饮恨而吞声，任他生前何等威风赫赫，死后也是一样的寂寞"。这些话并不是真的对于死有什么了解，实在是怀着嫉妒，心惦着生，说风凉话，解一解怨气。在这里生对死，是借他人之纸笔，发自己之牢骚。死是在那里给人利用做抓爆栗子的猫脚爪，生却嘻皮涎脸地站在旁边受用。让我翻一段Sir W, Raleigh [1]在《世界史》（*The History of the World*）里的话来代表普通人对于死的观念吧。

"只有死才能够使人了解自己，指示给骄傲人看他也不过是个普通人，使他厌恶过去的快乐；他证明富人是个穷光蛋，除壅塞在他口里的沙砾外，什么东西对他都没有意义；当他举起他的镜在绝色美人面前，他们看见承认自己的毛病同腐朽。呵！能够动人，公平同有力的死呀，谁也不能劝服的你能够说服；谁也不敢想做的事，你做了；全世界所谄媚的人，你把他掷在世界以外，看不起他；你曾把人们的一切伟大，骄傲，残忍，雄心集在一块，用小小两个字'躺在这里'盖尽一切。"

Death alone can make man know himself, show the proud and insolent that he is but object, and can make him hate his forepassed happiness; the rich man be proved a naked beggar, which hath interest in nothing but the gravel that fills his mouth; and when he holds his glass before the eyes of the most beautiful, they see and acknowledge their own deformity and rottenness.O eloquent, just and mighty death whom none could advise, thou hast persuaded; what none hath presumed, thou hast cast out of the world and despised: thou hast drawn together all the extravagant

---

[1] 若利爵士（1552—1618），英国著名探险家、作家、历史学家，著有《世界史》一书。

greatness, all the pride, cruelty and ambition of man, and covered all over
with two narrow words: "Hic jacet."

这里所说的是平常人对于死的意见，不过用伊利沙伯时代文体来写壮
丽点，但是我们若使把它细看一番，就知道里头只含了对生之无常同生之
无意义的感慨，而对着死国里的消息并没有丝毫透露出来。所以倒不如叫
做生之哀辞，比死之冥想还好些。一般人口头里所说关于死的思想，剥蕉
抽茧看起来，中间只包了生的意志，哪里是老老实实的人死观呢。

庸人不足论，让我们来看一看沉着声音，两眼渺茫地望着青天的宗
教家的话。他们在生之后编了一本"续编"。 天堂地狱也不过如此如
此。生与死给他们看来好似河岸的风景同水中反映的影景一样，不过映
在水中的经过绿水特别具一种缥缈空灵之美。不管他们说的来生是不是
镜花水月，但是他们所说死后的情形太似生时，使我们心中有些疑惑。
因为若使死真是不过一种演不断的剧中一会的闭幕，等会笛鸣幕开，仍
然续演，那么死对于我们绝对不会有这么神秘似的，而幽明之隔，也不
至于到现在还没有一线的消息。科学家对死这问题，含糊说了两句不负
责任的话，而科学家却常常仍旧安身立命于宗教上面。而宗教家对死又
是不敢正视，只用着生的现象反映在他们西洋镜，做成八宝楼台。说来
说去还在执着人生观，用遁辞来敷衍人死观。

还有好多人一说到死就只想将死时候的苦痛。George Gissing [1]
在他的《草堂随笔》(*The private Papers of Henry Ryrcroft*) 说生之停止不
能够使他恐怖，在床上久病却使他想起会害怕。当该萨 [2] Caesar 被暗
杀前一夕，有人问哪种死法最好，他说"要最仓猝迅速的！"（That
which should be most sudden！）疾病苦痛是生的一部分，同死的实质满

[1] 吉辛（1857—1903），英国小说家，因救助一个妓女而犯偷窃罪，所以在
下文被作者称为"小窃"。

[2] 凯撒（公元前102/100年？—公元前44年），古罗马政治家、军事家。在
罗马元老院大厅被刺身亡。

不相干。以上这两位小窃、军阀说的话还是人生观，并不能对死有什么真了解。

为什么人死观老是不能成立呢？为什么谁一说到死就想起生，由是眼睛注着生噜噜喍喍说一阵遁辞，而不抓着死来考究一下呢？约翰生[1] Johnson 曾对 Boswell[2] 说："我们一生只在想离开死的思想。"（"The whole of life is but keeping away the thought of death."）死是这么一个可怕着摸不到的东西，我们总是设法回避它，或者将生死两个意义混起，做成一种骗自己的幻觉。可是我相信死绝对不是这么简单乏味的东西[3]。Andreyev[4] 是窥得点死的意义的人。他写 *Lazarus*[5] 来象征死的可怕，写《七个缢死的人》[6]（*The seven that were hanged*）来表示死对于人心理的影响。虽然这两篇东西我们看着都会害怕，它们中间都有一段新奇耀目的美。Christina Rossetti[7]，Edgar Allan poe[8]，Ambrose Bieree[9] 同 Lord Dunsang[10] 对着死的本质也有相当的了解，所以他们著作里面说到死常常有种凄凉灰白色的美。有人解释 Andreyev，说他身旁四面都被围墙围着，而在好多墙之外有一个一切墙的墙——那就是死。我相信在这一切墙的墙外面有无限的风光，那里有说不出的好境，想不来的情调。我们对生既然觉得二十四分的单调同乏味，为什么不勇敢地放下一切对生留恋的心思，深深地默想死的滋味。压下一切懦弱无

---

[1] 今译约翰逊，英国作家。

[2] 鲍斯韦尔。

[3] 作者在将这篇文章收入《春醪集》时，删除了如下文字："比如在化学上 H，O，Cl，三个原质，H_2O 同 HCl 性质是绝对不同的。我们不能由 H_2O 就推出 HCl 的性质。所以'死''生''人'三个结合起来生十人同死十人是绝对不同两东西。"

[4] 安德烈耶夫（Леонид Николаевич Андреев，1871—1919），俄国著名作家。

[5]《穷人》，安德烈耶夫的小说作品之一。

[6] 今译《七个绞刑犯的故事》，作者安德烈耶夫。

[7] 克里斯蒂娜·罗塞蒂（1830—1894），英国女诗人。

[8] 坡（爱伦·坡1809—1849），英国著名诗人、小说家、文艺批评家。

[9] 皮埃尔（1842—1914），英国小说家。

[10] 唐西尼（1878—1957），爱尔兰诗人、著名剧作家。

用的恐怖，来对死的本体睁着细看一番。我平常看到骸骨总觉有一种不可名言的痛快，它是这么光着，毫无所怕地站在你面前。我真想抱着他来探一探它的神秘，或者我身里的骨，会同他有共鸣的现象，能够得到一种新的发现。骸骨不过是死宫的门，已经给我们这种无量的欢悦，我们为什么不漫步到宫里，看那千奇万怪的建筑呢。最少我们能够因此遁了生之无聊ennui的压迫，De Quincey[1]只将"猝死"、"暗杀"……当作艺术看，就现出了一片瑰奇伟丽的境界。何况我们把整个死来默想着呢？来，让我们这会死的凡人来客观地细玩死的滋味：我们来想死后灵魂不灭，老是这么活下去，没有了期的烦恼；再让我们来细味死后什么都完了，就归到没有了的可哀；永生同灭绝是一个极有趣味的dilemma[2]，我们尽可和死亲昵着，赞美这dilemma做得这么完美无疵，何必提到死就两对牙齿打颤呢？人生观这把戏，我们玩得可厌了，换个花头吧，大家来建设个好好的人死观。

在Carlyle[3]的*The life of John Sterling*[4]中有一封Sterling 在病快死时候写给Carlyle的信，中间说：

"它（死）是很奇怪的东西，但是还没有旁观者所觉得的可悲的百分之一。"

"It is all very strange，but not one hundredth part so sad as it seems to the standers-by." [5]

---

[1] 德·昆西（1785—1859），英国著名散文家。

[2] 可译为两难境地。

[3] 卡莱尔。

[4] 卡莱尔的作品之一，《约翰·斯塔林的一生》。

[5] 此处原刊有一篇"附记"，在收入《春醪集》时被作者删除，全文如下："在家闲坐时候，忽然得第一百四十一期《语丝》。读璇璇君所做的《说病》，觉他的每句话都是我心中所想要说的，又是我所说不出的，并且文情轻淡生姿，深得英伦絮语文作家三昧。读数遍忽然动起续貂的意思，作这狗尾巴，所以标作献给《说病》的作者。那是因为 'one sees a picture，reads an anecdote，stars a casual fancy，and thinks to tell of it to this person is preterence to every other，……it won't do for another'。（引Charles Lamb 给Wordsworth信的话）。"

谈「流浪汉」

当人生观论战[1]已经闹个满城风雨，大家都谈厌烦了不想再去提起的时候，我一天忽然写一篇短文，叫做《人死观》。这件事实在有些反动嫌疑，而且该捱思想落后的罪名，后来仔细一想，的确很追悔。前几年北平有许多人讨论gentleman[2]这字应该要怎么样子翻译才好，现在是几乎谁也不说这件事了，我却又来喋喋，谈那和"君子"gentleman正相反的"流浪汉"vagabond，将来恐怕免不了自悔。但是想写文章时候，哪能够顾到那么多呢？

gentleman 这字虽然难翻，可是还不及 vagabond 这字那样古怪，简直找不出适当的中国字眼来。普通的英汉字典都把它翻做"走江湖者""流氓""无赖之徒""游手好闲者"……，但是我觉得都失丢这个字的原意。vagabond既不像走江湖的卖艺为生，也不是流氓那种一味敲诈。"无赖之徒""游手好闲者"都带有贬骂的意思，vagabon却是种可爱的人儿。在此无可奈何时候，我只好暂用"流浪汉"三字来翻，自然也不是十分合式的。我以为gentleman，vagabond这些字所以这么刁钻古怪，是因为它们被人们活用得太久，原来的意义早已消失。于是每个人用这个字时候都添些自己的意思，这字的涵义越大，更

---

[1] 指发生在1923年的，中国思想界展开的"科玄之战"的争论。
[2] 译为"绅士"。

加好活用了。因此在中国寻不出一个能够引起那么多的联想的字来。本来gentleman，vagabond这二个字和财产都有关系的，一个是拥有财产，丰衣足食的公子，一个是毫无恒产，四处飘零的穷光蛋。因为有钱，自然能够受良好的教育，行动举止也温文尔雅，谈吐也就蕴藉不俗，更不至于跟人铢锱必较，言语冲撞了。gentleman 这字的意义就由世家子弟一变变做斯文君子，所以现在我们不管一个人出身的贵贱，财产的有无，只要他的态度是温和，做人很正直，我们都把他当做 gentleman。一班穷酸的人们被人冤枉时节，也可以答辩道："我虽然穷，却是个gentleman。"vagabond这个字意义的演化也经过了同样的历程。本来只指那班什么财产也没有，天天随便混过去的人们。他们既没有一定的职业，有时或者也干些流氓的勾当。但是他们整天随遇而安，倒也无忧无虑，他们过惯了放松的生活，所以就是手边有些钱，也是胡里胡涂地用光，对人们当然是很慷慨的。他们没有身家之虑，做事也就痛痛快快，并不像富人那种畏首畏尾，瞻前顾后。酒是大杯地喝下去，话是随便地顺口开河，有时也胡诌些有趣味的谎语。他们万事不关怀，天天笑呵呵，规矩的人们背后说他们没有责任心。他们与世无忤，既不会桌上排着一斗黄豆，一斗黑豆，打算盘似地整天数自己的好心思和坏心思，也不会皱着眉头，弄出连环巧计来陷害人们。他们的行为是胡涂的，他们的心肠是好的。他们是大个顽皮小孩，可是也带了小孩的天真。他们脑里存了不少奇奇怪怪的幻想，满脸春风，老是笑眯眯的，一些机心也没有。……我们现在把凡是带有这种心情的人们都叫做vagabond，就是他们是王侯将相的子孙，生平没有离开家乡过也不碍事。他们和中国古代的侠客有些相像，可是他们又不像侠客那样朴刀横腰，给夸大狂迷住，一脸凶气，走遍天下专为打不平。他们对于伦理观念，没有那么死板地痴痴执着。我不得已只好翻做"流浪汉"，流浪是指流浪的心情，所以我所赞美的流浪汉或者同守深闺的小姐一样，终身未出乡里一步。

英国十九世纪末叶诗人和小品文作家斯密士 Alexander Smith [1] 对

---

[1] 今译亚历山大·史密斯，英国著名诗人、小品文作家。

于流浪汉是无限地颂扬。他有一段描写流浪汉的文章，说得很妙。他说："流浪汉对于许多事情的确有他的特别意见。比如他从小是同密尼表妹一起养大，心里很爱她，而她小孩时候对于他的感情也是跟着年龄热烈起来，他俩结合后大概也可以好好地过活，他一定把她娶来，并没有考虑到他们收入将来能够不能够允许他请人们来家里吃饭或者时髦地招待朋友。这自然是太鲁莽了。可是对于流浪汉你是没法子说服他。他自己有他一套再古怪不过的逻辑（他自己却以为是很自然的推论），他以为他是为自己娶亲的，并不是为招待他的朋友的缘故；他把得到一个女人的真心同纯洁的胸怀比袋里多一两镑钱看得重得多。规矩的人们不爱流浪汉。那班膝下有还未出嫁姑娘的母亲特别怕他 ——并不是因他为子不孝，或者将来不能够做个善良的丈夫，或者对朋友不忠，但是他的手不像别人的手，总不会把钱牢牢地握着。他对于外表丝毫也不讲究。他结交朋友，不因为他们有华屋美酒，却是爱他们的性情，他们的好心肠，他们讲笑话听笑话的本领，以及许多别人看不出的好处。因此他的朋友是不拘一类的，在富人的宴会里却反不常见到他的踪迹。我相信他这种流浪态度使他得到许多好处。他对于人生的希奇古怪的地方都有接触过。他对于人性晓得便透彻，好像一个人走到乡下，有时舍开大路，去凭吊荒墟古冢，有时在小村逆旅休息，路上碰到人们也攀谈起来，这种人对于乡下自然比那在坐四轮马车里骄傲地跑过大道的知道得多。我们因为这无理的骄傲，失丢了不少见识。一点流浪汉的习气都没有的人是没有什么价值的。"斯密士说到流浪汉的成家立业的法子，可见现在所谓的流浪汉并不限于那无家可归，脚跟如蓬转的人们。斯密士所说的只是一面，让我再由另一个观察点—— 流浪汉和gentleman的比较——来论流浪汉，这样子一些一些凑起来或者能够将流浪汉的性格描摹得很完全，而且流浪汉的性格复杂万分，（汉既以流浪名，自不是安分守己，方正简单的人们），绝不能一气说清。

英国文学里分析gentleman的性格最明晰深入的文章，公推是那位叛教分子纽门J.H.Newman^[1]的《大学教育的范围同性质》。纽门说：

"说一个人他从来没有给别人以苦痛，这句话几乎可以做'君子'的定义……'君子'总是从事于除去许多障碍，使同他接近的人们能够自然地随意行动；'君子'对于他人行动是取赞同合作态度，自己却不愿开首主动……真正的'君子'极力避免使同他在一块的人们心里感到不快或者颤震，以及一切意见的冲突或者感情的碰撞，一切拘束，猜疑，沉闷，怨恨；他最关心的是使每个人都很随便安逸像在自己家里一样。"这样小心翼翼的君子我们当然很愿意和他们结交，但是若使天下人都是这么我让你，你体贴我，扭扭怩怩地，谁也都是捧着同情等着去附和别人的举动，可是谁也不好意思打头阵；你将就我，我将就你，大家天天只有个互相将就的目的，此外是毫无成见的，这种的世界和平固然很和平，可惜是死国的和平。迫得我们不得不去欢迎那豪爽英迈，勇往直前的流浪汉。他对于自己一时兴到想干的事趣味太浓厚了，只知道口里吹着调子，放手做去，既不去打算这事对人是有益是无益，会成功还是容易失败，自然也没有虑及别人的心灵会不会被他搅乱，而且"君子"们袖手旁观，本是无可无不可的，大概总会穿着白手套轻轻地鼓掌。流浪汉干的事情不一定对社会有益，造福于人群，可是他那股天不怕，地不怕，不计得失，不论是非的英气总可以使这麻木的世界呈现些许生气，给"君子"们以赞助的材料，免得"君子"们整天掩着手打呵欠（流浪汉才会痛快地打呵欠，"君子"们总是像林黛玉那样子抿着嘴儿）找不出话讲，我承认偷情的少女，再嫁的寡妇都是造福于社会的，因为没有她们，那班贞洁的小姐，守节的孀妇就失丢了谈天的材料，也无从来赞美自己了。并且流浪汉整天瞎闹过去，不仅目中无人，简直把自己都忘却了。真正的流浪汉所以不会引起人们的厌恶，因为他已经做到无人无我的境地，那一刹那间的冲动是他唯一的指导，他自己爱笑，也喜欢看别人的笑容，别的他什么也不管了。"君子"们处处为他人着想，弄得

---

[1] 纽曼（1801—1890），英国作家、宗教领袖。他曾经从信奉基督教转为信奉天主教，所以作者称其为"叛教分子"。

不好，反使别人怪难受，倒不如流浪汉的有饭大家吃，有酒大家喝，有话大家说，先无彼此之分，人家自然会觉得很舒服，就是有冲撞地方，也可以原谅，而且由这种天真的冲撞更可以见流浪汉的毫无机心。真是像中国旧文人所爱说文章天成，妙手偶得之，流浪汉任性顺情，万事随缘，丝毫没有想到他人，人们却反觉得他是最好的伴侣，在他面前最能够失去世俗的拘束，自由地行动。许多人爱留连在乌烟瘴气的酒肆小茶店里，不愿意去高攀坐在王公大人们客厅的沙发上，一班公子哥儿喜欢跟马夫下流人整天打伙，不肯到他那客气温和的亲戚家里走走，都是这种道理。纽门又说："君子知道得很清楚，人类理智的强处同弱处，范围同限制。若使他是个不信宗教的人，他是太精明太雅量了，绝不会去嘲笑或者反宗教；他太智慧了，不会武断地或者热狂地反教。他对于虔敬同信仰有相当的尊敬；有些制度他虽然不肯赞同，可是他还以为这些制度是可敬的良好的或者有用的；他礼遇牧师，自己仅仅是不谈宗教的神秘，没有去攻击否认。他是信教自由的赞助者，这并不只是因为他的哲学教他对于各种宗教一视同仁，一半也是由于他的性情温和近于女性，凡是有文化的人们都是这样。"这种人修养功夫的确很到家，可谓火候已到，丝毫没有火气，但是同时也失去活气，因为他所磨炼去的火是 Prometheus[1] 由上天偷来做人们灵魂用的火。十八世纪第一画家 Reynolds[2] 是位脾气顶好的人，他的密友约翰生[3]（就是那位麻脸的胖子）一天对他说："Reynolds你对于谁也不恨，我却爱那善于恨人的人。"约翰生伟大的脑袋蕴蓄有许多对于人生微妙的观察，他通常冲口而出的牢骚都是入木三分的慧话。恨人恨得好（A good hater）真是一种艺术，而且是人人不可不讲究的。我相信不会热烈地恨人的人也是不

---

[1] 普鲁米修斯，希腊神话中的人物，人类之父。因为为人类盗取火种，而被宙斯记恨，将他绑在高加索山上，让鹰啄食他的肝脏。

[2] 雷诺兹（1723—1792），英国十八世纪下半叶最具知名度和影响力的画家。

[3] 约翰逊（1709—1784），英国著名的谈话家、作家和词典家，被誉为仅次于莎士比亚的英文语言大师。

知道怎地热烈地爱人。流浪汉是知道如何恨人，如何爱人。他对于宗教不是拼命地相信，就是尽力地嘲笑。Donne[1]，Herrick[2]，Celleni[3]都是流浪汉气味十足的人们，他们对于宗教都有狂热；Voltaire[4]，Nietzsche[5]这班流浪汉就用尽俏皮的辞句，热嘲冷讽，掉尽枪花，来讥骂宗教。在人生这幕悲剧的喜剧或者喜剧的悲剧里，我们实在应该旗帜分明地对于一切不是打倒，就是拥护，否则到处妥协，灰色地独自踯躅于战场之上，未免太单调了，太寂寞了。我们既然知道人类理智的能力是有限的，那么又何必自作聪明，僭居上帝的地位，盲目地对于一切主张都持个大人听小孩说梦话态度，保存一种白痴的无情脸孔，暗地里自夸自己的眼力不差，晓得可怜同原谅人们低弱的理智。真真对于人类理智力的薄弱有同情的人是自己也加入跟着人们胡闹，大家一起乱来，对人们自然会有无限同情。和人们结伙走上错路，大家当然能够不言而喻地互相了解。当浊酒三杯过后，大家拍桌高歌，莫名其妙地相视而笑，莫逆于心，那时人们才有真正的同情，对于人们的弱点有愿意的谅解，并不像"君子"们的同情后面常带有我佛如来怜悯众生的冷笑。我最怕那人生的旁观者，所以我对于厚厚的《约翰生传》[6]会不倦地温读，听人提到Addison的旁观报[7]就会皱眉，虽然我也承认他的文章是珠圆玉润，修短适中，但是我怕他那像死尸一般的冰冷。纽门自己说"君子"的性情温和近于女性（The gentleness and effeminacy of feeling），流浪汉虽然没有这类在台上走S式步伐的旖旎风光，他却具有男性的健全。他敢赤身露体地和生命肉搏，打个你死我活。不管流

---

[1] 今译多恩（1572—1631），英国著名的玄学派诗人、散文家。

[2] 赫里克（1591—1674），英国资产阶级时期和复辟时期的所谓"骑士派"诗人之一。"

[3] 切利尼（1500—1571），意大利佛罗伦萨金匠，著名的雕刻家、作家。

[4] 伏尔泰（1694—1778），法国启蒙思想家、文学家、哲学家。

[5] 尼采（1844—1900），德国著名哲学家，西方现代哲学的开创者，也是一位卓越的诗人和散文家。

[6] 也译为《约翰逊传》，作者是苏格兰作家鲍斯韦尔。

[7] 英国著名散文家艾迪生和斯梯尔，于1711年合办了英国《旁观报》。

浪汉的结果如何，他的生活是有力的，充满趣味的，他没有白过一生，他尝尽人生的各种味道，然后再高兴地去死的国土里遨游。这样在人生中的趣味无穷翻身打滚的态度，已经值得我们羡慕，绝不是女性的"君子"所能晓得的。

耶稣说过："凡想要保全生命的，必丧掉生命。凡丧掉生命的，必救活生命。"流浪汉无时不是只顾目前的痛快，早把生命的安全置之度外，可是他却无时不尽量地享受生之乐。守己安分的人们天天守着生命，战战兢兢，只怕失丢了生命，反把生命真正的快乐完全忽略，到了盖棺论定，自己才知道白宝贵了一生的生命，却毫无受到生命的好处，可惜太迟了，连追悔的时候都没有。他们对于生命好似守财虏的念念不忘于金钱，不过守财虏还有夜夜关起门来，低着头数血汗换来的钱财的快乐，爱惜生命的人们对于自己的生命，只有刻刻不忘的担心，连这种沾沾自喜的心情也没有，守财虏为了金钱缘故还肯牺牲了生命，比那什么想头也消失了，光会顾惜自己皮肤的人们到底是高一等，所以上帝也给他那份应得的快乐。用句罗素的老话，流浪汉对于自己生命不取占有冲动，是被创造冲动的势力鼓舞着。实在说起来，宇宙间万事万物流动不息，哪里真有常住的东西。只有灭亡才是永存不变的，凡是存在的天天总脱不了变更，这真是"法轮常转"。Walter Pater[1]在他的《文艺复兴研究》的结论曾将这个意思说得非常美妙，可惜写得太好了，不敢翻译。尤其生命是瞬刻之间，变幻万千的，不跳动的心是属于死人的。所以除非顺着生命的趋势，高兴地什么也不去管往前奔，人们绝不能够享受人生。近代小品文家Jaekson[2]在他那篇论"流浪汉"文里说："流浪汉如入生命的波涛汹涌的狂潮里生活。"他不把生命紧紧地拿着，（普通人将生命握得太紧，反把生命弄僵化死了）却做生命海中的弄潮儿，伸开他的柔软身体，跟着波儿上下，他感觉到处处触着生

---

[1] 佩特（1839—1894），法国唯美主义文学的代表作家和理论家，代表作《文艺复兴研究》。

[2] 杰克逊（1892—1954），美国著名散文家。

命，他身内的热血也起共鸣。最能够表现流浪汉这种的精神是美国放口高歌，不拘韵脚的惠提曼Walt Whitman[1]他那本诗集《草之叶》[2]*Leaves of Grass*里句句诗都露出流浪汉的本色，真可说是流浪汉的圣经。流浪汉生活所以那么有味，一半也由于他们的生活是很危险的。踢足球，当兵，爬悬崖峭壁……所以会那么饶有趣味，危险性也是一个主因。在这个单调寡趣，平淡无奇的人生里凡有血性的人们常常觉到不耐烦，听到旷野的呼声，原人时代啸游山林，到处狩猎的自由化做我们的本能，潜伏在黑礼服的里面，因此我们时时想出外涉险，得个更充满的不羁生活。万顷波涛的大海谁也知道覆灭过无千无数的大船，可是年年都有许多盎格罗萨格逊[3]的小孩恋着海上危险的生涯，宁愿抛弃家庭的安逸，违背父母的劝谕，跑去过碧海苍天中辛苦的水手生涯。海所以会有那么大的魔力就是因为它是世上最危险的地方，而身心健全的好汉哪个不爱冒险，爱慕海洋的生活，不仅是一"海上夫人"而已也。所以海洋能够有小说家们像 Marryat[4]，Cooper[5]，Loti[6]，Conrad[7]，等等去描写它，而他们的名著又能够博多数人的同情。蔼理斯[8]曾把人生比做到跳舞，若使世界真可说是个跳舞场，那么流浪汉是醉眼矇眬，狂欢地跳二人旋转舞的人们。规矩的先生们却坐在小桌边无精打采地喝无聊的咖啡，空对着似水的流年怅惘。

流浪汉在无限量地享受当前生活之外，他还有丰富的幻想做他的伴

---

[1] 惠特曼（1810/1819？—1892），美国诗人。

[2] 惠特曼的代表作之一，今译为《草叶集》。

[3] 盎格罗萨格逊，今多译为盎格鲁撒克逊，原指公元五世纪至1066年，移居英格兰，并加以统治的日耳曼民族。今天泛指英格兰人。

[4] 马里亚特（1792—1848），英国著名冒险小说作家，原是英国的一名海军军官，退役后开始致力于冒险小说的创作。

[5] 库珀（1789—1851），美国著名小说作家。

[6] 洛蒂（1856—1923），法国著名小说作家，以冒险小说见长。

[7] 康拉德（1857—1924），波兰裔英国作家。

[8] 旧译为霭理士，今译埃利斯（1859—1939），英国医生、散文家。

侣。Dickens[1] 的《块肉余生述》里面的 Micawber[2] 在极穷困的环境中不断地说"我们快交好运了",这确是流浪汉的本色。他总是乐观的,走的老是蔷薇的路。他相信前途一定会光明,他的将来果然会应了他的预测,因为他一生中是没有一天不是欣欣向荣的;就是悲哀时节,他还是肯定人生,痛痛快快地哭一阵后,他的泪珠已滋养大了希望的根苗。他信得过自己,所以他在事情还没有做出之前,就先口说莲花,说完了,另一个新的冲动又来了,他也忘却自己讲的话,那事情就始终没有干好。这种言行不能一致,孔夫子早已反对在前,可是这类英气勃勃的矛盾是多么可爱!蔼理斯在他的名著《生命的跳舞》里说:"我们天天变更,世界也是天天变更,这是顺着自然的路,所以我们表面的矛盾有时就全体来看却是个深一层的一致。"(他的话大概是这样,一时记不清楚。)流浪汉跟着自然一团豪兴。想到哪里就说到哪里,他的生命是多么有力。行为不一定是天下一切主意的唯一归宿,有些微妙的主张只待说出已是值得赞美了,做出来或者反见累赘。神话同童话里的世界哪个不爱,虽然谁也知道这是不能实现的。流浪汉的快语在惨淡的人生上布一层彩色的虹,这就很值得我们谢谢了。并且有许多事情起先自己以为不能胜任,若使说出话来,因此不得不努力去干,倒会出乎意料地成功;倘然开头先怕将来不好,连半句话也不敢露,一碰到障碍,就随它去,那么我们的作事能力不是一天天退化了?一定要言先乎事,做我们努力的刺激,生活才有兴味,才有发展。就是有时失败,富有同情的人们定会原谅,尖酸刻薄人们的同情是得不到的,并且是不值一文的。我们的行为全借幻想来提高,所以 Masefield[3] 说:"缺乏幻想能力的人民是会灭亡的。"幻想同矛盾是良好生活的经纬。流浪汉心里想出七古八怪的主意,干出离奇矛盾的事情。什么传统正道也束缚他不住,他真可说是自由的骄子,在他的眼睛里,世

---

[1] 狄更斯(1812—1870),十九世纪英国批判现实主义作家。

[2] 米考伯,狄更斯的《块肉余生述》,今译为《大卫·科波菲尔》中的人物。

[3] 梅斯菲尔德(1878—1957),英国诗人、剧作家,1930年被授予英国第22届"桂冠诗人"的称号。

界变做天国，因为他过的是天国里的生活。

若使我们翻开文学史来细看，许多大文学家全带有流浪汉气味。Shakespeare[1] 偷过人家的鹿，Ben Jonson[2]，Marlowe[3] 等都是 Mermaid Tavern[4] 这家酒店的老主顾，Goldsmith[5] 吴市吹箫，靠着他的口笛遍游大陆，Steele[6] 整天忙着躲债，Charles Lamb[7]，Leigh Hunt[8] 颠头颠脑，吃大烟的 Coleridge[9]，De Quincey[10] 更不用讲了，拜伦，雪莱，济茨[11] 那是谁也晓得的。就是 Wordsworth[12] 那么道学先生神气，他在法国时候，也有过一个私生女，他有一首有名的十四行诗就是说这个女孩。目光如炬专说精神生活的塔果尔[13]，小孩时候最爱的是逃学。Browning[14] 带着人家的闺秀偷跑，Mrs.Browning[15] 违着父亲淫奔，前数年不是有位好事先生考究出 Dickens年轻时许多不轨的举动，其他如 Swinburen[16]，Stevenson[17] 以及《黄书》杂志[18] 那

---

[1] 莎士比亚（1564—1616），欧洲文艺复兴时期人文主义文学的集大成者，伟大的英国剧作家、诗人。

[2] 本·琼森（1572—1637），英国诗人、剧作家、评论家。

[3] 马洛（1564—1593），英国著名诗人、剧作家。

[4] 伦敦街上的一家酒店，可译为美人鱼酒店。

[5] 哥尔德斯密斯（1730—1774），英国著名作家，被称为英国十八世纪后期风俗喜剧的先驱。

[6] 斯梯尔（1672—1729），著名散文家。

[7] 兰姆（1775—1834），英国散文家。

[8] 亨特（1784—1859），英国新闻记者、散文作家、诗人暨政论家。

[9] 柯尔律治（1772—1834），英国诗人和评论家。

[10] 德·昆西（1785—1859），英国著名散文家。

[11] 济慈（1795—1821），英国浪漫主义诗人。

[12] 华兹华斯，英国著名浪漫主义诗人。

[13] 疑似T·莫尔，英国政治家、作家。

[14] 布朗宁（1812—1889），著名英国诗人。

[15] 布朗宁夫人（1806—1861），英国著名女诗人。

[16] 斯温伯恩（1837—1909），英国著名文学批评家，诗人。

[17] 斯蒂文森。

[18] 《黄色杂志》，英国的唯美主义作家、艺术家刊物。

班唯美派作家那是更不用说了。为什么偏是流浪汉才会写出许多不朽的书，让后来"君子"式的大学生整天整夜按部就班地念呢？头一下因为流浪汉敢做敢说，不晓得掩饰求媚，委曲求全，所以他的话真挚动人。有时加上些瞒天大谎，那谎却是那样子大胆子地杜撰的，一般拘谨人和假君子所绝对不敢说的，谎言因此有谎言的真实在，这真实是扯谎者的气魄所逼成的。而且文学是个性的结晶，个性越显明，越能够坦白地表现出来，那作品就更有价值。流浪汉是具有出类拔萃的个性的人物，他们的思想同行事全有他们的特别性格的色彩，他们豪爽直截的性情使他们能够把这种怪异的性格跃跃地呈现于纸上。斯密士[1]说得不错："天才是个流浪汉"，希腊哲学家讲过知道自己最难，所以在世界文学里写得好的自传很少，可是世界中所流传几本不朽的自传全是流浪汉写的。Cellini[2]杀人不眨眼，并且敢明明白白地记下，他那回忆录（Memoirs）过了几千年还没有失去光辉。Augustine[3]少年时放荡异常，他的忏悔录却同托尔斯泰（他在莫斯科纵欲的事迹也是不可告人的）的忏悔录，卢骚[4]的忏悔录同垂不朽。富兰克林[5]也是有名的流浪汉，不管他怎样假装做正人君子，他那浪子的骨头总常常露出，只要一念 Cobbett[6]攻击他的文章就知道他是多么古怪的一个人。De Quincey[7]的《英国一个吃鸦片人的忏悔录》，这个名字已经可以告诉我们那内容了。做《罗马衰亡史》的Gibbon[8]，他年轻时候爱同教授

---

[1] 即上文提及的史密士。

[2] 切利尼（1500—1571），意大利佛罗伦萨金匠，著名的雕刻家、作家。

[3] 奥古斯丁（354—430），基督教思想家。

[4] 今译卢梭（1712—1778），法国著名启蒙思想家、哲学家、教育家、文学家。

[5] 富兰克林（1706—1790），十八世纪美国著名的实业家、科学家、社会活动家，也是思想家和外交家。

[6] 科贝特（1763—1835），英国散文作家、记者。

[7] 德·昆西。

[8] 吉本（1737—1794），英国著名历史学家。

捣乱，他那本薄薄的自传也是个愉快的读物。Jeffries [1] 一心全在自然的美上面，除开游荡山林外，什么也不注意，他那《心史》是本冰雪聪明，微妙无比的自白。记得从前美国一位有钱老太太希望她的儿子成个文学家，写信去请教一位文豪，这位文豪回信说："每年给他几千镑，让他自己鬼混去吧。"这实在是培养创造精神的无上办法。我希望想写些有生气的文章的大学生不死滞在文科讲堂里，走出来当一当流浪汉吧。最近半年北大的停课对于中国将来文坛大有裨益，因为整天没有事只好逛市场跑前门的文科学生免不了染些流浪汉气息。这种千载一时的机会，希望我那些未毕业的同学们好好地利用，免贻后悔。

前几年才死去的一位英国小说家Conrad在他的散文集《人生与文学》内，谈到一位有流浪汉气的作家 Luffmann，说起有许多小女读他的书以后，写信去向他问好，不禁醋海生波，顾影自怜地（虽然他是老舟子出身）叹道："我平生也写过几本故事（我不愿意无聊地假假自谦）既属纪实，又很有趣。可是没有女人用温柔的话写信给我。为什么呢？只是因为我没有他那种流浪汉气。家庭中可爱的专制魔王对于这班无法无天的人物偏动起怜惜的心肠。"流浪汉确是个可爱的人儿，他具有完全男性，情怀潇洒，磊落大方，哪个怀春的女儿见他不会倾心。俗语说："痴心女子负心汉。"就是因为负心汉全是处处花草颠连的浪子，什么事情都不放在心头，他那痛快淋漓的气概自然会叫那老被人拘在深闺里的女孩儿一见心倾，后来无论他怎地负心总是痴心地等待着。中古的贵女爱骑士，中国从前的美人爱英雄总是如花少女对于风尘中飘荡人的一往情深的表现。红拂的夜奔李靖 [2]，乌江军帐里的虞姬 [3]，随着范蠡飘荡五湖的西施 [4] ……这些例子也不知道有多少。清朝上海窑子爱姣马夫，现在电影明星姣汽车夫，姨太太跟马夫偷情也是同样的道理。总

---

[1] 杰弗里斯，著名英国小说家。

[2] 隋朝末年，贵族杨素的家妓红拂因为欣赏李靖的雄才大略，而与他私奔。

[3] 项羽在兵败垓下，突围至乌江自刎时，他的宠妾虞姬始终跟随在他左右。

[4] 西施是春秋时期，越王勾践送给吴王夫差的美人。相传在勾践灭吴后，西施便与越国大夫范蠡归隐五湖。

之流浪汉天生一种叫人看着不得不爱的情调，他那种古怪莫测的行径刚中女人爱慕热情的易感心灵。岂只女人的心见着流浪汉会溶，我们不是有许多瞎闹胡乱用钱行事乖张的朋友，常常向我们借钱捣乱，可是我们始终恋着他们率直的态度，对他们总是怜爱帮忙。天下最大的流浪汉是基督教里的魔鬼。可是哪个人心里不喜欢魔鬼。在莎士比亚以前英国神话剧盛行时候，丑角式的魔鬼一上场，大家都忙着拍手欢迎，魔鬼的一举一动看客必定跟着捧腹大笑。Robert Lynd[1] 在他的小品文集《橘树》里《论魔鬼》那篇中说"《失乐园》诗所说的撒但[2] 在我们想象中简直等于儿童故事里面伟大英猛的海盗。"凡是儿童都爱海盗，许多人念了密尔敦[3] 史诗觉得诡谲的撒但比板板的上帝来得有趣得多。魔鬼的堪爱地方太多了，不是随便说得完，留得将来为文细论。

清末有几位王公贝勒常在夏天下午换上叫花子的打扮，偷跑到什刹海路旁口唱莲花[4] 向路人求乞，黄昏时候才解下百衲衣回王府去。我在北京住了几年，心中很羡慕旗人知道享乐人生，这事也是一个证明。大热天气里躺在柳荫底下，顺口唱些歌儿，自在地饱看来往的男男女女；放下朝服，着半件轻轻的破衫，尝一尝暂时流浪汉生活的滋味，这是多么知道享受人生。戏子的生活也是很有流浪汉的色彩，粉墨登场，去博人们的笑和泪，自己仿佛也变做戏中人物，清末宗室有几位很常上台串演，这也是他们会寻乐地方。白浪滔天半生奔走天下，最后入艺者之家，做一个门弟子，他自己不胜感慨，我却以为这真是浪人应得的涅槃。不管中外，戏子女优必定是人们所喜欢的人物，全靠着他们是社会中最显明的流浪汉。Dickens的小说所以会那么出名，每回出版新书时候，要先通知警察到书店门口守卫，免得购书的人争先恐后打起架来，也是因为他书内大角色全是流浪汉，Pickwick[5] 俱乐部那四位会员和

---

[1] 林德（1879—1949），英国杂文作家。

[2] 今译撒旦，《圣经》里所说的恶魔。

[3] 今译弥尔顿（1608—1674），英国诗人、政论家。

[4] 一种民间曲艺，也称为莲花落。

[5] 狄更斯小说《匹克威克外传》中的人物，匹克威克。

他们周游中所遇的人们，《双城记》中的Carton [1] 等等全是第一等的流浪汉。《儒林外史》的杜少卿，《水浒》的鲁智深，《红楼梦》的柳二郎，《老残游记》的补残老是深深地刻在读者的心上，变成模范的流浪汉。

流浪汉自己一生快活，并且凭空地布下快乐的空气，叫人们看到他们会高兴起来，说不出地喜欢他们，难怪有人说："自然创造我们时候，我们个个都是流浪汉，是这俗世把我弄成个讲究体面的规矩人。"在这点我要学着卢骚，高呼"返于自然"。无论如何，在这麻木不仁的中国，流浪汉精神是一服极好的兴奋剂，最需要的强心针。就是把什么国家，什么民族一笔勾销，我们也希望能够过个有趣味的一生，不像现在这样天天同不好不坏，不进不退的先生们敷衍。写到这里，忽然记起东坡一首《西江月》，觉得很能道出流浪汉的三昧，就抄出做个结论吧！

照野弥弥浅浪，
横空隐隐层霄，
障泥未解玉骢骄，
我欲醉眠芳草。

可惜一溪风月，
莫教踏碎琼瑶，
解鞍欹枕绿杨桥，
杜宇一声春晓。

顷在黄州，春夜行蕲水中，过酒家，饮酒醉。乘月至一溪桥上，解鞍曲肱，醉卧少休。及觉已晓，乱山攒拥，流水锵锵，疑非尘世也。书此语桥柱上。

---

[1] 狄更斯小说《双城记》中的人物，可译为卡顿。

『春朝』一刻值千金
（懒惰汉的懒惰想头之一）

　　十年来，求师访友，足迹走遍天涯，回想起来给我最大益处的却是"迟起"，因为我现在脑子里所有些聪明的想头，灵活的意思多半是早上懒洋洋地赖在床上想出来的。我真应该写几句话赞美它一番，同时还可以告诉有志的人们一点迟起艺术的门径。谈起艺术，我虽然是门外汉，不过对于迟起这门艺术倒可说是一位行家，因为我既具有明察秋毫的批评能力，又带了甘苦备尝的实践精神。我天天总是在可能范围之内，尽量地滞在床上——那是我们的神庙——看着射在被上的日光，暗笑四围人们无谓的匆忙，回味前夜的痴梦——那是比做梦还有意思的事，——细想迟起的好处，惟我独尊地躺着，东倒西倾的小房立刻变做一座快乐的皇宫。

　　诗人画家为着要追求自己的幻梦，实现自己的痴愿，宁可牺牲一切物质的快乐，受尽亲朋的诟骂，他们从艺术里能够得到无穷的安慰，那是他们真实的世界，外面的世界对于他们反变成一个空虚。迟起艺术家也具有同等的精神。区区虽然不是一个迟起大师，但是对于本行艺术的确有无限的热忱——艺术家的狂热。所以让我拿自己做个例子吧。当我是个小孩时候，我的生活由家庭替我安排，毫无艺术的自觉，早上六点就起来了。后来到北方念书去，北方的天气是培养迟起最好的沃土，许多同学又都是程度很高的迟起艺术专家，于是绝好的环境同朋辈的切磋使我领略到迟起的深味，我的忠于艺术的热度也一天一天地增高。暑假年假回家时期，总在全家人吃完了早饭之后，我才敢动起床的念头。老父常常对我说清晨新鲜空气的好处，母亲有时提到重温稀饭的麻烦，慈爱的祖母也屡次向我姑母说"早起三日当一工"（我的姑母老是起得很早的），我虽然万分不愿意失丢大人们的欢心，但是为着忠于艺术的缘故，居然甘心得罪老人家。后来老人家知道我是无可救药的，反动了怜惜的心肠，他们早上九点钟时候走过我的房门前还是用着足尖；人们温情地放纵我们的弱点是最容易刺动我们麻木的良心，但是我总舍不得违弃了心爱的艺术，所以还是懊悔地照样地高卧。在大学里，有几位道貌岸然的教授对于迟到学生总是白眼相待，我不幸得很，老做他们白眼的鹄的[1]，也曾好几次下个决心早起，免得一进教室的门，就受两句冷讽，可是一年一年地过去，我足足受了四年的白眼待遇，里头的苦处是别人想不出来的。有一年寒假住在亲戚家里，他们晚饭的时间是很早的，所以一醒来，腹里就咕隆地响着，我却按下饥肠，故意想出许多有趣事情，使自己忘却了肚饿，有时饿出汗来，还是坚持着非到十时是不起来的，对于艺术我是多么忠实，情愿牺牲。枵腹做诗的爱仑·波[2]真可说是我的同志。后来入世谋生，自然会忽略了艺术的追求；不过我还是尽量地保留一向的热诚，虽然已经是够堕落了。想起我个人因为迟起所受的许多说不出的苦痛，我深深相信迟起是一门艺术，因为只有艺术才会这样带累人，也只有艺术家才肯这样不变初衷地往前牺牲一切。

但是从迟起我也得到不少安慰，总够补偿我种种的苦痛。迟起给我最大的好处是我没有一天不是很快乐地开头的。我天天起来总是心满意足的，觉得我们住的世界无日不是春天，无处不是乐园。当我神怡气舒地躺着时候，我常常记起勃浪宁[3]的诗："上帝在上，万物各得其

---

[1] 鹄的，这里是"目标"的意思。
[2] 今译爱伦·坡（1809—1849），英国著名诗人、小说家、文艺批评家。
[3] 今译布朗宁。

所。"（鱼游水里，鸟栖树枝，我卧床上。）人生是短促的，可是若使我们有过光荣的青春，我们的一生就不能算是虚度，我们的残年很可以傍着火炉，晒着太阳在回忆里过日子。同样地一天的光阴是很短促的，可是若使我们有过光荣的早上，（一半时间花在床上的早晨！）我们这一天就不能说是白丢了，我们其余时间可以用在追忆清早的幸福，我们青年时期若使是欣欢的结晶，我们的余生一定不会很凄凉的，青春的快乐是有影子留下的，那影子好似带了魔力，惨淡的老年给它一照，也呈出和蔼慈祥的光辉。我们一天里也是一样的，人们不是常说：一件事情好好地开头，就是已经成功一半了；那么赏心悦意的早晨是一天快乐的先导。迟起不单是使我天天快活地开头，还叫我们每夜高兴地结束这个日子；我们夜夜去睡时候，心里就预料到明早迟起的快乐——预料中的快乐是比当时的享受，味还长得多——这样子我们一天的始终都是给生机活泼的快乐空气围住，这个可爱的升平景象却是迟起一手做成的。

迟起不仅是能够给我们这甜蜜的空气，它还能够打破我们结结实实的苦闷。人生最大的愁忧是生活的单调。悲剧是很热闹的，怪有趣的，只有那不生不死的机械式生活才是最无聊赖的。迟起真是唯一的救济方法。你若使感到生活的沉闷，那么请你多睡半点钟（最好是一点钟），你起来一定觉得许多要干的事情没有时间做了，那么是非忙不可——"忙"是进到快乐宫的金钥，尤其那自己找来的忙碌。忙是人们体力发泄最好的法子，亚里士多德不是说过人的快乐是生于能力变成效率的畅适。我常常在办公时间五分钟以前起床，那时候洗脸拭牙进早餐，都要用最快的速度完成，全变做最浪漫的举动，当牙膏四溅，脸水横飞，一手拿着头梳，对着镜子，一面吃面包时节，谁会说人生是没有趣味呢？而且当时只怕过了时间，心中充满了冒险的情绪。这些暗地晓得不碍事的冒险兴奋是顶可爱的东西，尤其是对于我们这班不敢真真履险的懦夫。我喜欢北方的狂风，因为当我们冲着黄沙往前进的时候，我们仿佛是斩将先登，冲锋陷阵的健儿，跟自然的大力肉搏，这是多么可歌可泣的壮举，同时除开耳孔鼻孔塞点沙土外，丝毫危险也没有，不管那时是怎地像煞有介事样子。冒险的嗜好哪个人没有，不过我们胆小，不愿白丢了生命，仁爱的上帝，因此给我们卷地蔽天的刮风，做我们安稳冒险的材料。住在江南的可怜虫，找不到这一天赐的机会，只得英雄做时势，迟些起来，自己创造机会。就是放假期间，十时半起床，早餐后抽完了烟，已经十一时过了，一想到今天打算做的事情一件也没有动手，赶紧忙着起来——天下里还有比无事忙更有趣味的事吗？若使你因为迟起挨到人家的闲话，那最少也可以打破你日常一波不兴无声无阒的生活。我想凡是尝过生活的深味的人一定会说痛苦比单调灰色生活强得多，因为痛苦是活的，灰色的生活却是死的象征。迟起本身好似是很懒惰的，但是它能够给我们最大的活气，使我们的生活跳动生姿；世上最懒惰不过的人们是那般黎明即起，老早把事做好，坐着呆呆地打呵欠的人们。迟起所有的这许多安慰，除开艺术，我们哪里还找得出来呢？许多人现在还不明白迟起的好处，这也可以证明迟起是一种艺术，因为只有艺术人们才会这样地不去睬它。

现在春天到了，"春宵苦短日高起"，五六点钟醒来，就可以看见太阳，我们可以醉也似地躺着，一直躺了好几个钟头，静听流莺的巧啭，细看花影的慢移，这真是迟起的绝好时光。能让我们天天多躺一会儿吧，别辜负了这一刻千金的"春朝"。

《懒惰汉的懒惰想头》是当代英国小品文家Jerome K Jerome [1] 的文集名字（*Idle Thoughts of an Idle Fellow*），集里所说的都是拉闲扯散，瞎三道四的废话，可是自带有幽默的深味，好似对于人生有比一般人更微妙的认识同玩味——这或者只是因为我自己也是懒惰汉，官官相卫，惺惺惜惺惺，那么也好，就随它去吧。"春宵一刻值千金"这句老话，是谁也知道的，我觉得换一个字，就可以做我的题目。连小小二句题目，都要东抄西袭凑合成的，不肯费心机自己去做一个，这也可以见我的懒惰了。

在副题目底下加了"之一"两字，自然是指明我还要继续写些这类无聊的小品文字，但是什么时候会写第二篇，那是连上帝都不敢预言

---

[1] 杰罗姆·凯·杰罗姆（1859—1972），英国著名散文家。

的，我是那么懒惰。有时晚上想好了意思[1]，第二天起得太早，心中一懊悔，什么好意思都忘却了。

---

[1] 此处作者在收入《春醪集》是略微做了改动，原文是"第二天起得太迟，一下床忙着办公去，就弄忘记了"。

天真与经验

　　天真和经验好像是水火不相容的东西。我们常以为只有什么经验也没有的小孩子才会天真，他那位饱历沧桑的爸爸是得到经验，而失掉天真了。可是，天真和经验实在并没有这样子不共戴天，它们俩倒很常是聚首一堂。英国最伟大的神秘诗人勃来克[1]著有两部诗集：《天真的歌》（Songs of Innocence）同《经验的歌》（Songs of Experience）。在天真的歌里，他无忧无虑地信口唱出晶莹甜蜜的诗句，他简直是天真的化身，好像不晓得世上是有龌龊的事情的。然而在经验的歌里，他把人情的深处用简单的辞句表现出来，真是找不出一个比他更有世故的人了。他将伦敦城里扫烟囱小孩子的穷苦，娼妓的厄运说得辛酸凄迷，可说是看尽人间世的烦恼。可是他始终仍然是那么天真，他还是常常亲眼看见天使；当他的工作没有做得满意时候，他就同他的妻子双双跪下，向上帝祈祷。他快死的前几天，那时他结婚已经有四十五年了，一天他看着他的妻子，忽然拿起铅笔叫道："别动！在我眼里你一向是一个天使，我要把你画下。"他就立刻画出她的相貌。这是多么天真的举动。尖酸刻毒的斯惠夫特[2]写信给他那两位知心的女人时候，的确是十足的孩

---

　　[1] 今译布莱克（William Blake，1757—1827），英国十九世纪著名浪漫主义诗人。

　　[2] 今译斯威夫特（1667—1745），十八世纪英国著名的讽刺作家和政治家。

子气，谁去念The Journal to Stella[1]这部书信集，也不会想到写这信的人就是Gulliver's Travels[2]的作者。斯蒂芬生[3]在他的小品文集《贻青年少女》中（*Virginibus Puerisque*），说了许多世故老人的活，尤其是对于婚姻，讲有好些叫年轻的爱人们听着会灰心的冷话。但是他却没有失丢了他的童心，他能够用小孩子的心情去叙述海盗的故事，他又能借小孩子的口气，著出一部《小孩的诗园》（*A Child's Garden of Verses*），里面充满着天真的空气，是一本儿童文学的杰作。可见确然吃了智识的果，还是可以在乐园里逍遥到老。我们大家并不是个个人都像亚当先生那么不幸。

也许有人会说，这班诗人们的天真是装出来的，最少总有点做作的痕迹，不能像小孩子的天真那么浑脱自然，毫无机心。但是，我觉得小孩子的天真是靠不住的，好像个很脆的东西，经不起现实的接触。并且当他们才发现出人情的险诈同世路的崎岖时候，他们会非常震惊，因此神经过敏地以为世上除开计较得失利害外是没有别的东西的，柔嫩的心或者就这么麻木下去，变成个所谓值得父兄赞美的少年老成人了。他们从前的天真是出于无知，值不得什么赞美的，更值不得我们欣羡。桌子是个一无所知的东西，它既不晓得骗人，更不会去骗人，为什么我们不去颂扬桌子的天真呢？小孩子的天真跟桌子的天真并没有多大的分别。至于那班已坠世网的人们的天真就大不同了。他们阅历尽人世间的纷扰，经过了许多得失哀乐，因为看穿了鸡虫得失的无谓，又知道在太阳底下是难逢笑口的，所以肯将一切利害的观念丢开，来任口说去，任性做去，任情去欣赏自然界的快乐。他们以为这样子痛快地活着才是值得的。他们把机心看做是无谓的虚耗，自然而然会走到忘机的境界了。他们的天真可说是被经验锻炼过了，仿佛像在八卦炉里蹲过，做成了火眼

---

[1] 可译为《致斯苔腊的书信集》，作者斯威夫特。

[2] 斯威夫特最著名的文学作品，寓言小说《格列佛游记》。

[3] 今译斯蒂文森（Robert Louis Stevenson），英国作家。也是《新天方夜谭》和《金银岛》的作者。

金睛的孙悟空。人世的波涛再也不能将他们的天真卷去，他们真是"世路如今已惯，此心到处悠然"，这种悠然的心境既然成为习惯，习惯又成天然，所以他们的天真也是浑脱一气，没有刀笔的痕迹的。这个建在理智上面的天真绝非无知的天真所可比拟的，从无知的天真走到这个超然物外的天真，这就全靠着个人的生活艺术了。

忽然记起我自己去年的生活了，那时我同G常作长夜之谈。有一晚电灯灭后，蜡烛上时，我们搓着睡眼，重新燃起一斗烟来，就谈着年轻人所最爱谈的题目——理想的女人。我们不约而同地说道最可爱的女子是像卖解，女优，歌女等这班风尘人物里面的痴心人。她们流落半生，看透了一切世态，学会了万般敷衍的办法，跟人们好似是绝不会有情的，可是若使她们真真爱上了一个情人，她们的爱情比一般的女子是强万万倍的。她们不像没有跟男子接触过的女子那样盲目，口是心非的甜言蜜语骗不了她们，暗地皱眉的热烈接吻瞒不过她们的慧眼，她们一定要得到了个一往情深的爱人，才肯来永不移情地心心相托。她们对于爱人所以会这么苛求，全因为她们自己是恳挚万分。至于那班没有经验的女子，她们常常只听到几句无聊的卿卿我我，就以为是了不得了，她们的爱情轻易地结下，将来也就轻易地勾销，这哪里可以算做生生死死的深情。不出闺门的女子只有无知，很难有颠扑不破的天真，同由世故的熔炉里铸炼出来的热情。数十年来我们把女子关在深闺里，不给她们一个得到经验的机会，既然没有经验来锻炼，她们当然不容易有个强毅的性格，我们又来怪她们的杨花水性，说了许多混话，这真是太冤枉了。我们把无知误解做天真，不晓得从经验里突围而出的天真才是可贵的，因此上造了这九洲大错，这又要怪谁呢？

没有尝过劳苦的人们是不懂得安逸的好处的，没有感到人生的寂寞的人们是不能了解爱的价值的，同样地未曾有过经验的孺子是不知道天真之可贵的。小孩子一味天真，糊糊涂涂地过日，对于天真并未曾加以认识，所以不能做出天真的诗歌来，笨大的爸爸们尝遍了各种滋味，然后再洗涤俗虑，用锻炼过后的赤子之心来写诗歌，却做出最可喜的儿童文学，在这点上就可以看出人世的经验对于我们是最有益的东西了。老年人所以会和蔼可亲也是因为他们受过了经验的洗礼。必定要对于人世上万物万事全看淡了，然后对于一二件东西的留恋才会倍见真挚动人。宋诗里常有这种意境。欧阳永叔[1]的"棋罢不知人换世，酒阑无奈客思家"，同苏长公[2]的"存亡惯见浑无泪，乡井难忘尚有心"全能够表现出这种依依的心情。虽然把人世存亡全置之度外，漠然不动于衷。但是对于客子的思家同自己的乡愁仍然是有些牵情。这种怅惘的情怀是多么清新可喜，我们读起来觉得比处处留情的才子们的滥情是高明得多，这全因为他们的情绪受过了一次蒸馏。从经验里出来的天真会那么带着诗情也是为着同样的缘故。

蔼里斯[3]在他的杰作《性的心理的研究》第六卷里说道："就说我们承认看着裸体会激动了热情，这个激动还是好的，因为它引起我们的一种良好习惯，自制。为着恐怕有些东西对于我们会有引诱的能力，就赶紧跑到沙漠去住，这也可说是一种可怜的道德了。我们应当知道在文化当中故意去创造出一个沙漠来包围自己，这种举动是比别的要更坏得多了。我们无法去丢热情，即使我们有这个决心；何尔巴哈[4]说得好，理智是教人这样拣择正当的热情，教育是教人们怎样把正当的热情种植培养在人心里面。观看裸体有一个精神上的价值，那可以教我们学会去欣赏我们没有占有着的东西，这个教训是一切良好的社会生活的重要预备训练：小孩子应当学到看见花，而不想去采它；男人应当学到看见着一个女人的美，而不想占有她。"我们所说的天真常是躲在沙漠里，远隔人世的引诱这类的天真。经验陶冶后的天真是见花不采，看到美丽的女人，不动枕席之念的天真。

人世是这么百怪千奇，人命是这样他生未卜，这个千载一时的看

---

[1] 指欧阳修（1007—1072年），字永叔，自号醉翁，晚年号六一居士，谥号文忠，世称欧阳文忠公，北宋时期政治家、文学家、史学家和诗人。

[2] 指苏轼（1037—1101），又名苏东坡，字子瞻，又字和仲，号"东坡居士"。北宋著名文学家、书画家、诗人、词人。

[3] 今译埃利斯。

[4] 今译费尔巴哈（1804—1872），德国唯物主义哲学家。

世界机会实在不容错过，绝不可误解了天真意味，把好好的人儿囚禁起来，使他草草地过了一生，并没有尝到做人的意味，而且也不懂得天真的真意了。这种活埋的方法绝非上帝造人的本意，上帝是总有一天会跟这班刽子手算账的。我们还是别当刽子手好吧，何苦手上染着女人小孩子的血呢！

途
中

今天是个潇洒的秋天，飘着零雨，我坐在电车里，看到沿途店里的伙计们差不多都是懒洋洋地在那里谈天，看报，喝茶——喝茶的尤其多，因为今天实在有点冷起来了。还有些只是倚着柜头，望望天色。总之纷纷扰扰的十里洋场顿然现出闲暇悠然的气概，高楼大厦的商店好像都化做三间两舍的隐庐，里面那班平常替老板挣钱，向主顾陪笑的伙计们也居然感到了生活余裕的乐处，正在拉闲扯散地过日，仿佛全是古之隐君子了。路上的行人也只是稀稀的几个，连坐在电车里面上银行去办事的洋鬼子们也燃着烟斗，无聊赖地看报上的广告，平时的燥气全消，这大概是那件雨衣的效力吧！到了北站，换上去西乡的公共汽车，雨中的秋之田野是别有一种风味的。外面的濛濛细雨是看不见的，看得见的只是车窗上不断地来临的小雨点，同河面上错杂得可喜的纤纤雨脚。此外还有粉般的小雨点从破了的玻璃窗进来，栖止在我的脸上。我虽然有些寒战，但是受了雨水的洗礼，精神变成格外地清醒。已撄世网，醉生梦死久矣的我真不容易有这么清醒，这么气爽。再看外面的景色，既没有像春天那娇艳得使人感到它的不能久留，也不像冬天那样树枯草死，好似世界是快毁灭了，却只是静默默地，一层轻轻的雨雾若隐若现地盖着，把大地美化了许多，我不禁微吟着乡前辈姜白石[1]的诗句，

---

[1] 姜夔（约1155—1221），号白石道人，南宋著名词人。

真是"人生难得秋前雨"。忽然想到今天早上她皱着眉头说道："这样凄风苦雨的天气，你也得跑那么远的路程，这真可厌呀！"我暗暗地微笑。她哪里晓得我正在凭窗赏玩沿途的风光呢？她或者以为我现在必定是哭丧着脸，像个到刑场的死囚，万不会想到我正流连着这叶尚未凋，草已添黄的秋景。同情是难得的，就是错误的同情也是无妨，所以我就让她老是这样可怜着我的仆仆风尘吧；并且有时我有什么逆意的事情，脸上露出不豫的颜色，可以借路中的辛苦来遮掩，免得她一再追究，最后说出真话，使她平添了无数的愁绪。

其实我是个最喜欢在十丈红尘里奔走道路的人。我现在每天在路上的时间差不多总在两点钟以上，这是已经有好几月了，我却一点也不生厌，天天走上电车，老是好像开始蜜月旅行一样。电车上和道路上的人们彼此多半是不相识的，所以大家都不大拿出假面孔来，比不得讲堂里，宴会上，衙门里的人们那样彼此拼命地一味敷衍。公园，影戏院，游戏场，馆子里面的来客个个都是眉花眼笑的，最少也装出那么样子，墓地，法庭，医院，药店的主顾全是眉头皱了几十纹的，这两下都未免太单调了，使我们感到人世的平庸无味，车子里面和路上的人们却具有万般色相，你坐在车里，只要你睁大眼睛不停地观察了三十分钟，你差不多可以在所见的人们脸上看出人世一切的苦乐感觉同人心的种种情调。你坐在位子上默默地鉴赏，同车的客人们老实地让你从他们的形色举止上去推测他们的生平同当下的心境，外面的行人一一现你眼前，你尽可恣意瞧着，他们并不会晓得，而且他们是这么不断地接连走过，你很可以拿他们来彼此比较，这种普通人的行列的确是比什么赛会都有趣得多，路上源源不绝的行人可说是上帝设计的赛会，当然胜过了我们佳节时红红绿绿的玩意儿了。并且在路途中我们的心境是最宜于静观的，最能吸收外界的刺激的。我们通常总是有事干，正经事也好，歪事也好，我们的注意免不了特别集中在一点上，只有路途中，尤其走熟了的长路，在未到目的地以前，我们的方寸是悠然的，不专注于一物，却是无所不留神的，在匆匆忙忙的一生里，我们此时才得好好地看一看人生的真况。所以无论从那一方面说起，途中是认识人生最方便的地方。车中，船上同人行道可说是人生博览会的三张入场券，可惜许多人把它们当做废纸，空走了一生的路。我们有一句古话："读万卷书，行万里路。"所谓行万里路自然是指走遍名山大川，通都大邑，但是我觉换一个解释也是可以。一条的路你来往走了几万遍，凑成了万里这个数目，只要你真用了你的眼睛，你就可以算是懂得人生的人了。俗语说道："秀才不出门，能知天下事。"我们不幸未得入泮[1]，只好多走些路，来见见世面吧！对于人生有了清澈的观照，世上的荣辱祸福不足以扰乱内心的恬静，我们的心灵因此可以获到永久的自由，可见个个的路都是到自由的路，并不限于罗素先生所钦定的；所怕的就是面壁参禅，目不窥路的人们，他们自甘沦落，不肯上路，的确是无法可办。读书是间接地去了解人生，走路是直接地去了解人生，一落言诠，便非真谛，所以我觉得万卷书可以搁开不念，万里路非放步走去不可。

　　了解自然，便是非走路不可。但是我觉得有意的旅行倒不如通常的走路那样能与自然更见亲密。旅行的人们心中只惦着他的目的地，精神是紧张的。实在不宜于裕然地接受自然的美景。并且天下的风光是活的，并不拘于一谷一溪，一洞一岩，旅行的人们所看的却多半是这些名闻四海的死景，人人莫名其妙地照例赞美的胜地。旅行的人们也只得依样葫芦一番，做了万古不移的传统的奴隶。这又何苦呢？并且只有自己发现出的美景对着我们才会有贴心的亲切感觉，才会感动了整个心灵，而这些好景却大抵是得之偶然的，绝不能强求。所以有时因公外出，在火车中所瞥见的田舍风光会深印在我们的心坎里，而花了盘川，告了病假去赏玩的名胜倒只是如烟如雾地浮动在记忆的海里。今年的春天同秋天，我都去了一趟杭州，每天不是坐在划子里听着舟子的调度，就是跑山，恭敬地聆着车夫的命令，一本薄薄的指南隐隐地含有无上的威权，等到把所谓胜景一一领略过了，重上火车，我的心好似去了重担。当我再继续过着我通常的机械生活，天天自由地东瞧西看，再也不怕受了舟子，车夫 游侣的责备，再也没有什么应该非看不可的东西，我真快乐

---

[1] 古代将中秀才成为"入泮"。

得几乎发狂。西泠的景色自然是渐渐消失得无影无迹，可惜消失得太慢，起先还做了我几个噩梦的背景。当我梦到无私的车夫，带我走着崎岖难行的宝石山或者光滑不能住足的往龙井的石路，不管我怎样求免，总是要迫我去看烟霞洞的烟霞同龙井的龙角。谢谢上帝，西湖已经不再浮现在我的梦中了。而我生平所最赏心的许多美景是从到西乡的公共汽车的玻璃窗得来的。我坐在车里，任它一上一下，一左一右地跳荡，看着老看不完的十八世纪长篇小说，有时闭着书随便望一望外面天气，忽然觉得青翠迎人，遍地散着香花，晴天现出不可描摹的蓝色。我顿然感到春天已到大地，这时我真是神魂飞在九霄云外了。再去细看一下，好景早已过去，剩下的是闸北污秽的街道，明天再走到原地，一切虽然仍旧，总觉得有所不足，与昨天是不同的，于是乎那天的景色永留在我的心里。甜蜜的东西看得太久了也会厌烦，真真的好景都该这样一瞬即逝，永不重来。婚姻制度的最大毛病也就是在于日夕聚首：将一切好处都因为太熟而化成坏处了。此外在热狂的夏天，风雪载途的冬季我也常常出乎意料地获到不可名言的妙境，滋润着我的心田。会心不远，真是陆放翁[1]所谓的"何处楼台无月明"。自己培养有一个易感的心境，那么走路的确是了解自然的捷径。

"行"不单是可以使我们清澈地了解人生同自然，它自身又是带有诗意的，最浪漫不过的。雨雪霏霏，杨柳依依，这些境界只有行人才有福享受的。许多奇情逸事也都是靠着几个人的漫游而产生的。《西游记》，《镜花缘》，《老残游记》，Cervantes的《吉诃德先生》[2]（*Don Quix-ote*），Swift的《海外轩渠录》[3]（*Gulliver's Travels*），Bunyan的《天路历程》[4]（*Pilgrim's Progress*），Cowper的《痴汉骑

---

[1] 指陆游（1125—1210），字务观，号放翁，南宋诗人、词人。

[2] 《吉诃德先生》，今常译为《堂吉诃德》，作者塞万提斯是西班牙著名小说家、戏剧家、诗人。

[3] 指的是斯威夫特的《格列佛游记》。

[4] 《天路历程》作者是英国清教徒、传道士班扬。这部书是他在狱中所作的寓言式讽喻小说。

马歌》[1]（*John Gilpin*），Dickens 的 *Pickwick Papers* [2]，Byron 的 *Childe Harold's Pilgrimage* [3]，Fielding 的 *Joseph Andrews* [4]，Gogols 的 *Dead Souls* [5] 等不可一世的杰作没有一个不是以"行"为骨子的，所说的全是途中的一切，我觉得文学的浪漫题材在爱情以外，就要数到"行"了。陆放翁是个豪爽不羁的诗人，而他最出色的杰作却是那些纪行的七言。我们随便抄下两首，来代我们说出"行"的浪漫性吧！

剑南道中遇微雨

衣上征尘杂酒痕，远游无处不销魂，

此身合是诗人未，细雨骑驴入剑门。

南定楼遇急雨

行遍梁州到益州，今年又作度泸游，

江山重复争供眼，风雨纵横乱入楼，

人语朱离逢峒獠，棹歌欸乃下吴州，

天涯住稳归心懒，登览茫然却欲愁。

因为"行"是这么会勾起含有诗意的情绪的，所以我们从"行"可以得到极愉快的精神快乐，因此"行"是解闷消愁的最好法子，将濒自杀的失恋人常常能够从漫游得到安慰，我们有时心境染上凄迷的色调，散步一下，也可以解去不少的忧愁。Hawthorne [6] 同Edgar

---

[1] 今译《约翰·吉尔平》，作者是柯珀。

[2] 指狄更斯的《匹克威克外传》。

[3]《恰尔德·哈罗德游记》，是拜伦的一首长诗，也是他的成名之作。

[4]《约瑟夫·安德鲁斯》，作者菲尔丁（1707—1754），英国小说家。这是一部模仿塞万提斯的《堂吉诃德》的风格，写的一部冒险故事。

[5] 指果戈理的《死魂灵》。

[6] 霍桑（Nathaniel Hawthorne 1804—1864），美国小说家。

Allen Poe[1] 最爱描状一个心里感到空虚的悲哀的人不停地在城里的各条街道上回复地走了又走，以冀对于心灵的饥饿能够暂时忘却。Dostoievsky[2] 的《罪与罚》里面的Raskolnikov[3] 犯了杀人罪之后，也是无目的到处乱走，仿佛走了一下，会减轻了他心中的重压。甚至于有些人对于"行"具有绝大的趣味，把别的趣味一齐压下了，Stevenson[4] 的《流浪汉之歌》就表现出这样的一个人物，他在最后一段里说道："财富我不要，希望，爱情，知己的朋友，我也不要；我所要的只是上面的青天同脚下的道路。"

 Wealth I ask not，hope nor love，

 Nor a friend to know me；

 All I ask，the heaven above

 And the road below me.

Walt Whitman[5] 也是一个歌颂行路的诗人，他的《大路之歌》真是"行"的绝妙赞美诗，我就引他开头的雄浑诗句来做这段的结束吧！

 A foot and light-hearted I take to the open road，

 Healthy，free，the world before me，

 The long brown path before me leading wherever I choose.[6]

---

　　[1] 爱伦·坡（1809—1849），英国著名诗人、小说家、文艺批评家。

　　[2] 陀思妥耶夫斯基（Фёдор Михайпович Достоévский，1821—1881），是俄国文学的卓越代表，与列夫·托尔斯泰、屠格涅夫等人齐名。

　　[3] 拉斯科尔尼柯夫，陀思妥耶夫斯基的代表作《罪与罚》中的人物。

　　[4] 斯蒂文森。

　　[5] 惠特曼（1810/1819？—1892），美国诗人。

　　[6] 根据《大路之歌》的译本，这一段可译为："我轻松愉快地走上大路；我健康，我自由，整个世界展开在我的面前；漫长的黄土道路可引到我想去的地方。"

　　我们从摇篮到坟墓也不过是一条道路，当我们正寝以前，我们可说是老在途中。途中自然有许多的苦辛，然而四围的风光和同路的旅人都是极有趣的，值得我们跋涉这程路来细细地鉴赏。除开这条悠长的道路外，我们并没有别的目的地，走完了这段征程，我们也走出了这个世界，重回到起点的地方了。科学家说我们就归于毁灭了，再也不能重走上这段路途，主张灵魂不灭的人们以为来日方长，这条路我们还能够一再重走了几千万遍。将来的事，谁去管它，也许这条路有一天也归于毁灭，我们还是今天有路今天走吧，最要紧的是不要闭着眼睛，朦朦[1]一生，始终没有看到了世界。

---

　　[1] 作者在讲本文收入《泪与笑》时，将原文的"草草"改为了"朦朦"。

破晓

今天破晓酒醒时候，我忽然忆起前晚上他向我提过"空持罗带，回首恨依依"[1]这两句词。仿佛前宵酒后曾有许多感触。宿酒尚未全醒的我，就闭着眼睛暗暗地追踪那时思想的痕迹。底下所写下来的就是还逗留在心中的一些零碎。也许有人会拿心理分析的眼光含讥地来解剖这些杂感，认为是变态的，甚至于低能的，心理的表现；可是我总是十分喜欢它们。因为我爱自己，爱这个自己厌恶着的自己，所以我爱我自己心里流出，笔下写出的文字，尤其爱自己醒时流泪醉时歌这两种情怀凑合成的东西。而且以善于写信给学生家长，而荣膺大学校长的许多美国大学校长，和单知道立身处世，势利是图的佛兰克林[2]式的人物，虽然都是神经健全，最合于常态心理的人们，却难免得使甘于堕落的有志之士恶心。

"空持罗带，回首恨依依"，这真是我们这一班人天天尝着的滋味。无数黄金的希望失掉了，只剩下希望的影子，作此刻怅惘的资料。此刻又弄出许多幻梦，几乎是明知道不能实现的幻梦，那又是将来回首时许多感慨之所系。于是乎，天天在心里建起七宝楼台，天天又看到前天架起的灿烂的建筑物消失在云雾里，化作命运的狞笑，仿佛《亚俪丝

---

[1] 这是南唐后主李煜的《临江仙》末尾的两句。
[2] 可能指的是富兰克林。

48

异乡游记》^[1]里所说的空中里一个猫的笑脸。可是我们心里又晓得命运是自己，某一位文豪早已说过，"性格是命运"了！不管我们怎样似乎坦白地向朋友们，向自己痛骂自己的无能和懦弱，可是对于这个几十年来寸步不离，形影相依的自己怎能说没有怜惜，所以只好抓着空气，捏成一个莫名其妙的命运，把天下地上的一切可杀可留的事情全归诿在他（照希腊神话说，应当称为她们^[2]）的身上，自己清风朗月般在旁学泼妇的骂街。屠格涅夫在他的某一篇小说里不是说过：Destiny makes everyman, and everyman makes his own destiny. （命运定了一切人，然而一切人能够定他自己的命运。）

屠格涅夫，这位旅居巴黎，后来害了谁也不知道的病死去的老文人，从前我对他很赞美，后来却有些失恋了。他是一个意志薄弱的人，他最爱用微酸的笔调来描绘意志薄弱的人，我却也是个意志薄弱的人，也常在玩弄或者吐唾自己这种心性，所以我对于他的小说深有同感，然而太相近了，书上的字，自己心里的意思，颠来倒去无非意志薄弱这个概念，也未免太单调，所以我已经和他久违了。他在年轻时候曾跟一个农奴的女儿发生一段爱情，好像还产有一位千金，后来却各自西东了，他小说里也常写这一类飞鸿踏雪泥式的恋爱，我不幸得很或者幸得很却未曾有过这么一回事，所以有时倒觉得这个题材很可喜，这也是我近来又翻翻几本破旧尘封的他的小说集的动机。这几天偷闲读屠格涅夫，无意中却有个大发现，我对于他的敬慕也重新燃起来了。屠格涅夫所深恶的人是那班成功的人，他觉得他们都是很无味的庸人，而那班从娘胎里带来一种一事无成的性格的人们却多少总带些诗的情调。他在小说里凡是说到得意的人们时，常现出藐视的微笑和嘲侃的口吻。这真是他独到的地方，他用歌颂英雄的心情来歌颂弱者，使弱者变为他书里唯一的英

---

[1] 今译《爱丽丝漫游奇境记》，是世界最受欢迎的童话之一。作者是卡罗尔（1832—1898），英国著名数学家。

[2] 在希腊神话中，掌管命运的是位女神，名字叫做堤喀，后来混同于罗马宗教信奉的掌管时运的女神福尔图娜。

雄，我觉得他这种态度是比单描写弱者性格，和同情于弱者的作家是更别致，更有趣得多。实在说起来，值得我们可怜的绝不是一败涂地的，却是事事马到功成的所谓幸运人们。

人们做事情怎么会成功呢？他必定先要暂时跟人世间一切别的事物绝缘，专心致志去干目前的勾当。那么，他进行得愈顺利，他对于其他千奇百怪的东西越离得远，渐渐对于这许多有意思的玩意儿感觉迟钝了，最后逃不了个完全麻木。若使当他干事情时，他还是那样子处处关心，事事牵情，一曝十寒地做去，他当然不能够有什么大成就，可是他保存了他的趣味，他没有变成个只能对于一个刺激生出反应的残缺的人。有一位批评家说第一流诗人是不做诗的，这是极有道理的话。他们从一切目前的东西和心里的想象得到无限诗料，自己完全浸在诗的空气里，鉴赏之不暇，哪里还有找韵脚和配轻重音的时间呢？人们在刺心的悲哀里时是不会做悲歌的，Tennyson[1] 的 *In Memoriam*[2] 是在他朋友死后三年才动笔的。一生都沉醉于诗情中的绝代诗人自然不能写出一句的诗来。感觉钝迟是成功的代价，许多扬名显亲的大人物所以常是体广身胖，头肥脑满，也是出于心灵的空虚，无忧无虑麻木地过日。归根说起来，他们就是那么一堆肉而已。

人们对于自己的功绩常是带上一重放大镜。他不单是只看到这个东西，瞧不见春天的花草和街上的美女，他简直是攒到他的对象里面去了。也可说他太走近他的对象，冷不防地给他的对象一口吞下。近代人是成功的科学家，可是我们此刻个个都做了机械的奴隶，这件事聪明的 Samuel Butler[3] 六十年前已经屈指算出，在他的杰作《虚无乡》（*Erewhon*）里慨然言之矣。崇拜偶像的上古人自己做出偶像来跟自己打麻烦，我们这班聪明的，知道科学的人们都觉得那班老实人真可笑，

---

[1] 丁尼生（1809—1892），英国十九世纪的著名诗人。

[2] 可译为《悼念》，这是丁尼生给他的好友、著名诗人阿瑟·哈勒姆创作的挽歌集。

[3] 指勃特勒，后文中的提到的《虚无乡》，也译为《埃瑞洪》，是乌托邦的意思。这部书是继《格列佛游记》之后的一部幻想游记小说。

然而我们费尽心机发明出机械，此刻它们翻脸无情，踏着铁轮来蹂躏我们了。后之视今，犹今之视昔，真不知道将来的人们对于我们的机械会作何感想，这是假设机械没有将人类弄得覆灭，人生这幕喜剧的悲剧还继续演着的话。总之，人生是多方面的，成功的人将自己的十分之九杀死，为的是要让那一方面尽量发展，结果是尾大不掉，虽生犹死，失掉了人性，变做世上一两件极微小的事物的祭品了。

　　世界里什么事一达到圆满的地位就是死刑的宣告。人们一切的痴望也是如此，心愿当真实现时一定不如蕴在心头时那么可喜。一件美的东西的告成就是一个幻觉的破灭，一场好梦的勾销。若使我们在世上无往而不如意，恐怕我们会烦闷得自杀了。逍遥自在的神仙的确是比监狱中终身监禁的犯人还苦得多。闭在黑暗房里的囚犯还能做些梦消遣，神仙们什么事一想立刻就成功，简直没有做梦的可能了。所以失败是幻梦的保守者，怅惘是梦的结晶，是最愉快的，洒下甘露的情绪。我们做人无非为着多做些依依的心怀，才能逃开现实的压迫，剩些青春的想头，来滋润这将干枯的心灵。成功的人们劳碌一生最后的收获是一个空虚，一种极无聊赖的感觉，厌倦于一切的胸怀。在这本无目的的人生里，若使我们一定要找一个目的来磨折自己，那么最好的目的是制做"空持罗带，回首恨依依"的心境。

她走了

她走了，走出这古城，也许就这样子永远走出我的生命了。她本是我生命源泉的中心里的一朵小花，她的根总是种在我生命的深处，然而此后我也许再也见不到那隐有说不出的哀怨的脸容了。这也可说我的生命的大部分已经从我生命里消逝了。

两年前我的懦怯使我将这朵花从心上轻轻摘下，（世上一切残酷大胆的事情总是懦怯弄出来的，许多自杀的弱者，都是因为起先太顾惜生命了，生命果然是安稳地保存着，但是自己又不得不把它扔掉。弱者只怕失败，终免不了一个失败，天天兜着这个圈子，兜的回数愈多，也愈离不开这圈子了！）——两年前我的懦怯使我将这朵小花从心上摘下，花叶上沾着几滴我的心血，它的根当还在我心里，我的血就天天从这折断处涌出，化成脓了。所以这两年来我的心里的贫血症是一年深一年了。今天这朵小花，上面还濡染着我的血，却要随着江水——清流乎？浊流乎？天知道！——流去，我就这么无能为力地站在岸上，这么心里狂涌出鲜红的血。

"谁道人生无再少，门前流水尚能西。"但是我凄惨地相信西来的弱水绝不是东去的逝波。否则，我愿意立刻化作牛矢满面的石板在溪旁等候那万万年后的某一天。

她走之前，我向她扯了多少瞒天的大谎呀！但是我的鲜血都把它们染成为真实了。还没有涌上心头时是个谎话，一经心血的洗礼，却变做真实的真实了。我现在认为这是我心血唯一的用处。若使她知道个个谎都是从我心房里榨出，不像那信口开河的真话，她一定不让我这样不断地扯谎着。我将我生命的精华搜集在一起，全放在这些谎话里面，掷在她的脚旁，于是乎我现在剩下来的只是这堆渣滓，这个永远是渣滓的自己。我好比一根火柴，跟着她已经擦出一朵神奇的火花了。此后的岁月只消磨于躺在地板上做根腐朽的木屑罢了！人们践踏又何妨呢？"推枰犹恋全输局"，我已经把我的一生推在一旁了，而且丝毫也不留恋着。

她劝我此后还是少抽烟，少喝酒，早些睡觉，我听着我心里欢喜得正如破晓的枝头弄舌的黄雀，我不是高兴她这么挂念着我，那是用不着证明的，也是言语所不能证明的，我狂欢的理由是我看出她以为我生命还未全行枯萎，尚有留恋自己生命的可能，所以她进言的时期还没有完全过去；否则，她还用得着说这些话吗？我捧着这血迹模糊的心求上帝，希望她永久保留有这个幻觉。我此后不敢不多喝酒，多抽烟，迟些睡觉，表示我的生命力尚未全尽，还有心情来扮个颓丧者，因此使她的幻觉不全是个幻觉。虽然我也许不能再见她的情影了，但是我却有些迷信，只怕她靠着直觉能够看到数千里外的我的生活情形。

她走这之前，她老是默默地听我的忏情的话，她怎能说什么呢？我怎能不说呢？但是她的含意难伸的形容向我诉出这十几年来她辛酸的经验，悲哀已爬到她的眉梢同她的眼睛里去了，她还用得着言语吗？她那轻脆的笑声是她沉痛的心弦上弹出的绝调，她那欲泪的神情传尽人世间的苦痛，她使我凛然起敬，我觉得无限的惭愧，只好滤些清净的心血，凝成几句的谎言。天使般的你呀！我深深地明白你会原宥，我从你的原宥我得到我这个人唯一的价值。你对我说，"女子多半都是心地极偏狭的，顶不会容人的，我却是心地最宽大的。"你这句自白做了我黑暗的心灵的闪光。

我真认识得你吗？真走到你心窝的隐处吗？我绝不这样自问着，我知道在我不敢讲的那个字的立场里，那个字就是唯一的认识。心心相契的人们哪里用得着知道彼此的姓名和家世。

你走了，我生命的弦戛然一声全断了，你听见了没有？

写这篇东西时，开头是用"她"字，但是有几次总误写做"你"字，后来就任情地写"你"字了。仿佛这些话迟早免不了被你瞧见，命运的手支配着我的手来写这篇文字，我又有什么办法哩！[1]

---

[1] 这段落款和之后的一段附言，在作者将它收入《泪与笑》时删削了。原文如下："今天把昨夜写的重读一遍，觉得还没有说出我千万分之一的情绪，此后恐怕还免不了再写几篇这类的文字，我将自个的心灵搓碎，化成这区区几万字，也许会博读者的一粲吧！"

苦笑

你走了，我却没有送你。我那天不是对你说过，我不去送你吗。送你只添了你的伤心，我的伤心，不送许倒可以使你在匆忙之中暂时遗忘了你所永不能遗忘的我，也可以使我存了一点儿濒于绝望的希望，那时你也许还没有离开这古城。我现在一走出家门，就尽我的眼力望着来往街上远远近近的女子，看一看里面有没有你。在我眼里天下女子可分两大类，一是"你"，一是"非你"，一切的女子，不管村俏老少，对于我都失掉了意义，她们唯一的特征就在于"不是你"这一点，此外我看不出她们有什么分别。在Fichte[1]的哲学里，世界是分做ego和non-ego[2]两部分，在我的宇宙里，只有you和non-you[3]两部分。我憎恶一切人，我憎恶自己，因为这一切都不是你，都是我所不愿意碰到的，所以我虽然睁着眼睛，我却是个盲人，我什么也不能看见，因为凡是"不是你"的东西都是我所不肯瞧的。

我现在极喜欢在街上流荡，因为心里老想着也许会遇到你的影子，我现在觉得再有一瞥，我就可在回忆里度过一生了。在我最后见到你以前，我已经觉得一瞥就可以做成我的永生了，但是见了你之后，我仍然

---

[1] 费希特（1762—1814），唯心主义哲学的代表人物之一。

[2] 可翻译为"自我和非我"。

[3] 这里是"你和非你"的意思。

觉得还差了一瞥，仍然深信再一瞥就够了。你总是这么可爱，这么像孙悟空用绳子拿着银角大王的心肝一样，抓着我的心儿。我对于你只有无穷的刻刻的愿望，我早已失掉我的理性了。

你走之后，我变得和气得多了，我对于生人老是这么嘻嘻哈哈敷衍着，对于知己的朋友老是这么露骨地乱谈着，我的心已经随着你的衣缘飘到南方去了，剩下来的空壳怎么会不空心地笑着呢？然而，狂笑乱谈后心灵的沉寂，随和凑趣后的凄凉，这只有你知道呀！我深信你是饱尝过人世间苦辛的人，你已具有看透人生的眼力了。所以你对于人生取这么通俗的态度，这么用客套来敷衍我。你是深于忧患的，你知道客套是一切灵魂相接触的缓冲地，所以你拿这许多客套来应酬我，希冀我能够因此忘记我的悲哀，和我们以前的种种。你的装成无情正是你的多情，你的冷酷正是你的仁爱，你真是客套得使我太感到你的热情了。

今晚我醉了，醉得几乎不知道我自己的姓名。但是一杯一杯的酒使我从不大和我相干的事情里逃出，使我认识了有许多东西实在不是属于我的。比如我的衣服，那是如是容易破烂的，比如我的脸孔，那是如是容易变得更消瘦，换一个样子，但是在每杯斟到杯缘的酒杯底我一再见到你的笑容，你的苦笑，那好像一个人站在悬岩边际，将跳下前一刹那的微笑。一杯一杯干下去，你的苦笑一下一下沉到我心里。我也现出苦笑的脸孔了，也参到你的人生妙诀了。做人就是这样子苦笑地站着，随着地球向太空无目的地狂奔，此外并无别的意义。你从生活里得到这么一个教训，你还它以暗淡的冷笑，我现在也是这样了。

你的心死了，死得跟通常所谓成功的人的心一样地麻木，我的心也死了，死得恍惚世界已返于原始的黑暗了。两个死的心再连在一起有什么意义呢？苦痛使我们灰心，把我们的心化做再燃不着的灰烬，这真是"哀莫大于心死"。所以我们是已经失掉了生的意志和爱的能力了，"希望"早葬在坟墓之中了，就说将来会实现也不过是僵尸而已矣。

年纪总算轻轻，就这么万劫不复地结束，彼此也难免觉得惆怅吧！这么人不知鬼不觉地从生命的行列退出，当个若有若无的人，脸上还涌着红潮的你怎能甘心呢？因此你有时还发出挣扎着的呻吟，那是已堕陷阱的走兽最后的呼声。我却只有望着烟斗的烟雾凝想，想到以前可能，此刻绝难办到的事情。

今晚有一只虫，惭愧得很我不知道它叫做什么，在我耳边细吟，也许你也听到这类虫的声音吧！此刻我们居在地上听着，几百年后我们在地下听着，那有什么碍事呢，虫声总是这么可喜的。也许你此时还听不到虫声，却望着白浪滔天的大海微叹。你看见海上的波涛没有？来时多么雄壮，一会儿却消失得无影无踪，你我的事情也不过大海里的微波吧，也许上帝正凭阑远眺水平线上的苍茫山色，没有注意到我们的一起一伏，那时我们又何必如此夜郎自大，狂诉自个的悲哀呢？

坟

　　你走后，我夜夜真是睡得太熟了，夜里绝不醒来，而且未曾梦见过你一次，岂单是没有梦见你，简直什么梦都没有了。看看钟，已经快十点了，就擦一擦眼睛，躺在床上，立刻睡着。死尸一样地睡了九个钟头，这是我每夜的情形。你才走后，我偶然还涉遐思，但是渺茫地忆念一会儿，我立刻喝住自己，叫自己不要胡用心力，因为"想你"是罪过，可说是对你犯一种罪。不该想而想，想我所不配想的人，这样行为在中古时代叫做"渎神"，在有皇冕的国家叫做"大不敬"。从前读Bury[1]的《思想自由史》，对于他开章那几句话已经很有些怀疑，他说思想总是自由的，所以我们普通所谓思想自由实在是指言论自由。其实思想何曾自由呢！天下个个人都有许多念头是自己不许自己去想的，我的不敢想你也是如此。然而，"不想你"也是罪过，对于自己的罪过。叫我自己不想你，去拿别的东西来敷衍自己的方寸，那真是等于命令自己将心儿从身里抓出，掷到垃圾堆中。所以为着面面俱圆起见，我只好什么也不想，让世上事物的浮光掠影随便出入我的灵台，我的心就这么毫不自动地凄冷地呆着。失掉了生活力的心怎能够弄出幻梦呢，因此我夜夜都尝了死的意味，过个未寿终先入土的生活，那是爱伦·坡所喜欢的题材，那个有人说死在街头的爱

---

[1] 可能是英国著名的历史学家伯里（1861—1927）。

伦·坡呀！那脸容是悲剧的结晶的爱伦·坡呀！

可是，我心里却也不是空无一物，里面有一座小坟。"小影心头葬"，你的影子已深埋在我心里的隐处了。上面当然也盖一座石坟，两旁的石头照例刻上"春秋多佳日，山水有清音"这副对联，坟上免不了栽几棵松柏。这是我现在的"心境"，的的确确的心境，并不是境由心造的。负上莫明其妙的重担，拖个微弱的身躯，蹒跚地在这沙漠上走着，这是世人共同的状态；但是心里还有一座石坟镇压得血脉不流，这可是我的专利。天天过坟墓中人的生活，心里却又有一座坟墓，正如广东人雕的象牙球，球里有球，多么玲珑呀！吾友沉海说过："诉自己的悲哀，求人们给以同情，是等于叫花子露出胸前的创伤，请过路人施舍。"旨哉斯言！但是我对于我心里这个新冢颇有沾沾自喜的意思，认为这是我生命换来的艺术品，所以像 Coleridge[1] 诗里的古舟子那样牵着过路人，硬对他们说自己凄苦的心曲，甚至于不管他们是赴结婚喜宴的客人。

石坟上松柏的阴森影子遮住我一切年少的心情，"春秋多佳日，山水有清音"[2]，这二句诗冷嘲地守在那儿。十年前第一次到乡下扫墓，见到这两句对于死人嘲侃的话，我模糊地感到后死者对于泉下同胞的残酷。自然是这么可爱，人生是这么好玩，良辰美景，红袖青衫，枕石漱流，逍遥山水，这哪里是安慰那不能动弹的骷髅的话，简直是无缘无故的侮辱。现在我这座小坟上撒但[3]刻了这十个字，那是十朵有尖刺的蔷薇，这般娇艳，这般刻毒地刺人。所以我觉得这一座坟是很美的，因为天下美的东西都是使人们看着心酸的。

我没有那种欣欢的情绪，去"长歌当哭"，更不会轻盈地捧着含些朝露的花儿，自觉忧愁得很动人怜爱地由人群走向坟前，我也用不着拿扇子去扇干那湿土，当然也不是一个背个铁锄，想去偷坟的解剖学教授，我只是一个默默无言的守坟苍头而已。

---

[1] 柯尔律治（1772—1834），英国诗人和评论家。

[2] 这两句诗分属于陶潜的《移居》和左思的《招隐诗》。

[3] 今译撒旦。

救火夫 [1]

三年前一个夏天的晚上，我正坐在院子里乘凉，忽然听到接连不断的警钟声音，跟着响三下警炮，我们都知道城里什么地方的屋子又着火了。我的父亲跑到街上去打听，我也奔出去瞧热闹。远远来了一阵嘈杂的呼喊，不久就有四五个赤膊工人个个手里提一只灯笼，拼命喊道，"救"，"救"，……从我们面前飞也似地过去，后面有六七个工人拖一辆很大的铁水龙同样快地跑着，当然也是赤膊的。他们只在腰间系一条短裤，此外棕黑色的皮肤下面处处有蓝色的浮筋跳动着，他们小腿的肉的颤动和灯笼里闪烁欲灭的烛光有一种极相协的和谐，他们的足掌打起无数的尘土，可是他们越跑越带劲，好像他们每回举步时，从脚下的"地"都得到一些新力量。水龙隆隆的声音杂着他们尽情的呐喊，他们在满面汗珠之下现出同情和快乐的脸色。那一架庞大的铁水龙我从前在救火会曾经看见过，总以为最少也要十七八个人用两根杠子才抬得走，万想不到六七个人居然能够牵着它飞奔。他们只顾到口里喊"救"，那么不在乎地拖着这笨重的家伙往前直奔，他们的脚步和水龙的轮子那么一致飞动，真好像铁面无情的水龙也被他们的狂热所传染，自己用力跟

---

[1] 本文在收入《泪与笑》时，被作者改为此名，原刊名为《救火队》。

着跑了。一霎眼他们都过去了，一会儿只剩些隐约的喊声。我的心却充满了惊异，愁闷的心境顿然化为晴朗，真可说拨云雾而见天日了。那时的情景就不灭地印在我的心中。

从那时起，我这三年来老抱一种自己知道绝不会实现的宏愿，我想当一个救火夫。他们真是世上最快乐的人们，当他们心中只惦着赶快去救人这个念头，其他万虑皆空，一面善用他们活泼泼的躯干，跑过十里长街，像救自己的妻子一样去救素来不识面的人们，他们的生命是多么有目的，多么矫健生姿。我相信生命是一块顽铁，除非在同情的熔炉里烧得通红的，用人间世的灾难做锤子来使他迸出火花来，他总是那么冷冰冰，死沉沉地，怅惘地徘徊于人生路上的我们天天都是在极剧烈的麻木里过去———一种甚至于不能得自己同情的苦痛。可是我们的迟疑不前成了天性，几乎将我们活动的能力一笔勾销，我们的惯性把我们弄成残废的人们了。不敢上人生的舞场和同伴们狂欢地跳舞，却躲在帘子后面呜咽，这正是我们这班弱者的态度。在席卷一切的大火中奔走，在快陷下的屋梁上攀援，不顾死生，争为先登的救火夫们安得不打动我们的心弦。他们具有坚定不拔的目的，他们一心一意想营救难中的人们，凡是难中人们的命运他们都视如自己地亲切地感到，他们尝到无数人心中的哀乐，那般人们的生命同他们的生命息息相关，他们忘记了自己，将一切火热里的人们都算做他们自己，凡是带有人的脸孔全可以算做他们自己，这样子他们生活的内容丰富到极点，又非常澄净清明，他们才是真真活着的人们。

他们无条件地同一切人们联合起来，为着人类，向残酷的自然反抗。这虽然是个个人应当做的事，并没有什么了不得，然而一看到普通人们那样子任自然力蹂躏同类，甚至于认贼作父，利用自然力来残杀人类，我们就不能不觉得那是一种义举了。他们以微小之躯，为着爱的力量的缘故，胆敢和自然中最可畏的东西肉搏，站在最前面的战线，这时候我们看见宇宙里最悲壮雄伟的戏剧在我们面前开演了：人和自然的斗争，也就是希腊史诗所歌咏的人神之争（因为在希腊神话里，神都是自然的化身）。我每次走过上海静安寺路救火会门口，看见门上刻有We

61

Fight Fire^[1]三字，我总觉得凛然起敬。我爱狂风暴浪中把着舵神色不变的舟子，我对于始终住在霍乱流行极盛的城里，履行他的职务的约翰·勃朗医生（Dr. John Brown）^[2]怀一种虔敬的心情（虽然他那和蔼可亲的散文使我觉得他是个脾气最好的人），然而专以杀微弱的人类为务的英雄却勾不起我丝毫的欣羡，有时简直还有些鄙视。发现细菌的巴斯德（Pasteur）^[3]，发明矿中安全灯的某一位科学家（他的名字我不幸忘记了），以及许多为人类服务的人们，像林肯·威尔逊^[4]之流，他们现在天天受我们的讴歌，实际上他们和救火夫具有同样的精神，也可说救火夫和他们是同样地伟大，最少在动机方面是一样的，然而我却很少听到人们赞美救火夫。可是救火夫并不是一眼瞧着受难的人类，一眼顾到自己身前身后的那班伟人，所以他们虽然没有人们献上甜蜜蜜的媚辞，却很泰然地干他们冒火打救的伟业，这也正是他们的胜过大人物们的地方。

有一位愤世的朋友每次听到我赞美救火夫时，总是怒气汹汹的说道，这个胡涂的世界早就该烧个干干净净，山穷水尽，现在偶然天公作美，放下一些火来，再用些风来助火势，想在这片龌龊的地上锄出一小块洁白的土来。偏有那不知趣的，好事的救火夫焦头烂额地来浇下冷水，这真未免于太煞风景了，而且人们的悲哀已经是达到饱和度了，烧了屋子和救了屋子对于人们实在并没有多大关系，这是指那班有知觉的人而说。至于那班天赋与铜心铁肝，毫不知苦痛是何滋味的人们，他们既然麻木了，多烧几间房子又何妨呢！总之，天下本无事，庸人自扰之，足下的歌功颂德更是庸人之尤所干的事情了。这真是"人生一世浪自苦，盛衰桃杏开落闲"。我这位朋友是最富于同情心的人，但是顶喜欢说冷酷的话，这里面恐怕要用些心理分析的功夫吧！然而，不管我们

---

[1] 可译为我们救火。
[2] 约翰·布朗。
[3] 巴斯德（1822—1895），法国微生物学家、化学家。
[4] 威尔逊，美国第二十八任总统。

对于个个的人有多少的厌恶，人类全体合起来总是我们爱恋的对象。这是当代一位没有忘却现实的哲学家George Santayana[1]讲的话。这话是极有道理的，人们受了遗传和环境的影响，染上了许多坏习气，所以个个人都具些讨厌的性质，但是当我们抽象地想到人类时，我们忘记了各人特有的弱点，只注目在人们真美善的地方，想用最完美的法子使人性向着健全壮丽的方面发展，于是彩虹般的好梦现在当前，我们怎能不爱人类哩！英国十九世纪末叶诗人Frederich Locekr-LampSon[2]在他的《自传》(*My Confidences*)说道："一个思想灵活的人最善于发现他身边的人们的潜伏的良好气质，他是更容易感到满足的，想象力不发达的人们是最快就觉得旁人的可厌，的确是最喜欢埋怨他们朋友的智识上同别方面的短处。"总之，当救火夫在烟雾里冲锋突围的时候，他们只晓得天下有应当受他们的援救的人类，绝没有想到着火的屋里住有个杀千刀，杀万刀的该死狗才。天下最大的快乐无过于无顾忌地尽量使用己身隐藏的力量，这个意思亚里士多德在二千年前已经娓娓长谈过了。救火夫一时激于舍身救人的意气，举重若轻地拖着水龙疾驰，履险若夷地攀登危楼，他们忘记了困难危险，因此危险困难就失丢了它们一大半的力量，也不能同他们捣乱了。他们慈爱的精神同活泼的肉体真得到尽量的发展，他们奔走于惨淡的大街时，他们脚下踏的是天堂的乐土，难怪他们能够越跑越有力，能够使旁观的我得到一副清心剂。就说他们所救的人们是不值得救的，他们这派的气概总是可敬佩的。天下有无数女人捧着极纯净的爱情，送给极卑鄙的男子，可是那雪白的热情不会沾了尘污，永远是我们所欣羡不置的。

救火夫不单是从他们这神圣的工作得到无限的快乐，他们从同拖水龙，同提灯笼的伴侣又获到强度的喜悦。他们那时把肯牺牲自己，去营救别人的人们都认为比兄弟还要亲密的同志。不管村俏老少，无论贤愚智不肖，凡是努力于扑灭烈火的人们，他们都看做生平的知己，因为是他们最得意事的伙计们。他们有时在火场上初次相见，就可以相视而

---

[1] 桑塔亚那（1863—1952），西班牙著名哲学家、小说家。
[2] 兰普逊（1821—1895），英国著名诗人。

笑，莫逆于心，"乐莫乐兮新相知"[1]，他们的生活是多有趣呀！个个人雪亮的心儿在这一场野火里互相认识，这是多么值得干的事情。怯懦无能的我在高楼上玩物丧志地读着无谓的书的时候，偶然听到警钟，望见远处一片漫天的火光，我是多么神往于随着火舌狂跳的壮士，回看自己枯瘦的影子，我是多么心痛，痛惜我虚度了青春同壮年。[2]

我们都是上帝所派定的救火夫，因为凡是生到人世来都具有救人的责任，我们现在时时刻刻听着不断的警钟，有时还看见人们呐喊着往前奔，然而我们有的正忙于挣钱积钱，想做面团团，心硬硬，人蠢蠢的富家翁，有的正阴谋权位，有的正搂着女人欢娱，有的正缘着河岸，自鸣清高地在那儿伤春悲秋，都是失职的救火夫。有些神经灵敏的人听到警钟，也都还觉得难过，可是又顾惜着自己的皮肤，只好拿些棉花塞在耳里，闭起门来，过象牙塔里的生活。若使我们城里的救火夫这样懒惰，拿公事来做儿戏，那么我们会多么愤激地辱骂他们，可是我们这个大规

---

[1] 出自屈原的《九歌》。

[2] 初刊时还有如下内容：但是若使我们睁开眼睛，举目四望，我们将看到世界上——最少中国里面——无处无时不是有火灾，我们在街上碰到的人十分之九是住在着火的屋子的人们。被军队拉去运东西的夫役，在工厂里从清早劳动到晚上的童工，许多失业者，为要按下饥肠，就拿刀子去抢劫，最后在天桥上一命呜呼的匪犯，或者所谓无笔可投而从戎，在寒风里抖颤着，自己不知道什么时候会变做旷野里的尸首的兵士，此外踯躅街头，忍受人们的侮辱，拿着洁净的肉体去换钱的可尊敬的女性：娼妓，码头上背上负了几百斤的东西（那里面都是他们的同胞的日用必需奢侈品），咬定牙根，迈步向前的脚夫，机器间里，被煤气熏得吐不出气，天天显明地看自己向死的路上走去，但是为着担心失业的苦痛，又不敢改业，宁可被这一架机器折磨死的工人，瘦骨不盈一把，拖着身体强壮，不高兴走路的大人的十三四岁车夫，报上天天记载的那类"两个铜片，牺牲了一条生命"，这类闲人认为好玩事情的凄惨背景，黄浦滩头，从容就义的无数为生计所迫而自杀的人们的绝命书……总之，他们都是无时无刻不在烈火里活着，对于他们地球真是一个大炮烙柱子，他们个个都正晕倒在烟雾中，等着火舌来把他们烧成焦骨。可是我们却见死不救，还望青天歌咏我们从来没有见过的夜莺，若使我的朋友的房子着火了，我们一定去帮忙，做个当然的救火夫，现在全地面到处都是熊熊的火焰，我们都觉得闲暇得打出数不尽的呵欠来，可见天下人都是明可察秋毫，而不能见泰山，否则世界也不至于糟糕得如是之甚了。

模的失职却几乎变成当然的事情了，天下事总是如是莫测其高深的，宇宙总是这么颠倒地安排着，难怪波斯诗人[1]喊起"打倒这糊涂世界"的口号。[2]

---

[1] 这里在初刊时用的是"有人"，后改为"波斯诗人"。

[2] 原刊此处还有如下文字：有些人的确是去救火了，但是他们只抬一架小水龙，站在远处，射出微弱的水线。他们总算是到场，也可以欺人自欺地说已尽职了，但是若使天下的救火夫都这么文绉绉地，无精打采地做他们的工作，那么恐怕世界的火灾永不会扑灭，一代一代的人们永远是湮没在这火坑里，人类始终没有抬头的日子了。真真的救火夫应当冲到火焰里，爬上壁立的绳梯，打破窗户进去，差不多是拿自己的命来换别人的生命，一面踏着危梁，牵着屋角，勇敢地拆散将着火的屋子，甚至就是自己被压死也是无妨。要这样子才能济事。救火的场中并不是卖弄斯文的地点，在那里所宝贵的是胆量和筋肉，微温的同情是用不着的，好意的了解是不感谢的，果然真是热肠的男儿，那么就来拖着水龙，往火旺处冲进去吧。个个救火夫都该抱个我不先入地狱，谁入地狱的精神，相信有一人不得救，我即不能升天的道理，那么深夜里，狂风怨号，火光照人须眉的时候，正是他们献身的时节。袖手拿出隔江观火的态度是最卑污不过的弱者。

有人说，人生乐事正多，野外有恬静清幽，含有无限奥妙的自然，值得我们欣赏，城市里有千奇百怪、趣味无穷的世态，可以供我们玩味，我们在世之日无多，匆匆地就结束了，何不把这些须绝难再得的时光用来享乐自己呢？他们以为我们该做个世态的旁观者，冷笑地在旁看人生这套杂剧不断地排演着。在一旁喝些汽水，抽着纸烟闲谈。不错，世界是个大舞台，人生也的确是一出很妙的杂剧，但是不幸得很，我们不能离开这世界，我们是始终滞在舞台上面的，这出剧的观众是上帝，是神们，或者魔鬼们，绝不是我们自己。站在戏台上不扮个脚色，老是这般痴痴地望着，也未免难为情吧！并且我们的一举一动总不能脱离人生，我们虽然自命为旁观者，我们还是时时刻刻都在这里面打滚，人间世的喜怒哀乐还是跟我们寸步不离，那么故意装作超然的旁观态度，真是个十足的虚伪者。天下最显明地自表是个旁观者，同最讨厌的人无过于做旁观报的Addison了，但是我想当他同极可敬爱的Steele吵架的时候，他恐怕也免不了脱下观客的面孔，扮个愚蠢的人生里一个愚蠢的满腔愤恨的脚色了。我们除开死之外，永远没有法子能离开人生，站在一旁，又何苦弄出这一大串自欺欺人的话呢！并且有许多最俗不过的人们，为着要避免世上种种有损于己的责任，为着要更专心地去追求一己的名利，就拿出世态旁观者这副招牌，挡住了一切于己无益的义务，暗地里干他们自己的事情，这种人是卑鄙得不配污我的笔墨，用不着谈的。现在全世界处处都有火灾，整座舞台都着火了，我们还有闲情去与自然同化，讥讽人生吗？救火夫听到警钟不去拖水龙，却坐在家里钓鱼，跟老婆话家常，这种人恐怕是绝顶聪明的人吧？然而这正是前面所说的及时行乐的人们。（接下页）

当我们提着灯笼，奔过大路的时候，路旁的美丽姑娘同临风招展的花草是无心观看的，虽然她们本身是极值得赞美的。至于只知道哼着颠三倒四的文句，歌颂那大家都无缘识面的夜莺的中国新文人，我除开希望北平的刮风把他们吹到月球上面去以外，没有第二个意思。

当我们住的屋子烧着的时候，常有穷人们来趁火打劫，这样幸灾乐祸的办法真是可恨极了。然而我们一想许多人天天在火坑里过活，他们不能得到他们应得的报酬，我们坐着说风凉话的先生们却拿着他们所应得的东西来过舒服的生活；他们饿死了，那全因为我们可以多吃一次燕窝，使我们肚子涨得难受，可以多喝一杯白兰地，使我们的头更痛得利害，于斯而已矣。所以睁大眼睛看起来，我们天天都是靠着趁火打劫过活，这真是大盗不动干戈。我们趁火打劫来的东西有时偶然被人们趁火打劫去，我们就不胜其愤慨，说要按法严办，这的确太缺乏诙谐的风趣了。应当做救火夫的我们偏要干趁火打劫的勾当，人性已朽烂到这样地步，我想彗星和地球接吻的时候真该到了。

猫
狗

惭愧得很，我不单是怕狗，而且怕猫，其实我对于六合之内一切的动物都有些害怕。

怕狗，这个情绪是许多人所能了解的，生出同情的。我的怕狗几乎可说是出自天性。记得从前到初等小学上课时候，就常因为恶狗当道，立刻退却，兜个大圈子，走了许多平时不敢走的僻路，结果是迟到同半天的心跳。十几年来踽踽地踯躅于这荒凉的世界上。童心差不多完全消失了，而怕狗的心情仍然如旧，这不知道是不是可庆的事。

怕狗，当然是怕它咬，尤其怕被疯狗咬。但是既会无端地咬起人来，那条狗当然是疯的。猛狗是可怕的，然而听说疯狗常常现出驯良的神气，尾巴低垂，夹在两腿之间。并且狗是随时可以疯起来的。所以天下的狗都是可怕的。若使一个人给疯狗咬了，据说过几天他肚子里会发出怪声，好像有小疯狗在里叫着。这真是惊心动魄极了，最少对于神经衰弱的我是够恐怖了。

我虽然怕它，却万分鄙视它，厌恶它。缠着姨太太脚后跟的哈巴狗是用不着提的。就说那驰骋森林中的猎狗和守夜拒贼的看门狗吧！见着生客就猖猖着声势逼人，看到主子立刻伏贴贴地低首求欢，甚至于把前面两脚拱起来，别的禽兽绝没有像它这么奴性十足，总脱不了"走狗"的气味。西洋人爱狗已经是不对了，他们还有一句俗语"若使你爱我，请也爱我的狗吧"，（Love me，love my dog.）这真是岂有此理。人没有权利叫朋友这么滥情。不过西洋人里面也有一两人很聪明的。歌德在《浮士德》里说，那个可怕的 Mephistopheles[1] 第一次走进浮士德的书房，是化为一条狗。因此我加倍爱念那部诗剧。

可是拿狗来比猫，可又变成个不大可怕的东西了。狗只能咬你的身体，猫却会蚕食你的灵魂，这当然是迷信，但是也很有来由。我第一次怕起猫来是念了爱伦·坡的短篇小说《黑猫》。里面叙述一个人打死一只黑猫，此后遇了许多不幸事情，而他每次在不幸事情发生的地点都看到那只猫的幻形，狞笑着。后来有一时期我喜欢念外国鬼怪故事，知道了女巫都是会变猫的，当赴撒但[2] 狂舞会时候，个个女巫用一种油涂在身上，念念有词，就化成一只猫从屋顶飞跳去了。中国人所谓狐狸猫，也是同样变幻多端，善迷人心灵的畜生，你看，猫的脚踏地无声，猫的眼睛总是似有意识的，它永远是那么偷偷地潜行，行到你身旁，行到你心里。《亚俪斯游记》[3] 里不是说有一只猫现形于空中，微笑着。一会儿猫的面部不见了，光剩一个笑脸在空中。这真能道出猫的神情，它始终这么神秘，这么阴谋着，这么留一个抓不到的影子在人们心里。欧洲人相信一只猫有十条命[4]，仿佛中国也有同样的话，这也可以证明它的精神的深刻矫健了。我每次看见猫，总怕它会发出一种魔力，把我的心染上一层颜色，留个永不会退去的痕迹。碰到狗，我们一躲避开，什么事都没有了，遇见猫却不能这么容易预防。它根本不伤害你的身体，却要占住你的灵魂，使你失丢了人性，变成一个莫名其妙的东西，这些事真是可怕得使我不敢去设想，每想起来总会打寒噤。

上海是一条狗，当你站在黄浦滩闭目一想，你也许会觉得横在面前是一条恶狗。狗可以代表现实的黑暗，在上海这现实的黑暗使你步步惊

---

[1] 靡非斯特菲勒士，《浮士德》中的魔鬼，曾与天帝打赌将浮士德引入歧途。

[2] 今译撒旦。

[3] 今译《艾丽丝漫游奇境记》。

[4] 此处原刊为"九条命"，后改为"十条命"。

心，真仿佛一条疯狗跟在背后一样。北平却是一只猫。它代表灵魂的堕落。北平这地方有一种霉气，使人们百事废弛，最好什么也不想，也不干了，只是这么蹲着痴痴地过日子。真是一只大猫将个个人的灵魂都打上黑印，万劫不复了。

若使我们睁大眼睛，我们可以看出世界是给猫狗平分了。现实的黑暗和灵魂的堕落霸占了一切。我愿意这片大地是个绝无人烟的荒凉世界，我又愿意我从来就未曾来到世界过。这当然只是个黄金的幻梦。

黑暗

我们这班圆颅趾方的动物应当怎样分类呢？若使照颜色来分做黄种，黑种，白种，红种等等，那的确是难免于肤浅。若使打开族谱，分做什么，Aryan[1]，Semitic[2]等等，也是不彻底的，因为五万年前本一家。再加上人们对于他国女子的倾倒，常常为着要得到异乡情调，宁其冒许多麻烦，娶个和自己语言文字以及头发眼睛的颜色绝不相同的女人，所以世界上的人们早已打成一片，无法来根据皮肤颜色和人类系统来分类了。德国讽刺家Saphir[3]说："天下人可以分做两种——有钱的人们和没有钱的人民。"这真是个好办法！但是他接着说道："然而，没有钱的人们不能算做人——他们不是魔鬼——可怜的魔鬼，就是天使，有耐心的，安于贫穷的天使。"所以这位出语伤人的滑稽家的分类法也就根本推翻了。Charles Lamb[4]说："照我们能建设的最好的理论，人类是两种人构成的，'向人借钱的人们'同'借钱给人的人们'。"可是他真是太乐观了，他忘记了天下尚有一大堆毫无心肝的那班洁身自好的君子。他们怕人们向他们借钱，于是先立定主意永不向人

[1] 雅利安人。

[2] 闪米特人，也就是犹太人。

[3] 沙比尔（1884—1937），美国著名人类学家、语言学家。

[4] 指兰姆（1775—1834），英国著名散文家。

们借钱，这样子人们也不好意思来启齿了：也许他们怕自己会向人们借钱，弄到亏空，于是先下个决心不借钱给别人，这样子自断自己借钱的路，当然会节俭了，总之，他们的心被钱压硬了，再也发不出同情的或豪放的跳动。钱虽然是万能，在这方面却不能做个良好的分类工具。我们只好向人们精神方面去找个分类标准。

夸大狂是人们的一种本性，个个人都喜欢用他自命特别具有的性质来做分类的标准。基督教徒认为世人只可以分做基督教徒和异教徒；道学家觉得人们最大的区别是名教中人和名教罪人；爱国主义者相信天下人可以黑白分明地归于爱国者和卖国贼这两类；"钟情自在我辈"的名士心里只把人们斫成两部分，一面是餐风饮露的名士，一面是令人作呕的俗物。这种唯我独尊的分类法完全出自主观，因为要把自己说的光荣些，就随便竖起一面纸糊的大旗，又糊好一面小旗偷偷地插在对面，于是乎拿起号角，向天下人宣布道这是世上的真正局面，一切芸芸苍生不是这边的好汉，就是那面的喽罗，自己就飞扬跋扈地站在大旗下傻笑着。这已经是够下流了。但是若使没有别的结果，只不过令人冷笑，那倒也是无妨的；最可怕的却是站在大旗下的人们总觉得自己是正宗，是配得站在世界上做人的，对面那班小鬼都是魔道，应该退出世界舞台的。因此认为自己该享到许多特权，那班敌人是该排斥、压迫、毁灭的。所以基督教徒就在中古时代演出教会审判那幕惨凄的悲剧；道学家几千年来在中国把人们弄得这么奄奄一息，毫无"异端"的精神；爱国主义者吃了野心家的迷醉剂，推波助澜地做成欧战；而名士们一向是靠欺骗奸滑为生，一面骂俗物，一面做俗物的寄生虫，养成中国历来文人只图小便宜的习气。这几个招牌变成他们的符咒，借此横行天下，发泄人类残酷的兽性。我们绝不能再拿这类招牌来惹祸了。

在上帝创造世界之前，宇宙是黑漆一团的，而世界的末日也一定是归于原始的黑暗，所以这个宇宙不过是两个黑暗中间的一星火花。但是这个世界仍然是充满了黑暗，黑暗可说是人生核心；人生的态度也就是在乎怎样去处理这个黑暗。然而，世上有许多人根本不能认识黑暗，他们对于人生是绝无态度的，只有对于世人通常姿态的一种出于本能的模仿而已；他们没有尝到人生的本质——黑暗，所以他们是始终没有看清人生的，永远是影子般浮沉世上。他们的哀乐都比别人轻，他们生活的内容也浅陋得很，他们真可说虽生之日犹死之年。可是，他们占了世人的大部分，这也是几千年来天下所以如是纷纷的原因之一。

他们并非完全过着天鹅绒的生活，他们也遇过人生的坎坷，或者终身在人生的臼子里面被人磨舂着，但是他们不能了解什么叫做黑暗。天下有许多只会感到苦痛，而绝不知悲哀的人们。当苦难压住他们时候，他们本能地发出哀号，正如被打的猫狗那么嚷着一样。苦难一走开，他们又恢复日常无意识的生活状态了，一张折做两半的纸还没有那么容易失掉那折痕。有时甚至当苦痛还继续着时候，他们已经因为和苦痛相熟，而变麻木了。过去是立刻忘记了，将来是他们所不会推测的，现在的深刻意义又是他们所无法明白的，所以他们免不了莫明其妙的过日子。悲哀当然是没有的，但是也失丢了生命，充实的生命。他们没有高举生命之杯，痛饮一番，他们只是尝一尝杯缘的酒痕。有时在极悲哀的环境里，他们会如日常地白痴地笑着，但是他们也不晓得什么是人生最快意的时候。他们始终没有走到生命里面去，只是生命向前的一个无聊的过客。他们在世上空尝了许多无谓的苦痛同比苦痛更无谓的微温快乐，他们其实不懂得生命是怎么一回事。真是深负上天好生之德。

有人以为志行高洁的理想主义者应当不知道世上一切龌龊的事体，应当不懂得世上有黑暗这个东西。这是再错不过的见解。只有深知黑暗的人们才会热烈地赞美光明。没有饿过的人不大晓得食饱的快乐，没有经过性的苦闷的小孩子很难了解性生活的意义。奥古斯丁、托尔斯泰都是走遍世上污秽的地方，才产生了后来一尘不沾的洁白情绪。不觉得黑暗的可怕，也就看不见光明的价值了。孙悟空没有在八卦炉中烧了六十四天，也无从得到那对洞观万物的火眼金睛了。所以天下最贞洁高尚的女性是娼妓。她们的一生埋在黑暗里面，但是有时谁也没有她们那么恋着光明。她们受尽人们的揶揄，历遍人间凄凉的情境，尝到一切辛酸的味道，若使她们的心还卓然自立，那么这颗心一定是满着同情同怜悯。她们抓到黑暗的核心，知道侮辱她们的人们也是受这个黑暗残杀着，她们怎么不会满心都是怜悯呢，当De Quincey[1]流落伦敦，彷徨无依的时候，街上下等的娼妓是他唯一的朋友，最纯洁的朋友，当朵斯妥夫斯基[2]的《罪与罚》里主要人物Raskolnikov[3]为着杀了人，万种情绪交哄胸中时候，妓女Sonia[4]是唯一能够安慰他的人，和他同跪在床前念圣经，劝他自首。只有濯污泥者才能够纤尘不染。从黑暗里看到光明的人正同新罗曼主义者一样，他们受过写实主义的洗礼，认出人们心苗里的罗曼根源，这才是真真的罗曼主义。在这个糊涂世界里，我们非是先一笔勾销，再重新一一估定价值过不可，否则囫囵吞枣地随便加以可否，是猪八戒吃人参果的办法。没有夜，哪里有晨曦的光荣。正是风雨如晦时候，鸡鸣不已才会那么有意义，那么有内容。不知黑暗，心地柔和的人们像未锻炼过的生铁，绝不能成光芒十丈的利剑。

但是了解黑暗也不是容易的事，想知道黑暗的人最少总得有个光明的心地。生来就盲目的，绝对不知道光明和黑暗的分别，因此也可说不能了解黑暗了。说到这里，我们很可以应用柏拉图的穴居人的比喻。他们老住在穴中，从来没有看到阳光，也不觉得自己是在阴森森的窟里。当他们才走出来的时候，他们羞光，一受到光明的洗礼，反头晕目眩起来，这是可以解说历来人们对于新时代的恐怖，总是恋着旧时代的骸骨，因为那是和人们平常麻木的心境相宜的。但是当他们已惯于阳光了，他们一回去，就立刻深觉得窟里的黑暗凄惨。人世的黑暗也正和这个窟穴一样，你必定瞧到了光明，才能晓得那是多么可怕的。诗人们所以觉得世界特别可悲伤的，也是出于他们天天都浴在洁白的阳光里。而绝不能了解人世光明方面的无聊小说家是无法了解黑暗，虽然他们拼命写许多所谓黑幕小说。这类小说专讲怎样去利用人世的黑暗，却没有说到黑暗的本质。他们说的是技术，最可鄙的技术，并没有尝到人世黑暗

---

[1] 德·昆西（1785—1859），英国著名散文家。

[2] 今译陀思妥耶夫斯基。

[3] 拉斯科尔尼柯夫，《罪与罚》中的贫困辍学大学生。

[4] 索尼娅，《罪与罚》中一个苦难的妓女。

的悲哀。所以他们除开刻板的几句世俗道德家的话外，绝无同情之可言。不晓得悲哀的人怎么会有同情呢？"人心险诈"这个黑暗是值得细味的，至于人心怎样子险诈，以及我们在世上该用哪种险诈手段才能达到目的，这些无聊的世故是不值得探讨的。然而那班所谓深知黑暗的人们却只知道玩弄这些小技，完全没有看到黑暗的真意义了。俄国文学家Dostoievsky[1]，Gogol[2]，Chekhov[3]等才配得上说是知道黑暗的人。他们也都是光明的歌颂者。当我们还无法来结实地来把人们分类时候，就将世人分做知道黑暗的和不知道黑暗的，也未始不是个好办法吧！最少我这十几年来在世网里挣扎着的时候对于人们总是用这点来分类，而且觉得这个标准可以指示出他们许多其他的性质。

---

[1] 陀思妥耶夫斯基（1821—1881），俄国文学家。

[2] 果戈理（1809—1852），俄国讽刺作家。

[3] 契诃夫（1960—1904），俄国作家。

母忘草

一

Butler[1] 和 Stevenson[2] 都主张我们应当衣袋里放一本小簿子，心里一涌出什么巧妙的念头，就把它抓住记下，免得将来逃个无影无踪。我一向不大赞成这个办法，一则因为我总觉得文章是"妙手偶得之"的事情，不可刻意雕出，那大概免不了三分"匠"意。二则，既然记忆力那么坏，有了得意的意思又会忘却，那么一定也会忘记带那本子了，或者带了本子，没有带笔，结果还是一个忘却，到不如安分些，让这些念头出入自由吧。这些都是壮年时候的心境。

近来人事纷扰，感慨比从前多，也忘得更快，最可恨的是不全忘去，留个影子，叫你想不出全部来觉得怪难过的。并且在人海的波涛里浮沉着，有时颇顾惜自己的心境，想留下来，做这个徒然走过的路程的标志。因此打算每夜把日间所胡思乱想的多多少少写下一点儿，能够写多久，那是连上帝同魔鬼都不知道的。

---

[1] 勃特勒（1865—1939），爱尔兰诗人、剧作家。
[2] 斯蒂文森（1850—1894），英国作家。

二

老子用极恬美的文字著了《道德经》，但是他在最后一章里却说："信言不美，美言不信。"大有一笔勾销前八十章的样子。这是抓到哲学核心的智者的态度。若使他没有看透这点，他也不会写出这五千言了。天下事讲来讲去讲到彻底时正同没有讲一样，只有知道讲出来是没有意义的人才会讲那么多话。又讲得那么好。Montaigne Voltaire [1]，Pascal [2]，Hume [3] 说了许多的话，却是全没有结论，也全因为他们心里是雪亮的，晓得万千种话一灯青，说不出什么大道理来，所以他们会那样滔滔不绝，头头是道。天下许多事情都是翻觔斗，未翻之前是这么站着，既翻之后还是这么站着，然而中间却有这么一个觔斗！

镜君屡向我引起庄子的"道隐于小成，言隐于荣华"，又屡向我盛称庄生文章的奇伟瑰丽，他的确很懂得庄子。

三

我现在深知道"忆念"这两个字的意思，也许因为此刻正是穷秋时节吧。忆念是没有目的，没有希望的，只是在日常生活里很容易触物伤情，想到千里外此时有个人不知道作什么生。有时遇到极微细的，跟那人绝不相关的情境，也会忽然联想起那个穿梭般出入我的意识的她，我简直认为这念头是来得无端。忆念后又怎么样呢？没有怎么样，我还是这么一个人。那么又何必忆念呢？但是当我想不去忆念她时，我这想头就是忆念着她了。当我忘却了这个想头，我又自然地忆念起来了。我可

---

[1] 伏尔泰（1694—1778），法国启蒙思想家。

[2] 帕斯卡（1623—1662），法国科学家、哲学家、散文大师。

[3] 休谟（1711—1776），英国哲学家、历史学家、经济学家。

以闭着眼睛不看外界的东西，但是我的心眼总是清炯炯的，总是眺着她的倩影。在欢场里忆起她时，我感到我的心境真是静悄悄得像老人了。在苦痛时忆起她时，我觉得无限的安详，仿佛以为我已挨尽一切了。总之，我时时的心境都经过这么一种洗礼，不管当时的情绪为何，那色调是绝对一致的，也可以说她的影子永离不开我了。

"人间别久不成悲"[1]，难道已浑然好像没有这么一回事吗？不，绝不！初别的时候心里总难免万千心绪起伏着，就构成一个光怪陆离的悲哀。当一个人的悲哀变成灰色时，他整个人溶在悲哀里面去了，惆怅的情绪既为他日常心境，他当然不会再有什么悲从中来了。

---

[1] 出自南宋词人姜夔的《鹧鸪天》。

一个『心力克』的微笑

写下题目，不禁微笑，笑我自己毕竟不是个道地的"心力克"（cynic）[1]。心里蕴蓄有无限世故，却不肯轻易出口，混然和俗，有如孺子，这才是真正的世故。至于稍稍有些人生经验，便喜欢摆出世故架子的人们，还好真有世故的人们不肯笑人，否则一定会被笑得怪难为情，老羞成怒，世故的架子完全坍台了。最高的艺术使人们不觉得它有斧斤痕迹，最有世故的人们使人们不觉得他是曾经沧海。他有时静如处女，有时动如走兔，却总不像有世故的样子，更不会无端谈起世故来。我现在自命为"心力克"，却肯文以载道，愿天下有心人无心人都晓得"心力克"的心境是怎么样，而且向大众说我有微笑，这真是太富于同情心，太天真纯朴了。怎么好算做一个"心力克"呢？因此，我对于自己居然也取"心力克"的态度，而微笑了。

这种矛盾其实也不足奇。嵇叔夜[2]的《家诫》对于人情世故体贴入微极了，可是他又写出那种被人们逆鳞的几封绝交书。叔本华[3]的

---

[1] 原指希腊哲学派别之一的犬儒学派，后来指自命不凡、玩世不恭的人，即"心力克"。

[2] 指嵇康（223—263），字叔夜，三国时期的文学家，"竹林七贤"之一。

[3] 叔本华（1788—1860），德国哲学家、唯意志论主义者、生命哲学的先驱之一。

《箴言》揣摩机心，真足以坏人心术，他自己为人却那么痴心，而且又如是悲观，颇有退出人生行列之意，当然用不着去研究如何在五浊世界里躲难偷生了。予何人斯，拿出这班巨人来自比，岂不蒙其他"心力克"同志们的微笑。区区之意不过说明这种矛盾是古已有之，并不新奇。而且觉得天下只有矛盾的言论是真挚的，是有生气的，简直可以说才算得一贯。矛盾就是一贯，能够欣赏这个矛盾的人们于天地间一切矛盾就都能彻悟了。

好好一个人，为什么要当"心力克"呢？这里真有许多苦衷。看透了人们的假面目，这是件平常事，但是看到了人们的真面目是那么无聊，那么乏味，那么不是他们假面目的好玩，这却怎么好呢？对于人世种种失却幻觉了，所谓disillusion[1]，可是同时又不觉得这个disillusion是件了不得的聪明举动：却以为人到了一定年纪，不是上智和下愚却多少总有些这种感觉，换句话说：对于disillusion也disillusion了，这却怎么好呢？年轻时白天晚上都在那儿做蔷薇色的佳梦，现在不但没有做梦的心情，连一切带劲的念头也消失了，真是六根清净，妄念俱灭，然而得到的不是涅槃，而是麻木，麻木到自己倒觉悠然，这怎么好呢？喜怒爱憎之感一天一天钝下去了，眼看许多人在那儿弄得津津有味，又仿佛觉得他们也知道这是串戏，不过既已登台，只好信口唱下去，自己呢，没有冷淡到能够做清闲的观客，隔江观火，又不能把自己哄住，投身到里面去胡闹一场，双脚踏着两船旁，这时倦于自己，倦于人生，这怎么好呢？惘怅的情绪，凄然的心境，以及冥想自杀，高谈人生，这实在都是少年的盛事；有人说道，天下最鬼气森森的诗是血气方旺的年轻写出的，这是真话。他们还没有跟生活接触过，哪里晓得人生是这么可悲，于是逞一时的勇气，故意刻画出一个血淋淋的人生，以慰自己罗曼的情调。人生的可哀，没有涉猎过的人是臆测不出的，否则他们也不肯去涉猎了，等到尝过苦味，你就噤若寒蝉，谈虎色变，绝不会无缘无故去冲破自己的伤痕。那时你走上了人生这条机械的路子，要离开要更大的力

---

[1] 可译为"无幻想，无热情"。

量，是已受生活打击过的人所无法办到的，所以只好掩泪吞声活下去了，有时挣扎着显出微笑。可是一面兜这一步一步陷下去的圈子，一面又如观止水地看清普天下种种迫害我们的东西，而最大的迫害却是自己的无能，否则拨云雾而见天日，抖擞精神，打个滚九万里风云脚下生，岂不适意哉？然而我们又知道就说你一个人在人生舞台上演一大套热闹的戏，无非使后台地上多些剩脂残粉，破碎衣冠。而且后台的情况始终在你心眼前，装个欢乐的形容，无非更增抑郁而已。也许这种心境是我们最大的无能，也许因为我们无能，所以做出这个心境来慰藉自己。总之，人生路上长亭更短亭，我们一时停足，一时迈步，望苍茫的黄昏里走去，眼花了，头晕了，脚酸了，我们暂在途中打盹，也就长眠了，后面的人只见我们越走越远身体越小，消失于尘埃里了。路有尽头吗，干吗要个尽头呢？走这条路有意义吗，什么叫做意义呢？人生的意义若在人生之中，那么这是人生，不足以解释人生；人生的意义若在人生之外，那么又何必走此一程呢？当此无可如何之时我们只好当"心力克"，借微笑以自遣也。

　　瞥眼看过去，许多才智之士在那里翻觔斗，也着实会令人叫好。比如，有人摆架子，有人摆有架子的架子，有人又摆不屑计较架子有无的架子，有人摆天真的架子，有人摆既已世故了，何妨自认为世故的坦白架子，许多架子合在一起，就把人生这个大虚空筑成八层楼台了，我们在那上面有的战战兢兢走着，有的昂头阔步走着，终免不了摔下来，另一个人来当那条架子了。阿迭生[1]拿桥来比人生，勃兰德斯[2]在一篇叫做《人生》的文章里拿梯子来比人生，中间都含有摔下的意思，我觉得不如我这架子之说那么周到，因为还说出人生的本素。上面说得太简短了，当然未尽所欲言，举一反三，在乎读者，不佞太忙了，因为还得去微笑。

---

[1] 今译艾迪生（1672—1719），英国散文家、诗人、剧作家以及政治家。

[2] 疑是布里吉斯（Bridges），英国诗人。

无情的多情和多情的无情

　　情人们常常觉得他俩的恋爱是空前绝后的壮举，跟一切芸芸众生的男欢女爱绝不相同。这恐怕也只是恋爱这场黄金好梦里面的幻影吧。其实通常情侣正同博士论文一样地平淡无奇。为着要得博士而写的论文同为着要结婚而发生的恋爱大概是一样没有内容吧。通常的恋爱约略可以分做两类：无情的多情和多情的无情。

　　一双情侣见面时就倾吐出无限缠绵的话，接吻了无数万次，欢喜得淌下了眼泪，分手时依依难舍，回家后不停地吟味过去的欣欢——这正是打得火热的时候。后来时过境迁，两人不得不含着满泡眼泪离散了，彼此各自有个世界，旧的印象逐渐模糊了，新的引诱却又不断地出现在当前。经过了一段若即若离的时期，终于跟另一个爱人又演出旧戏了。此后也许会重演好几次。或者两人始终保持当初恋爱的形式，彼此的情却都显出离心力，向外发展，暗把种种盛意搁在另一个人身上了。这班人好像天天都在爱的旋涡里，却没有弄清真是爱哪一个人，他们外表上是多情，处处花草颠连，实在是无情，心里总只是微温的。他们寻找的是自己的享乐，以"自己"为中心，不知不觉间做出许多残酷的事，甚至于后来还去赏鉴一手包办的悲剧，玩弄那种微酸的凄凉情调，拿所谓痛心的事情来解闷消愁。天下有许多的眼泪留下来时有种快感，这班人却顶喜欢尝这个精美的甜味。他们爱上了爱情，为爱情而恋爱，所以一切都可以牺牲，只为始终能尝到爱的滋味而已。他们是拿打牌的精神踱进情场，"玩玩吧"是他们的信条。他们有时也假装诚恳，那无非因为可以更玩得有趣些。他们有时甚至于自己也糊涂了，以为真是以全生命来恋爱，其实他们的下意识是了然的。他们好比上场演戏，虽然兴高采烈时忘了自己，居然觉得真是所扮的角色了，可是心中名知后台有个可以洗去胭粉，脱下戏衫的化装室。他们拿人生最可贵的东西：爱情来玩弄，跟人生开玩笑，真是聪明得近乎大傻子了。这班人我无以名之，名之为无情的多情人，也就是洋鬼子所谓sentimental[1]了。

上面这种情侣可以说是走一程花草缤纷的大路，另一种情侣却是探求奇怪瑰丽的胜境，不辞跋涉崎岖长途，援着悬岩峭壁屏息而行，总是不懈本志，从无限苦辛里得到更纯净的快乐。他们常拿难题来试彼此的挚情，他们有时现出冷酷的颜色。他们觉得心心既相印了，又何必弄出许多虚文呢？他们心里的热情把他们的思想毫发毕露地照出，他们的感情强烈得清晰有如理智。天下抱定了成仁取义的决心的人干事时总是分寸不乱，行若无事的，这班情人也是神情清爽，绝不慌张的，他们始终是朝一个方向走去，永久抱着同一的深情，他们的目标既是如皎日之高悬，像大山一样稳固，他们的步伐怎么会乱呢？他们已从默然相对无言里深深了解彼此的心曲。他们哪里用得着绝不能明白传达我意思的言语呢？他们已经各自在心里矢誓，当然不作无谓的殷勤话儿了。他们把整个人生搁在爱情里，爱存则存，爱亡则亡，他们怎么会拿爱情做人生的装饰品呢？他们自己变为爱情的化身，绝不能再分身跳出圈外来玩味爱情。聪明乖巧的人们也许会嘲笑他们态度太严重了，几十个夏冬急水般的流年何必如是死板板得过去呢；但是他们觉得爱情比人生还重要，可以情死，绝不可以为着贪生而断情。他们注全力于精神，所以忽于形迹，所以好似无情，其实深情，真是所谓"多情却似总无情"。我们把这类恋爱叫做多情的无情，也就是洋鬼子所谓passionate[2]了。

---

[1] 可译为多愁善感的。

[2] 可译为热情的。

　　但是多情的无情有时渐渐化做无情的无情了。这种人起先因为全借心中白热的情绪，忽略外表，有时却因为外面惯于冷淡，心里也不知不觉地淡然了。人本来是弱者，专靠自己心中的魄力，不知道自己魄力的脆弱，就常因太自信了而反坍台。好比那深信具有坐怀不乱这副本领的人，随便冒险，深入女性的阵里，结果常是冷不防地陷落了。拿宗教来做比喻吧。宗教总是有许多仪式，但是有一班人觉得我们既然虔信不已，又何必这许多无谓的虚文缛节呢，于是就将这道传统的玩意儿一笔勾销，但是精神老是依着自己，外面无所附着，有时就有支持不起之势，信心因此慢慢衰颓了。天下许多无谓的东西所以值得保存，就因为它是无谓的，可以做个表现各种情绪的工具。老是扯成满月形的弦不久会断了，必定有弛张的时候。睁着眼睛望太阳反见不到太阳，眼睛倒弄晕眩了，必定斜着看才行。老子所谓"无"之为用，也就是在这类地方。

　　拿无情的多情来细味一下吧。乔治·桑（George Sand）在她的小说里曾经隐约地替自己辩护道："我从来绝没有同时爱着两个人。我绝没有，甚至于在思想里。属于两个人，无论在什么时候。这自然是指当我的情热持续着。当我不再爱一个男人的时候，我并没有骗他。我同他完全绝交了。不错，我也曾设誓，在我狂热时候，永远爱他；我设誓时也是极诚意的。每次我恋爱，总是这么热烈地，完全地，我相信那是我生平第一次，也是最后一次的真恋爱。"乔治·桑的爱人多极了，这是谁都知道的事情，但是我们不能说她不诚恳。乔治·桑是个伟大的爱人，几千年来像她这样的人不过几个，自然不能当做常例看，但是通常牵情的人们的确有他可爱的地方。他们是最含有诗意的人们，至少他们天天总弄得欢欣地过日子。假使他们没有制造出事实的悲剧，大家都了然这种飞鸿踏雪泥式的恋爱，将人生渲染上一层生气勃勃，清醒活泼的恋爱情调，情人们永久是像朋友那样可分可合，不拿契约来束缚水银般转动自如的爱情，不处在委曲求全的地位，那么整个世界会青春得多了。唯美派说从一而忠的人们是出于感觉迟钝，这句话像唯美派其他的话一样，也有相当的道理。许多情侣多半是始于恋爱，而终于莫名其妙的妥协。他们忠于彼此的婚后生活并不是出于他们恋爱的真挚持久。却是因为恋爱这个念头已经根本枯萎了。法郎士说过："当一个人恋爱的日子已经结束，这个人大可不必活在世上。"高尔基也说："若使没有一个人热烈地爱你，你为什么还活在世上呢？"然而许多应该早下野，退出世界舞台的人却总是恋栈，情愿无聊赖地多过几年那总有一天结束的生活，却不肯急流勇退，平安地躺在地下，免得世上多一个麻木的人。"生的意志"（will to live）使人世变成个血肉模糊的战场。它又使人世这么阴森森地见不到阳光。在悲剧里，一个人失败了，死了，他就立刻退场，但是在这幕大悲剧里许多虽生犹死的人们却老占着场面，挡住少女的笑涡。许多夫妇过一种死水般的生活，他们意志消沉得不想再走上恋爱舞场，这种的忠实有什么可赞美呢？他们简直是冷冰的。连微温情调都没有了，而所谓passionate的人们一失足，就掉进这个陷阱了。爱情的火是跳动的，需要新的燃料，否则很容易被人世的冷风一下子吹熄了。中国文学里的情人多半是属于第一类的，说的肉麻点，可以叫做卿卿我我式的爱情，外国文学里的情人多半是属于第二类的，可以叫做生生死死的爱情，这当有许多例外，中国有尾生[1]这类痴情的人，外国有屠格涅夫，拜伦等描写的玩弄爱情滋味的人。

---

[1] 出自《庄子·盗跖》，是中国古代传说中的痴情男子。

第二章

醉中梦话

讲
演

"你是来找我同去听讲演吗？"

"不错，去不去？"

"吓！我不是个'智识欲'极旺的青年，这么大风——就是无风，我也不愿意去的。我想你也不一定是非听不可，尽可在我这儿谈一会。我虽然不是什么名人，然而我的嘴却是还在。刚才我正在想着讲演的意义，你来了，我无妨把我所胡思乱想的讲给你听，讲得自然不对，不过我们在这里买点东西吃，喝喝茶，比去在那人丛里钻个空位总好点吧。"

来客看见主人今天这么带劲地谈着，同往常那副冷淡待人的态度大不相同，心中就想在这里解闷也不错，不觉就把皮帽围巾都解去了。那房主人正忙着叫听差买栗子花生，泡茶。打发清楚后，他又继续着说：

"近来我很爱胡思乱想，但是越想越不明白一切事情的道理。真合着那位坐在望平街高塔中，做《平等阁笔记》的主笔[1] 所谓世界中不只'无奇不有'，实在是'无有不奇'。Carlyle [2] 这老头子在Sartor Resartus [3] 中《自然的超自然主义》（*Natural Supernaturalism*）一章里

<hr />

[1] 指的是近代报人，狄葆贤（1873—1921）。他曾经在上海创办了《时报》。

[2] 卡莱尔（1795—1881），苏格兰著名散文家、历史学家、哲学家。

[3] 卡莱尔的主要作品之一，《成衣匠的改造》。

头，讲自然律本身就是一个不可解的神秘，所以这老头子就觉得对于宇宙中一切物事都糊涂了。我现在也有点觉得什么事情我都不知道。比如你是知道我怕上课的，自然不会爱听讲演。然而你经过好几次失败之后，一点也不失望，还是常来找我去听讲演，这就是一个Haeckel[1]的《宇宙之谜》所没有载的一个不可思议的事。哦！现在又要上课了，我想起来真有点害怕。吓！真是一年不如一年了，从前我们最高学府是没有点名的，我们很可以自由地在家里躺在床上，或者坐在炉边念书。自从那位数学教授来当注册部主任以后，我们就非天天上班不行。一个文学士是坐硬板凳坐了三千多个钟头换来的。就是打瞌睡，坐着睡那么久，也不是件容易事了。怕三千多个钟头坐得不够，还要跑去三院大礼堂，师大风雨操场去坐，这真是天下第一奇事了。所以讲演有人去听这事，我抓着头发想了好久，总不明白。若说到'民国讲演史'那是更有趣了。自从杜威先生[2]来华以后，讲演这件事同新思潮同时流行起来。杜先生曾到敝处过，那时我还在中学读书，也曾亲耳听过，亲眼看过。印象现在已模糊了，大概只记得他说一大阵什么自治，砖头，打球，……后来我们校长以'君子不重则不威'一句话来发挥杜先生的意思。那时翻译是我们那里一个教会学堂叫做格致小学的英文先生，我们那时一面听讲，一面看那洁白的桌布，校长的新马褂，教育厅长的脸孔，杜先生的衣服……我不知道当时杜先生知道不知道How we think。跟着罗素[3]来了，恍惚有人说他讲的数理哲学不大好懂。罗素去了，杜里舒[4]又来。中国近来，文化进步得真快，讲演得真热闹，杜里舒博士在中国讲演，有十册演讲录。中间有在法政专门学校讲的细胞构造，在体育师范讲的历史哲学，在某女子中学讲的新心理学……总而言之普照十方，凡我青年，无不蒙庇。所以中国人民近来常识才有这么发

---

[1] 海克尔（1834—1919），德国著名动物学家、进化论的倡导者。

[2] 杜威（1859—1952），美国著名哲学家、心理学家、教育家。

[3] 罗素（1872—1970），二十世纪英国哲学家、数学家、逻辑学家、历史学家，也是著名的无神论者。

[4] 杜里舒（1867—1941），德国哲学家、生物学家。

达。太戈尔[1]来京时，我也到真光[2]去听。他的声音是很美妙。可惜我们（至少我个人）都只了解他的音乐，而对于他的意义倒有点模糊了。"

"自杜先生来华后，我们国内名人的讲演也不少。我有一个同学他差不多是没有一回没去听的，所以我送他一个'听讲博士'的绰号，他的'智识欲'真同火焰山一样的热烈。他当没有讲演听的时候只好打呵欠，他这样下去，还怕不博学得同哥德[3]，斯忒林堡[4]一样。据他说近来很多团体因为学校太迟开课发起好几个讲演会，他自然都去听了。他听有'中国工会问题'，'一个新实在论的人生观'，'中外戏剧的比较'，'中国宪法问题'，'二十世纪初叶的教育'……我问他他们讲的什么，他说我听得太多也记不清了，我家里有一本簿子上面贴有一切在副刊记的讲演辞，你一看就明白了。他怕人家记得不对，每回要亲身去听，又恐怕自己听不清楚，又把人家记的收集来，这种精益求精的精神，是值得我们模仿的，不过我很替他们担心。讲演者费了半月工夫，迟睡早起，茶饭无心，预备好一篇演稿来讲。我们坐洋车赶去听，只恐太迟了，老是催车夫走快，车夫固然是汗流浃背，我们也心如小鹿乱撞。好，到了，又要往人群里东瞧西看，找位子，招呼朋友，忙了一阵，才鸦雀无声地听讲了。听的时候又要把我们所知道的关于工会，宪法，人生观，戏剧，教育的智识整理好来吸收这新意思。讲完了，人又波涛浪涌地挤出来。若使在这当儿，把所听的也挤出来，那就糟糕了。"

"我总有一种偏见：以为这种Public-lecture-mania[5]是一种Yankee-disease[6]。他们同我们是很要好的，所以我们不知不觉就染了他们的

---

[1] 今译泰戈尔（1861—1941），印度诗人。

[2] 指的是北京当时的真光电影院。

[3] 哥德（1749-1832），十八世纪中叶到十九世纪初德国和欧洲最重要的剧作家、诗人和思想家。

[4] 今译斯特林堡（1849—1912），瑞典戏剧家、小说家、诗人。

[5] 可译为讲演癖。

[6] 可译为美国式病症。

习惯。他们是一种开会，听讲，说笑话的民族。加拿大文学家Stepken Leacock [1] 在他的 *My Discovery of England* [2] 里曾说过美国学生把教授的讲演看得非常重要，而英国牛津大学学生就不把lecture [3] 当作一回事，他又称赞牛津大学学生程度之好。真的我也总怀一种怪意思，因为怕挨骂所以从来不告人，今日无妨同你一讲。请你别告诉人。我想真要得智识，求点学问，不只那东鳞西爪吉光片羽的讲演不济事，就是上堂听讲也无大意思。教授尽可把要讲的印出来，也免得我们天天冒风雪上堂。真真要读书只好在床上，炉旁，烟雾中，酒瓶边，这才能领略出味道来。所以历来真文豪都是爱逃学的。至于Swift [4] 的厌课程，Gibbon [5] 在自传里骂教授，那又是绅士们所不齿的，……"

他讲到这里，人也倦了，就停一下，看桌子上栗子花生也吃完，茶也冷了。他的朋友就很快地讲：

"我们学理科的是非上堂不行的。"

"一行只管一行，我原是只讲学文科的。不要离题跑野马，还是谈讲演吧，我前二天看Mc Dougall [6] 的《群众心理》，他说我们有一种本能叫做'爱群本能'（Gregarious instinct），他说多数人不是为看戏而去戏院，是要去人多地方而去戏院。干脆一句话，人是爱向人丛里钻的。你看他的话对不对？"

他忽然跳起，抓着帽和围巾就走，一面说道：

"糟！我还有一位朋友，他也要去三院瞧热闹，我跑来这儿谈天，把他在家里倒等得慌了。"

---

[1] 李科克（1869—1944），加拿大作家。

[2] 《英格兰之我见》，李科克的作品。

[3] 可译为演讲。

[4] 斯威夫特（1667—1745），十八世纪英国著名的讽刺作家和政治家。

[5] 吉本（1737—1794），英国著名历史学家，《罗马帝国衰亡史》的作者。

[6] 麦独孤（1871—1938），美国著名实验心理学家、生理心理学家。

醉中梦话（二）

生平不常喝酒，从来没有醉过。并非自夸量大，实是因为胆小，哪敢多灌黄汤。梦却夜夜都做。梦里未必说话，醉中梦话云者，装糊涂，假痴聋，免得"文责自负"云尔。

一、笑

吴老头[1]说文学家都是疯子，我想哲学家多半是傻子，不懂得人生的味道。举个例吧：鼎鼎大名的霍布士（Hobbes）[2]说过笑全是由我们的骄傲来的。这种傻话实在只有哲学家才会讲的。或者是因为英国国民性阴鸷不会笑，所以有这样哲学家。有人说英国人勉强笑的样子同哭一样。实在我们现在中国人何尝不是这样呢？前星期日同两个同学在中央公园喝茶，坐了四五个钟头，听不到一点痛快的笑声，只看见好多皮笑肉不笑，肉笑心不笑的呆脸。戏场尚如是，别的地方更不用说了。我们的人生态度是不进不退，既不高兴地笑，也不号啕地哭，总是这么呆着，是谓之曰"中庸"。

---

[1] 指吴敬恒（1865—1953），字稚晖，国民党的忠实拥护者、著名政治家、教育家、书法家、中央研究院院士。

[2] 今译霍布斯（1588—1679），英国著名哲学家。

有很多人以为捧腹大笑有损于上流人的威严，而是件粗鄙的事，所以有"咽欢装泪"摆出孤哀子神气。可是真真把人生的意义细细咀嚼过的人是晓得笑的价值的。Carlyle[1] 是个有名宣扬劳工福音的人，一个勇敢的战士，他却说一个人若使有真真地笑过一回，这人绝不是坏人。的确只有对生活觉得有丰溢的趣味，心地坦白，精神健康的人才会真真地笑，而真真地曲背弯腰把眼泪都挤出笑后，精神会觉得提高，心情忽然恢复小孩似的天真烂漫。常常发笑的人对于生活是同情的，他看出人类共同的弱点，事实与理想的不同，他哈哈地笑了。他并不是觉得自己比别人高明（所谓骄傲）才笑，他只看得有趣，因此禁不住笑着。会笑的人思想是雪一般白的，不容易有什么狂性，夸大狂同书狂。James M. Barrie[2] 在他有名的 *Peter Pan*[3] 里述有一个天真烂漫的小姑娘问那晚上由窗户飞进来的仙童，神仙是怎样生来的，他答道当世界上头一个小孩第一次大笑时候，他的笑声化作一千片，每片在空中跳舞着，后来片片全变做神仙了，这是神仙的起源。这种仙人实是比我们由丹房熏焦了白日飞升的漂亮得多了。

什么是人呢？希腊一个哲学家说人是两个足没有毛的动物。后来一位同他开玩笑的朋友把一个鸡拔去毛，放在他面前，问他这是不是人。有人说人是理性的动物。但什么是理性呢？这太玄了，我们不懂。又有一个哲学家说人是能够煮东西的动物。我自己煮饭会焦，炒菜不烂，所以觉得这话也不大对。法国一个学者说人是会笑的动物。这话就入木三分了。Hazlitt[4] 也说人是唯一会笑会哭的动物。所以笑者，其为人之本欤？

自从我国"文艺复兴"（这四字真典雅堂皇）以后，许多人都来提倡血泪文学，写实文学，唯美派……总之没有人提倡无害的笑。现在文

---

[1] 卡莱尔（1795—1881），苏格兰散文家、历史学家。

[2] 巴里（1860—1937），苏格兰著名的小说家。

[3] 《彼得·潘》，巴里的代表作之一，是一部著名的幻想剧。

[4] 哈兹里特（1778—1830），英国散文作家、评论家。

坛上，常见一大丛带着桂冠的诗人，把他"灰色的灵魂"，不是献给爱人，就送与Satan[1]。近来又有人主张幽默，播扬嘴角微笑。微笑自然是好的。"拈花微笑"，这是何等境界。Emerson[2]并且说微笑比大笑还好。不过平淡无奇的乡老般的大笑都办不到，忽谈起艺术的微笑，这未免是拿了一双老年四楞象牙镶金的筷子与刘姥姥了。我要借 Maxim Gorky[3] 的话评中国的现状了。他说："你能够对人引出一种充满生活快乐，同时提高精神的笑么？看，人已经忘却好的有益的笑了！"

在我们这个空气沉闷的国度里，触目都是贫乏同困痛，更要保持这笑声，来维持我们的精神，使不至于麻木沉到失望深渊里。当 Charlotte Bronte[4] 失了两个亲爱的姊妹，忧愁不堪时候，她写她那含最多日光同笑声的 "Shirley"[5]。Cowper[6] 烦闷得快疯了时候，他整晚痴痴地笑在床上做他的杰作《痴汉骑马》歌（*John Gilpin*）。Gorky[7] 身尝忧患，屡次同游民为伍的，所以他也特别懂得笑的价值。

近来有好几个民众故事集出版，这是再好没有的事。希望大家不要摆出什么民俗学者的脸孔，一定拿放在解剖桌去分剖，何妨就跟着民众笑一下，然礼失而求之于野，亦可以浩叹矣。

---

[1] 撒旦，传说中的魔鬼。

[2] 爱默生（1803—1882），著名哲学家、散文家、诗人。美国超验主义运动的代表人物之一。

[3] 马克西姆·高尔基（1868—1936），俄国著名作家。

[4] 夏洛蒂·勃朗特（1816—1855），英国著名女小说家。

[5] 夏洛蒂·勃朗特的作品《雪莉》。

[6] 柯珀（1731—1800），英国著名诗人。

[7] 高尔基。

二、做文章同用力气

从前自认"舍大道而不由"的胡适之先生近来也有些上了康庄大道，言语稳重了好多。在《现代评论》一百十九期写给"浩徐"的信里，胡先生说："我总想对国内有志作好文章的少年们说两句忠告的话，第一，做文章是要用力气的……"这句话大概总是天经地义吧，可是我觉得这种话未免太正而不邪些。仿佛有一个英国人（名字却记不清了）说 When the author has a happy time in writing a book, then the reader enjoys a happy time in reading it[1]（句子也记不清了，大概是这样吧。）真的，一个作家抓着头发，皱着眉头，费九牛二虎之力作出来东西，有时倒卖力气不讨好，反不如随随便便懒惰汉的文章之淡妆粗衣那么动人。所以有好多信札日记，写时不大用心，而后世看来倒另有一种风韵。Pepys[2] 用他自己的暗号写日记，自然不想印出给人看的，他每晚背着他那法国太太写几句，更谈不上什么用力气了，然而我们看他日记中间所记的同女仆调情，怎么买个新表时时刻刻拿出玩弄，早上躺在床上同他夫人谈天是如何有趣味，我们却以为这本起居注比那日记体的小说都高明。Charles Lamb[3] 的信何等脍炙人口，Cowper 的信多么自然轻妙，Dobson[4] 叫他做 A humorist in a nightcap（着睡帽的滑稽家），这类"信手拈来，都成妙谛"的文字都是不用力气的，所以能够清丽可人，好似不吃人间烟火。有名的 Samuel Johnson[5] 的文章字句都极堂皇，却不是第一流的散文，而他说的话，给 Boswell[6]

[1] 可译为："当一个作家拥有一个快乐的写作时间时，那么读者也会拥有一个快乐的阅读时间。"

[2] 佩皮斯（1633—1703），英国著名散文家、政治家。

[3] 兰姆（1775—1834），英国散文家。

[4] 多布森（1840—1921），英国著名诗人、批评家、传记作者。

[5] 约翰逊（1709—1784），英国著名文学批评家、诗人。

[6] 鲍斯韦尔（1740—1795），英国著名传记作家。

记下的，句句都是漂亮的，显明地表现出他的人格，可见有时冲口出来的比苦心构造的还高一筹。Coleridge[1] 是一个有名会说话的人，但是我每回念他那生硬的文章，老想哭起来，大概也是因为他说话不比做文章费力气吧。Walter Pater[2] 一篇文章改了几十遍，力气是花到家了，音调也铿锵可听，却带了矫揉造作的痕迹，反不如因为没钱逼着非写文章不可的 Goldsmith[3] 的自然的美了。Goldsmith 作文是不大费力气的。Harrison[4] 却说他的《威克斐牧师传》是 The high-water mark of English[5]。实在说起来，文章中一个要紧的成分是自然（ease），我们中国近来白话文最缺乏的东西是风韵（charm）。胡先生以为近来青年大多是随笔乱写，我却想近来好多文章是太费力气，故意说俏皮话，拼命堆砌。Sir A.Helps说做文章的最大毛病是可省的地方，不知道省。他说把一篇不好文章拿来，将所有的noun, verb, adjective[6]，都删去一大部分，一切adverb[7] 全不要，结果是一篇不十分坏的文章。若使我是胡先生，我一定劝年轻作家少费些力气，自然点吧，因为越是费力气，常反得不到ease同charm 了。

若使因为年轻人力气太足，非用不可，那么用来去求 ease 同 charm 也行，同近来很时髦 essayist（随笔家），Lucas[8] 等学Lamb一样。可是卖力气的理想目的是使人家看不出卖力气的痕迹。我们理想中的用气力做出的文章是天衣无缝，看不出是雕琢的，所以一瞧就知道是篇用力气做的文章，是坏的文章，没有去学的必要，真真值得读的文章却反是那些好像不用气力做的。对于胡先生的第二句忠告，（第二，在现时的

[1] 柯尔律治（1772—1834），英国诗人和评论家。
[2] 佩特（1839—1894），英国著名作家、批评家。
[3] 哥尔德斯密斯（1730—1774），英国作家。
[4] 哈里森（1831—1923），英国实证主义哲学家。
[5] 可译为高水准英文的标志。
[6] 可译为名词、动词、形容词。
[7] 可译为副词。
[8] 卢卡斯（1868—？），英国著名散文家。

作品里，应该拣选那些用气力做的文章做样子，不可挑那些一时游戏的作品，）我们因此也不得不取个怀疑态度了。

胡先生说"不可挑那些一时游戏的作品"，使我忆起一段文场佳话。专会瞎扯的 Leigh Hunt [1] 有一回由 Macaulay [2] 介绍，投稿到 The Edinburgh Review [3]，碰个大钉子，原稿退还，主笔先生请他另写点绅士样子的文章（something gentleman-like），不要那么随便谈天。胡适之先生到底也免不了有些高眉（high-browed）长脸孔（long-faced）了，还好胡子早刮去了，所以文章里还留有些笑脸。

三、抄两句爵士说的话

近来平安 [4] 映演笠顿爵士（Lord Lytton） [5] 的《邦沛之末日》（*Last Days of Pompei*）我很想去看，但是怕夜深寒重，又感冒起来。一个人在北京是没有病的资格的。因为不敢病，连这名片也牺牲不看了。可是爵士这名字总盘旋在脑中。今天忽然记起他说的两句话，虽然说不清是在哪一本书会过，但这是他说的，我却记得千真万确，可以人格担保。他说："你要想得新意思吧？请去读旧书；你要找旧的见解吧？请你看新出版的。"（Do you want to get at new ideas? Read old books; do you want to find old ideas? Read new ones.）我想这对于现在一般犯"时代狂"的人是一服清凉散。我特地引这两句话的意思也不过如是，并非对国故党欲有所建功的，恐怕神经过敏者随便株连，所以郑重地声明一下。

---

[1] 亨特（1784—1859），英国著名散文家、诗人、评论家、记者。
[2] 麦考利（1800—1859），英国政论家、历史学家。
[3] 《爱丁堡评论》，又名《评论杂志》。
[4] 是当年北京的一家电影院，在今东长安街上。
[5] 利顿（1803—1873），英国著名政治家、作家。

醉中梦话（二）

一、"才子佳人信有之"

才子佳人，是一句不时髦的老话。说来也可怜得很，自从五四以后，这四个字就渐渐倒霉起来，到现在是连受人攻击的资格也失掉了。侥幸才子佳人这两位宝贝却并没有灭亡，不过摇身一变，化作一对新时代的新人物：文学家和安琪儿。才子是那口里说"钟情自在我辈"，能用彩笔做出相思曲和定情诗的文人。文学家是那在心弦上深深地印着她的倩影，口里哼着我被爱神的箭伤了，笔下写出长长短短高高低低的情诗的才子。至于佳人即是安琪儿，这事连小学生都知道了，用不着我来赘言。总而言之，统而言之，昔日的才子和当今的文学家都是既能做出哀感顽艳的情诗，自己又是一个一往情深的多情种子。

我却觉得人们没有这么万能，"自然"好像总爱用分工的原则，有些人她给了一个嘴，口说莲花，可是别无所能，什么事情也不会干，当然不会做个情感真挚的爱人，这就是昔日之才子，当今的文学家。真真干事的人不说话，只有那不能做事的孱弱先生才会袖着手大发牢骚。真真的爱人在快乐时节和情人拈花微笑，两人静默着；失恋时候，或者自杀，或者胡涂地每天混过去，或者到处瞎闹，或者……但是绝没有闲情逸致，摇着头做出情诗来。人们总以为英国的拜伦，雪莱，济慈是中国式的才子，又多情，又多才。我却觉得拜伦是一个只会摆那多情的臭架子的纨绔公子。雪莱只是在理想界中憧憬着，根本就和现实世界没有接触，多次的结婚离婚无非是要表现出他敢于反抗社会庸俗的意见。济慈只想尝遍人生各种的意味，他爱爱情，因为爱情可以给我们很大的刺激，内里包含有咸酸苦辣诸味，他何曾真爱他的爱人呢？最会做巧妙情诗的 Robert Herrick[1] 有一次做首坦白的自叙诗，题目是 Upon Himself[2] 中间有几段，让我抄下来吧！

I could never love in deed;

Never see mine own heart bleed;

Never crucify my life;

Or for widow, maid, or wife.

I could never break my sleep,

Fold my arms, sob, sigh, or weep.

Never beg, or humbly woo

With oaths and lies,（as others do）

But have hither to lived free

As the air that circles me

And kept credit with my heart,

Neither broke in the Whole, or part.[3]

---

[1] 罗伯特·赫里克（1591—1674），英国著名骑士派诗人。

[2] 可译为《超越自我》。

[3] 可译为："我不曾深爱过；不曾有过心灵的哀痛；更不曾因少女、妻子或孀妇，扰乱我的生活。/我不曾梦中惊醒，抱紧自己、叹息或者啜泣；不曾乞求，用誓言与谎语。/但是我活得自由，如同环绕着我的空气；我用心维护我的信誉，不使它受损，无论是部分还是整体。"

Herrick 这么坦白地说他绝不会有什么恋爱，也不会挨求恋和失恋的痛苦，这倒是他心中的话。但是那个爱念 Herrick 的年轻人不会觉得他是赞颂爱情的绝妙诗人？等到看着这首冷酷的自剖，免不了会有万分的惊愕。然而，这正是 Herrick 一贯的地方。若使 Herrick 不是这么无情的人，他绝不能够做出那好几百首艳丽的短短情歌。爱伦·波[1]（Edgar Allan Poe）说，"真挚的情感有种质朴的气味（homeliness），那是不能拿来做诗材用的。"风花雪月的诗人实在不能够闭着嘴去当一个充满了真挚情感的爱人。欧美小说里情场中的英雄，很少是文学家；情人多半是不能做诗的，屠格涅夫最爱写大学生和文学家的恋史，可是他小说中的主人翁多半是意志薄弱的情人，常带着"得不足喜，失不足忧"的态度。这都是洋鬼子比我们观察得更周到的地方。不过这样地把文学家的兼职取消，未免有点"焚琴煮鹤"，区区也很觉得怅然。

文学家不但不知道什么是爱情，而且也不懂得死的意义。所以最爱谈自杀的是文学家，而天下敢去自杀的文学家却是凤毛麟角。最近上海自杀了不少人，多半都有绝命书留下来，可是没有一篇写得很文学的，很动听的；可见黄浦江里面水鬼中并没有文豪在内。这件事对于文坛固然是很好的消息，但是也可见文学家只是种不生不死半生半死的才子了。不过古今中外的舆论是操在文学家的手里，小小的舞台上自己拼命喝自己的彩，弄得大家头晕脑眩，糊里糊涂地跟着喝彩，才子们便自觉得是超人了。

二、滑稽（Humour）和愁闷

整天笑嘻嘻的人是不会讲什么笑话的，就是偶然讲句吧，也是那不会引人捧腹，值不得传述的陈旧笑谈。这的确是上帝的公平地方，一个人既然满脸春风，两窝酒靥老挂在颊边，为社会增不少融融泄泄的气象，又要他妙口生莲，吐出轻妙的诙谐，这未免太苦人所难了，所以上

---

[1] 今译爱伦·坡（1809—1849），英国著名诗人、小说家、文艺批评家。

帝体贴他们，把诙谐这工作放在那班愁闷人肩上，让笑嘻嘻的先生光是笑嘻嘻而已。那班愁闷的人们不论日夜，总是口里喃喃，心里郁郁，给世界一种倒霉的空气，自然也该说几句叫人听着会捧腹的话，或者轻轻地吐出几句妙语，使人们嘴角微微的笑起来，以便将功折罪，抵消他们脸上的神情所给人的阴惨的印象。因此古往今来世上大诙谐家都是万分愁闷的人。

英国从前有个很出名的丑角，他的名字我不幸忘记了，就把他叫作密斯忒 X 吧，密斯忒 X 平常总是无缘无故地皱眉蹙额，他自己也是莫名其妙，不过每日老是心中一团不高兴。他弄得自己没有法子办，跑到内科医生那里问有什么医法没有。那内科医生诊察了半天，最后对他说："我劝你常去看那丑角密斯忒 X 的戏，看了几回之后，我包管你会好。"密斯忒 X 听了这话，啼也不好，笑也不好，只得低着头走出诊察室。

听说做《寻金记》和《马戏》主角的贾波林[1]也是很忧郁的，这是必然的，否则，他绝不能够演出那趣味深长的滑稽剧。英国十九世纪浪漫派诗人Coleridge[2]曾说：我是以眼泪来换人们的笑容。他是个谈锋极好的人，每天晚上滔滔不绝地讨论玄学诗体以及其他一切的问题，他说话又深刻又清楚，无论谁都会忘了疲倦，整夜坐在旁边听他娓娓地清谈。他虽然能够给人们这么多快乐，他自己的心境却常是枯燥烦恼到了极点。写"心爱的猫儿溺死在金鱼缸里"和"痴汉骑马歌"的Gray[3]和 Cowper[4]也都是愁闷之神的牺牲者。Cowper后来愁闷得疯死了，Cray也是几乎没有一封信不是说愁说恨的。晋朝人讲究谈吐，喜欢诙谐，可是晋朝人最爱讲达观，达观不过是愁闷不堪，无可奈何时的解嘲说法。杀犯当临刑时节，常常唱出滑稽的歌曲，人们失望到不能再

---

[1] 此处指的是卓别麟（Charles Spencer chaplin 1889—1977），英国著名喜剧电影演员。

[2] 柯尔律治（1772—1834），英国诗人和评论家。

[3] 格雷（1716—1771），英国著名的诗人。

[4] 柯珀（1731—1800），英国著名诗人。

失望了，就咬着牙齿无端地狂笑，觉得天下什么事情都是好笑的。这些事都可以证明滑稽和愁闷的确有很大的关系。

诙谐是由于看出事情的矛盾。萧伯纳[1]说过，"天下充满了矛盾的事情，只是我们没有去思索，所以看不见了。"普通人，尤其那笑嘻嘻的人们与物无忤地天天过去，无忧无虑无欢无喜。他们没有把天下事情放在口里咀嚼一番，所以也不知道到底是什么味道，草草一生就算了。只有那班愁闷的人们，无往而不自得，好像上帝和全人类联盟起来，和他捣乱似的。他背着手噙着眼泪走遍四方，只觉到处都是灰色的。他免不了拼命地思索，神游物外地观察，来遣闷消愁。哈哈！他看出世上一切物事的矛盾，他抿着嘴唇微笑，写出那趣味隽永的滑稽文章，用古怪笔墨把地上的矛盾穷形尽相地描写出来。我们读了他们的文章，看出埋伏在宇宙里的大矛盾，一面也感到洞明了事实真相的痛快，一面也只得无可奈何地笑起来了。没有那深深的烦闷，他们绝不能瞧到这许多很显明的矛盾事情，也绝不会得到诙谐的情绪和沁人心脾的滑稽辞句。滑稽和愁闷居然有因果的关系，这个大矛盾也值得愁闷人们的思索。

因为诙谐是从对于事情取种怀疑态度，然后看出矛盾来，所以怀疑主义者多半是用诙谐的风格来行文，因为他承认矛盾是宇宙的根本原理。Voltaire[2]，Montaigne[3]和当代的法朗士，罗素的书里都有无限滑稽的情绪。

法国的戏剧家 Baumarchais[4]说："我不得不老是狂笑着，怕的是笑声一停，我就会哭起来了。"这或者也是愁闷人所以滑稽的原因。

---

[1] 今译伯纳·萧（1856—1950），英国著名戏剧家。

[2] 伏尔泰。

[3] 蒙田（1533—1592），法国文艺复兴后最重要的人文主义作家。

[4] 博马舍（1732—1799），法国著名喜剧作家。

三、"九天阊阖开宫殿，万国衣冠拜冕旒"[1] 的文学史

记得五年前，当我大发哲学迷时候，天天和 C 君谈那玄而又玄自己也弄不清楚的哲学问题。那时 C 君正看罗素著的《哲学概论》，罗素是反对学生读哲学史的，以为应该直接念洛克[2]、休谟、康德[3]等原作，不该隔靴搔痒来念博而不专的哲学史。C 君看得高兴，就写一封十张八行的长信同我讨论这事情，他仿佛也是赞成罗素的主张。后来 C 君转到法科去，我在英文系的讲堂坐了四年，那本红笔画得不成书的 Thilly 哲学史也送给一位朋友了，提起来真不胜有沧桑之感。从前马马虎虎读的洛克，笛卡儿[4]，斯宾诺莎[5]，康德的书，现在全忘记了，可是我现在对哲学史还是厌恶，以为是无用的东西。由我看来，文学史是和哲学史同样没有用的。文学史的唯一用处只在赞扬本国文字的优美，和本国文人的言行的纯洁……总之，满书都是甜蜜蜜的。所以我用王右丞的颂圣诗两句，来形容普通文学史的态度。

普通文学史的第一章总是说本国的文字是多么好，比世界上任一国的文字都好，克鲁泡特金[6]那样子具有世界眼光的人，编起俄国文学史（Russian Literature It's Ideals & Realitics）来，还是免不了这个俗套。这是狭窄的爱国主义者的拿手好戏，中国到现在还没有一本像样的文学史，也可以说是一件幸事。

第一口蜜喝完了，接着就是历代文人的行状。隐恶扬善，把几百个生龙活虎的文学家描写成一堆模糊不清毫无个性的圣贤。把所有做教

---

[1] 此处出自王维的诗句。王维（701—761），唐朝诗人。

[2] 洛克（John Locke 1632—1704），英国著名的哲学家。

[3] 康德（Lmmanuel Kant 1724—1804），德国著名哲学家。

[4] 笛卡儿（René Descartes 1596—1650），法国哲学家。

[5] 斯宾诺莎（Baruch Spinoza 1632—1677），荷兰著名哲学家。

[6] 克鲁泡特金（1842—1921），俄国无政府主义者。

本用的美国文学史都念完，恐怕也不知道大文豪霍桑曾替美国一个声名狼藉的总统[1]捧场过，做一本传记，对他多方颂扬，使他能够被选。歌德，惠德曼[2]，王尔德的同性爱是文学史素来所不提的。莎士比亚的偷鹿，文学史家总想法替他掩饰辩护。文学史里只赞扬拜伦助希腊独立的慷慨情怀，没有说他到待 Leigh Hunt[3] 的刻薄。这些劣点虽然不是这几位文学家的全人格的表现，用不着放大地来注意，但是要认识他们的真面目，这些零星罪过也非看到不可，并且我觉得这比他们小孩时候的聪明和在小学堂里得奖这些无聊事总来得重要好多。然而仁慈爱国的普通文学史家的眼睛只看到光明那面，弄得念文学史的人一开头对于各文学家的性格就有错误的认识。谁念过普通英国文学史会想到 Wordsworth[4] 是个脾气极坏，态度极粗鲁的人呢？可是据他的朋友们说，他很常和人吵架，谈到政治，总是捶桌子。而且不高兴人们谈"自然"，好像这是他的家产样子。然而，文学史中只说他爱在明媚的湖边散步。

中国近来介绍外国文学的文章多半是采用文学史这类的笔法。用一大堆颂扬的字眼，恭维一阵，真可以说是新"应制"[5]体。弄得看的人只觉得飘飘然，随便同情地跟着啧啧称善。这种一味奉承的批评文字对于读者会养成一种只知盲目地赞美大作家的作品习惯，丝毫不敢加以好坏的区别。屈服于权威的座前已是我们的国粹，新文学家用不着再抬出许多沾尘不染的洋圣人来做我们盲目崇拜的偶像。

我以为最好的办法是在每本文学史里叙述各作家的性格那段底下留着一页或者半页的空白，让读者将自己由作品中所猜出的作者性格和由不属于正统的批评家处所听到的话拿来填这空白。这样子历代的文豪或

---

[1] 此处指的是美国第14任总统皮尔斯，他与霍桑是大学同学。

[2] 今译惠特曼（1819—1892），美国诗人。

[3] 亨特（1784—1859），英国新闻记者、散文作家、诗人暨政论家。

[4] 华兹华斯，英国著名浪漫主义诗人。

[5] 指古代文人奉皇帝之命而作诗文，内容多是些歌功颂德的辞语，形式僵化死板。

者可以恢复些人气，免得像从前绣像小说头几页的图画，个个都是一副同样的脸孔。

四、这篇是顺笔写去，信口开河，所以没有题目

英国近代批评家 Bailey[1] 教授在他那本《密尔敦评传》[2] 里主张英国人应当四十岁才开始读圣经。他说，英国现代的教育制度是叫小孩子天天念圣经，念得不耐烦了，对圣经自然起一种恶感，后来也不去看一看里面到底有什么真理隐藏着没有。要等人们经过了世变，对人生起了许多疑问，在这到处都是无情的世界里想找同情和热泪的时候，那时才第一次打开圣经来读，一定会觉得一字一珠，舍不得放下。这是这位老教授的话。圣经我是没有从头到底读过的，而且自己年纪和四十岁也相隔得太远，所以无法来证实这句话。不过我觉得 Bailey 这话是很有道理的，无论什么东西，若使我们太熟悉了，太常见了，它们对我们的印象反不深刻起来。我们简直会把它们忘记，更不会跑去拿来仔细研究一番。谁能够说出他母亲面貌的特点在哪里，哪个生长在西湖的人会天天热烈地欣赏六桥三竺的风光。婚姻制度的流弊也在这里。Richard King[3] 说："为爱情而牺牲生命并不是件难事，最难的是能够永久在早餐时节对妻子保持种亲爱的笑容。"记得 Hazlitt[4] 对于英国十八世纪歌咏自然的诗人 Cowper[5] 的批评是，"他是由那剪得整整齐齐的篱笆里，去欣赏自然……他戴双很时髦的手套，和'自然'握手。"可是正因为 Cowper 是个城里生长的人，一生对于"自然"没有亲昵地接触过，所以当他偶然看到自然的美，免不了感到惊奇，感觉也特别灵敏。

---

[1] 贝利。

[2] 今译《弥尔顿评传》。

[3] 理查王，英格兰国王。历史上有理查一世、理查二世、理查三世、莎士比亚曾经为其中的两位写过剧本。

[4] 哈兹里特（1778—1830），英国著名散文家、评论家。

[5] 柯珀（1731—1800），英国著名诗人。

他和"自然"老是保持着一种初恋的热情，并没有和"自然"结过婚，跟着把"自然"看得冷淡起来。在乡下生长，却居然能做歌咏自然的诗人，恐怕只有 Burns[1]，其他赞美田舍风光的作家总是由乌烟瘴气的城里移住乡间的人们。Dostoivsky[2] 的一枝笔把醒醒卑鄙的人们的心理描摹得穷形尽相，但是我听说他却有洁癖，做小说时候，桌布上不容许有一个小污点。神秘派诗人总是用极显明的文字，简单的句法来表明他们神秘的思想。因为他们相信宇宙是整个的，只有一个共同的神秘，埋伏在万物万事里面。William Blake[3] 所谓由一粒沙可以洞观全宇宙也是这个意思。他们以为宇宙是很简单的，可是越简单，那神秘也更见其奥妙。越是能够用浅显文字指示出那神秘，那神秘也越远离人们理智能力的范围，因为我们已经用尽了理智，才能够那么明白地说出那神秘；而这个最后的神秘既然不是缘于我们的糊涂，自然也不是理智所能解决了。诗文的风格（Style）奇奇怪怪的人们，多半是思想上非常平稳。Chesterton[4] 顶喜欢用似非而是打觔斗的句子，但是他的思想却是四平八稳的天主教思想。勃浪宁[5] 的相貌像位商人，衣服也是平妥得很，他的诗是古怪得使我念着就会淌眼泪。Tennyson[6] 长发披肩，衣服松松地带有成千成万的皱纹，但是他那 In Memoriam[7] 却是清醒流利，一点也不糊涂费解。约翰生[8] 说 Goldsmith[9] 做事无处不是个傻子，拿起笔就变成聪明不过的文人了。……这么老写下去，离题愈离愈远，而且根本就是没有题目，真是如何是好，还是就这么收住吧！

---

[1] 彭斯（Robert Burns 1759—1796），苏格兰民族诗人。
[2] 陀思妥耶夫斯基，俄国作家。
[3] 布莱克（1757—1827），英国著名诗人、画家。
[4] 切斯特顿（1874—1936），英国著名评论家、散文家、诗人。
[5] 今译布朗宁（1812—1889），著名英国诗人。
[6] 丁尼生（1809—1892），英国十九世纪的著名诗人。
[7] 《悼念》，丁尼生给他的好友、也是著名诗人的阿瑟·哈勒姆创作的挽歌集。
[8] 约翰逊（1709—1784），英国著名文学批评家、诗人。
[9] 哥尔德斯密斯（1730—1774），英国作家。

写完了上面这一大段，自己拿来念一遍，觉得似乎有些意思。然而我素来和我自己写的文章是"相视而笑，莫逆于心"的。这也是无可奈何之事也。

五、两段抄袭、三句牢骚

Steele[1] 说："学来的做坏最叫人恶心。"

Second-hand vice，sure，of all is most nauseous. From "The Characters of a Rake and a Conquest"

Dostoivsky 的《罪与罚》里有底下这一段话：

拉朱密兴拼命地喊："你们以为我是攻击他们说瞎话吗？一点也不对！我爱他们说瞎话。这是人类独有的权利。从错误你们可以走到真理那里去！因为我会说错话，做错事，所以我才是一个人！你要得到真理，一定要错了十四回，或者是要错了一百十四回才成。而且做错了事真是有趣味；但是我们应当能够自己做出错事来！说瞎话，可是要说你自己的瞎话，那么我要把你爱得抱着接吻。随着自己的意思做错了比跟着旁人做对了，还要好得多。自己弄错了，你还是一个人；随人做对了，你连一只鸟也不如。我们终究可以抓到真理，它是逃不掉的，生命却是会拘挛麻木的。"

因此，我觉得打麻将比打扑克高明，逛窑子的人比到跳舞场的人高明，姑嫂吵架是天地间最有意义百听不倦的吵架——自然比当代浪漫主义文学家和自然主义文学家的笔墨官司好得万万倍了。

《醉中梦话》是我二年前在《语丝》上几篇杂感的总题目。匆匆地过了二年，我喝酒依旧，做梦依旧，这仿佛应当有些感慨才是。然而我的心境却枯燥得连微唱一声都找不出。从前那篇《醉中梦话》还有几句

---

[1] 斯梯尔（1672—1729），著名散文家。

无聊口号，现在抄在下面：

生平不大喝酒，从来没有醉过，并非自夸量大，实在因为胆小，哪敢多灌黄汤。梦是夜夜都做，梦中未必说话，"醉中梦话"云者，装糊涂，假痴聋，免得"文责自负"。

『还我头来』及其他

关云长兵败麦城，虽然首级给人拿去招安，可是英灵不散，吾舌尚存，还到玉泉山，向和尚诉冤，大喊什么"还我头来"！这是多么惊心动魄的事，万想不到我现在也来发出同样阴惨的呼声。

但是我并非爱做古人的鹦鹉，实在有不得已的苦衷[1]，在所谓最高学府里头，上堂，吃饭，睡觉，匆匆地过了五年，到底学到了什么，自己实在很怀疑。然而一同同学们和别的大学中学的学生接近，常感觉到他们是全知的——人们，（差不多要写做上帝了）。他们多数对于一切大大小小长长短短的问题，都有一定的意见，说起来滔滔不绝，这是何等可羡慕的事。他们知道宗教是应当"非"的，孔丘是要打倒的，东方文化根本要不得，文学是苏俄最高明，小中大学都非专教白话文不可，文学是进化的（因为胡适先生有一篇文学进化论），行为派心理学是唯一的心理学，哲学是要立在科学上面的，新的一定是好，一切旧的总该打倒，以至恋爱问题女子解放问题……他们头头是道，十八般武艺

---

[1] 作者在将此文收入《春醪集》时，删减了如下文字："在这口号盛行的时节，我未免心慌，也想做出一两个简单精练的字句，闲时借它长啸一番。想了几个整晚，才得'还我头来'这四个字，放在口里尝试一下，也觉洪亮不错；所以冒抄袭之名，暂借来做口号，当题目。"

无一不知。驽拙的我看着不免有无限的羡慕同妒忌。更使我赞美的是他们的态度，观察点总是大同小异——简直是全同无异。有时我精神疲倦，不注意些，就分不出是谁在那儿说话。我从前老想大学生是有思想的人，各个性格不同，意见难免分歧，现在一看这种融融泄泄的空气，才明白我是杞人忧天。不过凡庸的我有时试把他们所说的话，拿来仔细想一下，总觉头绪纷纷，不是我一个人的力几秒钟的时间所能了解。有时尝尽艰难，打破我这愚拙的网，将一个问题，从头到尾，好好想一下，结果却常是找不出自己十分满意解决的方法，只好归咎到自己能力的薄弱了。有时学他们所说的，照样向旁人说一下，因此倒得到些恭维的话，说我思想进步。荣誉虽然得到，心中却觉惭愧，怕的是这样下去，满口只会说别人懂自己不懂的话。随和是做人最好的态度，为了他人，失了自己，也是有牺牲精神的人做的事；不过这么一来，自己的头一部一部消灭了，那岂不是个伤心的事情吗？

由赞美到妒忌，由妒忌到诽谤是很短的路。人非圣贤，谁能无过，我有时也免不了随意乱骂了。一回我同朋友谈天，我引美国Cabell[1] 说的话来泄心中的积愤，我朋友或者猜出我老羞成怒的动机，看我一眼，我也只好住口了。现在他不在这儿，何妨将Cabell话译出，泄当时未泄的气。Cabell在他那本怪书，名字叫做《不朽》Beyond Life中间说：

"印刷发明后，思想传布是这么方便，人们不要麻烦费心思，就可得到很有用的意见。从那时候起很少人高兴去用脑力，伤害自己的脑。"

Cabell在现在美国，还高谈romance[2]，提倡吃酒，本来是个狂生，他的话自然是无足重轻的，只好借来发点牢骚不平吧！

以上所说的是自己有愿意把头弄掉，去换几个时髦的字眼的危险。此外在我们青年旁边想用快刀阔斧来取我们的头者又大有人在。思想界的权威者无往而不用其权威来做他的文力统一。从前晨报副刊登载青年必读书十种时候，我曾经摇过头。所以摇头者，一方面表示不满意，

---

[1] 卡贝尔（1879—1958），美国著名小说家。
[2] 可译为浪漫。

一方面也可使自己相信我的头还没有被斩。这十种既是青年所必读，那么不去读的就不好算做青年了。年纪轻轻就失掉了做青年的资格，这岂不是等于不得保首级。回想二三十年前英国也有这种开书单的风气。但是Lord Avebury[1]在他《人生乐趣》（The Pleasure of Life）里所开的书单的题目不过是"百本书目表"（List of 100 Books）。此外Lord Acton[2]，Shorter[3]等所开者，标题皆用此。彼等以爵士之尊，说话尚且这么谦虚，不用什么"必读"等命令式字眼，真使我不得不佩服西人客气的精神了。想不到后来每下愈况，梁启超先生开个书单，就说没有念过他所开的书的人不是中国人，那种办法完全是青天白日当街杀人刽子手的行为了。胡适先生在《现代评论》曾说他治哲学史的方法是唯一无二的路，凡同他不同的都会失败。我从前曾想抱尝试的精神，怀疑的态度，去读哲学，因为胡先生说过真理不是绝对的，中间很有商量余地，所以打算舍胡先生的大道而不由，另找个羊肠小径来。现在给胡先生这么当头棒喝，只好摆开梦想，摇一下头——看还在没有。总之在旁边窥伺我们的头者，大有人在，所以我暑假间赶紧离开学府，万里奔波，回家来好好保养这六斤四的头。

所以"还我头来"是我的口号，我以后也只愿说几句自己确实明白了解的话，不去高攀，谈什么问题主义，免得跌重。说的话自然平淡凡庸或者反因为它的平淡凡庸而深深地表现出我的性格，因为平淡凡庸的话只有我这驽拙的人，才能够说出的。无论如何总不至于失掉了头。

末了，让我抄几句Arnauld[4]在Port-Royal Logic[5]里面的话，来做结束吧。

"我们太容易将理智只当做求科学智识的工具，实在我们应该用科学来做完成我们理智的工具；思想的正确是比我们由最有根据的科学所

---

[1] 埃夫伯里爵士（1834—1913），英国著名博物学家。

[2] 阿克顿爵士（1834—1902），英国著名历史学家。

[3] 肖特尔（1857—1926），英国著名记者、文艺批评家。

[4] 阿尔诺（1612—1694），法国著名詹森派神学家。

[5] 可译为《"波尔罗亚尔"逻辑学》。

得来一切的智识都要紧得多。”

中国普通一般自命为名士才子之流，到了风景清幽地方，一定照例地说若使能够在此读书，才是不辜负此生。由这点就可看出他们是不能真真鉴赏山水的美处。读书是一件乐事，游山玩水也是一件乐事。若使当读书时候，一心想什么飞瀑松声绝崖远眺，我们相信他读书趣味一定不浓厚，同样地若使当看到好风景时候，不将一己投到自然怀中，热烈领会生存之美，却来摆名士架子，说出不冷不热的套话，我们也知道他实在不能够吸收自然无限的美。我一想到这事，每每记起英国大诗人 Chaucer[1] 的几行诗（这几行是我深信能懂的，其余文字太古了，实在不知道清楚）。他说：

“When that the monthe of May

Is comen，and that I here the foules synge，And that the floures gynnen for to sprynge， Farurl my boke and my devocon. ”

Legende of Good Women. [2]

大意是当五月来的时候，我听到鸟唱，花也渐渐为春天开，我就向我的书籍同宗教告别了。要有这样的热诚才能得真正的趣味。徐旭生先生说中国人缺乏enthusiasm[3]，这句话真值得一百圈。实在中国人不止对重要事没有enthusiasm，就是关于游戏也是取一种逢场作戏随便玩玩的态度，对于一切娱乐事情总没有什么无限的兴味。闭口消遣，开口消愁，全失丢人生的乐趣，因为人生乐趣多存在对于一切零碎事物普通游戏感觉无穷的趣味。要常常使生活活泼生姿，一定要对极微末的娱乐也全心一意地看重，热烈地将一己忘掉在里头。比如要谈天，那么就老老实实说心中自己的话，不把通常流俗的意见，你说过来，我答过去地

---

[1] 乔叟（约1340—1400），英国著名诗人。

[2] 乔叟1386年发表的作品，可以译为《贞洁妇女传说》。

[3] 可译为热情。

敷衍。这样子谈天也有真趣，不至像刻板文章，然而多数人谈天总是一副皮面话，听得真使人难过。关于说到这点的文章，我最爱读兰姆（Lamb）的*Mrs. Battle's opinions on Whist*[1]。那是一篇游戏的福音，可惜文字太妙了，不敢动笔翻译。再抄一句直腿者流[2]的话来说明我的鄙见吧。A-C. Berson[3]在*From a College Window*[4]里说：

"一个人对于游戏的态度愈是郑重，游戏就越会有趣。"

因为我们对于一切都是有些麻木，所以每回游玩山水，只好借几句陈语来遮饰我们心理的空虚。为维持面子的缘故，渐渐造成虚伪的习惯，所以智识阶级特别多伪君子，也因为他们对面子特别看重。他们既然对自然对人情不能够深切地欣赏，只好将快乐全放在淫欲虚荣权力钱财……这方面。这总是不知生活术的结果。

有人说，我们向文学求我们自己所缺的东西，这自然是主张浪漫派人的说法，可是也有些道理。我们若使不是麻木不仁，对于自己缺点总特别深切地感觉。所以对没有缺点的人常有过量的赞美，而对于有同一缺点的人，反不能加以原谅。Turgeniev[5]自己意志薄弱，是Hamlet[6]一流人物，他的小说描写当时俄国智识阶级意志薄弱也特别动人。Hazlitt[7]自己脾气极坏，可是对心性慈悲什么事也不计较的Goldsmith[8]却啧啧称美。朋友的结合，因为二人同心一意虽多，而因为性质正相反也不少。为的各有缺点各有优点，并且这个所没有的那个有，那个自己惭愧所少的，这个又有，所以互相吸引力特别重。

---

[1]《巴托夫人对于惠恩特牌的见解》。

[2] 指西洋人。

[3] 本森，英国著名的小品文作家。

[4] 可译为《来自学院的窗口》。

[5] 屠格涅夫（Иван Сергеевич Тургенев，1818—1883），俄国现实主义小说家、诗人和剧作家。

[6] 哈姆雷特，莎士比亚著名悲剧《哈姆雷特》中的主人公。

[7] 哈兹里特（1778—1830），英国著名散文家、评论家。

[8] 哥尔德斯密斯（1730—1774），英国著名作家。

心思精密的管仲[1]同性情宽大的鲍叔[2]，友谊特别重；拘谨守礼的Addison[3]和放荡不羁的Steele[4]，厚重老成的Southey[5]和吃大烟什么也不管的Coleridge[6]也都是性情相背，居然成历史上有名友谊的榜样。老先生们自己道德一塌糊涂，却口口声声说道德，或者也是因为自己缺乏，所以特别觉得重要。我相信天下没有那么多伪君子，无非是无意中行为同口说的矛盾罢了。

我相信真真了解下层社会情形的作家，不会费笔墨去写他们物质生活的艰苦，却去描写他们生活的单调，精神奴化的经过，命定的思想，思想的迟钝，失望的麻木，或者反抗的精神，蔑视一切的勇气，穷里寻欢，泪中求笑的心情。不过这种细密精致的地方，不是亲身尝过的人像Dostoievski[7]，Gorki[8]不能够说出，出身纨绔的青年文学家，还是扯开仁人君子的假面，讲几句真话吧！

因为人是人，所以我们总觉人比事情要紧，在小说里描状个人性格的比专述事情的印象会深得多。这是一件非常明显的事，然而近来所看的短篇小说多是叙一两段情史，用几十个风花雪月字眼，真使人失望。希望新文豪少顾些结构，多注意点性格。Tolstoy[9]的《伊凡伊列支之死》[10]，Conrod[11]的*Lord Jim*[12]都是没有多少事实的小说，也都是有名的杰作。

---

[1] 管敬仲（前？—前645），字仲，春秋时期齐国著名的政治家、军事家。

[2] 鲍叔牙（前？—前644），春秋时齐国政治家。

[3] 艾迪生（1672—1719），英国散文家、诗人、剧作家以及政治家。

[4] 斯梯尔（1672—1729），著名散文家。

[5] 骚塞（Robert Southey，1774—1843），英国诗人，"湖畔派"三诗人之一。

[6] 柯尔律治（1772—1834），英国诗人和评论家。

[7] 陀思妥耶夫斯基（1821—1881），俄国文学家。

[8] 高尔基（1868—1936），俄国著名作家。

[9] 列·托尔斯泰（1828—1910），俄国著名作家。

[10] 指托尔斯泰晚期的作品《伊凡·伊里奇之死》

[11] 康拉德（1857—1924），英国作家。

[12] 康拉德的代表作之一《吉姆老爷》，也译为《吉姆爷》，梁遇春曾经翻译过。

查理斯·兰姆评传

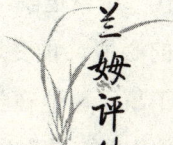

"它在柔美风韵之外，还带有一种描写不出奇异的美；甜蜜的，迷人的，最引人发笑的，然而是这样地动人的情绪又会使人心酸。"

——Hawthorne-*Marble Faun*.[1]

传说火葬之后，心还不会烧化的雪莱，曾悱恻地唱："我堕在人生荆棘上面！我流血了！"人生路上到处都长着荆棘，这是无可讳言的事实。但是我们要怎么样才能够避免常常被刺，就是万不得已皮肤给那尖硬的木针抓破了，我们要去那里找止血的灵药呢？一切恋着人生的人，对这问题都觉有细想的必要。查理斯·兰姆是解决这个问题最好的导师。George Eliot[2] 在那使她失丢青春的长篇小说*Romola*[3] 里面说"生命没有给人一种它自己医不好的创伤"。兰姆的一生是证明这句话最好的例子，而且由他的作品，我们可以学到很多精妙的生活术。

查理斯·兰姆——Coleridge[4] 叫他做"心地温和"的查理斯——

---

[1] 出自霍桑的《玉石雕像》。

[2] 艾略特（1819—1880），英国著名女作家。

[3] 艾略特的代表作品之一，可译为《罗幕拉》，是一部以意大利十五世纪宗教为背景的历史小说。

[4] 柯尔律治（1772—1834），英国诗人和评论家。

在一七七五年二月十八日生于伦敦。他父亲是一个性情慈爱诸事随便的律师Samuel Salt[1]的像仆人不是仆人，说书记又非书记式的雇员。他父亲约翰·兰姆做人忠厚慷慨，很得他主人的信任。兰姆的幼年就住在这个律师所住的寺院里，八岁进基督学校Christ Hospital[2]受古典教育，到十五岁就离开学校去做事来持家了。基督学校的房子本来也是中古时代一个修道院，所以他十四年都是在寺院中过去的。他那本来易感沉闷的心情，再受这寺院中寂静恬适的空气的影响，更使他耽于思索不爱干事了。他在学校时候与浪漫派诗人和批评家S.T. Coleridge[3]订交，他们的交谊继续五十年，没有一些破裂。兰姆这几年学校生活可以说是他环境最好的时期。他十五岁就在南海公司做书记，过两年转到东印度公司会计课办事，在那里过记账生活三十三年，才得养老金回家过闲暇时光。不止他中年这么劳苦，他年轻时候还遇着了极不幸的事。当他二十一岁时候，他同一位名叫Ann Simmons[4]姑娘发生爱情，后来失恋了，他得了疯病，在疯人院过了六个礼拜。他出院没有多久，比他长十岁的姊姊玛利兰姆一天忽然发狂起来，拿桌上餐刀要刺一女仆，当她母亲来劝止时候，她母亲被误杀了。玛利自然立刻关在疯人院了。后来玛利虽然经法庭判做无罪，但是对于玛利将来生活问题，兰姆却有许多踌躇。玛利在她母亲死后没有多久时候渐渐地好了，若使把她接回家中住，老父是不答应的，把一个精神健全，不过一年有几天神经会错乱的人关在疯人院里，兰姆觉得是太残酷了。并且玛利是个极聪明知理的女子，同他非常友爱，所以只有在外面另赁房子一个办法。不过兰姆以前入仅敷出，虽然有位哥哥，可是这个大哥自私自利只注意自己的脚痛，别的什么也不管，而且坚持将玛利永久关在疯人院里。兰姆在这万分困难环境之下，定个决心，将玛利由疯人院领出，保证他自己一生都

---

[1] 索尔特，兰姆父亲的雇主。

[2] 基督教慈幼学校，当时位于伦敦市内。

[3] 柯尔律治。

[4] 指的是安·西蒙丝。

看护她。他恐怕结婚会使他对于玛利招扶不周到，他自定终身不娶。一个二十一岁青年已背上这么重负担，有这么凄惨的事情占在记忆中间，也可谓极人生的悲哀了。不久他父亲死了。以后他天天忙着公司办事，回家陪伴姊姊，有时还要做些文章，得点钱，来勉强维持家用。玛利有时疯病复发，当有些预征时候，他携着她的手，含一泡眼泪送入疯人院去，他一人回到家里痴痴地愁闷。在这许多困苦中间，兰姆全靠着他的美妙乐天的心灵同几个知心朋友Wordsworth[1]，Coleridge，Hazlitt[2]，Manning[3]，Rickman[4]，Earton Burney[5]，Carey[6]等的安慰来支持着。他虽然厌恶工作，可是当他得年金后，因为工作已成种习惯，所以他又有无聊空虚的愁苦了。又加以他好友 Coleridge 的死，他晚年生活更形黯淡。在一八三四年五月二十日他就死了。他姊姊老是在半知觉状态之下，还活十三年。这是和他的计划相反的，因为他希望他能够比他姊姊后死，免得她一个人在世上过凄凉的生活。他所有的著作都是忙里偷闲做的。

人生的内容是这样子纷纭错杂、毫无头绪，除了大天才像莎士比亚这般人外，多半都只看人生的一方面。有的理想主义者不看人生，只在那里做他的好梦，天天过云雾里生活，Emerson是个好例。也有明知人生里充满了缺陷同丑恶，却掉过头来专向太阳照到地方注目，满口歌颂自然人生的美，努力去忘记一切他所不愿意有的事情，十九世纪末叶英国有名散文家John Brown[7]医生属于这一类。还有一种人整个心给人世各种龌龊事扰乱了，对于一切虚伪，残酷，麻木，无耻，攻击同厌恶得太厉害了，仿佛世上只有毒蛇猛兽，所有歌鸟吟虫全忘记了。斯夫特

---

[1] 华兹华斯，英国著名浪漫主义诗人。

[2] 哈兹里特（1778—1830），英国著名散文家、评论家。

[3] 麦宁（1808—1892），英国牧师。

[4] 里克曼（1776—1841），英国著名建筑师。

[5] 勃尼（1752—1840），英国作家。

[6] 指的是威廉·卡莱尔（1761—1843），英国传教士、东方学专家。

[7] 约翰·布朗（1735—1788），英国医生。

主教[1]同近代小说家Butler[2]都是这一类人。他们用显微镜来观察人生的斑点，弄得只看见缺陷，所以斯夫特只好疯了。以上三种人，第一种痴人说梦，根本上就不知道人生是怎么一回事，第二种人躲避人生，没有胆量正正地眸着人生，既是缺乏勇气，而且这样同人生捉迷藏，也抓不到人生真正乐趣。若使不愿意看人生缺陷同丑恶，而人生缺陷同丑恶偏排在眼前，那又要怎么好呢？第三种人诅咒人生，当他谩骂时候，把一切快乐都一笔勾销了。只有真真地跑到生活里面，把一切事都用宽大通达的眼光来细细咀嚼一番，好的自然赞美，缺陷里头也要去找出美点出来；或者用法子来解释，使这缺陷不令人讨厌，这种态度才能够使我们在人生途上受最少的苦痛，也是止血的妙方。要得这种态度，最重要的是广大无边的同情心。那是能够对于人们所有举动都明白其所以然；因为同是人类，只要我们能够虚心，各种人们动作，我们全能找出可原谅的地方。因为我们自己也有做各种错事的可能，所以更有原谅他人的必要。真正的同情是会体贴别人的苦衷，设身处地去想一下，不是仅仅容忍就算了。用这样眼光去观察世态，自然只有欣欢的同情，真挚的怜悯，博大的宽容，而只觉得一切的可爱，自己生活也增加了无限的趣味了。兰姆是有这精神的一个人。有一回一个朋友问他恨不恨某人，他答道："我怎么能恨他呢？我不是认得他？我从来不能恨我认识过的人。"他年轻的时候曾在一篇叫做《伦敦人》上面说："往常当我在家觉得烦腻或者愁倦，我跑到伦敦的热闹大街上，任情观察，等到我的双颊给眼泪涮湿，因为对着伦敦无时不有像哑剧各幕的动人拥挤的景况的同情。"在一篇杂感上他又说："在大家全厌弃的坏人的性格上发现出好点来，这是件非常高兴的事，只要找出一些同普通人相同的地方就够了。从我知道他爱吃南野的羊肉起，我对Wilks[3]也没有十分坏的意思。"兰姆不求坏人别有什么过人地方，然后才去原谅，只要有带些人

---

[1] 今译斯普拉特（1635—1713），英国罗彻斯特主教威斯敏斯特教长。

[2] 勃特勒（1835—1902），英国作家。

[3] 威尔克斯（1725—1797），英国记者、政治家。

116

性，他的心立刻软下去。他到处体贴人情，没有时候忘记自己也是个会做错事说错话的人，所以他无论看什么，心中总是春气盎然，什么地方都生同情，都觉有趣味，所以无往而不自得。这种执着人生，看清人生然后抱着人生接吻的精神，和中国文人逢场作戏，游戏人间的态度，外表有些仿佛，实在骨子里有天壤之隔。中国文人没有挫折时，已经装出好多身世凄凉的架子，只要稍稍磨折，就哼哼地怨天尤人，将人生打得粉碎，仅仅剩个空虚的骄傲同无聊的睥睨。哪里有兰姆这样看遍人生的全圆，千灾百难底下，始终保持着颠扑不破的和人生和谐的精神，同那世故所不能损害毫毛的包括一切的同情心。这种大勇主义是值得赞美，值得一学的。

兰姆既然有这么广大的同情心，所以普通生活零星事件都供给他极好的冥想对象，他没有通常文学家习气，一定要在王公大人，惊心动魄事情里面，或者良辰美景，旖旎风光时节，要不然也由自己的天外奇思，空中楼阁里找出文学材料，他相信天天在他面前经过的事情，只要费心去吟味一下，总可想出很有意思的东西来。所以他文章的题目是五花八门的，通常事故，由伦敦叫花子，洗烟囱小孩，烧猪，肥女人，饕餮者，穷亲戚，新年一直到莎士比亚的悲剧，DeFoe[1] 的二流作品，Sidney[2] 的十四行诗，Hogarth[3] 的讥笑世俗的画，自天才是不是疯子问题说到彩票该废不废问题。无论什么题目，他只要把他的笔点缀一下，我们好像看见新东西一样。不管是多么乏味事情，他总会说得津津有味，使你听得入迷。A.C.Benson[4] 说得最好："查理斯·兰姆将生活中最平常材料浪漫地描写着，指示出无论是多么简单普通经验也充满了情感同滑稽，平常生活的美丽同庄严是他的题目。"在他书信里也可看出他对普通生活经验的玩味同爱好。他说："一个小心观察生

---

[1] 笛福（1660？—1731），英国作家，代表作有《鲁滨逊漂流记》。

[2] 锡德克（1554—1586），英国诗人。

[3] 豪卡斯（1697—1764），英国著名艺术家。

[4] 本森，英国著名小品文作家。

117

活的人用不着自己去铸什么东西，'自然'已经将一切东西替我们浪漫化了。"（给Bernard Barton[1]的信）在他答Wordsworth请他到乡下去逛的信上，他说："我一生在伦敦过活，等到现在我对伦敦结得许多深厚的地方感情，同你山中人爱好呆板板的自然一样，Straed同Fleet二条大街灯光明亮的店铺；数不尽的商业，商人，顾客，马车，货车，戏院；Covent公园里面包含的嘈杂同罪恶，窑子，更夫，醉汉闹事，车声；只要你晚上醒来，整夜伦敦是热闹的；在Fleet街的绝不会无聊；群众，一直到泥巴尘埃，射在屋顶道路的太阳，印刷铺，旧书摊，商量价的顾客，咖啡店，饭馆透出菜汤的气，哑剧——伦敦自己就是个大哑剧院，大假装舞蹈会——一切这些东西全影响我的心，给我趣味，然而不能使我觉得看够了。这些好看奇怪的东西使我晚上徘徊在拥挤的街上，我常常在五光十色的大街中看这么多生活，高兴得流泪。"他还说："我告诉你伦敦所有的大街傍道全是纯金铺的，最少我懂得一种点金术，能够点伦敦的泥成金——一种爱在人群中过活的心。"兰姆真有点泥成金的艺术，无论生活怎样压着他，心情多么烦恼，他总能够随便找些东西来，用他精细微妙灵敏多感的心灵去抽出有趣味的点来，他嗤嗤地笑了。十八世纪的散文家多半说人的笑脸可爱，兰姆却觉天下可爱东西非常多，他爱看洗烟囱小孩洁白的齿，伦敦街头墙角鹑衣百结，光怪陆离的叫花子，以至伦敦街声他以为比什么音乐都好听。总而言之由他眼里看来什么东西全包含无限的意义，根本上还是因为他能有普遍的同情。他这点同诗人Wordsworth很相象，他们同相信真真的浪漫情调不一定在夺目惊心的事情，而俗人俗事里布满了数不尽可歌可叹的悲欢情感。他不把几个抽象观念来抹杀人生，或者将人生的神奇化作腐朽，他从容不迫地好像毫不关心说这个，谈那个，可是自然而然写出一件东西在最可爱情形底下的状况。就是Walter Pater[2]在《查理斯·兰姆评传》所说

---

[1] 伯纳德·巴顿，兰姆的好友。

[2] 佩特（1839—1894），法国文学家和理论家。

the gayest, happiest attitude of things.[1] 因此兰姆只觉到处有趣味，可赏玩，并且绝不至于变做灰色的厌世者，始终能够天真地在这碧野青天的世界歌颂上帝给我享受不尽同我们自己做出鉴赏不完的种种物事。他是这么爱人群的，Leigh Hunt[2] 在自传里说"他宁愿同一班他所不爱的人在一块，不肯自己孤独地在一边"，当他姊姊又到疯人院，家中换个新女仆，他写信给 Bernard Barton，提到旧女仆，他感叹着说："责骂同吵闹中间包含有熟识的成分，一种共同的利益——定要认得的人才行——所以责骂同吵闹是属于怨，怨这个东西同亲爱是一家出来的。"一个人爱普通生活到连吵架也信作是人类温情的另一表现，普通生活在他面前简直变成作天国生活了。

Hazlitt[3] 在《时代精神》（*The Spirit of the Age*）评兰姆一段里说："兰姆不高兴一切新面孔，新书，新房子，新风俗，……他的情感回注在'过去'，但是过去也要带着人的或地方的色彩，才会深深的感动他……他是怎么样能干地将衰老的花花公子用笔来渲染得香喷喷地；怎么样高兴地记下已经冷了四十年的情史。"兰姆实在恋着过去的骸骨，这种性情有两个原因，一来因为他爱一切人类的温情。事情虽然已经过去，而中间存着的情绪还可供我们回忆。并且他太爱了人生，虽然事已烟消火灭了，他舍不得就这么算了，免不了时时记起，拿来摩弄一番。他性情又耽好冥想，怕碰事实，所以新的东西有种使他害怕的能力。他喜欢坐在炉边和他姊姊谈幼年事情，顶怕到新地方，住新房，由这样对照，他更爱躲在过去的翼底下。在《伊里亚随笔》第一篇《南海公司》里他说："活的账同活的会计使我麻烦，我不会算账，但是你们这些死了大本的数簿——是这么重，现在三个衰颓退化的书记要抬离开那神圣地方都不行——连着那么多古老奇怪的花纹同装饰的神秘的红行——那种三排的总数目，带着无用的圈圈——我们宗教信仰浓厚的祖宗无论什

[1] 可译为："快乐是面对事物最好的态度。"
[2] 亨特（1784—1859），英国新闻记者、散文作家、诗人。
[3] 哈兹里特（1778—1830），英国著名散文家、评论家。

么流水账，数单开头非有不可的祷告话——那种值钱的牛皮书面，使我们相信这是天国书库的书的皮面——这许多全是有味可敬的好看东西。"由这段可以看出他避新向旧的情绪。他不止喜欢追念过去，而且因为一件事情他经历过那不管这事情有益有害，既然同他发生关系了，好似是他的朋友，若使他能够再活一生，他还愿一切事情完全按旧的秩序递演下去。他在《除夕》那一篇中说："我现在几乎不愿意我一生所逢的任一不幸事会没有发生过，我不欲改换这些事情也同我不欲更改一本结构精密小说的布局一样，我想当我心被亚历斯[1]的美丽的发同更美丽的眼迷醉时候，我将我最黄金的七年光阴憔悴地空费过去这回事比干脆没有碰过这么热情的恋爱是好得多。我宁愿我失丢那老都伯骗去的遗产，不愿意现在有二千镑钱而心中没有这位老奸巨滑的影子。"他爱旧书，旧房子，老朋友，旧瓷器，尤其好说过去的戏子，从前的剧场情形，同他小孩子时候逛的地方。他曾有一首有名的诗说一班旧日的熟人。

一班旧日的熟人

我曾有一些游侣，我曾有一班好伴，
在我孩提的时候，在我就学的时光；
一班旧日的熟人，现在完全失散。

我曾经狂笑，我曾经欢宴，
与一班心腹的朋友在深夜坐饮；
一班旧日的熟人，现在完全失散。

我曾爱着一个绝代的美人：
她的门为我而关，她，我一定不能再见——

[1] 兰姆曾经爱过的姑娘，也是前文提到的兰姆的失恋对象，安·西蒙丝。

一班旧日的熟人，现在完全失散。

我有一个朋友，一个最好的朋友，
我曾鲁莽地背弃他像个忘恩之人；
背弃了他，想到一班旧日的熟人。

我徘徊在幼年欢乐之场像个幽灵，
我不得不走遍大地的荒原，
为了去找一班旧日的熟人。

我的心腹的朋友，你比我的兄弟更强，
你为什么不生在我的家中？
假使我们可以谈到旧日的熟人——

他们有的怎样弃我，有的怎样死亡，
有的被人夺去；所有的朋友都已分离；
一班旧日的熟人，现在完全失散。

他说他像个幽灵徘徊在幼年欢乐之场。实在由这种高兴把旧事重提的人看来，现在只是一刹那，将来是渺茫的，只有过去是安安稳稳地存在记忆，绝不会失丢的宝藏。这也是他在这不断时流中所以坚决地抓着过去的原因。

兰姆一生逢着好多不顺意的事，可是他能用飘逸的想头，轻快的字句把很沉重的苦痛拨开了。什么事情他都取一种特别观察点，所以可给普通人许多愁闷怨恨的事情，他随随便便地不当做一回事地过去了。他有一回编一本剧叫做《H先生》，第一晚开演时候，就受观众的攻击，他第二天写信给Sarah Stoddart[1] 说："H先生昨晚开演，失败

---

[1] 不详。

了，玛利心里很难过。我知道你听见这个消息一定会替我们难过。可是不要紧。我们决心不被这事情弄得心灰意懒。我想开始戒烟，那么我们快要富足起来了。一个吞云吐雾的人，自然只会写乌烟瘴气的喜剧。"

他天天从早到晚在公司办事，但是在《牛津游记》上他说我虽然是个书记，这不过是我一时兴致，一个文人早上须要休息，最好休息的法子是机械式地记棉花，生丝，印花布的价钱，这样工作之后去念书会特别有劲，并且你心中忽然有什么意思，尽可以拿桌上纸条或者封面记下，做将来思索材料。他的哥哥是个自私的人，收入很好，却天天去买古画，过舒服生活，全不管兰姆的穷苦。兰姆对这事不止没有一毫怨尤，并且看他哥哥天天兴高采烈样子，他心中也欢喜起来了。在《我的亲戚》一篇文中他说："这事情使我快活，当我早上到公司时候，在一个风和日美五月的早上，碰着他（指兰姆哥哥）由对面走来，满脸春风，喜气盈洋。这种高兴样子是指示他心中预期买样看中了的古画。当这种时候他常常拉着我，教训一番。说我这种天天有事非干不可的人比他快活——要我相信他觉得无聊难过——希望他自己没有这么多闲暇——又向西走到市场去，口里唱着调子——心里自信我会信他的话——我却是无歌无调地继续向公司走。"这种一点私见不存，只以客观态度温和眼光来批评事情，注意可以发噱之点，用来做微笑的资料，真是处世最好的精神。在《查克孙上尉》一篇里，他将这种对付不好环境的好法子具体地描写出。查克孙一贫如洗，却无时不排阔架子，这样子就将贫穷的苦恼全忘丢了。兰姆说："他（查克孙上尉）是个变戏法者，他布一层雾在你面前——你没有时间去找出他的毛病。他要向你说'请给我那个银糖钳'，实在排在你面前只有一个小匙，而且仅仅是镀银的。在你还没有看清楚他的错误之前，他又来扰乱你的思想，把一个茶锅叫做茶瓮，或者将凳子说做沙发。富人请你看他的家具，穷人用法子使你不注意他的寒伧东西；他既不是这样，也不是那样，单单自己认他身边一切东西全是好的，使你莫明其妙到底在茅屋里看的是什么。什么也没有，他仿佛什么都有样子。他心中有好多财产。"当他母亲死后一个礼拜，他写信给Coleridge说："我练成了一种习惯不把外界事情看重——对这盲目的现在不满意，我努力去得一种宽大的胸怀；这种胸怀支持我的精神。"他姊姊疯好了，他写信给Coleridge说："我决定在这塞满了烦恼的剧里，尽量得那可得到的瞬间的快乐。"他又说"我的箴言是'只要一些，就须满足；心中却希望能得到更多'"。我们从这几段话可以看出兰姆快乐人世的精神。他既不是以鄙视一切快乐自雄的stoic[1]，也不是沾沾自喜歌颂那卑鄙庸懦的满足的人，他带一副止血的灵药，在荆棘上跳跃奔驰，享受这人生道上一切风光，他不鄙视人生，所以人生也始终爱抚他。所以处这使别人能够碎心的情况之下，他居然天天现着笑脸，说他的双关话，同朋友开开玩笑过去了。英国现在大批评家Augustine Birrell[2]说："兰姆自己知道他的神经衰弱，同他免不了要受的可怕的一生挫折，他严重地拿零碎东西做他的躲难所，有意装傻，免得过于兴奋变成个疯子了。"他从二十一岁，以后经过千涛百浪，神经老是健全，这就是他这种高明超达的生活术的成功。

　　兰姆虽然使一双特别的眼睛看世界上各种事情，他的道德观念却非常重。他用非常诚恳态度采取道德观念，什么事情一定要寻根到底赤裸裸地来审察，绝不容有丝毫伪君子成分在他心中。也是因为他对道德态度是忠实，所以他又常主张我们有时应当取一种无道德态度，把道德观念撇开一边不管，自由地来品评艺术同生活。伪君子们对道德没有真真情感，只有一副架子，记着几句口头禅，无处不说他的套语，一时不肯放松将道德存起来，这是等于做贼心虚，更用心保持他好人的外表，偷汉寡妇偏会说贞节一样。只有自己问心无愧的人才敢有时放了道德的严肃面孔，同大家痛快地毫无拘管地说笑。在他那《莎士比亚同时戏剧家评选》里他说："霸占近代舞台的乏味无聊抹杀一切的道德观念把戏中可赞美的热烈情感排斥去尽了，一种清教徒式的感情迟钝，一种傻子低能的老实渐渐盘绕我们胸中，将旧日戏剧作家给我们的强烈的情感同真真有肉有血生气勃勃的道德赶走了，……我们现在什么都是

---

[1] 可译为禁欲主义者。

[2] 比勒尔（1850—1933），英国政治家。

虚伪的顺从。"所以他爱看十八世纪几个喜剧家Congreve[1]，Farquhar Wycherley[2]等描写社会的喜剧。他曾说："真理是非常宝贵的，所以我们不要乱用真理。"因为他宝贵道德，他才这么不乱任用道德观念，把它当作一句不值钱的东西乱花。兰姆不怎么尊重传统道德观念，他的观念近乎尼采，他相信有力气做去就是善，柔弱无能对付了事处处用盾牌的是恶，这话似乎有些言之过甚，不过实在是如此。我们读兰姆不觉得念《查拉撒斯图拉如此说》[3]地针针见血，那是因为兰姆用他的诙谐同古怪的文体盖住了好多惊人的意见。在他《两种人类》那篇上，他赞美一个靠借钱为生，心地洁白的朋友。这位朋友豪爽英迈，天天东拉西借，压根儿就没有你我之分，有钱就用，用完再借，由兰姆看起来他这种痛快情怀比个规规矩矩的人高明得多。他那篇最得所谓英国第一批评家Hazlitt击节叹赏的文章《战太太对于纸牌的意见》[4]用使人捧腹大笑的笔墨说他这种做得痛快就是对的理论。他觉得叫花子非常高尚，平常人都困在各种虚荣高低之内，惟有叫花子超出一切比较之外，不受什么时髦礼节习惯的支配，赤条条无牵挂，所以他把叫花子尊称做"宇宙间唯一的自由人"。英国习惯每餐都要先感谢上帝，兰姆想我们要感谢上帝地方多得很，有Milton[5]可念也是个要感谢的事情，何必专限在饭前，再加上那时候馋涎三尺，哪里有心去谢恩，所食东西又是煮得讲究，不是仅仅作维持生命用，谢上帝给我们奢侈纵我们口欲，实在是不大对的。所以他又用滑稽来主张废止。他在《傻子日》里说："我从来没有一个交谊长久或者靠得住的朋友，而不带几分傻气的，……心中一点傻气都没有的人，心里必有一大堆比傻还坏的东西。"这两句话可以包括他的伦理观念。兰姆最怕拉长面孔，说道德的，我们却嚕嗦地说他的道德观念，实在对不起他，还是赶快谈别的吧。

[1] 康格里夫（1670—1729），英国著名剧作家。
[2] 威彻利（1640—1716），英国著名剧作家。
[3] 尼采的代表作，也译为《查拉斯图拉如是说》。
[4] 今译《巴托夫人对于惠斯特牌的见解》。
[5] 弥尔顿（1608—1674），英国著名诗人，代表作《失乐园》。

法国十六世纪散文大家，近世小品文鼻祖Montaigne[1]在他小品文集（essays）序上说："我想在这本书里描写这个简单普通的真我，不用大言，说假话，弄巧计，因为我所写的是我自己。我的毛病要纤毫毕露地说出来，习惯允许我能够坦白说到那里，我就写这自然的我到那地步。"兰姆是Montaigne的嫡系作家。他文章里十分之八九是说他自己，他老实地亲信地告诉我们他怎么样不能了解音乐，他的常识是何等的缺乏，他多么怕死，怕鬼，甚至于他怎样怕自己会做贼偷公司的钱，他也毫不遮饰地说出。他曾说他的文章用不着序，因为序是作者同读者对谈，而他的文章在这个意义底下全是序。他谈自己七零八杂事情所以能够这么娓娓动听，那是靠着他能够在说闲话时节，将他全性格透露出来，使我们看见真真的兰姆。谁不愿意听别人心中流露出的真话，何况讲的人又是个和蔼可亲温文忠厚的兰姆。他外面又假放好多笔名同杜撰的事，这不过一层薄雾，为的兰姆到底是害羞的人，文章常用七古八怪的别号，这么一反照，更显出他那真挚诚恳的态度了。兰姆最赞美懒惰，他曾说人类本来状况是游手好闲的，亚当堕落后才有所谓工作。他又说："实在在一个人所能做的最好的事情是什么也不干，次一等才是——好工作。"他那一篇《衰老的人》是个赞美懒惰的福音，比起Stevenson[2]的《懒惰汉的辩词》更妙得多，我们读起来一个爱闲暇怕工作的兰姆活现眼前。

兰姆著作不大多，最重要是那投稿给《伦敦杂志》，借伊里亚Elia名字发表的絮语文五十余篇，后来集做两卷，就是现在通行的《伊里亚小品文》*The Essays of Elia*同《伊里亚小品文续编》*The Last Essays of Etia*。伊里亚是南海公司一个意大利书记，兰姆借他名字来发表，他的文体是模仿十七世纪Fuller[3]，Browne[4]同别的伊里利伯时代[5]作

---

[1] 蒙田（1533—1592），法国文艺复兴后最重要的人文主义作家。
[2] 斯蒂文森（1850—1894），英国作家。
[3] 富勒（1608—1661），英国作家、学者。
[4] 布朗（1605—1682），英国著名散文家。
[5] 今译"伊丽莎白时代"。指英国十六世纪后半叶至十七世纪初叶。

家，所以非常古雅蕴藉。此外他编一本莎士比亚同时代戏剧作家选集，还加上批评，这本书关于十九世纪对伊利沙伯时代文学兴趣之复燃，大有关系。他的批评，只言片语，字字珠玑，虽然只有几十页，是一本重要文献。他选这本书的目的，是将伊利沙伯时代人的道德观念呈现在读者面前，所以他的选本一直到现在还是风行的。他还有批评莎士比亚悲剧同Hogarth的画的文章。此外他同玛利将莎士比亚剧编作散文古事，尽力保存原来精神。他对伊利沙伯朝文学既然有深刻的研究，所以这本《莎氏乐府本事》[1]，还能充满了剧中所有的情调色彩，这是它能够流行的原因。兰姆做不少的诗同一两编戏剧，那都是不重要的。他的书信却是英国书信文学中的杰作，其价值不下于Cowper Southey[2]，Cray Fitzerald[3]的书牍，他那种缠绵深情同灵敏心怀在那几百封信里表现得非常清楚。他好几篇好文章《两种人类》，《新同旧的教师》，《衰老的人》等差不多全由他信脱胎出来。他写信给Southey说："我从来没有根据系统判断事情，总是执着个体来理论，"这两句话可以做他一切著作的注脚。

兰姆传以Ainger做得最好，Ainger说：他是个利己主义者——但是一个没有一点虚荣同自满的利己主义者——一个剥去了嫉妒同恶脾气的利己主义者。这真是兰姆一生最好的考语。

近代专研究兰姆，学兰姆的文笔的Lucus说"兰姆重新建设生活，当他改建时节，把生活弄得尊严内容丰富起来了。"

---

[1] 指的是《莎士比亚戏剧故事集》，林纾译为《吟边燕语》。

[2] 骚塞（1774—1843），英国诗人，"湖畔派"三诗人之一。

[3] 菲茨杰拉德（1809—1883），英国著名作家。

文学与人生

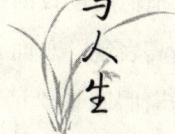

在普通当作教本用的文学概论批评原理这类书里，开章明义常说文学是一面反映人生最好的镜子，由文学我们可以更明白地认识人生。编文学概论这种人的最大目的在于平妥无疵，所以他的话老是不生不死似是而非的，念他书的人也半信半疑，考试一过早把这些套话丢到九霄云外了；因此这班作者居然能够无损于人，有益于己地写他那不冷不热的文章。可是这两句话却特别有效力，凡是看过一本半册文学概论的人都大声地嚷着由文学里我们可以特别明白地认识人生。言下之意自然是人在世界上所最应当注意的事情无过于认清人生，文学既是认识人生唯一的路子，那么文学在各种学术里面自然坐了第一把交椅，学文学的人自然……这并不是念文学的人虚荣心特别重，哪个学历史的人不说人类思想行动不管古今中外全属历史范围；哪个研究哲学的学生不睥睨地说在人生根本问题未解决以前，宇宙神秘还是个大谜时节，一切思想行动都找不到根据。法科学生说人是政治动物；想做医生的说，生命是人最重要的东西；最不爱丢文的体育家也忽然引起拉丁[1]说健全的思想存在健全的身体里。中国是农业国家这句老话是学农业的人的招牌，然而工业学校出身者又在旁微笑着说"现在是工业世界"。学地质的说没

---

[1] 意指拉丁文。

有地球，安有我们。数学家说远些把Protagoras[1]抬出说数是宇宙的本质，讲近些引起罗素数理哲学。就是温良恭俭让的国学先生们也说要读书必先识字，要识字就非跑到什么《说文》[2]戴东原[3]书里去过活不可。与世无涉，志干青云的天文学者啧啧赞美宇宙的伟大，可怜地球的微小，人世上各种物事自然是不肯去看的。孔德[4]排起学术进化表来，把他所创设的社会学放在最高地位。拉提琴的人说音乐是人类精神的最高表现。总而言之，统而言之，这块精神世界的地盘你争我夺，谁也睁着眼睛说"请看今日之域中，究是谁家之天下。"[5]然而对这种事也用不着悲观。风流文雅的王子不是在几千年前说过"文人相轻，自古已然"[6]。可惜这种文力统一的梦始终不能实现，恐怕是永久不能实现。所以还是打开天窗说亮话吧。若使有学文学的伙计们说这是长他人意气，灭自己威风，则只有负荆谢罪一个办法；或者拉一个死鬼来挨骂。在Conrad[7]自己认为最显露地表现出他性格的书，《人生与文学》（*Notes on Life and Letters*）里，他说：

"文学的创造不过是人类动作的一部分，若使文学家不完全承认别的更显明的动作的地位，他的著作是没有价值的。这个条件，文学家，——特别在年轻时节——很常忘记，而倾向于将文学创造算做比人类一切别的创作的东西都高明。一大堆诗文有时固然可以发出神圣的光芒，但是在人类各种努力的总和中占不得什么特别重要的位置。"Conrad虽然是个对于文学有狂热的人，因为他是水手出身，没有进过文学讲堂，所以说话还保存些老舟子的直爽口吻。

文学到底同人生关系怎么样？文学能够不能够，丝毫毕露地映出

---

[1] 普罗塔哥拉，古希腊哲学家。

[2] 指东汉许慎著的《说文解字》。

[3] 戴震（1723—1777），字东原，清代著名思想家。

[4] 孔德（1798—1857），法国著名实证主义哲学家。

[5] 唐代诗人骆宾王的《为徐敬业讨武曌檄》中的名句。

[6] 出自曹丕的《典论·论文》。

[7] 康拉德（1857—1924），英国作家。

人生来呢？大概有人会说浪漫派捕风捉影。在空中建起八宝楼台，痴人说梦，自然不能同实际人生发生关系。写实派脚踏实地，靠客观的观察来描写，自然是能够把生活画在纸上。但是天下实在没有比这个再错的话。文学无非叙述人的精神经验（述得确实不确实又是一个问题），色欲利心固然是人性一部分，而向渺茫处飞翔的意志也是构成我们生活的一个重要成分。梦虽然不是事实，然而总是我们做的梦，所以也是人生的重要部份。天下不少远望着星空，虽然走着的是泥泞道路的人，我们不能因为他满身尘土，就否认他是爱慕闪闪星光的人。我们只能说梦是与别东西不同，而不能否认它的存在，写梦的人自然可以算是写人生的人。Hugo[1] 说过"你说诗人是在云里的，可是雷电也是在云里的。"世上没有人否认雷电的存在，多半人却把诗人的话，当做镜花水月。当什么声音都没有的深夜里，清冷的月色照着旷野同山头，独在山脚下徘徊的人们免不了会可怜月亮的凄凉寂寞，望着眠在山上的孤光，自然而然想月亮对于山谷是有特别情感的。这实是人们普通的情绪，在我们生活中占有重要位置。Keats[2] 用他易感的心灵，把这情绪具体化利用希腊神话里月亮同牧羊人爱情故事，歌咏成他第一首长诗 *Endymion*[3]。好多追踪理想的人一生都在梦里过去，他们的生活是梦的，所以只有渺茫灿烂的文字才能表现出他们的生活。Wordsworth[4] 说他少时常感觉到自己同宇宙是分不开的整个，所以他有时要把墙摸一下，来使他自己相信有外界物质的存在；普通人所认为虚无乡，在另一班看来倒是唯一的实在。无论多么实事求是抓着现在的人晚上也会做梦的。我们一生中一半光阴是做梦，而且还有白天也做梦的。浪漫派所写的人生最少也是人生的大部分，人们却偏说是无中生有，这也是无可奈何的事。但是我们虽然承认浪漫文学不是镜里自己生出来的影子，是反

[1] 雨果（1802—1885），法国著名作家、诗人、戏剧家。
[2] 济慈（1795—1821），英国著名浪漫主义诗人。
[3] 济慈的作品之一，《恩底弥翁》。
[4] 华兹华斯，英国著名浪漫主义诗人。

映外面东西，我们对它照得精确不精明，却大大怀疑。可是所谓写实派又何曾是一点不差的描摹人生，作者的个人情调杂在里面绝不会比浪漫作家少。法国大批评家Amiel[1]说，"所谓更客观的作品不过是一个客观性比别人多些的心灵的表现，就是说他在事物面前能够比别人更忘记自己；但是他的作品始终是一个心灵的表现。"曼殊斐儿的丈夫Middleton Murry[2]在他的《文体问题》(*The Problem of Style*)里说，"法国的写实主义者无论怎样拼命去压下他自己的性格，还是不得不表现出他的性格。只要你真是个艺术家，你绝不能做一个没有性格的文学艺术家。"真的，不只浪漫派作家每人都有一个特别世界排在你眼前，写实主义者也是用他的艺术不知不觉间将人生的一部分拿来放大着写。让我们拣三个艺术差不多，所写的人物也差不多的近代三个写实派健将Maupassant[3]，Chekhov[4]，Bennett[5]来比较。Chekhov有俄国的Maupassant这个外号，Bennett在他《一个文学家的自传》(*The Truth about an Author*)里说他曾把Maupassant当作上帝一样崇拜，他的杰作是读了Maupassant的《一生》(*Une Vie*)引起的。他们三个既然于文艺上有这么深的关系，若使写实文学真能超客观地映出人生，那么这三位文豪的著作应当有同样的色调，可是细心地看他们的作品，就发现他们有三个完全不同的世界。Maupassant冷笑地站在一边袖手旁观，毫无同情，所以他的世界是冰冷的；Chekhov的世界虽然也是灰色，但是他却是有同情的，而他的作品也比较地温暖些，有时怜悯的眼泪也由这隔江观火的世态旁观者眼中流下。Bennett描写制陶的五镇人物更是怀着满腔热血，不管是怎么客观地形容，乌托邦的思想不时还露出马脚来。由此也可见写实派绝不能脱开主观的，所以三面的镜子，现出三个不同的

---

[1] 疑是用笔名发表作品《漫谈》的法国作家阿兰，原名埃米尔（1868—1951）。

[2] 默里（1889—1957），英国记者、评论家。

[3] 莫泊桑（1850—1893），法国作家。

[4] 契诃夫（1860—1904），俄国作家。

[5] 本涅特（1867—1931），英国作家、戏剧家、短篇小说大师。

世界。或者有人说他们各表现出人生的一面，然而当念他们书时节我们真真觉得整个人生是这么一回事；他们自己也相信人生本相这样子的。说了一大阵，最少总可证明文学这面镜子是凸凹靠不住的，而不能把人生丝毫不苟地反照在上面。许多厌倦人生的人们，居然可以在文学里找出一块避难所来安慰，也是因为文学里的人生同他们所害怕的人生不同的缘故。

假设文学能够诚实地映出人生，我们还是不容易由文学里知道人生。纸上谈兵无非是秀才造反。Tennyson[1]有一首诗 *The Lady of Shalott*[2] 很可以解释这一点。诗里说一个住在孤岛之贵女，她天天织布，布机杼前面安一个镜，照出河岸上一切游人旅客；她天天由镜子看到岛外的世界，孤单地将所看见的小女，武士，牧人，僧侣，织进她的布里。她不敢回头直接去看，因为她听到一个预言说她一停着去赏玩河岸的风光，她一定会受罚。在月亮当头时她由镜里看见一对新婚伴侣沿着河岸散步，她悲伤地说"我对这些影子真觉得厌倦了。"在晴朗的清晨一个盔甲光辉夺目的武士骑着骄马走过河旁，她不由自主地转过对着镜子走，去望一望。镜子立刻碎了，她走到岛旁，看见一个孤舟，在黄昏的时节她坐在舟上，任河水把她漂荡去，口里唱着哀歌慢慢地死了。Tennyson自己说他这诗是象征理想碰着现实的灭亡。她由镜里看人生，虽然是影像分明，总有些雾里看花，一定要离开镜子，走到窗旁，才尝出人生真真的味道。文学最完美时候不过像这面镜子，可是人生到底是要我们自己到窗子向外一望才能明白的。有好多人我们不愿见他们跟他们谈天，可是书里无论怎样穷凶极恶，奸巧利诈的小人，我们却看得津津有味，差不多舍不得同他们分离，仿佛老朋友一样。读 *Othello*[3] 的人对 Iago[4] 的死，虽然心里是高兴的，一定有些惆怅，因为不能

[1] 丁尼生（1809—1892），英国诗人。
[2] 《夏洛特小姐》，作者丁尼生。
[3] 莎士比亚四大悲剧之一《奥瑟罗》。
[4] 《奥瑟罗》中的大阴谋家，伊阿古。

再看他弄诡计了。读Dichens[1]书，我记不清Oliver Twist[2]，*David Copperfield*[3]，Nicholas Nickleby[4]的性格，而慈幼院的女管事Uriah Heep同Nicholas Nickleby的叔父[5]是坏得有趣的人物，我们读时，又恨他们，又爱看他们。但是若使真真在世界上碰见他们，我们真要避之惟恐不及。在莎士比亚以前流行英国的神话剧中，最受观众欢迎的是魔鬼，然而谁真见了魔鬼不会飞奔躲去？

　　文学同人生中间永久有一层不可穿破的隔膜。大作家往往因为对于人生太有兴趣，不大去念文学书，或者也就是因为他不怎么给文学迷住，或者不甚受文学影响，所以眼睛还是雪亮的，能够看清人生的庐山真面目。莎士比亚只懂一些拉丁，希腊文程度更糟，然而他确是看透人生的大文豪。Ben Jonson[6]博学广览，做戏曲时常常掉书袋，很以他自己的学问自雄，而他对人生的了解是绝比不上莎士比亚。Walter Scott[7]天天打猎，招呼朋友，Washington Irvings[8]奇怪他哪里找到时间写他那又多又长的小说，自然更谈不上读书，可是谁敢说Scott没有猜透人生的哑谜。Thackeray[9]怀疑小说家不读旁人做的小说，因茶点店伙计是爱吃饭而不喜欢茶点的。Stevenson[10]在《给青年少女》（*Virginibus Puerisque*）里说"书是人生的没有血肉的代替者"。医学中一大个难关是在不能知道人身体实在情形。我们只能解剖死人，死人身里的情形同活人自然大不相同。所以人身里真真状况是不能由解剖来知

---

[1] 狄更斯（1812—1870），十九世纪英国批判现实主义作家。

[2] 狄更斯作品《奥列佛·特维斯特》的主人公，奥列佛·特维斯特。

[3] 《大卫·科波菲尔》中的主人公大卫·科波菲尔，作者狄更斯。

[4] 狄更斯小说《尼古拉斯·尼克尔贝》的主人公，尼古拉斯·尼克尔贝。

[5] 《尼古拉斯·尼克尔贝》中的坏人。

[6] 本·琼森（1572—1637），英国著名诗人、剧作家。

[7] 司各特（1771—1832），英国作家，以创作历史长篇闻名。

[8] 欧文（1783—1859），美国著名作家。

[9] 萨克雷（1811—1863），英国维多利亚时代的小说家，代表作《名利场》。

[10] 斯蒂文森（1850—1894），英国作家。

道的。人生是活人，文学不过可以算死人的肢体，Stevenson这句无意说的话刚刚合式可以应用到我们这个比喻。所以真真跑到人生里面的人，就是自己作品也无非因为一时情感顺笔写去，来表现出他当时的心境，写完也就算了，后来不再加什么雕琢功夫。甚至于有些是想发财，才去干文学的，莎士比亚就是个好例。他在伦敦编剧发财了，回到故乡作富家翁，把什么戏剧早已丢在字纸篮中了。所以现在教授学者们对于他剧本的文字要争得头破血流，也全因为他没有把自己作品看得是个宝贝，好好保存着。他对人生太有趣味，对文学自然觉得是隔靴搔痒。就是Steele[1]，Goldsmith[2]也都是因为天天给这光怪陆离的人生迷住，高兴地喝酒，赌钱，穿漂亮衣服，看一看他们身旁五花八门的生活，他们简直没有心去推敲字句，注意布局。文法的错误也有，前后矛盾地方更多。他们是人生舞台上的健将，而不是文学的家奴。热情的奔腾，辛酸的眼泪充满了他们的字里行间。但是文学的技巧，修辞的把戏他们是不去用的。虽然有时因为情感的关系文字个变非常动人。Browning[3]对于人生也是有具体的了解，同强度的趣味，他的诗却是一做完就不改的，只求能够把他那古怪的意思达到一些，别的就不大管了。弄得他的诗念起来令人头昏脑痛。有一回人家找他解释他自己的诗，这老头子自己也不懂了。总而言之，他们知道人生内容的复杂，文学表现人生能力微少。所以整个人浸于人生之中，对文学的热心赶不上他们对人生那种欣欢的同情。只有那班不大同现实接触，住在乡下，过完全象牙塔生活的人，或者他们的心给一个另外的世界锁住，才会做文学的忠实信徒，把文学做一生的唯一目的，始终在这朦胧境里过活，他们的灵魂早已脱离这个世界到他们自己织成的幻境去了。Hawthorne[4]与早年的Tennyson全带了这种色彩。一定要对现实不大注意，被艺术迷惑了的人

---

[1] 斯梯尔（1672—1729），著名散文家。

[2] 哥尔德斯密斯（1730—1774），英国著名作家。

[3] 布朗宁（1812—1889），著名英国诗人。

[4] 霍桑（1804—1864），美国小说家。

才会把文学看得这么重要，由这点也可以看出文学同人生是怎样地隔膜了。

以上只说文学不是人生的镜子，我们不容易由文学里看清人生。王尔德却说人生是文学的镜子，我们日常生活思想所受艺术的支配比艺术受人生的支配还大。但是王尔德的话以少引为妙，恐怕人家会拿个唯美主义者的招牌送来，而我现在衣钮上却还没有带一朵凋谢的玫瑰花。并且他这种意思在《扯谎的退步》里说得漂亮明白，用不着再来学舌。还是说些文学对着人生的影响吧。

法朗士说"书籍是西方的鸦片"。这话真不错，文学的麻醉能力的确不少，鸦片的影响是使人懒洋洋地，天天在幻想中糊涂地消磨去，什么事情也不想干。文学也是一样地叫人把心搁在虚无缥缈间，看着理想的境界，有的沉醉在里面，有的心中怀个希望想去实现，然而想象的事总是不可捉摸的，自然无从实现，打算把梦变做事实也无非是在梦后继续做些希望的梦吧！因此对于现实各种的需求减少了，一切做事能力也软弱下去了。憧憬地度过时光无时不在企求什么东西似的，无时不是任一去不复的光阴偷偷地过去。为的是他已经在书里尝过人所不应当尝的强度咸酸苦甜各种味道，他对于现实只觉乏味无聊，不值一顾。读 *Romeo and Juliet* [1] 后反不想做爱情的事，非常悲哀时节念些挽歌倒可以将你酸情安慰。读 Bacon [2] 的论文集时候，他那种教人怎样能够于政治上得到权力的话使人厌倦世俗的富贵。不管是为人生的文学也好，为艺术的文学也好，写实派，神秘派，象征派，唯美派……文学里的世界是比外面的世界有味得多。只要踏进一步，就免不了喜欢住在这趣味无穷的国土里，渐渐地忘记了书外还有一个宇宙。本来真干事的人不讲话，口说莲花的多半除嘴外没有别的能力。天下最常讲爱情者无过于文学家，但是古往今来为爱情而牺牲生命的文学家，几乎找不出来。

---

[1] 莎士比亚的著名悲剧，《罗密欧与朱丽叶》。

[2] 培根（1561—1626），英国著名哲学家、思想家。

Turgeniev[1] 深深懂得念文学的青年光会说爱情，而不能够心中真真地燃起火来，就是点着，也不过是暂时的，所以在他的小说里他再三替他的主人翁说没有给爱情弄得整夜睡不着。要做一件事，就不宜把它拿来瞎想，不然想来想去，越想越有味，做事的雄心力气都化了。老年人所以万念俱灰全在看事太透，青年人所会英气勃勃，靠着他的盲目本能。Carlyle[2] 觉得静默之妙，做了一篇读起来音调雄壮的文章来赞美，这个矛盾地方不知道这位气吞一世的文豪想到没有。理想同现实是两个隔绝的世界，谁也不能够同时候在这两个地方住。荷马诗里说有一个岛，中有仙女（siren）她唱出歌来，水手听到迷醉了，不能不向这岛驶去，忘记回家了。又说有一个地方出产一种莲花，人闻到这香味，吃些花粉，就不想回到故乡去，愿意老在那里滞着。这仙女同莲花可以说都是文学象征。

还没有涉世过仅仅由文学里看些人生的人一同社会接触免不了有些悲观。好人坏人全没有书里写的那么有趣，到处是硬板板地单调无聊。然而当尝尽人海波涛后，或者又回到文学，去找人生最后的安慰。就是在心灰意懒时期，文学也可以给他一种鼓舞，提醒他天下不只是这么一个糟糕的世界，使他不会对人性生了彻底的藐视。法朗士说若使世界上一切实情，我们都知道清楚，谁也不愿意活着了。文学可以说是一层薄雾，盖着人生，叫人看起不会太失望了。不管作家书里所谓人生是不是真的，他们那种对人生的态度是值得赞美模仿的。我们读文学是看他们的伟大精神，或者他们的看错人生处正是他们的好处，那么我们也何妨跟他走错呢，Marcus Aurelius[3] 的宇宙万事先定论多数人不能相信，但是他的坚忍质朴逆来顺受而自得其乐的态度使他的冥想录做许多人精神的指导同安慰。我们这样所得到的大作家伦理的见解比仅为满足好奇心计那种理智方面的明白人生真相却胜万万倍了。

---

[1] 屠格涅夫（1818—1883），俄国现实主义小说家、诗人和剧作家。
[2] 卡莱尔（1795—1881），苏格兰著名散文家、历史学家、哲学家。
[3] 马可·奥勒利乌斯（121—180），一位罗马皇帝。

文艺杂话

"美就是真，真就是美"，这是开茨[1]那首有名《咏一个希腊古瓮》诗最后的一句。凡是谈起开茨，免不了会提到这名句，这句话也真是能够简洁地表现出开茨的精神。但是一位有名的批评家在牛津大学诗学讲堂上却说开茨这首五十行诗，前四十几行玲珑精巧，没有一个字不妙，可惜最后加上那人人都知道的二行名句。

"Beauty is truth, truth is beauty,"——that is all Ye know on earth, and all ye need to know.[2]

并不是这两句本身不好，不过和前面连接不起，所以虽然是一对好句，却变做全诗之累了。他这话说得真有些道理。只要细心把这首百读不厌的诗吟咏几遍之后，谁也会觉得这诗由开头一直下来，都是充满了簇新的想象，微妙的思想，没有一句陈腐的套语，和惯用的描写，但是读到最后两句时，逃不了感到一种说不出的失望，觉得这么灿烂希奇的描写同幻想，就只能得这么一个结论吗？念的回数愈多，愈相信这两句的不

---

[1] 济慈（1795—1821），英国著名浪漫主义诗人。

[2] 可译为："'美就是真，真就是美'，——这就是全部。这就是在这片土地上你所能知道的一切。"

合式。开茨是个批评观念非常发达的人，用字锻句，丝毫不苟，那几篇 Ode [1] 更是他呕心血做的，为什么这下会这么大意呢？我只好想出下面这个解释来。开茨确是英国唯美主义的先锋，他对美有无限的尊重，这或者是他崇拜希腊精神的结果。所以这句"美就是真，真就是美"，确是他心爱的主张。为的要发表他的主义，他情愿把一首美玉无瑕的诗，牺牲了——实在他当时只注意到自己这种新意见，也没有心再去关照全诗的结构了。开茨是个咒骂理智的人，在《蛇女》（*Lamia*）那首长诗里他说：

"That but a moment's thought is passion's passing bell." [2]

然而他这回倒甘心让诗的精神来跪在哲学前面，做个唯理智之命是从的奴隶。由这里也可以看到自己的主张太把持着心灵时候，所做的文学总有委曲求全的色彩。所以，我对于古往今来那班带有使命的文学，常抱些无谓的杞忧。

凡是爱念 Wordsworth [3] 的人一定记得他那五六首关于露茜（Lucy）的诗。那种以极简单明了的话表出一种刻骨镂心的情，说时候又极有艺术裁制（Restraint）的能力，仅仅轻描淡写，已经将死了爱人的悲哀的焦点露出，谁念着也会动心。可是这老头子虽然有这么好描写深情的天才，在他那本页数既多，字印得又小的全集里，我们却找不出十首歌颂爱情的诗。有一回 Aubrey de Vere 问他为什么他不多做些情诗，他回答，"若使我多做些情诗，我写时候，心中一定会有强度的热情，这是我主张所不许可的。"我们知道 Wordsworth 主张诗中间所含的情调要经过一回冷静心境的溶解，所以他反对心中只充满些强烈的情绪时所做的情诗。固然因为他照着这种说法写诗，他那好多赞美自然的佳

---

　　[1] 可译为颂歌。

　　[2] 可译为："只有流动的思绪像热情的铃声那样传过。"

　　[3] 华兹华斯，英国著名浪漫诗人。

句，意味才会那么隽永，值得细细咀嚼，那种回甘的妙处真是无穷。但是因此我们也失丢了许多一往情深词句挚朴的好情诗。Wordsworth这种学究的态度真是自害不浅，使我们深深地觉到创造绝对自由的需要。

说到这里，我们自然而然联想到托尔斯泰。托翁写实本领非常高明，他描状的人物情境都能有使人不得不相信的妙处。但是他始终想把文学当传布思想的工具，有时硬将上帝板板的主张放在绝妙的写实作品中间，使读者在万分高兴时节，顿然感到失望。所以 Saintsbury[1] 说他没有一篇完全无瑕的作品。我记得从前读托翁一篇小说，中间述一个豪爽英迈的强盗在森林中杀人劫货，后来被一个教士感化了，变成个平平常常的好人了。当这教士头一次碰着这强盗时节——

"咱是个强盗，"强盗拉住了缰说，"我大道上骑马，到处杀人；我杀得人越多，我唱的歌越是高兴。"

谁念了这段，不会神往于驰骋风沙中，飞舞着刀，唱着调儿的绿林好汉，而看出这种人生活里的美处。托翁有那种天才，把强盗的心境说得这么动人，可惜他又带进来个教士，将这篇像十七八世纪西班牙英法述流氓小说的好作品，变做十九、二十世纪传单化的文学了。但是不管托翁怎样蹂躏自己的天才，他的小说还是不朽的东西，仍然有能力吸引住成千成万的读者，这也可以见文学的能力到底是埋在心的最深处，决非主张等等所能毁灭，充其量不过是减些光辉，使读者在无限赞美中，有一种说不出的惆怅吧。

---

[1] 圣茨伯里（1845—1933），英国著名批评家、文学史家。

论智识贩卖所的伙计

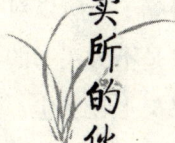

"每门学问的天生仇敌是那门的教授。"

——威廉·詹姆士[1]

智识贩卖所的伙计大约可分三种：第一种是著书立说，多半不大甘心于老在这个没有多大出息的店里混饭，想到衙门中显显身手的大学教授；第二种是安分守己，一声不则，随缘消岁月的中学教员；第三种是整天在店里当苦工，每月十几块工钱有时还要给教育厅长先挪去，用做招待星期讲演的学者（那就是比他们高两级的著书立说的教授）的小学教员。他们的苦乐虽也各各不同，他们却带有个共同的色彩。好像钱庄里的伙计总是现出一副势利面孔，旅馆里的茶房没有一个不是带有不道德的神气，理发匠老是爱修饰，做了下流社会里的花花公子，以及个个汽车夫都使我们感到他们家里必定有个姘头。同样地，教书匠具有一种独有的色彩，那正同杀手脸上的横肉一样，做了他们终身的烙印。

糖饼店里的伙计必定不喜欢食糖饼，布店的伙计穿的常是那价廉物不美的料子，"卖扇婆婆手遮日"是世界里最普通的事情，所以智识

---

[1] 也译为威廉·詹姆斯（1842—1910），美国著名哲学家，心理学家，实用主义的创始人。

贩卖所的伙计是最不喜欢智识，失掉了求知欲望的人们。这也难怪他们，整天弄着那些东西，靠着那些东西来自己吃饭，养活妻子，不管你高兴不高兴，每天总得把这些东西照例说了几十分钟或者几点钟，今年教书复明年，春恨秋愁无暇管，他们怎么不会讨厌智识呢？就说是个绝代佳人，这样子天天在一块，一连十几年老是同你卿卿我我，也会使你觉得腻了。所以对于智识，他们失丢了孩童都具有的那种好奇心。他们向来是不大买书的，充其量不过把图书馆的大本书籍搬十几本回家，搁在书架上让灰尘，蠹鱼同蜘蛛来尝味，他们自己也忘却曾经借了图书馆的书，有时甚至于把这些书籍的名字开在黑板上，说这是他们班上学生必须参考的书，害得老实的学生们到图书馆找书找不到，还急得要死；不过等到他们自己高居在讲台之上的时节，也早忘却了当年情事，同样慷慨地腾出家里的书架替学校书库省些地方了。他们天天把这些智识摆在摊上，在他们眼里这些智识好像是当混饨初开，乾坤始定之时，就已存在人间了，他们简直没有想到这些智识是古时富有好奇心的学者不惜万千艰苦，虎穴探子般从"自然"里夺来的。他们既看不到古昔学者的热狂，对于智识本身又因为太熟悉了生出厌倦的心情，所以他们老觉得智识是冷冰冰的，绝不会自己还想去探求这些冻手的东西了。学生的好奇心也是他们所不能了解的，所以在求真理这出捉迷藏的戏里他们不能做学生们的真正领袖，带着他们狂欢地瞎跑，有时还免不了浇些冷水，截住了青年们的兴头，愿上帝赦着他们吧，阿门。然而他们一度也做过学生，也怀过热烈的梦想，许身于文艺或者科学之神，曾几何时，热血沸腾的心儿停着不动，换来了这个二目无光的冷淡脸孔，隐在白垩后面，并且不能原谅年轻人的狂热，可见亲身经验是天下里最没用的事，不然人们也不会一代一代老兜同一的愚蠢圈子了。他们最喜欢那些把笔记写得整整齐齐，伏贴贴地听讲的学生，最恨的是信口胡问的后生小子，他们立刻露出不豫的颜色，仿佛这有违乎敬师之道。法郎士[1]在

---

[1] 译为法朗士（1844—1924），著名法国作家。

《伊壁鸠鲁斯园》[1]里有一段讥笑学者的文字，可以说是这班伙计们的最好写真。他说："跟学者们稍稍接触一下就够使我们看到他们是人类里最没有好奇心的。前几年偶然在欧洲某大城里，我去参观那里的博物院，在一个保管的学者领导之下，他把里面所搜集的化石很骄傲地，很愉快地讲述给我听。他给我许多很有价值的智识，一直讲到鲜新世的岩层。但是我们走到那个发现了人类最初遗痕的地层的陈列柜旁边，他的头忽然转向别的地方去了；对于我的问题他答道这是在他所管的陈列柜之外。我知道鲁莽了。谁也不该向一个学者问到不在他所管的陈列柜之内的宇宙秘密。他对于它们没有感到兴趣。"叫他们去鼓舞起学生求知的兴趣，真是等于找个失恋过的人去向年轻人说出恋爱的福音，那的确是再滑稽也没有的事。不过我们忽略过去，没有下一个仔细的观察，否则我们用不着看陆克[2]、贾波林[3]的片子，只须走到学校里去，想一想他们干的实在是怎么一回事，再看一看他们那种慎重其事的样子，我们必定要笑得肚子痛起来了。

他们不只不肯自备斧斤去求智识，你们若使把什么新智识呈献他们面前，他们是连睬也不睬的，这还算好呢，也许还要恶骂你们一阵，说是不懂得天高地厚，信口胡谈。原来他们对于任何一门智识都组织有一个四平八稳的系统，整天在那里按章分段，提纲挈领地说出许多大大小小的系统来。你看他们的教科书，那是他们的圣经，是前有总论，后有结论的。他们费尽苦心把前人所发现的智识编成这样一个天罗地网，炼就了这个法宝，预备他们终身之用，子孙百世之业。若使你点破了这法宝，使他们变成为无棒可弄的猴子，那不是窘极的事吗？从前人们嘲笑烦琐学派的学者说道：当他们看到自然界里有一种现象同亚里士多德书中所说的相反，他们宁可相信自己的眼看错了，却不肯说亚里士多德

---

[1] 此处原刊刊有英文书名《The Garden of Epicurus》

[2] 美国的一位喜剧演员，他所主演的影片在中国曾经与卓别鳞的影片一样流行。

[3] 今译卓别林，英国喜剧演员。

所讲的话是不对的。智识贩卖所的伙计对于他们的系统所取的盲从同固执的态度也是一样的。听说美国某大学有一位经济思想史的教授，他所教的经济思潮是截至一八九〇年为止的，此后所发表的经济学说他是毫不置问的，仿佛一八九〇年后宇宙已经毁灭了，这是因为他是在那年升做教授了，他也是在那年把他的思想铸成了一篇只字不能移的讲义了。记得从前在北平时候，有一位同乡在一个专门学校电气科读书，他常对我说他先生所定的教科书都是在外国已经绝版了的，这是因为当这几位教授十几年前在美国过青灯黄卷生涯时是用这几本书，他们不敢忘本，所以仍然捧着这本书走上十几年后中国的大学讲台。前年我听到我这位同乡毕业后也在一个专门学校教书，我暗想这本教科书恐怕要三代同堂了。这一半是惯性使然。在这贩卖所里跑走几年之后，多半已经暮气沉沉，更哪里找得到一股精力，翻个觔斗，将所知道的智识拿来受过新陈代谢的洗礼呢！一半是由于自卫本能，他们觉得他们这一套的智识是他们的唯一壁垒，若使有一方树起降幡，欢迎新智识进来，他们只怕将来喧宾夺主，他们所懂的东西要全军覆没了，那么甚至于影响到他们在店里的地位。人们一碰到有切身利害的事情时，多半是只瞧利害，不顾是非的，这已变成为一种不自觉的习惯。学术界的权威者对于新学说总是不厌极端诋毁，他们有时还是不自知有什么卑下的动机，只觉得对于新的东西有一种说不出的厌恶，也是因为这是不自觉的。惟其是不自觉的，所以是更可怕的。总之，他们已经同智识的活气告别了，只抱个死沉沉的空架子，他们对于新发现是麻木不仁了，只知道倚老卖老做一日和尚撞一日钟。白垩使他们的血管变硬了，这又哪里是他们自己的罪过呢？

　　笛卡儿[1]哲学的出发点是"我怀疑，所以我存在"；智识贩卖所的伙计们的哲学的出发点是"我肯定，所以我存在"。他们是以肯定为生的，从走上讲台一直到铃声响时，他们所说的全是十三分肯定的话。

———————

　　[1] 笛卡尔（1596—1650），法国哲学家、物理学家、数学家。他是经院哲学的反对者，认为一切都是可以怀疑的，他的一句名言旧译为"我思故我在"。

学生以为他们该是无所不知的，他们亦以全知全能自豪。"人之患在好为人师。"所谓好为人师就是喜欢摆出我是什么都懂得的神气，对着别人说出十三分肯定的话。这种虚荣的根性是谁也有的，这班伙计们却天天都有机会来发挥这个低能的习气，难怪他们都染上了夸大狂，不可一世地以正统正宗自命，觉得普天之下只有一条道理，那又是在他掌握之中的。这个色彩差不多是自三家村教读先生以至于教思想史的教授所共有的。怀疑的精神早已风流云散，月去星移了，剩下来的是一片惨淡无光，阴气森森的真理。Schiller[1] 说过："只有错误才是活的，智识却是死的。"那么难怪智识贩卖所里的伙计是这么死沉沉的。他们以贩卖智识这块招牌到处招摇，却先将智识的源泉——怀疑的精神——一笔勾销，这是看见母鸡生了金鸡子，就把母鸡杀死的办法。他们不只自己这么武断一切，并且把学生心中一些存疑的神圣火焰也弄熄了，这简直是屠杀婴儿。人们天天嚷道天才没有出世，其实是有许多天才遭了这班伙计们的毒箭。我不相信学了文学概论，小说作法等课的人们还能够写出好小说来。英国一位诗人说道，我们一生的光阴常消磨在两件事情上面，第一是在学校里学到许多无谓的东西，第二是走出校门后把这些东西一一设法弃掉。最可惜的就是许多人刚把这些垃圾弃尽，还我海阔天空时候，却寿终正寝了。

因此，我所最敬重的是那班常常告假，不大到店里来的伙计们。他们的害处大概比较会少点吧！

---

[1] 席勒（1759—1805），德国著名诗人剧作家，代表作《阴谋与爱情》。

观火

独自坐在火炉旁边，静静地凝视面前瞬息万变的火焰，细听炉里呼呼的声音，心中是不专注在任何事物上面的，只是痴痴地望着炉火，说是怀一种惆怅的情绪，固然可以，说是感到了所有的希望全已幻灭，因而反现出恬然自安的心境，亦无不可。但是既未曾达到身如槁木，心如死灰的地步，免不了有许多零碎的思想来往心中，那些又都是和"火"有关的，所以把它们集在"观火"这个题目底下。

火的确是最可爱的东西。它是单身汉的最好伴侣。寂寞的小房里面，什么东西都是这么寂静的，无生气的，现出呆板板的神气，唯一有活气的东西就是这个无聊赖地走来走去的自己。虽然是个甘于寂寞的人，可是也总觉得有点儿怪难过。这时若使有一炉活火，壁炉也好，站着有如庙里菩萨的铁炉也好，红泥小火炉也好，你就会感到宇宙并不是那么荒凉了。火焰的万千形态正好和你心中古怪的想象携手同舞，倘然你心中是枯干到生不出什么黄金幻梦，那么体态轻盈的火焰可以给你许多暗示，使你自然而然地想入非非。她好像但丁[1]《神曲》里的引路神，拉着你的手，带你去进荒诞的国土。人们只怕不会做梦，光剩下一颗枯焦的心儿，一片片逐渐剥落。倘然还具有梦想的能力，不管做的是

---

[1] 但丁（1265—1321），意大利著名诗人，文艺复兴时期的先驱者，代表作《神曲》是一部伟大的长篇史诗性作品。

狰狞凶狠的噩梦，还是融融春光的甜梦，那么这些梦好比会化雨的云儿，迟早总能滋润你的心田。看书会使你做起梦来，听你的密友细诉衷曲也会使你做梦，晨曦，雨声，月光，舞影，鸟鸣，波纹，桨声，山色，暮霭……都能勾起你的轻梦，但是我觉得火是最易点着轻梦的东西。我只要一走到火旁，立刻感到现实世界的重压——消失，自己浸在梦的空气之中了。有许多回我拿着一本心爱的书到火旁慢读，不一会儿，把书搁在一边，却不转睛地尽望着火。那时我觉得心爱的书还不如火这么可喜。它是一部活书。对着它真好像看着一位大作家一字字地写下他的杰作，我们站在一旁跟着读去。火是一部无始无终，百读不厌的书，你哪回看到两个形状相同的火焰呢！拜伦说：“看到海而不发出赞美词的人必定是个傻子。”我是个沧海曾经的人，对于海却总是漠然地，这或者是因为我会晕船的缘故吧！我总不愿自认为傻子。但是我每回看到火，心中常想唱出赞美歌来。若使我们真有个来生，那么我只愿下世能够做一个波斯人，他们是真真的智者，他们晓得拜火。

记得希腊有一位哲学家——大概是Zeno[1]吧——跳到火山的口里去，这种死法真是痛快。在希腊神话里，火神（Hephaestus or Vulcan）是个跛子，他又是一个大艺术家。天上的宫殿同盔甲都是他一手包办的。当我靠在炉旁时候，我常常期望有一个黑脸的跛子从烟里冲出，而且我相信这位艺术家是没有留了长头发同打一个大领结的。

在《现代丛书》（*Modern Library*）的广告里，我常碰到一个很奇妙的书名，那是唐南遮（D' Annunzio）[2]的长篇小说《生命的火焰》（*The Flame of Life*）。唐南遮的著作我一字都未曾读过，这本书也是从来没有看过的，可是我极喜欢这个书名，《生命的火焰》这个名字是多么含有诗意，真是简洁地说出人生的真相。生命的确是像一朵火焰，来去无踪，无时不是动着，忽然扬焰高飞，忽然消沉将熄，最后烟消火灭，留下一点残灰，这一朵火焰就再也燃不起来了。我们的生活也该像

---

[1] 芝诺（约前495—约前430），希腊著名哲学家、数学家。

[2] 今译邓南遮（1863—1938），意大利作家。

火焰这样无拘无束，顺着自己的意志狂奔，才会有生气，有趣味。我们的精神真该如火焰一般地飘忽莫定，只受里面的热力的指挥，冲倒习俗，成见，道德种种的藩篱，一直恣意干去，任情飞舞，才会迸出火花，幻出五色的美焰。否则阴沉沉地，若存若亡地草草一世，也辜负了创世主叫我们投生的一番好意了。我们生活内一切值得宝贵的东西又都可以用火来打比。热情如沸的恋爱，创造艺术的灵悟，虔诚的信仰，求知的欲望，都可以拿火来做象征。Heracleitus[1]真是绝等聪明的哲学家，他主张火是宇宙万物之源。难怪得二千多年后的柏格森[2]诸人对着他仍然是推崇备至。火是这么可以做人生的象征的，所以许多民间的传说都把人的灵魂当做一团火。爱尔兰人相信一个妇人若使梦见一点火花落在她口里或者怀中，那么她一定会怀孕，因为这是小孩的灵魂。希腊神话里，Prometheus[3]做好了人后，亲身到天上去偷些火下来，也是这种的意思。有些诗人心中有满腔的热情，灵魂之火太大了，倒把他自己燃烧成灰烬，短命的济慈就是一个好例子。可惜我们心里的火都太小了，有时甚至于使我们心灵感到寒颤，怎么好呢？

我家乡有一句土谚："火烧屋好看，难为东家。"火烧屋的确是天下一个奇观。无数的火舌越梁穿瓦，沿窗冲天地飞翔，弄得满天通红了，仿佛地球被掷到熔炉里去了，所以没有人看了心中不会起种奇特的感觉，据说尼罗王[4]因为要看大火，故意把一个大城全烧了，他可说是知道享福的人，比我们那班做酒池肉林的暴君高明得多。我每次听到美国那里的大森林着火了，燃烧得一两个月，我就怨自己命坏，没有在哥伦比亚大学当学生。不然一定要告个病假，去观光一下。

许多人没有烟瘾，抽了烟也不觉得什么特别的舒服，却很喜欢抽烟，违了父母兄弟的劝告，常常抽烟，就是身上只剩一角小洋了，还要

---

[1] 赫拉克利特（约前540—约前480），古代著名哲学家。

[2] 柏格森（1859—1941），法国著名哲学家。

[3] 希腊神话中的人物，普罗米修斯。

[4] 指的是古罗马暴君尼禄（37—68），相传公元64年的罗马大火是他纵人放的。

拿去买一盒烟抽，他们大概也是因为爱同火接近的缘故吧！最少，我自己是这样的。所以我爱抽烟斗，因为一斗的火是比纸烟头一点儿的火有味得多。有时没有钱买烟，那么拿一匣的洋火，一根根擦燃，也很可以解这火瘾。

离开北方已经快两年了，在南边虽然冬天里也生起火来，但是不像北方那样一冬没有熄过地烧着，所以我现在同火也没有像在北方时那么亲热了。回想到从前在北平时一块儿烤火的几位朋友，不免引起惆怅的心情，这篇文字就算做寄给他们的一封信吧！

这么一回事

一

　　我每次跟天真烂漫的小学生、中学生接触时候，总觉得悲从中来。他们是这么思虑单纯的，这么纵情嬉笑的，好像已把整个世界搂在怀里了。我呢？无聊的世故跟我结不解之缘，久已不发出痛彻心脾的大笑矣。我的心好比已经抹过柏树油的，永远不能清爽。

　　我每次和晒日黄，缩袖打瞌睡的老头子谈话，也觉得欲泣无泪。"两个极端是相遇的"。他们正如经过无数狂风怒涛的小舟，篷扯碎了，船也翻了，可是剩下来在水面的一两块板却老在海上漂游，一直等到消磨的无影无踪。他们就是自己生命的残留物。他们失掉青春和壮年的火气，情愿忘记一切和被一切忘却了，就是这样若有若无地寄在人间，这倒也是个忘忧之方。真是难得糊涂。既不能满意地活它一场，就让它变为几点残露随风而逝吧！

　　可是，既然如是赞美生命的消沉，何不于风清月朗之辰，亲自把生命送到门口呢？换一句话说，何不投笔而起，吃安眠药，跳海，当兵去，一了百了，免得世人多听几声呻吟，岂不于人于己两得呢？前几天一位朋友拉到某馆子里高楼把酒，酒酣起舞弄清影时候，凭阑望天上的半轮明月，下面蚁封似的世界，忽然想跨阑而下，让星群在上面啧啧赞美，嫦娥大概会拿着手帕抿着嘴儿笑，给下面这班蚂蚁看一出好看的戏，自己就立刻变做不是自己，这真是人天同庆，无损于己（自己已经没有了，还从哪里去损伤他呢？）有益于人。不说别的，报馆访员就可以多一段新闻，hysteria[1] 的女子可以暂时忘却烦闷，没有爱人的大学生可以畅谈自杀来消愁。

但是既然有个终南捷径可以逃出人生，又何妨在人生里鬼混呢！

但是……

但是……

…………

二

昨天忽然想起苏格拉底[2] 是常在市场里蹓跶的，我件件不如这位古圣贤，难道连这一件也不如吗？于是乎振衣而起，赶紧到市场人群里乱闯。果然参出一些妙谛，没有虚行。

市场里最花红柳绿的地方当然要推布店了。里面的顾客也复杂得有趣，从目不识丁的简朴老妇人到读过二十，三十，四五十，以至整整八十单位的女学生。可是她们对于布店都有一种深切之感。她们一进门来，有的自在地坐下细细鉴赏，有的慢步巡视，有的和女伴或不幸的男伴随便谈天，有的皱着眉头冥想，真是宾至如归。虽说男女同学已经有年，而且成绩卓著，但是我觉得她们走进课堂时总没有走进布店时态度那么自然。唉吓！我却是无论走进任何地方，态度都是不自然的。吾友镜君[3] 从前说过："人在世界上是个没有人招待的来客。"这真是千古达者之言。牢骚搁起，言归正传。天下没有一个女人买布时会没有主张的。她们胸有成竹，罗列了无数批评标准，对于每种布匹绸缎都有个

---

[1] 指癔病，精神疾病的一种。

[2] 苏格拉底（前470—前399），古希腊哲学家。

[3] 不详。

永劫不拔的主张，她们的主张仿佛也有古典派浪漫派之分，前者是爱素淡宜人的，后者是喜欢艳丽迷离的。至于高兴穿肉色的衣料和虎豹纹的衣料，那大概是写实派吧。但是她们的意见也常有更改，应当说进步。然而她们总是坚持自己当时的意见，决不犹豫的。这也不足奇，男人选妻子岂不也是如此吗？许多男人因为别人都说那个女子漂亮，于是就心火因君特地燃了。天下没有一个男子不爱女子，也好像没有一个女子不爱衣服一样。刘备说过："妻子是衣服。"千古权奸之言，当然是没有错的。

布店是堕落的地方。亚当夏娃堕落后才想起穿衣。有了衣服，就有廉耻，就有礼教，真是："圣人不死，大盗不止。"人生本来只有吃饭一问题，这两位元始宗亲无端为我们加上穿衣一项，天下从此多事了。

动物里都是雄的弄得很美丽来引诱雌的。在我们却是女性在生育之外还慨然背上这个责任。女性始终花叶招展，男性永远是这么漆黑一团。我们真该感谢这勇于为世界增光的永久女性。

这也是一篇*Sartor Resartus*[1]吧！

---

[1] 指的是卡莱尔的作品《成衣匠的改造》。

吻火

回想起志摩先生，我记得最清楚的是他那双银灰色的眸子。其实他的眸子当然不是银灰色的，可是我每次看见他那种惊奇的眼神，好像正在猜人生的谜，又好像正在一叶一叶揭开宇宙的神秘，我就觉得他的眼睛真带了一些银灰色。他的眼睛又有点像希腊雕像那两片光滑的，仿佛含有无穷情调的眼睛，我所说银灰色的感觉也就是这个意思吧。

他好像时时刻刻都在惊奇着。人世的悲欢，自然的美景，以及日常的琐事，他都觉得是很古怪的，从来没有看见过的，完全出乎意料之外的。所以他天天都是那么有兴致（gusto），就是说出悲哀的话时候，也不是垂头丧气，厌倦于一切了，却是发现了一朵"恶之华"，在那儿惊奇着。

三年前，在上海的时候，有一天晚上，他拿着一根纸烟向一位朋友点燃的纸烟取火，他说道："Kissing the fire[1]"，这句话真可以代表他对于人生的态度。人世的经验好比是一团火，许多人都是敬鬼神而远之，隔江观火，拿出冷酷的心境去估量一切，不敢投身到轰轰烈烈的火焰里去，因此过个暗淡的生活，简直没有一点的光辉，数十年的光阴就

---

[1] 译为吻火。

在计算怎么样才会不上当里面消逝去了，结果上了个大当。他却肯亲自吻着这团生龙活虎般的烈火，火光一照，化腐臭为神奇，遍地开满了春花，难怪他天天惊异着，难怪他的眼睛跟希腊雕像的眼睛相似，希腊人的生活就像他这样吻着人生的火，歌唱出人生的神奇。

这一回在半空中他对于人世的火焰作最后的一吻了。[1]

---

[1] 这里指的是，1931年11月19日，徐志摩在乘飞机从南京去北平的途中，飞机坠毁。徐志摩以及机上的两名驾驶员全部殒命。

利顿·斯特雷奇 [1]

"你们不要说我没有说什么新话，那些旧材料我却重新安排过了。我们打网球的时候，虽然双方同打一个球，但是总有一个人能把那球打到一个较轻妙的地点去。"

——Pascal [2]

今年一月二十一日英国那位瘦棱棱的，脸上有一大片红胡子的近代传记学大师齐尔兹·栗董·斯特刺奇 [3] 病死了。他向来喜欢刻划人们弥留时的心境，这回他自己也是寄余命于寸阴了；不知道当时他灵台上有什么往事的影子徘徊着。也许他会记起三十年前的事情，那时他正在剑桥大学三一学院里念书，假期中某一天的黄昏他同几位常吵架的朋友——将来执欧洲经济学界的牛耳，同一代舞星Lopokova [4] 结婚的J.M.Keynes [5]，将来竖起新批评家的旗帜，替人们所匿笑的涡卷派同

---

[1] 英文全名Giles Lytton Strachy（1880-1932），英国著名传记作家。

[2] 帕斯卡（1623—1662），法国科学家、哲学家、散文大师。

[3] 今译斯特雷奇。

[4] 不详。

[5] 凯因斯（1883—1946），英国著名的经济学家。

未来派画家辩护的Clive Bell[1]，将来用细腻的笔调写出带有神秘色彩的小说的E.M.Forster[2]——到英国博物院邻近已故的批评家Sir Leslie Stephen[3]家里，跟那两位年轻俏丽，耽于飘缈幻想的小姐——将来提倡描写意识之流的女小说家Virginia Woolf[4]同她爱好艺术的姐姐——在花园里把世上的传统同眼前的权威都扯成粉碎，各自凭着理智的白光去发挥自己新奇的意思，年轻的好梦同狂情正罩着这班临凤吐尊也似地的大学生。也许他会记起十年前的事情，《维多利亚女王传》刚刚出版，像这么严重的题材他居然能用轻盈诙谐的文笔写去，脱下女王的服装，画出一个没主意，心地真挚的老太婆，难怪她的孙子看了之后也深为感动，立刻写信请他到宫里去赴宴，他却回了一封措辞委婉的短简，敬谢陛下的恩典。可是不幸得很——他已买好船票了，打算到意大利去旅行，所以还是请陛下原谅吧。也许他记起一些零碎的事情，记起他在大学里写下的一两行情诗，记起父亲辉煌夺目的军服，记起他母亲正在交际场中雍容闲暇的态度，记起他姊姊写小说时候的姿势，也许记起一些琐事，觉得很可以做他生活的象征……

　　日常琐事的确是近代新传记派这位开山老祖的一件法宝。他曾经说：历史的材料好比一片大海，我们只好划船到海上去，这儿那儿放下一个小桶，从深处汲出一些具有特性的标本来，拿到太阳光底下用一种仔细的好奇心去研究一番。他所最反对的是通常那种两厚册的传记，以为无非是用沉闷的恭维口吻把能够找到的材料乱七八糟堆在一起，作者绝没有费了什么熔铸的苦心。他以为保存相当的简洁——凡是多余的全要排斥，只把有意义的收罗进来——是写传记的人们第一个责任。其次就是维持自己精神上的自由；他的义务不是去恭维，却是把他所认为事实的真相暴露出来。这两点可说是他这种新传记的神髓。我们现在

---

[1] 克莱夫·贝尔（1881—1964），英国美术评论家、作家。

[2] 福斯特（1879—1970），英国著名小说家、散文家。

[3] 斯蒂芬（1832—1904），英国著名评论家。

[4] 伍尔芙夫人（1882—1941），英国著名女作家。

先来谈这个理论消极方面的意义吧。写传记的动机起先是完全为着纪念去世的人们，因此难免有一味地歌功颂德的毛病；后来作者对于人们的性格渐渐感到趣味，而且觉得大人物的缺点正是他近于人情的地方，百尺竿头差此一步，贤者到底不是冷若冰霜的完人，我们对于他也可以有同情了，Boswell [1] 的 *Samuel Johnson* [2] 传，Moore [3] 的 *Byron* 传 [4]，Lockhart [5] 的 *Scott* 传 [6] 都是颇能画出 Cromwell [7] 的黑痣的忠实记述。不幸得很，十九世纪中来了一位怪杰，就是标出崇拜英雄的 Carlyle [8]，他说：人类的历史就是伟人的历史，我们应当找出这些伟人，把他们身上的尘土洗去，将他们放在适当的柱础上头。经他这么一鼓吹，供奉偶像那出老把戏又演出来了，结果是此人只应天上有，尘寰中的读者对于这些同荷马史诗里古英雄差不多的人物绝不能有贴切的同情，也无从得到深刻的了解了。原来也是血肉之躯，经作者一烘染，好像从娘胎坠地时就是这么一个馨香的木乃伊，充其量也不过是呆呆地站在柱础上的雕像吧。斯特剌奇正像 Maurois [9] 所说的，却是个英雄破坏者，一个打倒偶像的人，他用轻描淡写的冷讽吹散伟人头上的光轮，同时却使我们好像跟他们握手言欢了，从友谊上领略出他们真正的好处。从前的传记还有一个大缺点，就是作者常站在道学的立场上来说话。他不但隐恶扬善，而且将别人的生平拿来迁就自己伦理上的主张，结果把一个生龙活虎的人物化为几个干燥无味的道德概念，既然失掉了描状性格的意义，而且不能博得读者的信仰，因为稍微经些世变的人都会知道天下事绝没有这么黑白分明，人们的动机也不会这样简单得可笑。Dean

---

[1] 鲍斯韦尔（1740—1795），英国著名传记作家。

[2] 译为《约翰逊传》。

[3] 穆尔（1779—1852），爱尔兰著名诗人、音乐家。

[4] 译为《拜伦传》。

[5] 洛克哈特（1794—1854），英国著名小说家、传记作家。

[6] 译为《司哥特传》。

[7] 克伦威尔（1599—1658），英国政治家、军事家、宗教领袖。

[8] 卡莱尔（1795—1881），苏格兰著名散文家、历史学家、哲学家。

[9] 莫洛亚（1885—1967），法国著名传记作家、历史学家。

Stanley所著的Arnold传[1]虽然充满老友的同情，却患了这个削足入履的毛病，终真做白玉之玷，H.Ia, Fausset[2]的Keats[3]评传也带了这种色彩，一个云中鹤也似的浪漫派诗人给他用一两个伦理的公式就分析完了。其实这种抬出道德的观念来做天平是维多利亚时代作家的习气，Macaulay[4]，Matthew Arnold[5]以及Walter Bagehot[6]的短篇评传都是采取将诗人，小说家，政治家装在玻璃瓶里，外面贴上一个纸条的办法。有的人不拿出道德家的面孔，却摆起历史家的架子来，每说到一个人，就牵连到时代精神，前因后果，以及并世的贤豪，于是越说越多，离题越远，好几千页里我们只稍稍看到主人公的影子。这种传记给我们一个非常详细的背景，使我们能够看见所描状的人物在当时当地特别的空气里活动着，假使处处能够顾到跟主要人物的关系，同时背面敷粉，烘托出一个有厚薄的人形，那也是个很好的办法。Carlyle[7]的*Frederick The Great*[8]传，Spedding[9]的*Bacon*[10]传，Masson[11]的*Milton*[12]传都是良好的例子，可是很容易变成一部无聊的时代史，重量算做这些中唯一的好处了。还有些作家并没有这些先见，不过想编一部内容丰富的传记，于是把能够抓到手的事实搁进去，有时还自夸这才算做科学的，客观的态度，可是读者掩卷之后只有个驳杂的印象，目迷五色，始终理不出一个头绪来，通常那种两巨册的*Life and Letters*[13]大概要属于这一类

---

[1] 译为《阿诺德传》。
[2] 福塞特（1895—1965），英国著名诗人、文学批评家。
[3] 济慈（1795—1821），英国著名浪漫主义诗人。
[4] 麦考利（1800—1859），英国政论家、历史学家。
[5] 阿诺德。
[6] 白哲特（1826—1877），英国著名文学评论家、经济学家。
[7] 卡莱尔（1795—1881），苏格兰散文家、历史学家、哲学家。
[8] 腓特烈传。腓特烈，欧洲君主，普鲁士国王。
[9] 斯佩丁。
[10] 培根（1561—1626），英国著名哲学家、西想家。
[11] 马松（1847—1923），法国著名历史学家。
[12] 弥尔顿（1608—1674），英国诗人、政论家。
[13] 译为《人生与文学》。

吧。斯特剌奇的方法跟这些却截然不同，他先把所能找到的一切文献搜集一起，下一番扒罗剔括的工夫，选出比较重要的，可以映出性格的材料，然后再从一个客观的立场来批评，来分析这些砂砾里淘出的散金，最后他对于所要描写的人物的性格得到一个栩栩有生气的明了概念了，他就拿这个概念来做标准，到原来的材料里去找出几个最能照亮这个概念的轶事同言论，末了用微酸的笔调将这几段百炼成钢的意思综合地，演绎地娓娓说出，成了一本薄薄的小书，我们读起来只觉得巧妙有趣的故事像雨点滴到荷池上那么自然地纷至沓来，同时也正跟莲叶上的小水珠滚成一粒大圆珠一样，这些零碎的话儿一刹那里变得成个灵活生姿的画像了，简直是天衣无缝，浑然一体，谁会想到作者经过无穷的推敲，费了不尽的苦心呢？他所写的传记没有含了道学的气味，这大概因为他对于人们的性格太感到趣味了。而且真真彻底地抓到一个人灵魂的核心时候，对于那个人所有的行动都能寻出原始的动机，生出无限的同情和原谅，将自己也掷到里头去了，怎么还会去扮个局外人，袖着手来下个无聊的是非判断呢。Carlyle在他论Burns[1]那篇文章里主张我们应当从作品本身上去找个标准来批评那篇作品，拿作者有没有完美地表现了所要表现的意思做个批评的指南针，却不该先立下放之四海而皆准的抽象主张，把每篇作品都拿来称一称，那是不懂得文学的有机性的傻人们干的傻事。当代批评家Spingarn所主张的表现主义也是同样的意思。斯特剌奇对于所描状的人物可说持了同一的批评态度，他只注意这些不世的英才没有充分发挥他们特有的性格，却不去理世俗的人们对于那些言行该下一个什么判词。这种尊重个人性格自由的开展的宽容态度也就是历来真懂得人性，具有博爱精神的教育家所提倡的，从Montaigne[2]一直到Bertrand Russell[3]都是如此；这样兼容并包的气概可说是怀疑主义

---

[1] 彭斯（1759—1796），苏格兰民族诗人。

[2] 蒙田（1533—1592），法国文艺复兴后最重要的人文主义作家。

[3] 罗素（1872—1970），二十世纪英国哲学家、数学家、逻辑学家、历史学家，也是著名的无神论者。

者的特权，我们这位写传记的天才就从他的怀疑癖性里得到这个纯粹观照的乐趣了。他又反对那班迷醉于时代精神的人们那样把人完全当做时间怒潮上的微波，却以为人这个动物太重要了，不该只当做过去的现象看待。他相信人们的性格有个永久的价值，不应当跟瞬刻的光阴混在一起，因此仿佛也染上了时间性，弄到随逝波而俱亡。其实他何尝注意时代精神呢，不过他总忘不了中心的人物，所以当他谈到那时的潮流的时候，他所留心的是这些跟个人性格互相影响的地方，结果还是利用做阐明性格的工具。他撇开这许多方便的法门，拈起一枝笔来素描，写传记自然要变成一件非常费劲的勾当了，怪不得他说把别人生活写得好也许同自己生活过得好一样地困难。我们现在来欣赏一下他在世上五十二年里辛苦写成的几部书的内容吧。

他第一部出版的书是《法国文学的界石》（*Landmarks in French Literature*），属于"家庭大学丛书"，所以照老例篇幅只能有二百五十六页。这书是于一九一二年与世人见面的，当时他已经三十二岁了。文学批评本来不是他的专长处，他真是太喜欢研究人物了，每说到微妙的性格就有滔滔的谈锋，无穷的隽语，可是一叙述文学潮流的演进，兴致立刻差得多了。所以这本书不能算做第一流的文学史，远不如Saintsbury[1]的*A Short History of French Literature*[2]同Dowden[3]的*History of French Literature*[4]，他们对于各代的风格感到浓厚的趣味，探讨起来有说不尽的欣欢，因此就是干燥得像韵律这类的问题经他们一陈述，读起来也会觉得是怪好玩的。可是这本素人编的文学史也有特别的好处，通常这类书多半偏重于作品；对于作家除生死年月同入学经过外也许就不赞一词，因此未曾念过多少作品的读者有时像听楚人说梦，给一大堆书名弄糊涂了，这本古怪的文学史却不大谈这些内行的话，单

---

[1] 圣茨伯里。

[2] 《法国文学简史》。

[3] 多顿（1843—1913），爱尔兰评论家、文学史研究家。

[4] 《法国文学史》。

是粗枝大叶地将个个文学家刻划出来，所以我们念完后关于法国文学的演变虽然没有什么心得，可是心里印上了几个鲜明的画像，此后永远忘不了那个徘徊歧路，同时具有科学家和中古僧侣精神的Pascal[1]，那个住在日内瓦湖畔，总是快死去样子，可是每天不断地写出万分刻毒的文章的老头子Voltaire[2]，以及带有近世感伤色彩，却生于唯理主义盛行的时代，一生里到处碰钉子的Rousseau[3]。所以这本文学史简直可说是一部文苑传，从此我们也可以窥见作者才气的趋向。还有从作者叙述各时代文学所用的篇幅，我们也可以猜出作者的偏好。假使我们将这本小史同Maurice Baring[4]编的*French Literature*[5]一比较，他这本书十七世纪文学占全书三分之一，十八世纪文学占全书四分之一，十九世纪只占全书七分之一，Baring的书十七世纪不过占四分之一，十八世纪只六分之一，十九世纪却占三分之一了，这个比例分明告诉我们斯特剌奇是同情于古典主义的，他苦口婆心向英国同胞解释Corneille[6]，Racine Le Fontaine[7]的好处，为着替三一律辩护，他不惜把伊利沙伯时代戏剧的方式说得漏洞丛生，他详论Boussett[8]同Fontenelle[9]整本书里却没有提起Zola[10]的名字！这种主张最少可以使迷醉于浪漫派同写实主义的人们喝了一服清凉散。假使本来不大念法国作品的读者想懂得一点法国文学的演进，那么这本书恐怕要算做最可口的入门，因为作者绝没有摆出那种拒人于千里之外的学究架子，却好像一位亲密的老师炉旁灯下闲谈着。

---

[1] 帕斯卡（1623—1662），法国著名科学家、哲学家、散文大师。

[2] 伏尔泰（1694—1778），法国启蒙思想家。

[3] 卢梭（1712--1778），法国著名启蒙思想家、文学家。

[4] 巴林（1874—1945），英国记者、学者。

[5] 译为《法国文学》。

[6] 高乃依（1606—1699），法国诗人，古典主义戏剧大师。

[7] 拉辛（1639—1699），法国诗人，古典主义戏剧大师。

[8] 不详。

[9] 丰特奈尔（1657—1757），法国科学家、作家。

[10] 左拉（1840—1902），法国自然主义文学家。

《法国文学的界石》不大博得当代的好评，七年后《维多利亚时代的名人》（*Eminent Vivtorians*）出版了，那却是一鸣惊人的著作，的确也值得这样子轰动文坛。在序里一劈头他就说维多利亚时代的历史是没有法子写的，因为我们知道得太多了。他以为无知是历史家第一个必要的条件，无知使事实变成简单明了了，无知会恬然地将事实选择过，省略去，那是连最高的艺术都做不到的。接着他就说他对于这个题目取袭击的手段，忽然间向隐晦的所在射去一线灯光，这样子也许反能够给读者几个凸凹分明的观念。他又说英国传记近来有点倒霉了，总是那种信手写成的两厚册，恐怕是经理葬事的人们安埋后随便写出的吧！后来就举出我们开头所述的那两要点，说他这本书的目的是不动心地，公平地，没有更深的用意地将一些他所认识的事实暴露出来。这样子一笔抹煞时下的作品，坦然标出崭新的旗帜，的确是很大胆的举动，可是这本书里面四篇的短传是写得那么斩钉截铁，好像一个大雕刻家运着斧斤毫不犹豫地塑出不朽的形象，可是又那么冰雪聪明，处处有好意的冷笑，我们也不觉那个序言说得太过分了。他所要描状的维多利亚时代的名人是宗教家Cardinal Manning [1]，教育家Dr.Arnold [2]，慈善家Florence Nightingale [3]，同一代的名将General Gordon [4]。他一面写出这四位人英的气魄，诚恳同威信，一面却隐隐在那儿嘲笑那位宗教家的虚荣心，那位教育家的糊涂，那位慈善家的坏脾气，那位将军的怪癖。他并没有说出他们有这些缺点，他也没有说出他们有哪些优点，他光把他们生平的事实用最简单的方法排列起来，一种不负责任的诙谐同讥讽口吻使读者对于他们的性格恍然大悟。诙谐同讥讽最大的用处是在于有无限大的暗示能力，平常要千言万语才能说尽的意思，有时轻轻一句冷刺或者几个好笑的字眼就弄得非常清楚了，而且表现得非常恰好。英国文学家常

---

[1] 曼宁（1808—1892），英国枢机主教。

[2] 阿诺德（1795—1842），英国教育家。

[3] 南丁格尔（1820—1885），护士职业的创始人。

[4] 戈登（1833—1885），英国将军，指使火烧圆明园的人。

具有诙谐的天才，法国文学家却是以讥讽见长（德国人文章总是那么又长又笨，大概就是因为缺乏这两个成分吧），斯特剌奇是沉溺于法国作家的英国人，所以很得了此中三昧，笔尖儿刚刚触到纸面也似地悄悄写去，读起来禁不住轻松地微笑一声，同时却感到隐隐约约有许多意思在我们心头浮动着。斯特剌奇将一大半材料搁在一边不管，只选出几个来调理，说到这几段时，也不肯尽情讲去，却吞吞吐吐地于不言中泄露出他人的秘密，若使用字的经济，真像斯宾塞[1]所说的，见文章理想的境界，那么我们谈的这个作者该归到第一流里去了，因为他真可说惜墨如金。其实只有像他这样会射暗箭，会说反话，会从干燥的叙述里射出飘忽的鬼火，才可以这样子三言两语结束了一件大事。他这个笔致用来批评维多利亚时代的名人真是特别合适，因为维多利亚时代的大人物向来是那么严重（难怪这时代的批评家Matthew Arnold[2]一开口就说文学该具有high seriousness[3]），那么像煞有介事样子，虽然跟我们一样地近人情，却自己以为他们的生活完全受个精神上规律的支配，因此难免不自觉里有好似虚伪的地方，责备别人也嫌于太严厉。斯特剌奇扯下他们的假面孔，初看好像是唐突古人，其实使他们现出本来的面目，那是连他们自己都不大晓得的，因此使他们伟大的性格活跃起来了，不像先前那么死板板地滞在菩萨龛里，这么一说他真可算是"找出这些伟人，把他们身上的尘土洗去，将他们放在适当的"——不，绝不是"柱础上头"——却是"地面上"。崇拜英雄是傻子干的事情，凭空地来破坏英雄也有点无聊，把英雄那种超人的油漆刮去，指示给我们看一个人间世里的伟大性格，这才是真爱事实的人干的事情，也可以说是科学的态度。

三年后，《维多利亚女王传》出版了，这本书大概是他的绝唱吧。谁看到这个题目都不会想那是一本很有趣味的书，必定以为天威咫尺，

---

[1] 斯宾塞，英国伊丽莎白时期的诗人。

[2] 阿诺德（1822—1888），英国维多利亚时期的大评论家、著名诗人。

[3] 译为极端严肃性。

说些不着边际的颂辞完了。就是欣赏过前一本书的人们也料不到会来了一个更妙的作品，心里想对于这位君临英国六十年的女王斯特刺奇总不便肆口攻击吧。可是他正是个喜欢在独木桥上翻觔斗的人，越是不容易下手的题目，他做得越起劲，简直是马戏场中在高张的绳子上轻步跳着的好汉。他从维多利亚是个小姑娘，跟她那个严厉的母亲The Duchess of Kent同她那个慈爱的保姆Fraulein Lehzen过活，和有时到她那个一世英才的外祖父King Leopold[1]家里去说起，叙述她怎么样同她的表兄弟Prince Albert[2]结婚，这位女王的丈夫怎么样听了一位聪明忠厚，却是极有手段的医生Sfocknar的劝告，从一个爱玄想的人变成为一个专心国务的人，以及他对于女王的影响，使一个骄傲的公主变成为贤惠的妻子了，可是他自己总是有些怀乡病者的苦痛，在王宫里面忙碌一生，却没有一个真正快乐的时光，此外还描写历任首相的性格，老成持重的Lord Me lbourne[3]怎么样匡扶这位年轻的女王，整天陪着她，怀个老父的心情；别扭古怪的Lord Palmerston[4]怎么样跟她闹意见，什么事情都安排妥贴，木已成舟后才来请训，以及怎样靠着人民的拥护一意孤行自己的政策；精灵乖巧的Disralie[5]怎么样得她欢心，假装做万分恭敬，其实渐渐独揽大权了，而且花样翻新地来讨好，当女王印行一本日记之后，他召见时常说："We，authors……"[6]，使女王俨然有文豪之意，还有呆板板的Gladstone[7]怎么样因为太恭敬了，反而招女王的厌恶，最后说到她末年时儿孙绕膝，她的儿子已经五十岁了，宴会迟到看见妈妈时还是怕得出汗，退到柱子后不敢声张，一直讲到女王于英国威力四震，可是来日太难，方兴未艾时悠然死去了。这是一段多么复杂

---

[1] 萨克森－科堡－扎尔费尔德公爵弗兰西斯。

[2] 萨克森－科堡－哥达亲王阿尔贝特。

[3] 梅尔本（1779—1848），维多利亚时期的英国首相。

[4] 帕斯顿，英国外交大臣。

[5] 迪斯雷利（1804—1881），英国首相。

[6] 可译为："我们，作家们……"

[7] 格拉德斯通（1809—1898），英国首相。

的历史，不说别的，女王在世的光阴就有八十一年，可是斯特剌奇用不到三百页的篇幅居然游刃有余地说完了，而且还有许多空时间在那儿弄游戏的笔墨，那种紧缩的本领的确堪惊。他用极简洁的文字达到写实的好处，将无数的事情用各人的性格连串起来，把女王郡王同重臣像普通的人物一样写出骨子里是怎么一回事，还是跟《维多利亚时代的名人》一样用滑稽同讥讽的口吻来替他们洗礼，破开那些硬板板的璞，剖出一块一块晶莹的玉来。有一点却是这本书胜过前本书的地方，前本书多少带些试验的色彩，朝气自然比较足些，可是锋芒未免太露，有时几乎因为方法而牺牲内容了，这本书却是更成熟的作品，态度稳健得多，而出色的地方并不下于前一本，也许因为镇静些，反显得更为动眼。这本书叙述维多利亚同她丈夫一生的事迹以及许多白发政治家的遭遇，不动感情地一一道出，我们读起来好像游了一趟Pompei[1]的废墟或者埃及的金字塔，或者读了莫伯桑[2]的《一生》同Bennett[3]的《炉边谈》(*Old Wive's Tales*)，对于人生的飘忽，世界的常存，真有无限的感慨，仿佛念了不少的传记，自己也涉猎过不少的生涯了，的确是种黄昏的情调。可是翻开书来细看，作者简直没有说出这些伤感的话，这也是他所以不可及的地方。

过了七年半，斯特剌奇第三部的名著《Elizabeth and Essex: A Tragic History》[4]出版了。这是一段旖旎温柔的故事，叙述年轻英武的Essex还不到二十岁时候得到五十三岁的女王伊利沙伯的宠幸，夏夜里两人独自斗牌，有时一直斗到天亮，仿佛是一对爱侣，不幸得很，两人的性情刚刚相反，女王遇事总是踌躇莫决，永远在犹豫之中，有时还加上莫名其妙的阴谋，Essex却总是趋于极端，慷慨悲歌，随着一时的豪气干去，因此两人常有冲突；几番的翻脸，几番的和好，最

---

[1] 庞贝，位于意大利那不勒斯东南面的一座古城。

[2] 莫泊桑（1850—1893），法国作家。

[3] 本涅特（1867—1931），英国作家。

[4] 《伊丽莎白与埃塞克斯：一个悲剧故事》。

终Essex逼得无路可走，想挟兵攻政府，希冀能够打倒当时的执政者Burghley，再得到女王的优遇，事情没有弄好，当女王六十七岁的时候，这位三十四岁的幸臣终于走上断头台了。这是多么绚烂夺目的题材，再加上远征归来的Walter Raleigh[1]，沉默不言，城府同大海一样深的Burghley，精明强干，替Essex卖死力气的Anthony Bacon，同他那位弟弟，起先受Essex的恩惠，后来为着自己的名利却来落井下石，判决Essex命运的近代第一个哲学家Francis Bacon[2]，这一班人也袍笏登场，自然是一出顶有意思的悲剧，所以才出版时候批评界对这本书有热烈的欢迎。可是假使我们仔细念起来，我们就会觉得这本书的气味跟前两部很不相同，也可以说远不如了。在前两本，尤其在《维多利亚女王传》里，我们不但赞美那些犀利的辞藻，而且觉得这些合起来的确给我们一个具体的性格，我们不但认出那些性格各自有其中心点，而且看清他们一切的行动的确是由这中心点出发的，又来得非常自然，绝没有牵强附会的痕迹；在这部情史里，文字的俊美虽然仍旧，描写的逼真虽然如前，但是总不能叫我们十分相信，仿佛看出作者是在那儿做文章，把朦胧的影子故意弄得黑白分明，因此总觉得美中不足。这当然要归咎于原来材料不多，作者没有选择的余地，臆造的马脚就露出来了。可是斯特剌奇的不宜于写这类文字恐怕也是个大原因吧。有人以为他带有浪漫的情调，这话是一点不错的，可是正因如此，所以他不宜于写恋爱的故事。讥讽可算他文体的灵魂，当他描写他一半赞美，一半非难的时候，讥讽跟同情混在一起来合作，结果画出一个面面周到，生气勃勃的形象，真像某位博物学家所谓的，最美丽的生物是宇宙得到最大的平衡时造出来的。他这种笔墨好比两支水力相等的河流碰在一起，翻出水花冲天的白浪。这个浪漫的故事可惜太合他的脾胃了，因此他也不免忘情，信笔写去，失掉那个"黄金的中庸之道"，记得柏拉图说到道德时，拿四匹马来比情感，拿马夫来比理智。以为驾驭得住就是上智之所为。斯

---

[1] 雷利。

[2] 培根（1561—1626），英国著名哲学家、思想家。

特刺奇的同情正像狂奔的骏马，他的调侃情趣却是拉着缰的御者，前这两本书里仿佛马跟马夫弄得很好，正在安详地溜蹄着，这回却有些昂走疾驰了，可是里面有几个其他的脚色倒写得很有分寸，比如痴心于宗教的西班牙王，Philip，Essex同Bacon的母亲……都是浓淡适宜的小像。斯特刺奇写次要人物有时比主要人物还写得好，这仿佛指出虽然他是个这么用苦心的艺术家，可是有一部分的才力还是他所不自觉的，也许因为他没有那么费劲，反而有一种自然的情趣吧。《维多利亚时代名人》里面所描写的几个次要人物，比如老泪纵横，执笔著自辩辞的J.H.Newman[1]狡计百出，跟Manning联盟的Cardinal Talbot，以及给Nightingale逼得左右为人难的老实大臣Sidney Herbert，顽梗固执，终于置戈登将军于死地的Gladstone，都是不朽的小品。我们现在就要说到他的零篇传记了。

他于一九〇六同一九一九之间写了十几篇短文，后来合成一本集子，叫做《书与人物》（*Books and Character*：*French and English*），里面有一半是文学批评，其他一半是小传。那些文学批评文字跟他的《法国文学的界石》差不多，不过讲的是英国作家，仿佛还没有像他谈法国文人时说得那么微妙。那些小传里有三篇能算得上他最成熟的作品。一篇述文坛骁将的Voltaire[2]跟当代贤王Frederick the Great[3]两人要好同吵架的经过，一篇述法王外妾，谈锋压倒四座，才华不可一世的盲妇人Madame de Duffand的生平，一篇述生于名门，后来流浪于波斯东方等国沙漠之间，当个骆驼背上的女英雄Lady Hester Stanhope的经历。这三篇都是分析一些畸人的心境，他冷静地剥蕉抽茧般一层一层揭起来，我们一面惊叹他手术的灵巧，一面感到写得非常真实，那些古怪人的确非他写不出来，他这个探幽寻胜的心情也是当用到这班人身上时才最为合式。

---

[1] 纽曼，英国天主教的领导人。
[2] 伏尔泰（1694—1778），法国启蒙思想家。
[3] 腓特烈·威廉（1620—1688），欧洲君主。

去年他新出一本集子，包含他最近十年写的短文章，一共还不到二十篇，据说最近几年他身体很不健康，但是惨淡的经营恐怕也是他作品不多的一个大原因。这本集子叫做《小照》（*Portraits in Ministure*），可是有一小半还是文学批评。里面有几篇精致的小传，像叙述第一个发明近代毛厕的伊利沙伯朝诗人Sir John Harrington，终身不幸的Muggleton[1]，写出简短诙谐的传记的Aubrey，敢跟Voltaire打官司的Dr.Colbatca，英国书信第一能手Horace Walpole[2]，老年时钟情少女的Marry Berry，都赶得上前一部集子那三篇杰作，而且文字来得更锋利，更经济了。最后一篇文章叫做《英国历史家》（*English Historians*），里面分六部，讨论六位史家（Hume[3]，Gibbon[4]，Macaulay[5]，Carlyle[6]，Froude[7]，Creighton），虽然不大精深，却告诉我们他对于史学所取的态度，比如在论Macaulay里，他说：历史家必具的条件是什么呢？分明是这三个——能够吸收事实，能够叙述事实，自己能有一个立脚点。在论Macaulay的文体时候，他说这个历史家的文字会那么钝钢也似的，毫无柔美的好处，大概因为他终身是个单身汉吧。这类的嘲侃是斯特剌奇最好的武器，多么爽快，多么有同情，又带了袅袅不绝之音。他最后这本集子在这方面特别见长，可惜这是他的天鹅之歌了。

我们现在要说到他的风格了。他是个醉心于古典主义的人，所以他有一回演讲Pope[8]时候，将这个具有古典主义形式的作家说得天花乱坠，那种浪漫的态度简直超出古典派严格的律例了。他以为古典

---

[1] 马格莱顿（1609—1689），英格兰基督教清教派领袖。

[2] 沃波尔（1717—1797），英国著名作家、收藏家。

[3] 休谟（1711—1776），英国十八世纪哲学家、历史学家、经济学家。

[4] 吉本（1737—1794），英国著名历史学家。

[5] 麦考利（1800—1859），英国政论家、历史学家。

[6] 卡莱尔（1795—1881），苏格兰著名散文家、历史学家、哲学家。

[7] 弗劳德（1818—1894），英国著名历史学家。

[8] 蒲柏（1688—1744），英国十八世纪最伟大的诗人之一。

主义的方法是在于去选择,去忽略,去统一,为的是可以产生个非常真实的中心印象。他讨论Moliere[1]古典派的作风时候说:这位伟大法国人的方法是抓到性格上两三个显著的特点,然后用他全副的艺术将这些不能磨灭地印到我们心上去。他自己著书也是采用这种取舍极严的古典派方法,可是他所描写的人物都是很古怪离奇的,有些变态的,最少总不是古典派所爱斫琢的那种伟丽或素朴的形象。而且他自己的心境也是很浪漫的,却从谨严的古典派方式吐出,越显得灿烂光华了,使人想起用纯粹的理智来写情诗的John Donne[2]同将干燥的冥想写得热烈到像悲剧情绪的Pascal[3]。斯特剌奇极注重客观的事实,可是他每写一篇东西总先有一个观点(那当然也是从事实里提炼出来的,可是提炼的标准要不要算做主观呢?),因为他有一个观点,所以他所拿出来的事实是组成一片的,人们看了不能不相信,因为他的观点是提炼出来的,他的综合,他的演绎都是非常大胆的,否则他也不敢凭着自己心里的意思来热嘲冷讽了。他是同情心非常丰富的人,无论什么人经他一说,我们总觉得那个人有趣,就是做了什么坏事,也是可恕的了,可是他无时不在那儿嘲笑,差不多每句话都带了一条刺,这大概因为只有热肠人才会说冷话;否则已经淡于一切了,哪里还用得着毁骂呢?他所画的人物给我们一个整个的印象,可是他文章里绝没有轮廓分明地勾出一个人形,只是东一笔,西一笔零碎凑成,真像他批评Sir Thomas Browne[4]的时候所说的,用一大群庞杂的色彩,分开来看是不调和的,非常古怪的,甚至于荒谬的,构成一幅印象派的杰作。他是个学问很有根底的人,而且非常渊博,可是他的书一清如水,绝没有旧书的陈味,这真是化腐臭为神奇。他就在这许多矛盾里找解脱,而且找到战胜的工具,这是他难能可贵的一点。其实

[1] 莫里哀(1622—1673),法国喜剧作家、演员、戏剧活动家。

[2] 多恩,英国著名玄学派诗人、散文家。

[3] 帕斯卡(18863—1946),法国著名科学家、哲学家、散文大师。

[4] 布朗(1605—1682),英国医生、作家。

这也是不足怪的，写传记本来就是件矛盾的事情，假使把一个人物的真性格完全写出，字里行间却丝毫没有杂了作者的个性，那么这是一个死的东西，只好算做文件吧，假使作者的个性在书里传露出来，使成为有血肉的活东西，恐怕又不是那么一回事了，还好人生同宇宙都是个大矛盾，所以也不必去追究了。

春
雨

　　整天的春雨，接着是整天的春阴，这真是世上最愉快的事情了。我
向来厌恶晴朗的日子，尤其是骄阳的春天；在这个悲惨的地球上忽然来
了这么一个欣欢的气象，简直像无聊赖的主人宴饮生客时拿出来的那副
古怪笑脸，完全显出宇宙里的白痴成分。在所谓大好的春光之下，人们
都到公园大街或者名胜地方去招摇过市，像猩猩那样嘻嘻笑着，真是得
意忘形，弄到变成为四不像了。可是阴霾四布或者急雨滂沱的时候，就
是最沾沾自喜的财主也会感到苦闷，因此也略带了一些人的气味，不像
好天气时候那样望着阳光，盛气凌人地大踏步走着，颇有上帝在上，我
得其所的意思。至于懂得人世哀怨的人们，黯淡的日子可说是他们唯一
光荣的时光。穹苍替他们流泪，乌云替他们皱眉，他们觉到四围都是同
情的空气，仿佛一个堕落的女子躺在母亲怀中，看见慈母一滴滴的热泪
溅到自己的泪痕，真是润遍了枯萎的心田。斗室中默坐着，忆念十载相
违的密友，已经走去的情人，想起生平种种的坎坷，一身经历的苦楚，
倾听窗外檐前凄清的滴沥，仰观波涛浪涌，似无止期的雨云，这时一切
的荆棘都化做洁净的白莲花了，好比中古时代那班圣者被残杀后所显的
神迹。"最难风雨故人来"，阴森森的天气使我们更感到人世温情的可
爱，替从苦雨凄风中来的朋友倒上一杯热茶时候，我们很有放下屠刀，
立地成佛子的心境。"风雨如晦，鸡鸣不已"，人类真是只有从悲哀里

滚出来才能得到解脱,千锤百炼,腰间才有这一把明晃晃的钢刀,"今日把似君,谁为不平事。""山雨欲来风满楼",这很可以象征我们孑立人间,尝尽辛酸,远望来日大难的气概,真好像思乡的客子拍着栏杆,看到郭外的牛羊,想起故里的田园,怀念着宿草新坟里当年的竹马之交,泪眼里仿佛模糊辨出龙钟的父老蹒跚走着,或者只瞧见几根靠在破壁上的拐杖的影子。所谓生活术恐怕就在于怎么样当这么一个临风的征人吧。无论是风雨横来,无论是澄江一练,始终好像惦记着一个花一般的家乡,那可说就是生平理想的结晶,蕴在心头的诗情,也就是明哲保身的最后壁垒了;可是同时还能够认清眼底的江山,把住自己的步骤,不管这个异地的人们是多么残酷,不管这个他乡的水土是多么不惯,却能够清瘦地站着,戛戛然好似狂风中的老树。能够忍受,却没有麻木,能够多情,却不流于感伤,仿佛楼前的春雨,悄悄下着,遮住耀目的阳光,却滋润了百草同千花。檐前的燕子躲在巢中,对着如丝如梦的细雨呢喃,真有点像也向我道出此中的消息。

可是春雨有时也凶猛得可以,风驰电掣,从高山倾泻下来也似的,万紫千红,都付诸流水,看起来好像是煞风景的,也许是别有怀抱吧。生平性急,一二知交常常焦急万分地苦口劝我,可是暗室扪心,自信绝不是追逐事功的人,不过对于纷纷扰扰的劳生却常感到厌倦,所谓性急无非是疲累的反响吧。有时我却极有耐心,好像废殿上的玻璃瓦,一任他风吹雨打,霜蚀日晒,总是那样子痴痴地望着空旷的青天。我又好像能够在没字碑面前坐下,慢慢地去冥想这块石板的深意,简直是个蒲团已碎,呆然跌坐着的老僧,想赶快将世事了结,可以抽身到紫竹林中去逍遥,跟把世事撇在一边,大隐隐于市,就站在热闹场中来仰观天上的白云,这两种心境原来是不相矛盾的。我虽然还没有,而且绝不会跳出人海的波澜,但是拳拳之意自己也略知一二,大概摆动于焦燥与倦怠之间,总以无可奈何天为中心吧。所以我虽然爱濛濛茸茸的细雨,我也爱大刀阔斧的急雨,纷至沓来,洗去阳光,同时也洗去云雾,使我们想起也许此后永无风恬日美的光阴了,也许老是一阵一阵的暴雨,将人世哀乐的踪迹都漂到大海里去,白浪一翻,什么渣滓也看不出了。焦燥同倦怠的心境在此都得到涅槃的妙悟，整个世界就像客走后撤下筵席，洗得顶干净排在厨房架子上的杯盘。当个主妇的创造主看着大概也会微笑吧，觉得一天的工作总算告终了。最少我常常臆想这个还了本来面目的大地。

可是最妙的境界恐怕是尺牍里面那句烂调，所谓"春雨缠绵"吧。一连下了十几天的霉雨，好像再也不会晴了，可是时时刻刻都有晴朗的可能。有时天上现出一大片的澄蓝，雨脚也慢慢收束了，忽然间又重新点滴凄清起来，那种捉摸不到，万分别扭的神情真可以做这个哑谜一般的人生的象征。记得十几年前每当连朝春雨的时候，常常剪纸作和尚形状，把他倒贴在水缸旁边，意思是叫老天不要再下雨了，虽然看到院子里雨脚下一粒一粒新生的水泡我总觉到无限的欣欢，尤其当急急走过檐前，脖子上溅几滴雨水的时候。可是那时我对于春雨的情趣是不知不觉之间领略到的，并没有凝神去寻找，等到知道怎么样去欣赏恬适的雨声时候，我却老在干燥的此地做客，单是夏天回去，看看无聊的骤雨，过一过雨瘾罢了。因此"小楼一夜听春雨"的快乐当面错过，从我指尖上滑走了，盛年时候好梦无多，到现在彩云已散，一片白茫茫，生活不着边际，如堕五里雾中，对于春雨的怅惘只好算做内中的一小节吧，可是仿佛这一点很可以代表我整个的悲哀情绪。但是我始终喜欢冥想春雨，也许因为我对于自己的愁绪很有顾惜爱抚的意思；我常常把陶诗改过来，向自己说道："衣沾不足惜，但愿恨无违。"我会爱凝恨也似的缠绵春雨，大概也因为自己有这种的心境吧。

第二度的青春

人们到了相当年纪，大概不会再有春愁。就说偶然还涉遐思，也不好意思出口了。

乡愁，那是许多人所逃不了的。有些人天生一副怀乡病者的心境，天天惦念着他精神上的故乡。就是住在家乡里，仍然忽忽如有所失，像个海外飘零的客子。就说把他们送到乐园去，他们还是不胜惆怅，总是希冀企望着，想回到一个他所不知道的地方。这些人想象出许多虚幻的境界，那是宗教家的伊甸园，哲学家的伊比鸠鲁斯[1]花园，诗人的 Elysium El Dorado, Arcadia[2]，理想主义者的乌托邦，来慰藉他们彷徨的心灵；可是若使把他们放在他们所追求的天国里，他们也许又皱起眉头，拿着笔描写出另个理想世界了。思想无非是情感的具体表现，他们这些世外桃源只是他们不安心境的寄托。全是因为它们是不能实现的，所以才能够传达出他们这种没个为欢处的情怀；一旦不幸，理想变为事实，它立刻就不配做他们这些情绪的象征了。说起来，真是可悲，然而也怪有趣。总之，这一班人大好年华都消磨于绻怀一个莫须有之乡，也从这里面得到他人所尝不到的无限乐趣。登楼远望云山外的云

---

[1] 今译伊壁鸠鲁（前341—前270），古希腊哲学家。

[2] 指代天堂、寥阔的星座以及田园牧歌式的地方。

山，淌下的眼泪流到笑涡里去，这是他们的生活。吾友莫须有先生就是这么一个人，久不见他了，却常忆起他那泪痕里的微笑[1]。

可是，人们到了相当年纪，（又是这么一句话），对于自己的事情感到厌倦，觉得太空虚了，不值一想，这时连这一缕乡愁也将化为云烟了。其实人们一走出情场，失掉绮梦，对于自己种种的幻觉都消灭了，当下看出自己是个多么渺小无聊的汉子，正好像脱下戏衫的优伶，从缥缈世界坠到铁硬的事实世界，砰的一声把自己惊醒了。这时睁开眼睛，看到天上恒河沙数的群星，一佛一世界，回想自己风尘下过千万人已尝过，将来还有无数万人来尝的庸俗生活，对于自己怎能不灰心呢？当此"屏除丝竹入中年"时候，怎么好呢？

可是，人们到了相当年纪，免不了儿女累人，三更儿哭，可以搅你的清梦，一声爸爸，可以动你的心弦。烦恼自然多起来了，但是天下的乐趣都是烦恼带来的，烦恼使人不得不希望，希望却是一服包医百病的良方。做了只怕不愁，一生在艰苦的环境下面挣扎着，结果常是"穷"而不"愁"，所谓潦倒也就是麻木的意思。做人做到艳阳天气勾不起你的幽怨，故乡土物打不动你莼鲈之思[2]，真是几乎无路可走了。还好有个父愁。虽然知道自己的一生是个失败，仿佛也看出天下无所谓成功的事情，已猜透成功等于失败这个哑谜了，居然清瘦地站在宇宙之外，默然与世无涉了；可是对于自己孩子们总有个莫名其妙的希望，大有我们自己既然如是塌台，难道他们也会这样吗的意思。只有没有道理的希望是真实的，永远有生气的，做父亲的人们明知小孩变成顽皮大人是种可伤的事情，却非常希望他们赶快长大。已看穿人性的腐朽同宇宙的乏味了，可是还希望他们来日有个花一般的生涯。为着他们，希望许多绝不可能的事情变为可能，为着他们，肯把自己重新掷到过去的幻觉里去，于是乎从他们的生活里去度自己第二次的青春，又是一场哀乐。为

---

[1] 指废名（1901—1967），原名冯文炳，曾写过一部小说《莫须有先生传》。

[2] 指的是返乡归隐的念头，出自《世说新语》。

着儿女的恋爱而担心，去揣摩内中的甘苦，宛如又踱进情场。有时把儿女的痴梦拿来细味，自己不知不觉也走到梦里去了，孩提的想头和希望都占着做父亲者的心窝，虽然这些事他们从前曾经热烈地执着过，后来又颓然扔开了。人们下半生的心境又恢复到前半生那样了，有时从父愁里也产生出春愁和乡愁。

记得去年快有儿子时候，我的父亲从南方写信来说道："你现也快做父亲了，有了孩子，一切要耐忍些。"我年来常常记起这几句话，感到这几句叮咛包括了整个人生。

又是一年春草绿

一年四季，我最怕的却是春天。夏的沉闷，秋的枯燥，冬的寂寞，我都能够忍受，有时还感到片刻的欣欢。灼热的阳光，惟悴的霜林，浓密的乌云，这些东西跟满目创痍的人世是这么相称，真可算做这出永远演不完的悲剧的绝好背景。当个演员，同时又当个观客的我虽然心酸，看到这么美妙的艺术，有时也免不了陶然色喜，传出灵魂上的笑涡了。坐在炉边，听到呼呼的北风，一页一页翻阅一些畸零人的书信或日记，我的心境大概有点像人们所谓春的情调罢。可是一看到阶前草绿，窗外花红，我就感到宇宙的不调和，好像在弥留病人的塌旁听到少女的轻脆的笑声，不，简直好像参加婚礼时候听到凄楚的丧钟。这到底是恶魔的调侃呢，还是垂泪的慈母拿几件新奇的玩物来哄临终的孩子呢？每当大地春回的时候，我常想起《哈姆雷特》里面那位姑娘戴着鲜花圈子，唱着歌儿，沉到水里去了。这真是莫大的悲剧呀，比哈姆雷特的命运还来得可伤，叫人们啼笑皆非，只好朦胧地徜徉于迷途之上，在谜的空气里度过鲜血染着鲜花的一生了。坟墓旁年年开遍了春花，宇宙永远是这样二元，两者错综起来，就构成了这个杂乱下劣的人世了。其实不单自然界是这样子安排颠倒遇颠连，人事也无非如此白莲与污泥相接，在卑鄙坏恶的人群里偏有些雪白晶清的灵魂，可是旷世的伟人又是三寸名心未死，落个白玉之玷了。天下有了伪君子，我们虽然亲眼看见美德，也不敢贸然去相信了；可是极无聊，极不堪的下流种子有时却磊落大方，一鸣惊人，情愿把自己牺牲了。席勒说："只有错误才是活的，真理只好算做个死东西罢了。"可见连抽象的境界里都不会有个称心如意的事情了。"可哀唯有人间世"，大概就是为着这个原因吧。

我是个常带笑脸的人，虽然心绪凄凄的时候居多。可是我的笑并不是百无聊赖时的苦笑，假使人生单使我们觉得无可奈何，"独闭空斋画大圈"，那么这个世界也不值得一笑了。我的笑也不是世故老人的冷笑，忙忙扰扰的哀乐虽然尝过了不少，鬼鬼祟祟的把戏虽然也窥破了一二，我却总不拿这类下流的伎俩放在眼里，以为不值得尊称为世故的对象，所以不管我多么焦头烂额，立在这片瓦砾场中，我向来不屑对于这些加之以冷笑。我的笑也不是哀莫大于心死以后的狞笑，我现在最感到苦痛的就是我的心太活跃了，不知怎的，无论到哪儿去，总有些触目伤心，凄然泪下的意思，大有失恋与伤逝冶于一炉的光景，怎么还会狞笑呢。我的辛酸心境并不是年青人常有的那种略带诗意的感伤情调，那是生命之杯盛满后溅出来的泡花，那是无上的快乐呀，释迦牟尼佛所以会那么陶然，也就是为着他具了那个清风朗月的慈悲境界吧。走入人生迷园而不能自拔的我怎么会有这种的闲情逸致呢！我的辛酸心境也不是像丁尼生[1]所说的"天下最沉痛的事情莫过于回忆起欣欢的日子"。这位诗人自己却又说道："曾经亲爱过，后来永诀了，总比绝没有亲爱过好多了。"我是没有过这么一度的鸟语花香，我的生涯好比没有绿洲的空旷沙漠，好比没有棕榈的热带国土，简直是挂着蛛网，未曾听过管弦声的一所空屋。我的辛酸心境更不是像近代仕女们脸上故意贴上的"黑点"，朋友们看到我微笑着道出许多伤心话，总是不能见谅，以为这些娓娓酸语无非拿来点缀风光，更增生活的妩媚罢了。"知己从来不易知"，其实我们也用不着这样苛求，谁敢说真知道了自己呢，否则希腊人也不必在神庙里刻上"知道你自己"那句话了。可是我就没有走过芳花缤纷的蔷薇的路，我只看见枯树同落叶；狂欢的宴席上排了一个白

---

[1] 丁尼生（1809—1892），英国十九世纪的著名诗人。

森森的人头固然可以叫古代的波斯人感到人生的悠忽而更见沉醉，骷髅搂着如花的少女跳舞固然可以使荒山上月光里的撒旦摇着头上的两角哈哈大笑，但是八百里的荆棘岭总不能算做愉快的旅程吧；梅花落后，雪月空明，当然是个好境界，可是牛山濯濯的峭壁上一年到底只有一阵一阵的狂风瞎吹着，那就会叫人思之欲泣了。这些话虽然言之过甚，缩小来看，也可以映出我这个无可为欢处的心境了。

　　在这个无时无地都有哭声回响着的世界里年年偏有这么一个春天；在这个满天澄蓝，泼地草绿的季节毒蛇却也换了一套春装睡眼朦胧地来跟人们作伴了，禁闭于层冰底下的秽气也随着春水的绿波传到情侣的身旁了。这些矛盾恐怕就是数千年来贤哲所追求的宇宙本质吧！蕞尔[1]的我大概也分了一份上帝这笔礼物吧。笑涡里贮着泪珠儿的我活在这个乌云里夹着闪电，早上彩霞暮雨凄凄的宇宙里，天人合一，也可以说是无憾了，何必再去寻找那个无根的解释呢。"满眼春风百事非"，这般就是这般。

---

[1] 小的意思。

第三章

撞击的声音

勿忘草

《再论五位当代的诗人》[1]

　　柯拉罕先生这本对于当代五位诗人（苔薇士W.H.Davies[2]，得拉马耳Walter de lamare[3]，栖门爵凯Sir Owen Seaman[4]，凯芝斯密士女士Miss Sheila Kaize-Smith[5]，华特逊爵士Sir Willam Watson[6]）的批评集，的确是隆冬时节围炉遣闷一个好伴侣。从前他出版过一部《当代六大诗人》（*Six Famous Living Poets*），里面所批评的是Kipling[7]，Newbolt[8]，Noyes[9]，Drinkwater[10]，Morris[11]，Baring[12]，

---

[1] 库鲁逊·柯拉罕著。下文梁遇春于1928年发表于《新月》。

[2] 戴维斯（1871—1940），英国著名诗人。

[3] 德拉·梅尔（1873—1956），英国著名作家、诗人。

[4] 西曼·欧文（1861—1936），英国著名诗人。

[5] 希拉·凯伊－史密斯（1887—1956），英国著名女诗人。

[6] 沃森（1858—1935），英国著名抒情诗人、政治诗人。

[7] 吉卜林（1865—1936），英国作家、诗人。

[8] 纽博尔特（1862—1938），英国著名诗人。

[9] 诺伊斯（1880—1958），英国著名诗人。

[10] 德林克沃特（1882—1937），英国著名诗人、戏剧家、评论家。

[11] 莫里斯（1834—1896），著名英国诗人。

[12] 巴林，英国作家。

Masefield^[1]六人。那书的特点是在用轻妙的文笔写出既精锐而又富于同情心的评语，和叙述了不少可以表现这六位诗人性格的逸事；同时还引证了他们许多代表作品，所以一方面又可以当做一本精选的诗集看。现在这本新出版的批评集，也是用同样方法写的；所不同的是前本批评集里所谈的Kipling, Newbolt, Noyes, Masefield, 四人的诗都带着很雄奇高壮的情调，（就中Newbolt，和Masefield更爱学老舟子口吻，）而现在这本批评集所讨论的五位诗人，格调却都是一般的清新可喜，每首诗像是一粒粒的珍珠，又玲珑又圆润。苔薇士是躺在自然怀中的娇儿，他很天真地赞美自然，真是没有人间烟火气味。得拉马耳低诉出人类幽怨的情绪和凄然的心境，将人心里共有的悲哀，用简朴的词令，诚恳的表现出来。华特逊是有名写四行短诗的作者，他的小诗在几行里蕴蓄着无限的意思，半隐半露地让读者自己去体会。那妙处不下于从前那老而不死的兰得Walter Savage Landor^[2]所做的气魄盖世的四行诗；此外栖门爵士同斯密士女士是诙谐诗的名手。一班误解下安诺德Matthew Arnold^[3]批评论的人们，总以为真正诗人的态度一定要很严厉，不知道有些看穿了世界的诗人常用滑稽的腔调来传达他那对于人生深切的认识。只要一记起英国两位写诙谐诗的大家，胡德Thomas Hood^[4]同萨刻立Thackeray^[5]——一位是写过那使人念着堕泪的缝衣曲The Song of Shirt同叹桥The Birdge of Sighe，一位是有名笔下不容情的写实健将，虚荣市Vanity Fair和哀斯芒外传Henry Esmod 的作者——我们就可以知道要看到人生的全圆的人们，才写出叫人看了会捧腹大笑的歪诗。这二位近代诗人在他们笑容可掬的巧诗里，也隐微地呈出经验的皱痕。总之，在熊熊的火面前，一首一首地翻读这五位清新俊逸诗人的杰作，间或放

[1] 梅斯菲尔德（1878—1957），英国诗人、剧作家。
[2] 兰多（1775—1864），英国诗人。
[3] 阿诺德（1822—1888），英国维多利亚时期的大评论家、著名诗人。
[4] 胡德（1799—1845），英国著名诗人。
[5] 萨克雷（1811—1863），英国维多利亚时代的小说家，代表作《名利场》。

下书来望着火焰默想，再把自己的批评和柯拉罕聪明的解释比较一下，这真是千灾百难的人生中不可多得的乐事。

库鲁逊不止是位精明的批评家，同时他又是天生的小品文作家。所以当他谈得高兴的时节，常常跑起野马，说到自己的事情或者别的没有什么关系的废话，比如他批评了得拉马耳的夜莺歌以后，忽然说起自己在早春时节在哈斯丁斯地方，寂静的中夜里，听到夜莺时心里所起的幻想。他这自然随便的态度使他这批评集化做一位密友，坐在我们身旁娓娓地细谈。库鲁逊的批评是没有什么系统，他只东鳞西爪地顺口说去，然而我们却因此感到他说话的真挚不是像在文章里专讲什么死板板的起承转合一样；他是在那里批评这五位诗人，不是宣布自己的作诗哲学。实在英国第一流的批评家素来说话也都是这样零零碎碎地：科律支 Coleridge[1] 的批评莎士比亚，却而司·兰姆 Charles Lamb[2] 的批评莎士比亚同时的戏剧作家，赫次立特 Hazllitt[3] 的批评英国诗人；这几篇文字全是结构松懈，然而也都是字字值得用金子来铸的文章。

---

[1] 柯尔律治（1772—1834），英国诗人和评论家。

[2] 查理斯·兰姆（1775—1834），英国散文家。

[3] 今译哈兹里特（1778—1830），英国著名散文家、评论家。

《金室诗集》[1]

　　吉卜生是一个平民主义的信徒，他和John Masefield[2]一样，总是用日常简朴的辞令来传达千千万万平民共有的情绪，在他们的诗集里面，我们找不出什么传统的词藻，可是他们这种平铺直叙的文字却充溢着诗情——或者正是因为他们用的全是极普通最没有诗味的文字，所以里面所蕴蓄的诗情更来得清新可嘉。Masefield[3]是位海洋诗人，他还有个浪漫的大海做他的背景，吉卜生所歌咏的却是社会里一班最下级的工人生活。但是他在他们的颠沛流离的苦处和静默忍痛的态度里，看出人性的尊严。他从他们那种碌碌无闻，辛苦终身的生活中，领略出人生悲哀的深味。平民的悲哀是无声的，说不出来的，他们只感觉到生命的重压。他们在层层的负担底下天天照例地麻木活着，实在没有闲暇去理自己的情绪，就是偶然有那闲空工夫，也找不出那种自悯自怜的心境，去默察自己的心情，所以他们的情绪是混沌的不容易用言语说破的。要把这不能说的说出来，而且又不会失去庐山真面目，这才是大艺术家的

---

　　[1] 本书为英国诗人吉布森（1878—1962）所著。下文于1929年发表于《新春》，署名春。

　　[2] 梅斯菲尔德（1878—1957），英国诗人、剧作家。

　　[3] 同上。

本领。吉卜生就是个具有这样的天才的人。

吉卜生这部新诗集还是保存着他一向的作风。严肃同怜悯是这部诗集主要的音调。他这部集子里有四句诗很可以表示出他对于人生的那种惋惜凄然的态度：

All ecstasies,

　　of love and anger, joys and agonies,

And all the passions that plague man from birth,

Are lapped at last in unimpassioned earth. [1]

---

[1] 可译为："一切喜悦, /爱和恨, 快乐与哀愁, /一切与生俱来的折磨人的情感, /最终都会被无情的尘土掩埋。"

《斯宾罗沙的往来书札》[1]

近代的思想常常在古人的遗书陈言里听到了同情的声音，有些人就赶紧将那旧书由书架上取下，拂去了多年的灰尘送到印刷局去，刊行一种廉价的版本，十七世纪的斯宾罗沙就是近代人这样子重新发现的一个哲学家，去年美国"近代丛书"新出了一本《斯宾罗沙哲学文选》，现在吴鲁夫先生又打算译他的全集，预备在他三百周年纪念（一九三二）时候译完。斯宾罗沙反对宇宙为人而设的学说，主张上帝是照着自然律管理一切，这种科学客观的精神是近代思想的神髓。他又说："人的快乐是在于能够在世界上站得住，继续他的生活——快乐是人到更完全境界的路，悲哀是人到下等境界的路。"他由灰暗的命定论里爆发出这么一朵快乐的花，同近代人想由科学器械观里寻出一条到意志自由的路，是具有同样认清事实勇往直前的精神。这也是我们现在这么爱念斯宾罗沙的缘故。可是他当时受尽人们的攻击，教会用了上帝的名字拼命地诅他，他自己磨着镜来维持生活，寂寞地活到四十四岁就死了。二百多年后亚诺德Matthew Amold [2] 谈到他的生涯时候，还替他有些心酸。所以

---

[1] 今译斯宾诺莎。本书由吴道夫译注。下文1929年发表于《新月》，署名春。
[2] 阿诺德（1795—1842），英国教育家。

我们对这位哲学家的身世知道得非常少。好了，现在吴鲁夫翻出他的书函，我们读起来，他那种卓然独立不怕一切的精神活现在我们面前，使我们对他哲学的赞美外，还加上对他人格的钦崇。他的人格又可以帮助我们去了解他的哲学。而且这书里还有许多他和英国皇家学院第一任秘书欧罗登堡Oldenburg[1]的通信，英国皇家学院是近代科学的摇篮，我们借这本书可以知道近代科学呱呱堕地时候的情形。

---

[1] 奥尔登堡，英国皇家学院第一任秘书。

《东方诗选》[1]

　　欧美人总爱谈东方的事情，尤其是东方的艺术，东方的哲学和文学等等。可是他们对于东方的了解常有欠缺透彻的地方；或者因为他们不能够十分明白我们这古色斑斓的东方，所以在他们心眼中，东方始终是神秘的结晶，好似星光朦胧底下的一所茅屋，刚好做这班住在大城里的疲劳心灵的安息地。世界上有哪件事看穿了，还觉得有趣味呢？所以他们对于东方文学的见解我们看起来也觉得非常有趣。他们的见解有和我们相同的地方我们觉得很愉快，即使他们的认识有出我们意外的地方我们也可以拿来作一种参考。倘若大家全是"相视而笑，莫逆于心"，那么话也不用说了，书也不用写了，这些书评更是用不着了。假使他们是完全不了解的话，我们这里也用不着多说。我是一个玩赏这种一知半解，无关紧要的误解的人，所以我才这么高兴谈这部芝加哥女诗人所编的东方诗选。

　　有人说诗人总是主观性很浓厚的，所以他们不能够做个客观批评家，自然也不会编出好诗选来，他们太着重于自己的口味，选的东西恐怕不容易博得大众的同情。又有人说非有这种主观的态度不能得到生

---

　　[1] 本书为提克斯编著。下文1929年发表于《新月》，署名春。

气，如此他们的选集才可以很显明地表现出他们的性格，仿佛变做一首申诉自己情绪的诗歌，我们却应当尽我们力量和它去表同情。孰是孰非，我们这部诗选或者会给我们一个证明。

提真斯在序言里声明集内不选宗教诗，所以希伯来，古代的埃及，同许多绝妙的印度诗人都没有包含以内。通常一提到东方的诗歌，欧美人便会想到希伯来的长老，恒河河畔修行的老僧，以及埃及宗教的习俗。现在她却偏重于世俗的诗歌，这倒是新鲜的办法，因为可以改正这个误解。

全书分五部：阿刺伯，波斯，日本，中国，印度。每部前面都有一篇概括的序论，跟着就是那一国英译的代表作品。提真斯定下一个标准：凡是译成英文后仍然是一首好诗才算有录入这部选集的资格；若使找不到还带有诗的情调的英译，那么不管原诗多么有名也就不选进去。这倒是个好办法。提真斯在各篇序言里面讨论各国诗的特色，她说阿刺伯的诗歌是自由的诗歌，淋漓痛快是他们的特色，波斯却和他们正相反，诗的形式技能非常讲究，作者是取一种超然的态度，同英诗的情调有点相似，日本的诗是短小精悍，（真是跟他们的身体一样，罗马人说得不错，有健全的身体然后有健全的精神！）他们的诗最讲究的是炼句，将许多的意思用一两句轻松的话半隐半露地说出，那些不尽的余音让读者自己去体贴理会，这是俳句的妙处；印度的诗歌却是主观的诗歌，是冥想的结晶，句句全含有超乎物外的色彩，他们是不怎么感觉现实的民族，他们的诗里也没有现实的影子。提真斯所写的序言都很短，全书十分之九是名家英译的东方诗，的确是一部包罗很丰富的东方诗选。

末了要谈到她对于中国诗的见解了。她说中国诗的最大特征是"成熟"这个性质the quality of being adult，欧洲的诗总带有稚气。中国诗是非常客观的，不像印度那样充满了"灵"的情感。中国的诗歌同中国人的人生观同样地受孔子思想的支配。中国诗歌里几乎找不出男子对于女子的恋歌，而女子思慕男子的情歌却是很多。中国人一般是非常敬重文学的，这一点提真斯是由她在中国时所用的无锡仆人敬惜字纸的习惯上推论出来的。中国念诗的调子和爱尔兰古诗人有些相像。她在说到宋元明清四朝的诗时候，只提起袁枚一人的名字。这是这位美洲女诗人对于中国诗的意见。我想没有一个中国人看到这些话，不会莞尔，然而我们很感谢她的盛情同热心。不知我们的邻居们：拜火不怕烧着衣服的波斯，骑着骆驼流荡，衣服老穿不整齐的阿剌伯，脸色青白的日本，和红头阿三的同乡[1]对于提真斯的批评有什么感想。人类的互相不能了解常使我们怅惘，可是虽然不能够抓着真相，她始终是极力地想来了解；所以我们也愿意忽略她多半不妥当的地方，只去看她的高谊隆意；这样我们便觉得非常感谢她。

当人类的互相了解性还是这么柔弱时候，我以为这部《东方诗选》是本很难得的好选集。

---

[1] 指的是印度人。所谓的"红头阿三"，是当时的上海人对英租界巡捕的一种蔑称。

蔼力斯[1]《人生艺术》作品的精华[2]

前几年当代散文家Logan Pearsall Smith[3]曾把美国哲学大家George Santayana[4]的著作里最精粹的部分集做一本书（*Little Essays of George Santayana*，Santayana）的著作卷帙浩繁，奥妙精深，念他书的人本来不多，经这么裁剪拣选之后，人们能够在很短的时间内看到这位给希腊精神所渗透的老头子全部思想，而且所读的都是他那绝好的珠圆玉润，气魄回转的文章，因此Santayana的精神能够普及于一般素人（Layman），Smith先生真是做了无量功德。

现在赫伯特夫人对于蔼力斯的作品也施以同样的工作。蔼力斯真可说是一个"看遍人生的全圆"的人，他看清爱情，艺术，道德，宗教，哲学都是人生的必需品，想培养人生艺术的人们对于这几方面都该有同情的了解和灵敏的同情。他又认明这各门里面有许多的冲突，他以

---

[1] 今译埃利斯。

[2] 本书系赫伯特夫人编著。下文1929年发表于《新月》，署名春。

[3] 皮尔索尔·史密斯（1865—1946），英国著名散文家。

[4] 桑塔亚那，美国哲学家。

为最良好的办法是保持一种平衡，让我们各种天性都得到自然的发展，而且没有互相摧残。比如谈到性的问题，他说："我们若使想得到适当的节制，我们一定要有适当的放纵才成。"他又说："若使你要做个'圣'Saint，你起先应该是个非'圣'的人物才行。"他对于我们的行为，也主张一面要照着知识，一面要顾到本能。他这种兼含并包的精神的确是可佩服，也只有蔼力斯学识那么渊博，才能够保持这样的态度，他在《断言》Affirmation里说："生活始终是种艺术，是种每个人都要学的，而谁也不能教的艺术。"然而蔼力斯还是谆谆不倦地告诉我们应当要怎样地讲究生活艺术。这个矛盾的地方正是他最大的平衡。在当代作家里只有高尔斯华绥Galsworthy的心境是这样地看透人生一切的纷纭错杂，而下个分量适中的判断。

有些思想家的文笔一清如水，他的意思是狂涛也似地一直涌下来，罗素就是个好例子，这类的文章不宜于选出一段段来集在一起，反把思想的来龙去脉同气魄弄丢了。但是像蔼力斯这样子思想沉重，又常常有意味无穷的警句，那是最宜于这种采取精华的办法。我们可以静躺在床上，读一小段，细味半天，这真不下于靠着椰子树旁，懒洋洋地看恒河的缓流，随着流水而冥想的快乐。

这本书唯一的毛病是所表现蔼力斯思想的方面太少了。全书分五章：爱情，艺术，道德，宗教，哲学。每章中间编者总是只着意于一两个论点，关于这些论点的选得特别多，其余大概忽略过去。蔼力斯的意见非常多，对于每一件事情，总是从各面着想，没有疏漏的地方。可是这本书所给我们的印象却好似蔼力斯的主张只有几个，同我们读完他的杰作《人生的跳舞》后的印象绝对不同。不过这或者因为篇幅所限的缘故，赫伯特夫人这副普及"一个最开通的英国人的思想"的苦心是要感谢的。

《变态心理学大纲》[1]

"现代丛书"社从前出版过一本《心理分析大纲》（*An Outline of Psychoanalysis*），凡是喜欢研究弗洛德Freud[2]学说的人们差不多都念过那本书，念后也都很满意，因为内容简洁明了，的确是个很好的入门读物。现在他们又出版一部《变态心理学大纲），我觉得这部书比前一部在出版界的地位是更重要些，因为关于性的分析还有许多别的通俗书籍，变态心理学的内容比心理分析复杂得多，而且和生理学关系太密切了，免不了许多专门名词，所以一直到现在我们还找不出一本很概括简单和便于初学的变态心理学。这本大纲就是应这个需要而产生的。

全书中共分五章：一，白痴和低能；二，疯狂；三，各种精神病和轻微变态心理；四，变态心理的起源同儿童心理；五，变态心理与社会。每章都是七八位名家的论文凑成的，每篇论文都有几个实在的例子，然后再来细加讨论。我以为第三章是特别有趣，因为里面所说的是普通常态人的一些变态心理，同怎样子由轻微的病态一步一步陷到疯狂的地狱里。第四章是谈到变态的种子多半是小孩时候种下的，所以我们

---

[1] 本书由伽尼墨费编著。下文1929年发表于《新月》，署名春。

[2] 指的是弗洛伊德（1856—1939），奥地利精神病学家、心理学家。

若使要防备变态心理的发生，应当釜底抽薪，着力于儿童时期良好环境的做成。变态心理学虽然成立没有多久，但是已经有很大的影响，最显明的就是对于犯罪学的影响。我们念过变态心理之后，知道许多罪人的犯罪是给病态心理所驱使的，他们自己完全是个病态心理的奴才，他们是值得我们的矜怜的，实是不该"法无可贷"地严办。我们还知道监狱是养成变态心理最好的所在，好些人们偶然不谨慎，坐了几年的牢，在那凄惨苦闷的境况内，神经变成病态，因此种下后来屡次犯罪的根源，真是"一失足成千古恨，再回头已百年身"。这些都是迫切的社会问题，也可说是变态心理学对于人道的一个大贡献。

变态心理一向是文学家的好题材，有人甚至说天才是疯人。世上第一本详详细细讨论变态心理著名是柏吞[1]的"忧郁的分析"Burton's Anatomy of Melancholy。可是柏吞同时是十七世纪的散文大家。他那典丽灵巧，妙语惊人的文体是我所百读不厌的。此外安特烈夫[2]Andreyev，陀思妥以夫斯基Dostoievsky，爱伦·坡（E.A.Poe），霍桑Hawthorne 笔下都跳出许多惊心动魄的变态心理人物。我想这本书里的无数实例全可做小说的绝好题材。文学并不一定要立基在科学上面，但是科学有时会激动我们的想象，使我们更深一层地观察人生，那么我们何妨借光一下呢？许多伟大的文学家如哥德（Goethe），高尔士密斯（Goldsmith）[3]，济慈（Keats），契可夫（Chekov）等等都曾和医学结些因缘，这或者不单是由于天才的趣味宽广，里面或许有更深的理由。

中国的社会的确是变态心理的，这部书可说是一面极好的照妖镜，希望有人肯把它翻成中文，散一散我们四围的乌烟瘴气。

---

[1] 今译伯顿。

[2] 今译安德列耶夫。

[3] 今译哥尔德斯密斯。

《亚俪司·美纳尔传》[1]

　　在英国近代的女诗人里，亚俪司·美纳尔总可算是老前辈了，虽然她的辞世日期是还后于Laurence Hope[2]同Michael Field[3]，这自然是因为她的处女作发表得很早，那时Ruskin还活在人间，赶得上说几句真挚的颂辞，来加增这位年轻女诗人的勇气。可是我们对于她的生平，始终没有一本详细的记述。她的诗，尤其她的小品文，是以个人风韵的美妙（a charm of personal manner）见长的，所以我们更想知道她的言行举止，来做鉴赏她作品时候的参照。现在她自己的女儿外奥拉来替她作传，外奥拉自己又是个稍有声名的女诗人，这真是再好不过的事。

　　亚俪司·美纳尔短诗的好处是简易同恳挚，此外微带些含有诗情的愁绪。这几乎是许多女诗人的共有色彩，Mrs. Browning[4]同Christena

---

　　[1] 该书为外奥拉·美纳尔，也就是题目中的亚俪司·美纳尔的女儿所著。下文是梁遇春于1929年在《新月》上发表的。

　　[2] 劳伦斯·霍普（1865—1904），英国著名女诗人。

　　[3] 迈克尔·菲尔德，这是凯瑟琳·哈里斯·布雷德利，和她的侄女伊迪丝·爱玛·库珀的共用笔名。

　　[4] 布朗宁夫人（1806—1861），英国著名女诗人。

Rossetti [1] 以及 Sara Teasdale [2] 等都是如此。她的小品文的特点，也是明晰同真诚。这几种特色实在都是根源于她感觉的锐敏，在这本传里，有许多地方都可见出她的心灵是易感过人的，她年轻时候在日记里记下有两句动情的话 "If I look inward, I find tears; if outward, rain." 这真可译做"心中泪共阶前雨"了；这本传记还告诉我们她所以皈依天主教是由于她感到天主教仪式的壮美，并不是出于干燥的教义的辩证，所以她入教后，没有去一心修道，却仍然过她那诗人的生涯。她一生里对于朋友的情是非常认真的，她和 Patmore [3]，Meredith [4] 都缔有极纯洁，极透彻的交情，Patmore 死了，她自闭在暗室里哭了整天。她这易感的心灵一半是天生的，一半也出于她父母的培养。她在稚年时候，他们就带她到意大利去，教她以意文同南欧山水的色调，这次旅行对于她的作品有很大的影响，她在小品文里对于色调有浓厚的趣味，也因为南国的明媚风光深刻在幼嫩的心中吧。

她是个幸运的女人。生长在融融泄泄的家庭里，她的丈夫 Wilfrid Meynell [5] 又是当时知名的文艺批评家。神秘诗人 Francis Thompson [6] 可说是他发现的，他办有一种杂志 *Merry England*，近代小品文大家 Hudson Belloc [7] 等初期作品多在这里发表。她和当代的文人像 Aubrey de Vere [8]，Tennyson [9] 等都很常来往，到她的儿女成人时候，他们也都有些文学的天才，特别是她的一个男孩，他常对她说：他们要你的稿子，所以一味捧你，你别去迷信他们的话吧。不幸得很，他夭折了，否则或者同他的姊姊外奥拉同驰骋在当今英国文坛上。他们真堪称做一门

[1] 克里斯蒂娜·罗塞蒂。
[2] 蒂斯代尔（1884—1933），英国著名女诗人。
[3] 帕特莫尔（1828—1896），英国小品文作家、著名诗人。
[4] 梅瑞狄斯（1828—1909），英国著名小说家、诗人。
[5] 梅内尔，英国评论家。
[6] 汤普森（1859—1907），美国审美派著名诗人。
[7] 贝洛克。
[8] 奥布雷·德·维勒（1814—1902），爱尔兰著名诗人、评论家。
[9] 丁尼生（1809—1892），英国十九世纪的著名诗人。

风雅，同我们几千年前的谢家[1]实在可以比美。

外奥拉这本传记的好处是没有什么逾量的颂辞，只是将她母亲一生的经历连同家庭的琐事一一老实他说出，此外再尽量地插入她母亲的日记同书信，用她母亲自己的话来说自己的事情。她不去直接描状她母亲的性格，只让许多事实同文件烘云托月地将这蔼然可亲的女诗人生动地现在读者的眼前。这种客观的写法既忠实，又有力，实在是传记文学的一条正路。

---

[1] 在东晋、南朝时期，在陈郡阳夏住着一户姓谢的人家，其中出了诸如谢安、谢道韫、谢琨、谢灵运等名人雅士。后多用来形容一门风雅。

《俄国短篇小说杰作集》[1]

在中国最容易得到的俄国短篇小说集是"近代丛书"里《俄国短篇小说集》和"世界名著"The World's Classics里的《俄国短篇小说选》。前一本所选的多半是篇幅极短的，大约每篇总不过二十面，这的确是一个很大的缺点，因为俄国短篇小说家不像爱伦·坡那样讲剪裁，那样注重于一篇短篇小说应该有怎样的结构，他们只是着眼在把人生用艺术反映出来，只求将心中要写的人物赤裸裸地放在读者面前，他们是不讲究篇幅的多少的。并且坐在煮茶的铜壶（samovar）旁边，顺手捧起麦酒一杯一杯地干下去，双眸发光地滔滔不绝谈着的俄国作家一开口就是不能自己的，非把心中的意思痛快他说出不可，他们仿佛必定需要几十面才能写完一篇短篇小说。Dostoievsky, Turgeniev[2]，Korolenko[3]，Carshin[4]，Chirikof[5]，Gorky都是很好的例子。他们

---

[1] 该书为史梯芬·格累安所编著。下文是梁遇春于1929年在《新月》发表的。

[2] 屠格涅夫。

[3] 柯罗连科（1853—1921），俄罗斯小说家。

[4] 迦尔询（1853—1921），俄罗斯小说家。

[5] 疑是契诃夫。

的短篇杰作多半都是近于中篇小说（novelette）的，我们从他们较长的短篇小说里可以更分明地看出他们的作风。比如Garshin 的Signal（十面）就不如他的The Red Flower（二十余面）那样能够使我们深切了解作者的心灵。"世界名著"里的选本在这方面就比这本强得多了，所选的常常一篇占有二十余面以至于五六十面，可惜所选的作家太少，像Korolenko同Sologub[1] 这么伟大的作家也在被摈之列，使读者总觉得怅然。

现在我们所要谈的这部最近出版的俄国短篇小说集就具了这两种好处。里面很少只占几面的短篇小说，所包括的作家有三十多位，从十八世纪起一直到苏俄革命后止，在当代的作家里选有栖身巴黎的Bunin[2]和极左的同路人Romanof, Pinlniak[3] 等等。并且书里选有几位普通读者不大知道，却又极值得注意的近代作家，像以心理描写著名，文笔清新可喜的Chirikof和Poroshevitch, Bruscf[4] 几位昔日的文坛健将。

这本书最足赞美的地方是好几篇有名的杰作，像Gogol[5] 的《外套》，Garshin《红花》等等，都重新更忠实地译出。拿来和别的选本的旧译相比，的确更显明地保存有作者的风韵。不过有的地方比较生硬些，这是免不了的，天下哪里寻得到完全无缺的东西。

---

[1] 索洛古布（1863—1927），俄罗斯象征派诗人之一。

[2] 布宁（1870—1953），俄罗斯作家，诺贝尔奖获得者。

[3] 皮涅克，也译为皮利尼亚克（1894—1937），俄罗斯作家。

[4] 勃留索夫（1873—1924），英国象征派诗人。

[5] 果戈理（1809—1852），十九世纪上半叶俄国最优秀的讽刺作家。

《奥布伦摩夫》[1]

这不是一本新书，七十年前这书曾引起俄国出版界极大的注意，当时读者对于这本书的热烈欢迎是屠格涅夫任何一本小说都没有受过的，然而屠格涅夫，托尔斯泰，陀思多而夫斯基[2]的读者一天一天多起来，根察洛夫却只挣得文学史上几句照例的恭维，他的杰作"奥布伦摩夫"没有什么人去极力颂扬了。

他在国外的荣誉也远不及他们。托尔斯泰有Aylmer Maude夫妇[3]替他译全集和作传，陀思多而夫斯基同屠格涅夫有Constance Garnett[4]替他们译全集，还有Middleton Murry[5]，Joseph Conrad几位大作家捧场着，所以欧美的读者和他们是很熟识的。根察洛夫却几乎从没有人介绍过，他这本杰作从前也只有O.J.Hogardth的节译本，也是这个书店出

---

[1] 今译《奥勃洛莫夫》，由根察洛夫所著，达丁顿翻译。下文是梁遇春于1929年在《新月》发表的。

[2] 今译陀思妥耶夫斯基。

[3] 艾尔默·莫德（1858—1938），他的夫人是路易丝·香克斯，两人都是托尔斯泰的忠实拥护者，致力于向世界介绍托尔斯泰。

[4] 加尼特夫人（1862—1946），英国著名女翻译家。

[5] 默里（1889—1957），英国记者、评论家。

版的，节译已经是不大妙了，再加上Hogardth生硬难读，又没有传出原文风韵的译笔，难怪得他同他的杰作在欧美都不大被人们知道。现在这个新的全译本子出来，好似是这书第一次和国外读者见面，所以我们也当作一部新书来谈谈。

克鲁泡特金说根察洛夫的《奥布伦摩夫》可以同托尔斯泰的《战争与和平》，《复活》，屠格涅夫的《父与子》相比，Mirsky说这是一本天才的作品，一件完善无疵的艺术品，我们读过全书，就觉得这绝不是过誉。这本杰作的主人翁奥布伦摩夫是一个底下有五百农奴的地主，他少时受家庭的娇养，弄得变成意志薄弱的人，大学毕业后，做了一会儿官，觉得对付上司是很麻烦的事，就不干了，闲居在圣彼得堡的公寓里。他一天什么事也没有干，老是穿着梳洗便衣，躺在沙发上面，抽着烟，随便想想，似水的流年就这样地消磨过去了。然而他并不是一个毫无思想的人，他却是个很聪明，感力很灵敏，对于艺术和文学都有相当兴趣的人，并且他的心地还带些儿童的天真，对于天下的罪恶和不平等都是很痛恨的，他还有许多增进农奴的福利的计划，可是他的惰性太大了，什么事情想一下就算了。他不只不愿意出行，连坐起来穿上拖鞋也是万分不高兴的，最少也得费一两点钟的犹豫。他公寓的主人要把屋子改建一下，催他搬家，这就使他为难极了，他简直看做是一件大灾难。他整日滞在家里，有些朋友和他谈天，这些朋友多半是为吃他的中餐晚餐，抽他的雪茄而来的。作者把一个个的来客都描摹得活现在读者眼前，这是俄国小说家的拿手好戏，从Gogol一直到当代大作家差不多都具有这套本领。后来有一位年轻的姑娘看到这么聪明有为的一个壮年人这样子埋在一间小房子里，就想用爱情来鼓起他的力气，他们两个恋爱得一往情深。但是他一看到若使和她就免不了到家乡去料理一下事情，不能还是这样懒洋洋地，他想起这点，害怕极了，他们于是也分手了。从这里可以看到他的惰性是多么大，连热腾腾的爱情也不能迫得他多走一步路。这位一声不做，二目无光的懒惰汉后来娶了他的女房东；因为那是最方便的，最后是因为太没有运动，脑充血死了。根察洛夫用一种纯客观的态度，细细地来描写一个深深地染上了惰性的人的生活史，那一种阴森森的气象和奥布伦摩夫糊涂了事的生活使读者觉得不寒而栗，但是这又是人生的一方面的真实记录，我们读时总是感到这是现实的一方面，因此更见可怕。描写病态的人物是俄国写实派所最擅长的，陀思多而夫斯基的Brother Karamazov[1]可说是病态心理的人物的大会串，任何种的变态性格都可以从那本书里找到一个知己，根察洛夫虽然没有像陀思多而夫斯基那样描写出成千成万不同的变态人物，可是论到深刻方面他实在是不下于这位《罪与罚》的作者，可惜的是他的名字被这位作者掩了。

奥布伦摩夫这种人物仿佛可以代表中国现在许多有志的青年。心里怀了很多的理想，天天想有所为，终于谈笑送年华，有钱的在家享无谓的福，无钱到外面糊里糊涂地混饭过日，得过且过，绝不会拿出什么魄力，然而他们也是聪明多才，心地善良的人，却终于草草一生，大概都是患了俄国人所谓"奥布伦摩夫病"吧！

---

[1] 可译为《卡拉玛佐夫兄弟》。

《蒙旦的旅行日记》[1]

蒙旦是近代小品文的鼻祖，同时他又是古往今来最伟大的小品文家。他除开几十篇长长短短绝妙的小品文外，没有别的文学作品，但是这一千多页的无所不谈的絮语已够固定他在文学史里的地位，使他不愧为第一流的大作家。他和我们隔得太远了，我们不大晓得他的生平，这部在十八世纪才发现的旅行日记可说是研究蒙旦的学者必读的书。这本日记，不像Pepys[2]的日记那么可喜，不能算是一本文学的作品，因为这日记大半是用意大利文写的，蒙旦的意文程度虽然很高明，总不能像法文那样任用如意，能够把深刻的意思用平易的辞句来表现出来；并且蒙旦这本日记是口授给他书记写的，这位书记先生却最爱画蛇添足，加上许多自己的意思。这部日记有一部分是法文写的，并且因为书记先生告辞了，是他亲笔写的，但是还不能如他的小品文那么有趣，这却因为他写这旅行日记时，缺少了他创造文学作品时所不可少的要素——闲暇的环境同余裕的心情。他的小品文是在古堡圆塔中解闷时写的，所以有

---

[1] 今译《蒙田的旅行日记》。该书为特勒舒门所译。梁遇春将下文于1929年发表在《新月》上。

[2] 佩皮斯（1633—1703），英国著名散文家、政治家。

了那迷人的悠然情调同对于人间世一切物事的冷静深刻的批评，他的作品非是在这种土壤上是不生长的，马蹄轮铁，舟车劳顿之后，他只能不加一辞地将天天所经历的记下，这是他这本日记的缺点。但是它能够使我们看到蒙旦的日常行动举止和他的种种习惯。蒙旦是个不厌琐碎的人，他对于人生里一切的事情都有不会疲劳的浓厚兴趣，所以这本日记是当时社会的极好写真，中间对于十六世纪德国的宗教改革情形讲得特别详细，研究这时期历史的人们很可以拿它来做参考。蒙旦的小品文集第一版是在一五八〇年，第二版是在一五八二年，这旅行时期刚好夹在中间。日记中有许多地方谈到他自己的小品文，而他第二版时所加进去的小品文有些材料是他旅行时得到的，所以这本日记可说是那些小品文的雏形，好似Stevenson[1]的好多文章都是脱胎于他的书信的。近来国人很喜欢小品文学，那么蒙旦自然是个值得细读的作家，所以这日记是值得介绍的。

蒙旦日记的英译本，从前有W.C.Hazlitt[2]同W.G.Waters两家，据说Hazlitt失之太板，Waters失之不信，都不是良好的翻译，特勒舒门先生是牛津大学近来出版的蒙旦小品文全集的翻译者，他那译本在达雅两方面，可说是无疵，现在所译的日记确也不下于前二年的工作。我们没有读十六世纪时法国人所写的意大利文的能力，对于这种的翻译努力实在觉得很感谢的。

---

[1] 斯蒂文森（1850—1894），英国作家。
[2] 哈兹里特（1778—1830），英国著名散文家、评论家。

《从孔子到门肯》[1]
[2]

最近一两年来，美国出版了许多大部的总集，每本都有一千多页，选了许多作者的代表作品，使读者对于那一门的文学，能够得到一个具体的概念。《从孔子到门肯》就是新出的一部小品文总集。里面包含有希腊、罗马、希伯来、印度、波斯、亚拉伯、中国、日本、英、法、比、意、德、西班牙、荷兰、丹麦、瑞典、挪威、芬兰、俄、美以及几个新兴小国的小品文（自然全翻为英文了），一共有二百多位的作家。小品文的妙处神出鬼没，全靠着风格同情调，是最难于迻译的，所以我们在英国小品文之外，很不容易读到别国的小品文。这部集子很能够补我们这个缺陷。并且在每国的小品文前面，都有一篇引论，那又是请专家写的，更能够帮助我们去了解那国的小品文学。既是经过一度的翻译，当然失丢了不少本来的神韵，但是我们没有懂十几国文字的机会同能力，也只好靠着它来略窥一下各国小品文学的趋向了。

小品文是最能表现出作者的性格的，所以它也能充分露出各国的国民性。我们很可以用这本书来观察他们的性情同气质。我想静静地把它细读一遍或者比走马看花的出洋考察还会有益些，而且还可以免却仆仆

---

[1] 门肯（1880—1956），美国著名评论家、记者。
[2] 本书由普力查编著。下文是梁遇春于1929年在《新月》上发表的文章。

路途的辛苦。

编者普力查先生F.H.Pritchard是英国当代的马二先生[1]。他编有不少的书，他是*Essays of Today*，*Short Stories of Today and Yesterday*，*Essays of Today and Yesterday*这几种有名丛书的编者。他拣选作品时，真正具有只眼，他可说是一个不写文章的批评家。他著有一部*Training in Literary Appreciation*，很多学校采用它来做文学批评的教本，但是我以为他写的能力赶不到他编的能力。他对于essay[2]，特别有研究，所以这本选集很有变成为classic的可能。

---

[1] 《儒林外史》中的人物，后用来专指书坊中编辑科举墨卷、八股范文的选家。

[2] 小品文的意思。

《雪菜、威志及其他》[1][2]

蔡普门是一位值得我们尊敬的批评家，他同Augustine Bfrrell[3]，John Middleton Murry[4]一样，随便说一句话，都含有无限的深意，都是读破万卷后所得的综合。他们谈着文学时，总是那么左右逢源，舒转自如的，他们不囿于传统，也不去故意反抗传统，他们只是靠着他们数十年孜孜不倦的积学来做他们的南针，他们没有死板板地弄出一套系统，可是他们的思想总是那么有条不紊，他们未曾明白地说出他们的主义，然而我们读了他们批评的文字以后，会顿然觉悟到什么是绝妙的文学批评同文学批评怎么会成为一门文学。他们总是真正的学者，绝不是那班做"文学概论"，"诗学入门"的做书匠所能比得上的。

蔡普门这部批评文集，包含有十一篇文字，除开一篇谈Walt Whitman外，全是批评英国的诗歌的。在第一篇《诗同经验》里，他很

---

[1] 华兹华斯。

[2] 此书为蔡普尔所著。下文是梁遇春于1929年发表于《新月》上的文章。

[3] 比勒尔，英国著名政治家、作家。

[4] 默里（1889—1957），英国记者、评论家。

严格地把真诗和辞藻（rhetoric）分开，他大胆地说拜仑，丁尼逊，雪莱，威志威士都是辞藻家rhetoricians，不是真正的诗人，因为他们的多半作品若使用散文来写，也不会失丢了什么妙处，而真正的诗是绝对不能用散文来代的。这些话对于盲目地崇拜拜仑、雪莱的人们，的确是一服清凉散。拜仑、雪莱是否诗人，我们暂且不论，他这个诗和辞藻之分实在是很重要的，尤其对于中国现在的诗坛。美国批评家Wolfe说过，近代的诗患了形容词太多的毛病，也就是蔡普门这个意思。

此外还有一章讨论英诗的将来，一章谈到什么是最伟大的诗歌。他说："The greatest poetry must be written by an awed man, by one with the sense of being dedicated and he must not deceive himself. Moreover, it must reveal the secret of deep, perennial things and the secrets of words too."[1]有人或者会觉得这样句子有掉书袋的毛病，但是牛津大学出版的书总是这个派头，一个人老住在那样古色斑斓的环境里，难怪他会写出这么典丽丰满的文字。可是我总以为这种的文字比美国的乱跳乱叫的批评家文字要高明得多，因为他们说的话常常能有回甘的妙处，值得我们的低徊吟味，这绝非只求炫目的福特先生的同乡们所办得到的了。

---

[1] 可译为："最伟大的诗歌必须是由那些受人尊敬的人创作出来的，必须是由那些拥有敏锐感觉并且从不自欺欺人的人创作出来的。此外，伟大的诗歌还必须揭示深刻且历经不衰的事物的奥妙，还要表现出诗的语言本身的秘密。"

高鲁斯密斯的
二百周年纪念

　　十八世纪英国的文坛上，坐满了许多性格奇奇怪怪的文人。坐在第一排的是曾经受过枷刑，尝过牢狱生活的记者先生狄福De foe；坐在隔壁的是那一位对人刻毒万分，晚上用密码写信给情人却又旖旎温柔的斯魏夫特主教Dean Swift[1]；再过去是那并肩而坐的，温文尔雅的爱狄生Oddison[2]和倜傥磊落的斯特鲁Steel[3]；还有蒲伯Pope[4]皱着眉头，露出冷笑的牙齿矮矮地站在旁边。远远地有几位衣服朴素的人们手叉在背后，低着头走来走去，他们同谁也不招呼。中间有一位颈上现着麻绳的痕迹，一顶帽子戴得极古怪，后面还跟着一只白兔的，便是曾经上过吊没死后来却疯死的考伯Cowper[5]。另一位面容憔悴而停在金鱼缸边，不停的对那一张写着Elegy[6]一个字的纸上吟哦的，他的名字是格雷Gray。还有一个乡下佬打扮，低着头看耗子由面前跑过，城里人说

---

　　[1] 斯威夫特（1667—1745），十八世纪英国著名的讽刺作家和政治家。
　　[2] 艾迪生（1672—1719），英国散文家、诗人、剧作家以及政治家。
　　[3] 斯梯尔（1672—1729），著名散文家。
　　[4] 蒲柏（1688—1744），英国十八世纪最伟大的诗人之一。
　　[5] 柯珀（1731—1800），英国著名诗人。
　　[6] 可译为哀歌。

他就是酒鬼奔斯Burns[1]。据说他们都是诗人。在第二排中间坐着个大胖子，满脸开花，面前排本大字典，伦敦许多穷人都认得他，很爱他，叫他做约翰孙博士Dr.Johnson[2]。有个人靠着他的椅子站着，耳朵不停的听，眼睛不停的看的，那是著名的傻子包士卫尔Boswall[3]。还有一位戴着眼镜的总鼓着嘴想说话，可是人家老怕他开口，因为他常常站起来一讲就是鸡啼：他是伯克议员先生Burke[4]。此外还有一位衣服穿得非常漂亮（比第一排的斯特鲁的军服还来得光耀夺目）而相貌却可惜生得不大齐整；他一只手尽在袋里摸钱，然而总找不到一个便士，探出来的只是几张衣服店向他要钱的信；他刚要伸手到另一个衣袋里去找，忽然记起里面的钱一半是昨天给了贫妇，一半是在赌场里输了——这位先生就是我们要替他做阴寿的高鲁斯密斯医生Goldsmith[5]。据那位胖博士说，他作事虽然是有点傻头傻脑，可是提起笔来却写得出顶聪明的东西。这位医生的医道并不高明，据说后来自己生病是让自己医死了。他死后不仅身世萧条，而且还负了许多债。胖博士为这件事还说过他几句闲话，可是许多人都念他为人忠厚老成，尤其是肯切实替人帮忙。有些造谣言的人还说他后来曾经投过胎到中国，长大了名叫杜少卿，仿佛是一本叫做《儒林外史》的谈到他的故事。这杜少卿真是他的二世，做人和他一样地傻好。这位医生还做了好多书，现在许多对世界厌倦的人只要把他的书翻翻就高兴起来了，还有些哭得泪人儿似的看看他的诗眼泪也干了。他的书像Vicar of wakefield, Deserted Village, She Stoops to Conquer，这是谁也知道的，用不着再来赘言。英国人近来对这班奇奇怪怪的胖子们（除开那几位所谓的诗人以外，他们都是胖子，就中以那位面前排着字典的最胖）又重新有了好感；其实这也是应该的，因为这班胖子的为人本就不坏，所写的东西自然更是怪有趣味。今天（十一月

---

[1] 彭斯（1759—1796），苏格兰民族诗人。

[2] 约翰逊（1709—1784），英国著名作家。

[3] 鲍斯韦尔（1740—1795），英国著名传记作家。

[4] 伯克（1729—1797），英国著名政治家，《纪事年鉴》的创办者。

[5] 哥尔德斯密斯（1730—1774），英国作家。

十日）可巧是高医生的二百生忌辰，此刻许有一班英国人正在那里捧着酒替他大做阴寿，所以我们也把他的老朋友一齐找出来，在纸上替他图个会面的热闹。听说最近牛津大学又把他那些非借钱即告贷一类的信印成了一大本；书我们虽一时看不到，然而料想内容一定是很有趣味。想借钱的文人很可以先借三先令六便士去买一本来看看。

新传记文学谈[1]

英国十八世纪有一位文学家——大概是Fielding吧——曾经刻毒地调侃当时的传记文学。他说在许多传记里只有地名，人名，年月日是真的，里面所描写的人物都是奄奄一息，不像人的样子；小说传奇却刚刚相反，地名，人名，年月日全是胡诌的，可是每个人物都具有显明的个性，念起来你能够深切地了解他们的性格，好像他们就是你的密交腻友。小说的确是比传记好写得多，因为小说的人物是从作者脑子里跳出来的，他们心灵的构造，作者是雪亮的，所以能够操纵自如，写得生龙活虎，传记里面的人物却是上帝做好的，作者只好运用他的聪明，从一些零碎的记录同他们的信札里画出一位大军阀或者大政客的影子，自然很不容易画得栩栩如生。我想天下只有一个人能够写出完善无疵的传记，那是上帝，不过他老人家日理万机，恐怕没有这种闲情逸兴，所以我们微弱的人类只得自己来努力创作。

可是在近十年里西方的传记文学的确可以说开了一个新纪元。这段功勋是英法德三国平分（中国当然是没有份儿的）。德国有卢德伟格

---

[1] 所涉及的传记作家主要有德国的卢德伟格（今译路德维希），法国的莫尔亚（今译莫洛亚），英国的施特拉齐（今译斯特雷奇）。下文是梁遇春于1929年发表于《新月》上的文章，署名春。

Emil Ludwig，法国有莫尔亚André Maurois，英国有我们现在正要谈的施特拉齐Lytton Strachey。说起来也奇怪，他们三个不约而同地在最近几年里努力创造了一种新传记文学，他们的作品自然带有个性的色彩，但是大致是一样的。他们三位都是用写小说的笔法来做传记，先把关于主要人物的一切事实放在作者脑里熔化一番，然后用小说家的态度将这个人物渲染得同小说里的英雄一样，复活在读者的面前，但是他们并没有扯过一个谎，说过一句没有根据的话。他们又利用戏剧的艺术，将主人翁一生的事实编成像一本戏，悲欢离合，波起浪涌，写得可歌可泣，全脱了从前起居注式传记的干燥同无聊。但是他们既不是盲目的英雄崇拜者，也不是专以毁谤伟人的人格为乐的人们，他们始终持一种客观态度，想从一个人的日常细节里看出那个人的真人格，然后用这人格作中心，加上自己想象的能力，就成功了这种兼有小说同戏剧的长处的传记。胆大心细四字可做他们最恰当的批评。

新传记文学还有两点很能够博得我们的同情。他们注意伟人和普通人相同的地方。他们觉得人性是神圣的，神性还没有人性那么可爱，所以他们处处注重伟人的不伟地方。卢德伟格的杰作哥德传Goethe 又叫做《一个人的故事》(The Story of a Man)，把一位气吞一世的绝代文豪只当作一个普通人看，也可以见他们是多么着力于共同的人性。这么一来，任何伟大的人在我们眼中也就变做和蔼可亲的朋友了，不像一般传记里所写的那样别有他们的世界，拒人于千里之外。还有一点是他们都相信命运的前定，因此人事是没有法子预计的，只有在事后机会看出造化拨弄我们的痕迹，所以他们的作品带有愁闷的调子，但是我们念他们作品时候，一看到命运的神秘，更觉得大家都是宇宙大海狂风怒涛里一只小舟中的旅伴，彼此平添了无限的同情，这也可以说是这三位新传记大家的福音。

施特拉齐在这三位中间可说是老前辈。他的《维多利亚时代的大人物》Eminent Victorians是在一九一八年出版的，他的杰作《维多利亚皇后》Queen Victoria是在一九二一年出版的。他的描写是偏重于大人物性格的造成同几个大人物气质的冲突和互相影响。现在他又用他精明的理智同犀利的文笔来刻画伊利沙伯皇后同她的嬖臣厄色克斯的关系。伊利沙伯因为国内新旧教的纷争同许多旁的缘故不能嫁人，但是她又是个搔首弄姿，顾盼自喜的女子，所以宫廷里有了许多年轻英武的宠臣，有名的Sir Walter Raleigh是她早年的幸臣，厄色克斯却是她晚年时候的得意人。可惜他们年纪相差四十余岁，厄色克斯充满了青春的热血，想漫游异国，建功海外，伊利沙伯却要他滞在宫里作伴，不许他和他的夫人同居，因此引起种种的冲突，最后厄色克斯想借民众力量来恢复他已失的地位，伊利沙伯震怒之下，将他判决死刑，刽子手利斧一挥，抓着头发，把首级高举起来，喊道："上帝保佑我们的皇后！"这是炙手可热的权臣的末途。我们知道伊利沙伯可说是英国最能干的君王（现在皇帝当然是除外），施特拉齐在这本传里说："她是个凶猛的老母鸡静静地坐着孵出英国，英国的生气勃勃的精力在她的翅膀下很快达到成熟的地步。"厄色克斯具有玉树临风的丰采，自己写过绮丽的诗词，许多当时文人——《仙后》的作者Spenser[1]同莎翁的前辈Ben Jonson——都受过他的恩惠，此外还有一位老奸巨滑的政客倍根[2]——那五十几篇精练深思，包含无限世故的Essays[3]作者——做他的顾问。把性质这样不同的两人聚在一起，自然是没有平安日子过的，但是因此两人的性格也更见显明，施特拉齐写时也更觉得意味无穷，我们念时自然也免不了神往于三百年前这段公案。

中国近来也很盛行用小说笔法来写历史。那一班《吴佩孚演义》等等当然可以不必论，就是所谓轰动一时的佳作，像杨尘因的《新华春梦记》，天笑的《留芳记》，也无非是摭拾许多轶事话柄，作者对于所描写的人物总没有作什么深刻的心理研究，所以念完后我们不能够有个明了的概念，这些书也只是轰动一时就算了。再看一看比较好一点记载像《清宫二年记》、《乾隆英使觐见记》、《慈禧写照记》、《李鸿章游俄日记》等等都是外国人写的，实在有些惭愧，希望国人丢开笔记式的记载，多读些当代的传记，多做些研究性格的工夫。

[1] 斯宾塞，英国伊丽莎白时期的诗人。
[2] 培根。
[3] 培根的《随笔》集。

新发现的拿破仑的小说

　　在法国文坛上居于权威者地位的文艺杂志La Revue des Deux Mondes最近披露发现有一部拿破仑著的小说，书名是《克利逊同厄热尼》（*Clisson et Fvgenie*），原稿从拿翁在一八二二年驾崩于圣赫勒拿岛后，一向存在波兰贵族Dzialynski伯爵的书库里，现在由SimonAskenazy先生出版，还附有在Kornik所发现的其他拿翁的文稿，一共三十四页，封面镌有拿破仑皇帝的徽章。

　　这部小说含有自传的色彩。克利逊当稚年时候就喜欢军事，后来从军是无往而不胜利的，天赐的机会同他自己的才力使他成为一代名将，全国人民全看他是他们的保护人。可是他并不觉快乐，因为妒忌同毁谤总是缠着他的身旁，他能够在千刀万马中无畏地冲锋陷阵，却不能见谅于小人，也无法止住他们恶毒的口舌。他戎马半生，到处都是敌人，却没有得到半个朋友，因此感着世界的荒凉，觉得名誉不能给人以真正的快乐，他所求的却是心灵的安慰。他怀着这种憧憬的心境，往乡下去幽居些时，朝曦同黄昏都引起他的愁绪，忧郁占据了他的全心，他在这时候遇到厄热尼。克利逊素来是勇往直前，无往不克的，在爱情上他也是一样地成功。他们结婚了，蜜月的生活也是满布了欣欢的空气，可是良会不长，克利逊接到前方命令，他们只得生生拆散。他虽然远征，心里却惦着万里外的新夫人。他后来身受重伤，叫部下一个军官Bewille去安慰厄热尼，这位军官也是英姿潇洒的青年，同厄热尼渐渐生了爱情，她给他的信也一天一天稀少了，最后完全忘记了从前影里的情郎。他决定结果他自己的性命，让他俩过快乐的日子，写一封绝命书给他的妻子，希望他的儿子将来长大不像他那样性情热烈，因此在人生路上处处遇到荆棘。角声一动，他带伤冲到敌军队里，死在如雨的枪弹之下，这段悲哀的传奇也就结束了。

这段事实不过是浪漫小说很平常的布局，同*King Arthur*[1]里Lancelot[2]和Queeu Guinevere[3]的一段情史有些相像，可是很能表现出拿翁叱咤风云的神态，暗暗地又述出他自己同Josephine[4]的因缘。所以可说是研究拿破仑的人们必读的书，至于专攻法国小说的学者就没有读过这书，似乎也是无妨的。拿破仑是《少年维特之烦恼》的爱读者，他死时衣袋中还放有一本。他的小说或者受了点这本杰作的影响。

著过《法国革命史》的英国散文家Hillaire Belloc曾经写有一篇小品：《最后的一点钟》（*Novissima Hora*），描写拿破仑弥留时的心境。Belloc说拿翁的一生处处是矛盾：他在战场上马到功成，可是结局是一败涂地；他英气勃勃，好像始终没有脱开青年时期，可是老迈的影子总横在他的当前。现在，他这部小说里的英雄一生也无时不是矛盾的。当他声誉极隆时节，人们的毁骂跟着他走，当他绮梦方浓时候，他亲信的人却夺去他的爱人。拿翁写小说时既然带有自传色彩，所写的英雄的遭遇又是这样幸运同不幸并行，可见不只二百年后的胖文人Belloc看透这点，目光如炬的一世之雄早已有了自知之明。希腊神庙刻有"Konw Thyself"（自知）二字，他们以为自知是最难的事，拿破仑纷扰一生，居然能够这样深刻地了解自己，这是拿破仑所以不朽的地方。

---

[1] 指的是中世纪欧洲的著名传奇故事《亚瑟王（传奇）》。
[2] 亚瑟王中的骑士，也是王后的情妇。可译为，朗斯洛。
[3] 传说中亚瑟王后，圭尼维尔。
[4] 约瑟芬（1763—1814），拿破仑的妻子。

约翰·高尔斯华绥

　　高尔斯华绥是英国当代大小说家同戏剧家。他父亲是律师，他自己也是学法律出身的，壮年时候旅行各处，足迹几乎走遍世界。他所最痛恨的是英国习俗的意见和中等社会的传统思想。他用的武器是冷讽，轻盈的讥笑。比如在他的杰作*The Forsyte Saga*[1]里他就入木三分地描状英国拥有资产的人们（*the man of property*）的意识，他们把钱当做天下一切东西的准绳，能够卖得好价的艺术品就是好的。他们的立身处世完全被钱的观念所支配，除开占有冲动外，没有别的行为动机，他们生活没个再高的标准，只好完全依靠各种传统的意见来做一切行动的南针。他们所以无条件地拥护传统，否则他们就手足无所措了。他们的生活也单调得可怜了。"怜悯"的确是高尔斯华绥的一个重要情调。他是怀个无限量的同情来刻画人世的愚蠢。他看出人世上最有价值的，最配得被人们追求的东西是审美的情绪。他们这班人都对于美毫无感觉。他觉得世上一切纷扰的来源是出于人们不懂怎样去欣赏自然和人世的美，把生命中心放在不值得注意的东西上面，因此，一幕一幕的悲剧开展了。《远处的青山》是欧战后他发的感慨。"浪漫情调"和"幸福"是

　　[1] 译为《福赛特家史》。

正面来描摹"美"。高尔斯华绥不单具有巧妙的冷讽同温和的同情，他还有一种恬静澈明，静观万物的心境，然后再用他那轻松灵活的文笔写出。《幽会》这篇可以代表这方面。这四篇都是从他的散文集 *The Inn of Tranquillity* 里选出。他是法国人所最爱读的当代英国作家，这大概因为他布局的完整同他散文的秀逸。人们都说法国人是最善写散文的，因此也可以见他散文的价值了。

吉辛

　　他的父亲是一个药剂师，他受过良好的教育，能够拿希腊诗歌做消愁解闷的东西。十九岁时候，他被一个普通的女人迷了，把她娶来，还偷一位朋友的皮夹子给她，因此下狱。二十岁时候，流落到美国去，当照相师，装置煤气灯的人，报馆访员糊口。后来从德国回英国来，专靠写稿子谋生，但是常有得不到东西吃的时候，英国博物院的盥洗所是他唯一洗澡的地方。他的妻子变成醉鬼，后来甚至于随便当人姘头。她死了，他又不能忍受寂寞的独身生活，就向随便遇到的女人求婚，把她娶来。起先他的朋友再三劝阻他，但是他天真地答道，他们同样地可以叫他不吃通常的食物，因为过几年后他能够买到精美的食品；然而他每天不能不有些滋养料；现在他到了一个时期，当他非有一个妻子伴着就不能过日子。他还说："天下只有可怜的女子才肯嫁给我这么一个可怜的男子。"他们婚后的生活是不幸极了，终于离散。晚年他娶一个法国女人，他小说的销路也渐渐好起来了，生活也比较舒适些，然而夕阳无限好，不久就死了。

　　他写有许多长篇小说 *The Unclassed*（1884），*Demos*（1886），*Thyrza*（1887），*The NetherWorld*（1889），*New Grab Street*（1891），*Denzil Quarrier*（1892），*Born in Exile*（1892），*Odd Women*（1893）多

半是描状伦敦贫民窟同工厂的灰色生活。他终身住在伦敦小屋的顶楼上，和下流的人们一起过活，深尝过贫穷的苦痛，所以对于下等社会特别有同情。他又是个悲观主义者，觉得世上无处不是凄凉的境地，太阳光总不会射到屋里。他极能道出失败人的心理，并且他的失望始终含有惆怅的诗意，所以他的书对于沦落的人们有极大的魔力。他晚年写有一本散文，*The Private Papers of Henry Ryecroft*，充满了恬静幽怨的情调，是散文里一部杰作。他还有几本短篇小说集*Human Odds and Ends*，*A Victim of Circum stances*，*The House of Cobwebs*。上面这篇，《诗人的手提包》就是收在《人生的零碎》（*Human Odds and Ends*）里面。

他说："当今的艺术应当传达出'困苦'的意义，因为困苦是近代生活的基本音调（keynote）。"这句话可说是他的艺术论。

巴
比
利
恩

　　W.N.P.Barbellion是个笔名。作者的真名字是Bruce Frederick
Cummings。他天生一副极锐敏的心灵，再加上小孩时候犯过肺病，所
以一生都沉浸在苦痛之中，可是从这血肉模糊的病榻上却开出一朵鲜艳
的花，那是他的日记。他从十一二岁起对于自然界就感到强烈的兴趣，
儿时的光阴多半用于在大自然怀中采集标本，二十二岁考入"南肯辛
顿博物院"（The Natural History Museum at South Kensington）当研究
员，一直到一九一七年才因病辞职。他在十三岁时开始写日记，起先只
将他对自然界的观察记下，后来渐渐注重于记下自己的心境和情调。因
为他是个科学家，所以他对自己能取一种客观的态度，拿自己当做研究
的对象。而他的性格又是极可爱的。他几乎无日不在病中，可是他的意
志力非常强，有一次写信给他兄弟，他引法国文学家Balzac[1]的话：
"假使你受苦，最少你可以因此知道你是活着"，他真同Stevenson，
Henley，Nietzsche一样，在病魔鞭打之下挣扎着，努力干他所想做的
事。

　　他虽然心中含有无限悲痛，对人却和蔼可亲，嘻嘻哈哈谈了一大
堆。一个素来是瘦骨不盈一把的长汉子按下呻吟，天天兴致勃勃地研究

---

　　[1] 巴尔扎克，法国著名文学家。

生物，对于人生具种积极的态度，想法叫自己的生活充实，然后再冷静地把这个辛酸的生活记下，成为一本心史，这是多么有趣而值得佩服的事情。他从自十三岁起十五年中所写的二十厚册日记里选编一本，叫做 *The Journal of a Disappointed Man*（一个失望人的日记），他死后人们把他最后两年的日记印出，叫做"最后的一本日记"，这本书的出版也是出自他生前的意思，他而且吩咐人家在他这部日记后面写上"The rest is silence"（其余是静寂了）这句话。我们这一本就是他一九一八年的日记。

他患的是一种奇病，专家叫做 disseminated sclerosis[1]，是脊椎上的毛病，医生诊断在几年之内这个病会把他身体内的器官逐一损坏，慢慢地把他杀死。他的家人不肯把这话告诉他，骗他只要好好休息就可以复原。他的爱人是知道了这种情形，却毅然嫁他，情愿同他一起受苦，甘心度孀妇的生涯。这真是挚情，他后来知道却觉得万分难过，这本日记里的伊（E）就是指他这个值得钦佩的妻子。

他的著作在这两部日记之外还有一部散文集（*Enjoying Life and Other Literary Remains*）[2]，里面有一篇论"日记文学是极精辟的批评文字。此外都是科学文章了"。

---

[1] 扩散性硬化症。

[2] 译为《享受人生及其他文学遗产》。

康拉德

　　他的名字正式写起来是Teodor Josef Konrad Korzeniowski。他的父亲是波兰的地主，非常爱国，总想使波兰能够恢复独立的地位。一八六三年革命失败，被流徙到Vologda[1]去。他的母亲自愿也到这荒凉的地方去做苦工，跟她丈夫作伴，可是身体太弱，不久就过世了。他父亲后来虽然放回来，可惜没有多久也死了。于是我们这位二十年沧海寄身的文豪十二岁时就成为一个孤儿。

　　他幼年时候对于海就有极强的趣味，成人后决心当个舟子，不管戚友种种劝诱，终于扬帆跟孤舟去相依为命。他的父亲曾将莎士比亚，嚣俄[2]译成荷文，他很早就博览文学作品，深有文学的情调。海上无事时随便写下一本长篇小说，有时间断，有时接续下去，一共写了五年，脱稿后还搁置了许久。后来偶然碰到一位搭客，读他的稿子，劝他出版，这算做他文学生涯的开始，这位上帝派来的搭客就是现在英国最伟大的小说家John Galsworthy。

　　他的著作都是以海洋做题材，但是他不像普通海洋作家那样只会肤

----

[1] 沃洛格达，位于今天的俄罗斯西北部，该地多沼泽和冰碛丘陵。
[2] 今译雨果。

浅地描写海上的风浪；他是能抓到海上的一种情调，写出满纸的波涛，使人们有一个整个的神秘感觉。他对于船仿佛看做是一个人，他书里的每只船都有特别的性格，简直跟别个小说家书里的英雄一样。然而，他自己最注重的却是船里面个个海员性格的刻画。他的人物不是代表哪一类人的，每人有他绝对显明的个性，你念过后永不会忘却，但是写得一点不勉强，一点不夸张，这真是像从作者的灵魂开出的朵朵鲜花。这几个妙处凑起来使他的小说愈读，回甘的意味愈永。

他的著作有二十余册，最有名的是*Lord Jim*，*The Nigger of the Narcissus*，*Nostromo*等长篇小说，*Youth*，*Typhoon*，*The Heart of Darkness*等短篇小说，还有几本散文*A PersonalRecord*，*The Mirror of the Sea*，*Notes on Life and Letters*，里面尤以《海镜》极能道出海的无限神秘。

这篇是他最有名的短篇小说，里面的事实却是真的，那是他在一八八一年第一次到东方去的冒险故事。亲身经历过的事情因为对于自己太有趣味了，写出来常常平凡得可怜。自己觉得有意思，就以为别人一定也会喜欢，这是许多自传式小说家的毛病。一篇自述的东西能够写得这么好像完全出于幻想的，玲珑得似非人世间的事实，从这一点也可以看出这位老舟子的艺术手腕同成就了。

亚密厄尔的飞莱茵

　　天下可读的小说真多，可读的自传却很少，至于可读的日记，那的
确是太少了。随意架起个空中楼阁，信口说个天花乱坠，借他人的悲欢，
传作者的心境，这当然是表现自己的无上法门。自传就没有这么方便了，
作者对于事实虽然有取舍的自由，却不能够任意捏造（例外自然也是不少
呀！），只好在这个小舞台上翻翻觔斗，显出一身的好武艺来。日记的拘
束却更多了，说的话总脱不了眼前事故和心内波澜，而且累日积上，不
是一气呵成，所以更难于施展文学的伎俩。这样看起来，跟作者生活最
近的记载反而最不宜于表现作者的个性了。其实这也是不足为奇的，天下
最难的事情莫过于对自己持个客观的态度，视若路人地拿来描写，数十年
如一日，一生才做出这么一部书。而且自卫的本能也不肯让我们这样把自
己当做研究的对象。一个人每做一件事，接着就想今天晚上怎么把这件事
记下来，结果将一个人分做两个，观察者的成分天天扩大，执行者的成分
慢慢减少，一个人的意志力也就渐渐薄弱下去，最后弄到生机殆尽，身里
只剩个眼光锐利的旁观者了。一个人成天分析自己，解剖自己，老在那儿
吹毛求疵，总免不了有一天对于自己觉得怪腻的，真是不胜其厌烦，可是
内视的习惯已经养成，不管你多么痛恨这个自己，这个可怕的影子总是反
映在你眼前，更增加厌恶自己的心情了。所以历来几位出类拔萃的日记作

家，像Swift[1]，Marie Bashkirtseff[2]，Enguenie'de Gverrin[3]，Mauricede Guerin[4]，W.N.P.Barbellion那班人（Pepys[5]可说是个例外，但是他郁郁不乐的时候可也不少），都是深于悲哀，不知道怎地安排此生的人们，同时都是从人生行列退出，斗室之内独自默想一生的坎坷，自怨自艾，无可奈何的落伍者。

我们现在正要谈的这位瑞士日记作家也可算是这种的畸零人。他一生的事实很少，年轻时候在柏林大学读三四年书，后来回到日内瓦大学当美学同道德哲学的教授，于一八八一年死去。他是个硕学的通儒，他的著作却非常少，六十年恬静的生涯留下来的只有几本无聊的诗集，几页的杂感，同四五篇零星的短文章，因此当时的人们对于这位思想严密，温文尔雅的教授都很觉得失望。当整理他遗稿的人将他生平所写的一万七千页的日记交给EdmondScherer时候，这位目光如炬的批评家叹口气说道，"这些稿子你还是拿回去吧，年轻人。我知道Amiel；他是个一事无成的人。让我忘却他吧！——别再拨动他的死灰！"可是他终于印出两册的选本来，从此天下多事了。一位女诗人赞美他日记里所含的诗情，把他当做一个诗人看。一位注重义务观念，精神生活的女小说家（Mrs Humphry Ward）[6]说他的日记是"一个孤单的思想者的衷肠话，是一个把精神事物认为世上唯一的实体的哲学家的默想录"。这位女小说家的叔叔，那个喜欢骂人的Matthew Arnold，看到他们这样子乱拉同志，免不了微笑，就说出许多讽刺的话，可是结果这位老批评家认为我们应当把这位日记作家当做一个绝等聪明的批评家看，这真是未免有情呀！现在又有人说这位满脸胡须，有点秃头的老教授有个古怪的爱人Philine了。这本书就是由这个新观察点，从那一大堆稿子里勾出来的新材料。

---

　　[1] 斯威夫特。

　　[2] 巴什克采夫（1860—1884），俄国女流亡作家，十二岁时写日记。

　　[3] 盖兰（1810—1839），法国诗人，著有日记《绿色笔记本》。

　　[4] 巴比利恩。

　　[5] 佩皮斯。

　　[6] 沃德夫人（1851—1920），英国女小说家。

  Amiel在他日记里说过这么一句话："思想同鸦片一样，能够麻醉人，同时又叫人非常清醒。"这句话对于他自己的心病真可算是一矢破的。他最喜欢说易卜生那句误尽天下苍生的格言：all or nothing（与其不能得到全部，宁其一点不要），他一生大好的年华也就在追求这个自己明知绝不能实现的幻梦里面消逝去了。他随便遇到什么事情，总是踌躇莫决，只怕一失足成千古恨，无法改弦更张，因此什么事也做不成，始终是懊恼地徘徊着；光阴易得，教授老矣，真可说是再回头已百年身，他的日记就充满了这种怅惘的情绪。他不单是这么意志薄弱，而且他给黑格尔那派绝对一元论的哲学所麻醉，驰心于那个最后的本体，那是无所不包，无所不容的，绝不能受什么限制；这么一来，执笔为文，跟真理已经是南辕北辙了，因为文字总是个限制，充其量只能说出很有限的一小部分，绝非宇宙的本体，一落言诠，便非真谛，我们这位哲学家就老在搁笔之中过活了。他在一八八〇年五月十五日的日记里说道："不适宜，也许因为我的神秘主义，也许因为我生性顽梗，也许因为我过于慎重，也许因为我不屑工作，总之，'不适宜'是我一生的不幸，最少可算做我的特点。我从来不能使自己去迁就事势，也不能够使事势来迁就我。我的幻觉太少，不够鼓舞我去冒那些无法挽救的危险。我甚至于拿理想的境界来做借口。使自己不受任何种的束缚。关于结婚问题也是这样：只有毫无缺点的女人才能够叫我满意；可是，我自己又配不上一个毫无缺点的女人……在外界的事物里既然找不到一个满足，我就设法把原来的欲望连根去掉。'独立'是我的躲难处；'远避'是我的坚垒。我过了一个不带个人色彩的生活——在这个世界里，可是不能算做在这个世界里，我的思想很多，我的欲望却是一点也没有。这种心境跟女人所谓心碎倒有些相似；其实真是相似，因为失望是这两种情形共同的特点。"他还说："我不能骗我自己，我晓得我将来的命运是怎么样子：与日俱增的跟人们隔绝，内心的失望，持久的悔恨，满是悲哀情调的老年，慢悠悠的苦恼，在沙漠的荒凉里死去。"Amiel的日记可说是这种生活的确实记载。他虽然沉醉于渺茫的思想，在内省方面却非常清醒，能够用深刻的眼光，看透自己心病的根源以及种种的病象；他这种两重性格使他在人事上失败，却叫他在写日记上得到绝大的成功：假使他对于自己没有那么大的失望，恐怕他也不会这样子在灯下娓娓不倦一层一层地剥出自己的心曲，那么他生前的失败岂不是可说他身后的成名的唯一原因吗！他不单对于自己的意识洞察无遗，他对于人世的事物也常有极犀利的观察，这大概因为他置身局外，隔江观火，所以能够这样子一针见血，入木三分。比如他说："一个人太看轻自己，结果使自己变成个受人看轻的人了"，比如他说，"没有什么偏见的民族很容易受专制的压迫，一个社会对于一切东西都认为成问题的，一定不会有很大的团结力，结果屈服于威力之下了。"这些都是很精明的见解。Scherer 的选本有Mrs Humphry Ward的英译本，可惜关于宗教同哲学的冥想选得太多，关于露出作者性格的地方选得太少，因此那个选本好像玄学密雾里间或闪出几线电光，这可以说是偏于教训的选家的最大毛病。一九二二年Bouvier 先生刊行一种增订的本子，内容比以前选本丰富得多了，现在他又将Amiel 的日记里提到他的爱人Philine 的那些部分搜集在一起，将一个意志薄弱的人的恋史呈现在我们眼前，仿佛是Turgeniev[1] 新写的一部长篇小说。

Amiel始终是个单身汉，他年轻时候还研究无谓的道学，以为性欲是件很不干净的东西。他把性的冲动这样子压制了几十年，结果虽然没有坐禅老火，少年的意气已经销磨殆尽了。当他三十九岁时候，他日记里有这么一段："我绝没有抓过现实，绝未曾严重，兴奋，欣然从事，决然占有过。所以我的精神这么委顿。我的脚爪已剪去了，我的长牙已锯断了，我的鬃毛已剃光了；狮子变成个嗫嗫的走狗了。欲望同意志是男性的特征；我仿佛失掉我的男性了。我这种普遍的软化也许是由于我的完全戒欲。没有受过宗教洗礼的童男真是不幸：他们简直坠落成阉人了。白天做梦的人们真是不幸；他们让一切东西都消失了。"刚好在这时候有一个二十六岁的寡妇Philine跟他通信，后来他俩常常当晚上十点钟左右在月光底下散步，开头完全谈些严重的事情，订为纯洁的朋友，

---

[1] 屠格涅夫。

最终整个人沉醉于温情里面去了。但是甚至于当这位年轻伴侣让他尝一尝肉体的快乐时候，他还是在那儿默想，在那儿观察自己，他最后的结论是"妩媚同快乐是女人礼物最不值钱的东西：她的心比起她的美貌，真是一百倍的更值钱。要沉醉于美，一个人必得去找雕刻家同画家，要追求感言上的逸乐，一个人必得去找诗人"。从这里我们可以看出他的奇特心理。他年轻时候就常到Martial[1]，Byron[2]这班歌颂美酒、妇人同歌声的诗人的作品里去求安慰。他还说："人世真正的狂欢只有从宗教可以得到"，但是他对于宗教也有许多不满的地方，以为尚未尽美尽善，所以好像也是不值得人们的一顾的。他同Philine有时亲近，有时疏远，不即不离地过了十几年大概可说是恋爱的生活，但是每提及结婚问题，他就觉得有无数的难关，不是Philine性格上有什么缺点，或者恐怕会有缺点，就是他自己的心境不对，或者恐怕会不宜于结婚的生活，一再考虑之后，种种计划都烟消云散了。同时他还认得许多女人，对于她们也是这样子始终游移于爱人和朋友的关系之间，有时高兴，有时悔恨，永远没有一个明白的表示。这些女朋友里跟他最亲近的，除开Philine外，要算是Egeria了，据说Philine老年时候去找Egeria，两人一齐死去，各人的脸孔都贴在Amiel在柏林时候穿的一件蓝色的天鹅绒衬衣上，假使Amiel尚在人世，不知道他会多么沉痛地把自己再仔细分析一番呀！

这个选本最大的好处是编者不单将提到Philine那几段集在一起，而且把稍微有些相关的地方都列入，这样子使我们能够了解他当时的心境是怎么样，因此能够有个更具体的观念。这个选本虽然没有包含Amiel对于一般事物的意见，但是让我们看出在爱这个热烈情绪之下的Amiel是怎么样，这于我们了解Amiel上可说有极大的帮助。Amiel的确是个值得我们仔细去研究的人，他的苦闷有许多是属于所谓近代人的悲哀，徘徊于歧路上的我们很可以从他精密的观察得到一些启示，在这个千灾百难的人生途中这总不能算不无小补吧。

---

[1] 马提雅尔（约38—约104），罗马诗人，以写铭辞闻名于世。

[2] 拜伦。

第四章

迟来的西风

毕克司达夫先生[1] 访友记

斯梯尔 原著

有些人有许多快乐同玩意儿在他们的手头，他们自己却没有享受。所以有谁把他们本有的幸福说给他们听，使他们注意那容易忽略的好运气事情，这倒是一件仁爱的好事。结婚了的人们常需要这么一个教导者；他们看着自己的单调不变的生活情形，悲闷着喃喃埋怨，愁苦地度过他们的时光，但是由别人看来，他们的生活却包含着人生上一切快乐的综合，又是远离人生各种苦痛的躲难所。

我所以想到这点是由于去拜会一个老朋友，他是我的旧同学。前星期他同家眷到城里来过冬[2]，昨天早上他打发人来，说他的妻子请我去列席宴会。我在他屋里同在自己家里一样随便，他们一家人都知道我心里是希望他们好的。我到的时候，孩子们是那么高兴地来迎接，我当时的快乐真是说不出来。当他们猜出打门者是我的时候，他们争先恐后跑出来；跑输了的小孩赶紧回转去告诉他的父亲，说毕克司达夫先生

---

[1] 这是斯梯尔的一个假名。

[2] 英国有钱人家多半夏天到海边或山上去避暑，冬天就到都会去过冬，因为那时候城里特别热闹。——译者注。

来了。这回是一个美丽的小姑娘带我进去，我们起初以为她一定不认识我了，因为他们一家不到城来已经有了两年。她居然还认得我，这变做我们谈天的一个大题目，我一进门就谈这件事情。这说完了，他们和我开玩笑，说出成千成万关于我同一个邻人的女孩结婚的小故事，这些都是他们在乡下听到的。那位先生，我的朋友，就说，"不对，若使毕克司达夫先生娶他朋友的女孩，我希望我的孩子会优先被选；这位玛利姑娘现在十六岁了，嫁给他将来定可做个再好不过的媳妇。但是我十分知道他，我晓得他的心给我们青年时节那班社会之花的影子迷住着呢。他对现在的美人连瞧一眼都不瞧。老朋友，我记得当宅拉敏达[1]占住你的心时，你一天中多么常常回家去洗脸换衣服。当我们来城坐在车中，我还背诵出几首你赞她的诗，给我妻子听了。"这样子回想些久已过去的零碎事情，我们快乐地吃了精美的大餐。吃完了后，他的太太同小孩们全都离开房子。他们一走去，只有我们两个人在的时候，他就拉着我的手，说："我的好朋友，看见你，我心里非常愉快；我曾担忧过你也许不能再和我们全家像今天吃饭这样相会了。你觉得我们这好主妇同你从前由戏院出来跟着她走去，替我找出她的姓名的时候，有什么变更没有？"他说话时，我看见一滴眼泪由他的面颊流下，这很感动了我。因为要故意转过话路，我说："她同从前实在有些不同，那时她退还我代你送的信，口里说道，因为她是上等社会人，她希望我不要再被人利用来和她捣乱，她并未曾得罪过我；请我好意劝那位朋友不要再干这万不会成功的事情。你或者还记得，那时我以为她所说的是出于真心；你于是不得不找你表哥老威设法，他教他的姊妹为了你同她结识。你不能希望她老是十五岁那么年轻。""十五岁！"我朋友答道，"啊！你这过独身生活的人[2]简直不能了解真真被人家爱的快乐是多么广大而甜蜜

---

[1] 这是个意大利的名字。十七八世纪的文人爱用意大利名字来叫他们所喜欢的女子。——译者注。

[2] 凡是做小品文章的人，多数都装说自己是个单身汉而且是饱经世故的老人，因为单身汉同老头子对于一切事情常有种特别的观察点，说起话来也饶风趣。——译者注。

呀！天地间最美丽的脸貌，不能像我看到这好妇人的时候似的，在我心中引起同样的快感。她脸上颜色的衰老多半是因为我生热病时她看护着劳苦了的缘故。跟着她也病倒了，这病去冬差一点就要把她带走。我老实告诉你，我感激她的地方太多，我对她现在的健康免不了万分关心。至于你所说的十五岁，她现在每天给我的快乐，是从前她美丽还在我也年富力强的时候，我所没有尝到的。现在她每时刻给我新例子，证明她是多么顺从我的癖好，对我家产是多么节俭留心。由我的眼睛看来，她的容貌比我头一次看她时还美；她脸上的衰老处，我都能由现出那时候起，说出这是那一回她对我的安宁上的大关心所引起的。所以同时我觉得从前对那过去的她的爱情是被我对现在的她的感谢增加热度了。妻子的爱和平常一般叫做爱的无聊情绪一比较，有雅人的秀美微笑与小丑的粗声狂笑的不同。啊！她是无价之宝。她管理家事，只怕找到别人的错处；这样子她使仆人像小孩一样地顺从她；我们最低级的仆人做错了事，都有自觉羞耻之心，那在别家小孩子里有时还找不出。我坦白地对你说，老朋友，从她那回病后，以前给我极端快乐的东西，现在倒使我烦恼。譬如小孩子在隔壁房子玩的时候，我由那脚步的声音，认出是这班可怜的小孩，心里就盘算，若他们在稚年失去了母亲，他们怎样办呢？以后我讲打仗故事给男孩听，问女孩洋囡囡的现状，同它和她谈了什么话没有等各种快乐全变作心里的思虑同愁闷了。"

他正要这么悱恻地往下说，我们的好太太进来了，面上现着说不出的甜蜜告诉我们，她刚在自己房里找些非常好的东西，来招待像我这样子的一个老朋友。她丈夫看她笑容满面，喜欢得眼睛发光；我看见他的恐惧立刻烟消云散了。这位太太由我们脸上的神情觉察出刚才我们有特别严重的谈论，看了她丈夫的强为欢笑，很担心的同她招呼的样子，就立刻猜出我们谈的是什么东西；微笑地向我说："毕克司达夫先生，他告诉你的话，一点也信不得，若使他对身体只管像到城以后这么不小心，我真是常常允许你似的，可以活到再嫁给你。你要知道，他对我说他觉得伦敦这地方比乡下更卫生得多；因为他看见有好几位老朋友旧同学在这里还是很年轻，美丽的假发后面有着满头的真发[1]。今早我差不多不能阻止他打开胸扣[2]到街上去。"我的朋友一向非常爱她这种有趣的滑稽，便叫她陪我们坐下。她态度雍容地坐下，这态度是聪明女人特别有的；为着要保持她带来的快乐空气，她转过来同我开玩笑。"毕克司达夫先生，你记得你有一夜从戏院里跟我一同出来的；你明晚带我往那里去，领我去前排坐，好不好。"这话引起了我们大谈一会现在已经做了母亲，而二十年前在戏厢里出过风头的美人。我同她说："我看着很高兴，她把她的许多美丽传了下来，我相信无疑，在半年之内她的大女孩子一定会变做被人举杯祝饮的姑娘了。"[3]

我们正在把这位姑娘的幻想的高升拿来说笑，忽然间我们被鼓声吓住了，立刻走进我的教子，要给我奏一曲军歌。他的母亲半笑半骂地要把他赶出，可是我不肯就这样子同他分开了。同他谈起，我才知道他高兴时候，虽然有些吵闹，他有他的好本领，凡是八岁以内小孩所知道的学问他全懂得。我发现出他是《伊索寓言》的历史大家；但是他明白地告诉我他的意见，他不爱这门学问，因为他不相信那些事是真的；因此我晓得在最近一年他念的东西多半是"希腊的白里安力斯先生"，"瓦轶的葛勇士"，"七豪杰"[4]同这么大年纪要看的别个历史家。我察出他父亲对儿子的大胆出众很满意；至于这种娱乐对他是有益的，我由他的批评里看出，那些话他一生都用得着。他会告诉你约翰·黑曲术利夫提处理事情不对的地方，对于撒生敦的毕比斯的坏脾气表示不满意，爱敬圣乔治，因为他是英国的保护神；这样子他的意思渐渐不知不觉地在谨慎、道德同名誉各个观念的模型里熔成。我赞美他的能干，他母亲对我说，今早邀我进来那小女孩在她自己方面比他还渊博。她说倍蒂多半注

---

[1] 十八世纪上等社会的人，都戴着假发（periwig），所谓fullbottomed，就是在假发里面有满头的真发。——译者注。

[2] 胸前没有扣紧，故意学年轻人的样子。——译者注。

[3] 英国习俗，年轻人在酒酣耳热时，常高举酒杯，祝当时美人的健康，一饮而尽，在座的也陪饮。——译者注。

[4] 这些都是英国小孩常看的故事里英雄的名字。——译者注。

意神仙鬼怪的事；有时在冬夜把女仆都吓得不敢去睡觉。

　　我同他们坐到很迟才散，有时讲些快乐的话，有时正经地谈论，始终有一种特别的快乐，这快乐使一切谈天真正发生乐趣，就是我们大家都觉得有一种互相亲爱的情调。我回家，心里想着结婚生活和独身生活不同的地方；我不妨老实说，想起无论什么时候我一死去，没有一点痕迹留在后面，这情形使我暗暗地焦心。抱着这沉思的心境，我回到我的家庭；所谓家庭者就是我的女仆，我的狗儿同我的猫儿[1]，我的境遇如何，只对他们才有好坏的影响。

　　附注：Steele做这篇文章后过了半月，又写了一篇《续篇》，Mr. Bickerstaff Visits a Friend（continued）叙述Bickerstaff朋友的太太死时的情形，但是写得太凄惨了，有故意使人掉眼泪的毛病，终不如这篇轻描淡写，漫话一日聚会的含蓄生姿。——译者

---

　　[1] 意即没有妻室儿女。——译者注。

黑衣人[1]

哥尔德斯密斯 原著

我虽然爱和人们认识，却只愿意同几个人弄得很熟。我常常说的那位黑衣人是个我喜欢同他做朋友的人，因为我很钦重他的人格。[2] 真的，他的态度沾染些奇怪的矛盾色彩；他可以说是以举动滑稽出名的人民里一个举动算得滑稽的人。虽然他慷慨到像浪费，他在人前却假装是个鄙吝鬼；不管他说多少顶下流自私自利的话，他的心是满涨了无限的爱。我看过他自认是个人类的厌恶者，当时他的脸却因为同情于人们红得发烧；他面容现出怜悯柔情的时节，我听他口里却说脾气顶坏的人所说的话。有人假装仁爱，人道的样子，还有自夸生来具有这副柔软心肠的；他倒是我所看见唯一的人，会好像对自己天然的慈心觉得害羞。他遮盖这情感的努力不下于那班伪君子存起本来冷心肠的费劲；可是在不留心时，他这假面具丢下来了，就是最糊涂的人也会看出他的真相。

在近来到乡间的旅行里，有一次我们偶然谈起英国对贫民的救济，他好像很惊奇为什么竟有人会心地柔弱地呆到去救济那路上碰着的可怜

---

[1] 这篇小品是哥尔德斯密斯所著《世界公民》里面的一篇。——译者注。

[2] 这篇所描写的"黑衣人"就是哥尔德斯密斯自己的人格。——译者注。

人，因为法律替他们的生活既然供给得这么完备了。他说："在每个区立穷人院里，穷人都有衣，食，火同睡的床铺，供给得很完全；他们不至于有什么别的缺乏，就是我自己也不想要什么旁的东西；但是他们好像还没有满意。我真奇怪为什么长官不管他们，不把这班连累勤作者的游荡汉关起；我还奇怪天下找得出去周济他们的人们，因为人们同时心里一定会明白，这样干有些像鼓舞人去懒惰，浪费同做假。若使教我去对一个我稍稍有点关心的人说，我一定劝他千万留心不要给他们的假理由哄住；先生，请相信我的话，他们全是骗人的，他们值得关在监狱里，不接受我们的援助。"

他正要这样继续往下说，严肃地劝我不要犯那我实在不常犯的毛病，一个老人身上还有破烂的绸衣碎块挂着来求我们的怜悯。[1]他要我们相信他不是普通的叫化子，他为着要养活一个将死的老婆同五个饥饿的孩子，逼到干这可耻的生涯。我对这类假话，心里早不相信，他的话不能感动我；但是这套话对黑衣人的影响就大不相同了；我看出他脸孔发生变化，最后这故事打断他那滔滔不绝的演说。我很容易看出他心中热烈地想救济这五个饥饿的小孩，但他不好意思在我面前显出他的弱点。当他的同情和自尊两种情绪相冲突，犹疑未决的时候，我故意向别方看，他就趁这机会给了这可怜求乞人一块银洋，同时为着说给我听，他故意教他去工作谋食，不要再拿这无聊的大谎和走路人麻烦。

他以为我一点都没有看见，所以我们走时，他还继续同起先一样忿怒万分地骂叫化子；他插说些自己惊人的谨慎同俭省的故事，和他点破装假的大本领；他解释若使他做了长官，他对叫化子的办法是怎么样，露出他要扩张监狱来收容他们的意思，告诉我两件乞丐抢妇女东西的故事。他刚要说第三样相同的故事，一个用木腿走路的水手又走到我们面前，希望能够得到我们的怜悯，祝福我们两腿的健康。我打算走过去不

---

[1] 可见这个乞丐是个穷困无以聊生的浪子，所以还穿着烂破的锦绣衣服，下面所说甚多，为妻子故才出此下策，自然是句谎言。——译者注。

睬他，但是我这朋友仔细地看这可怜求乞人，请我站住，说他要我看他多么容易无论什么时候都能揭穿这类欺骗者。

所以他用一种严肃的脸孔，不高兴的声音开始盘问这水手，问他是为了干什么事弄得这般身体残缺，不能再执行他的职务。那水手也同样含着怒气地答道，他从前在战舰上做军官，为保护这班在家里没事干的人，在外面打仗把腿打坏了。听这话，我朋友的那种傲慢态度立刻完全消灭了；他没有话再问；他现在只研究他用什么法子能够偷偷地周济这水手。这事倒不大好办，因为他不得不在我面前保持那坏坯子的面孔。却又要设法去救济这水手来救济他自己心中的苦痛。所以对这个人挂在背后，绳子穿着的几包火柴凶凶地望了一眼，我这朋友问他的火柴卖什么价钱；不等他回答，声音粗暴地向他要一先令的火柴。[1] 水手起初对他的话好像有些惊奇，一会儿心里明白，将所有火柴都给他，口里说："先生，请将我所有的货都拿去，此外我还送你一个祝福。"

我这朋友带着这新买的东西往前走，那种得意神气是描写不出的。他对我说他坚决相信肯以半价出售东西的人，他的东西一定是偷来的。他告诉我这种火柴各种不同的用处；还说一阵用火柴燃洋蜡比将洋蜡拿到火炉里点会多么节省洋蜡。他用劲地说，若使没有什么对他便宜的地方，他绝不会拿钱给这班流氓，同他不至于拔下牙齿送给他们一样。我不知道他这对俭省同火柴的赞美要往下说多久，若使他的注意不转到一个比前面两个更悲惨的情形上去。一个衣服褴褛的妇人，手里抱个小孩，后面背一个，勉强地唱些小调求乞，她的声调是这么凄凉，听的人分不出是唱还是哭。[2] 一个可怜人在深深的苦痛

---

[1] 火柴是非常贱的东西，几个便士就可以买许多，自然用不到花一先令来买，而且在十八世纪先令的价值比现在为贵；所以几包火柴用一先令来买，就是等于给他一个先令。水手起先不明白黑衣人的动机，后来镇静一想，才知道他故意以买火柴来掩盖这慈善的行为。——译者注。

[2] 英国穷女人常在街角屋旁，唱着歌谣小调，向行人要钱，有时还弹奏手风琴和着。——译者注。

里，却要强为欢笑，这情景我的朋友绝对忍耐不下，他的高兴同谈话即刻停住了，这回他也忘记去扮假面目了。甚至于当我面前，他立刻伸手到衣袋里去掏钱来救助她；当他发现他带在身边的钱已完全给从前两个了，读者，你猜一猜他那时焦急的样子。那女人脸上现的哀容赶不上他面上苦恼的一半。他继续掏了好几次，都没有达到目的，等到最后他自己记起，用种说不出的和蔼态度，他将他那值得一先令的火柴送到她手里。

读书杂感

兰姆 原著

"去注意一本书的内容是拿别人脑里榨出的东西来消遣，我却想一个受过良好教育的上等社会人对自己脑里自由地涌出的思想会觉得非常好玩。"

——《重蹈覆辙》剧中福宾汤爵士说的话

爵士大人这句漂亮的机锋是这么深深地打进了我一个朋友的心坎里，他已经完全不念书，因此他脑里天外飞来的簇新思想大有增加。不管我有没有失去我思想出奇的名声的危险，我总要自己承认我贡献不少的时间，去念旁人的思想。在别人的空想里，我做梦地度去我的时光。我喜欢将自己沉溺在旁人的心灵里。我不走路的时候，就得念书；我不能坐着苦想。书籍替我想一切的东西。

我对书籍没有什么厌恶。莎甫斯伯利[1]的文章，我不觉得太细腻

---

[1] 十七世纪一位散文作家，著有许多关于伦理的著作，他的文体优柔雅驯是其长处，读起来音调铿锵，但有时失之无气魄，句子太长。——译者注。

优柔，朱黎山·王尔德[1]的我也不以为太下流。凡是我认做是书的，我都能念。有的带着书的外形，我却不能当做是书。

在这"不是书的书"目录里，我可以数出宫廷起居注指南，袖珍书本（文学的除外），装订好而背后写着字的棋盘，科学论文，历书，法典大全；休谟[2]，吉朋[3]，鲁百孙[4]，必提[5]，孙安·金立斯[6]的著作，以及一切所谓"绅士家里书库不可不备的书"[7]；同福利非亚斯·朱西发斯[8]（那位博学的犹太人）的历史，伯黎[9]的伦理学。这些除开之外，我差不多什么东西都可以念。我的趣味能够这么广大并容，我真要庆祝自己[10]。

看这类"穿着书的外衣的东西"栖止在书架上，像假圣人，霸占真正神龛者，侵犯神殿者，反把正当要排在上面的赶了出来，我自认这件事使我很愤怒。拿下一本装订得好像书的东西，心里希望这是个心地温和的剧本，翻开那"像书叶子"的东西，突然碰到一个憔悴凋零的《人

---

[1] 十八世纪小说家Fielding著有小说，叙述一个流氓由他的出世到上绞台的历史。全书描写堕落生活，形容入微，使人看着仿佛有一担阴郁之气压在身上，但是于性格的描写，确是入木三分，作者气魄之大，任何读者都会佩服。——译者注。

[2] 十八世纪的一个哲学家，文笔比较枯燥些。——译者注。

[3] 十八世纪的一个历史家，他的《罗马衰亡史》是一部不朽的杰作，他的文本雄丽壮伟，词句波澜起伏，为一代文宗。——译者注。

[4] 十八世纪的一个历史家。——译者注。

[5] 十八世纪的一个诗人。——译者注。

[6] 十八世纪的一个诗人兼小品文家。——译者注。

[7] 这是书店做广告时用的话。——译者注。

[8] 一世纪的一个犹太历史家。——译者注。

[9] 十八世纪的一个哲学家兼政治家。——译者注。

[10] 英人相信，小孩生下时候，天上所照的什么星与他一生的性情命运都有关系。——译者注。

口论》[1]。希望得一本斯蒂鲁[2]的文集或者法夸尔[3]的喜剧，却遇着——亚当·斯密斯[4]。看到那笨傻的百科全书（"大英"的或"京师"的[5]）整部好好地排着，用俄罗斯或摩洛哥皮装饰[6]，当那好皮的十分之一就够把我那冻得发颤的大书舒服地再穿上一层外衣；使巴纳西鲁沙斯[7]面目一新，破旧的来门·鲁立[8]也能在世上重复旧观。我每回看这班冒充者，总想把它们的衣服剥下，将这抢来的东西盖上我那穿百结衣的老书，使能得到温暖。

有坚固的背脊，清清楚楚地订着，这是一本书不可少的条件。然后再谈到华丽。就是办得到讲究华丽，我们也不应该毫无分别地花费在一切书的上面。好像，我不情愿把一套杂志穿上整整齐齐的衣服一样。便服或者半装订（老是用俄国皮做背脊）是"我们"的装束。将一本莎土比亚或密尔敦（除非是第一版）盖上艳服，完全是纨绔虚荣爱慕浮华的行为[9]。这种浓妆不能增加它们的价值。说来也奇怪，这种外表（这外表是那么普通的）不能引起快感，也不会增加书的主人占有的愉快。还有汤姆生[10]的《四季》这本诗集最漂亮的时候（我是这样主张的）是有些撕破处同折卷的页子。由一个真真爱念书的人看来，"流通图书

---

[1] 一本憔悴凋残的人口论（人口论是说人口的繁殖学说，上面却加上withering这形容字，字面的意思是那本书破烂得很厉害，但是这字却与人口的繁殖这字相对，所以是双关意）。——译者注。

[2] 十八世纪的小品文家，也可以说是英国定期出版物的开山始祖。——译者注。

[3] 十七世纪的喜剧家。——译者注。

[4] 十八世纪的经济学家，《原富》的作者。——译者注。

[5] 是两部百科全书版子的名字。——译者注。

[6] 俄国或摩洛哥出产的皮，常用做书面。——译者注。

[7] 十六世纪有名的德国点金术家，一个无所不通的大学者。——译者注。

[8] 罗马的一个哲学家。——译者注。

[9] 第一版的莎翁集或密尔敦的作品，极不易得，所以可华丽地装订。如果不是第一版的书，家传户诵，任一书肆皆有，用不着用书皮保护。——译者注。

[10] 是十八世纪初叶有些浪漫派色彩的诗人，《四季》是他的杰作，中多述乡间故事，及田舍风光。——译者注。

馆"[1]的老旧的汤姆·朱黎斯[2]同威克菲尔牧师传[3]的玷污的纸页同破烂的外表是多么美丽，而且，若使我们不因为过于讲究而忘却人类的温情，那种气味（俄国皮以外的气味），也是何等的可爱！这些破书指示出曾经有千个手指快乐地翻那页子！——有的由它们得些快乐的寂寞女缝匠（做帽带首饰的，或者勤作的做女衣者）在她长日工作之后，已经入了深夜，她由睡眠里勉强地偷出一个钟头，一字一字地拼出那迷人的内容，好像将她的烦恼浸在一杯忘川[4]的水里头！谁愿意这些书少有些污点？我们能够希望它们有什么更好的形象吗？

越是好的书，仿佛越不需要精美的装订。菲鲁丁，斯姆立，斯东，同一切这一类自己老是生下新版的书——"大自然的铅版"——我们看它们个本的消灭，没有痛心，因为我们知道这一部书是"万古不灭"的。但是一本同时又好又难得的书——差不多是海内孤本，当它毁坏了。

我们不知道哪里去找普鲁米修斯的火，
能够将它的光重新燃起——

这种书，比方像那公爵夫人所做的《新堡公爵传》[5]——我们来敬重，来保存这样一个宝贝，没有珍贵的匣子会说是够得上，没有套子可以算坚固得够用了。

---

[1] "流通图书馆"，这是十八世纪才有的一种很好的组织，每人按月纳些费，可以向一个共同组织的图书馆，把书拿回来看，这样的机关对于普及教育方面很有用处。——译者注。
[2] 汤姆·朱黎斯所著的一本小说，是他的杰作，有些批评家都承认为英国最好的小说。——译者注。
[3] 这本书是Goldsmith做的，在中国很风行，他的妙处已经用不着说了。——译者注。
[4] 希腊神话，在阴间有一条河，名做Lethe，那河里的水人吃了可以忘却前生一切的事情，所以Lethean cup可以当做"忘忧水"解。——译者注。
[5] the Duchess of Newcastle做的《新堡公爵传》，是兰姆爱读的一本书。——译者注。

不止这类难得的，又没有再版希望的书值得这样看重；就是菲立·史得利[1]，泰禄主教[2]，做散文的密尔敦[3]，莆禄[4]等作家的老版子——虽然我们也有翻印本到处流通，人们有时也谈到它们，可是我们知道它们还没有（将来也未必能够）熔化在我们民族心里，所以不能变做通常的书——这类的书我们还是用坚固值钱的皮装起好些。我并不爱第一次对折版的莎士比亚。我倒喜欢雷和汤生[5]的版本，没有注解，附上的铜版印得非常坏，只可当张地图或者提起书里说的是什么；并没有野心想和原版比赛，所以比那莎氏雕刻木版本还好得多，因为木版本是打算和原版竞争的。我对他的戏剧和国人有共通的情感，所以我爱那最常在人手里翻转的板子。——同这个相反的，堡门和弗烈取[6]的剧本，我非对折本念不下去。八开本看起来觉得恶心，不能使我生出同情。若使这种版本的读者也有念别个诗人通行本的人那么多，那么我也可以喜欢这八开本，不再那么样爱老版了。我没有看见过一个比翻印《愁闷的分析》[7]再麻木不仁的举动。把这古老的伟大老头子的骨头掘起来，用最时髦的寿衣捆着拿来给现代人骂，这又何必呢？哪个不幸的老板会梦想伯敦也有受大众欢迎的日子？[8]——就是下贱的马伦也不能干件再坏的事情，马伦用钱贿赂司图拉福教堂的事务员，让他进去用灰水刷白那带彩色的老莎翁雕

---

[1] 英国十六世纪的诗人，他欢喜歌咏牧羊生活，还做有很好的四行诗。——译者注。

[2] 英国十七世纪的神学家。——译者注。

[3] 密尔敦的散文流传不如他的诗那样广。——译者注。

[4] 英国十七世纪的传记兼历史家，文体奇妙，也是兰姆爱读的作家。——译者注。

[5] 是印行莎翁全集的出版者。——译者注。

[6] 莎翁同时的戏曲作家，他们二人常合编戏曲，所以有许多剧本后来分不出哪一篇是谁做的。——泽者注。

[7] Burton做的，他行文光怪陆离，想入非非，兰姆好奇成性，所以耽读此书不厌。——译者注。

[8] 意思是伯敦的书，一定卖不出去，书店老板免不了赔本。——译者注。

像，那像本来站在那里很粗糙地但是栩栩如生地配上颜色，甚至面颊，眼睛，眉毛，头发，他常穿衣服一切的颜色都画出来——无论怎地不完全，这是我们所有唯一的关于莎翁奇怪形容的记载。他们用一层白垩盖上去。我指——为誓[1]，若使我是瓦亦克州的法官，我要把他们当做一双瞎闹渎圣的无赖，用足枷将这注书家同事务员都紧紧地枷住。

他们——这班捣乱坟墓的聪明人——工作的样子，现在活现在我眼前。

我会不会被人们当做胡思乱想的人，若使我老实地说，有几位我们诗人的名字读起来特别甜蜜，听到耳里另有一种滋味——最少，对我是这样子——比密尔敦，莎士比亚都来得悦耳？或者，莎士比亚这名字在普通谈话里太常用了，弄得走味了。最甜蜜的名字，说起来带着香气的是岂·玛禄[2]，都莱敦[3]，何桑登的都拉门[4]，和考莱[5]。

读一本书，在"什么时候"同"什么地方"读，都很有关系的。在大餐没有预备好以前，剩的五六分不耐烦的时间，谁会想拿《仙后》[6]或者一本安徒留斯主教[7]的训语来填这一点的闲空呢？

在读密尔敦以前，你差不多要先听一套严肃的音乐才行。但是密尔

---

[1] By——，发誓时用的话，如by God等，意思是"上帝鉴之"，此处所以省去代以一横，是因为十七八世纪作家忌用粗熟之语入文，故遇有此类字常略去而代以记号。兰姆虽然生在十九世纪，他却惯喜模仿英国古人，所以也省去这字。——译者注。

[2] 就是Christopher Marlowe，十六世纪诗剧家，莎翁受他的影响很大。——译者注。

[3] 十六世纪的英国诗人。——译者注。

[4] Drummond，是十七世纪英国诗人，因为他住在Hawthornden，所以人家都这样叫他。——译者注。

[5] 考莱，十七世纪的诗人兼小品文家，他只留给我们十一篇小品，但每篇充满着微妙的思想，清新的文句，开英国小品文学的先河。——译者注。

[6] 伊利萨伯时代的诗人Edmund Spenser的作品，文字极华丽典雅的能事，但念起来极其费劲。——译者注。

[7] 十七世纪的英国神学家。——译者注。

敦诗里有他的音乐，那听的人须要有恬静的思想同干净的耳朵。

冬夜——我们同外面的世界隔绝了——温文的莎士比亚不怎么拘礼地走进来了。这时，最好读《暴风雨》或者他自己的《冬夜故事》。

这两位诗人你不得不大声诵读——一个人独念，或者（有时凑巧）有一个人听着。一个以上——那就变做无聊的听众了。

趣味热烈紧张的书，很快地把我们带到说奇事的地方，这种书只好让眼睛溜掠看过去。把它读出声是不行的。我就是听人念那比较好些的近代小说，也免不了觉得万分的不耐烦。

一张报纸念出声来是使人忍耐不下的事。有些银行里有一种习惯（为着省俭个人的时间），让一个书记——他是里头最有学问的人[1]——念出《泰晤士报》或者《纪事报》，大声地把"为公众的利益"的全部内容读出来。用尽如同演说家的本领，那结果是非常无味的。在理发店同客栈里，一个人忽然站起来，拼着字念出一段新闻，他把这个告诉人家像个新发明。又一个拣他自己爱念的也报告一段出来。这样子整张报一块一块地最后全说出来了。少看书的人看字看得非常慢，若使没有这种变通办法，一群里恐怕没有一个人能够披阅完整张报纸的内容。

报纸总是引起我们的好奇心。可是没有一个人放下报纸时，心里不觉得希望。

在那都俱乐部里，穿着黑衣的绅士拿那报纸看得多么久的年代了！侍者不断地叫着，"先生，《纪事报》有人看着。"我真听得厌烦。

晚上到了个客栈——叫好了晚餐——在窗台上找出好久好久以前有些客人一时大意丢在那里——两三本小城的老杂志，带着两人对面的有趣图画——下面写着"伟大的爱人与格××太太"；"屈伏了的唱高调

---

[1] 这自然是句讥笑话，不过指那在书记里比较懂得些事情的人，可是他在书记里却是"鹤立鸡群"。——译者注。

女人与老浪子"[1]——同这一类久已过去了的谣言，天下还有比这个更快乐的事吗？你愿意——在那时候，那样地方——把它来换一本更好的书吗？

最近瞎了眼睛的可怜的杜宾对于不能阅览严肃作品倒没有什么痛惜——《失乐园》同《可吗斯》这类书他可以教人读给他听——但是他却失去了那用自己眼睛飞读杂志或者滑稽文章的快乐。

我就是在大教堂严肃的甬道里，独自读《戆第德》[2]时候，若使给人看见，我也不怕什么。

我有一回很舒服地躺在草上，在樱草山[3]（她的新使拿）被一个很熟的小姐侦出，在那里读——《拍买拉》[4]，我记不起有过比这个更可笑的惊讶。书里并没有说什么话，使一个男人看起来，觉得真真地害羞；但是当她坐在我旁边，好像决心和我同念，我真望它是——一本别的书。我们很要好地同念几页；她觉得这作家不合她的口胃，站起来——走了。温和的研究人们动机的学者[5]，我让你去猜赧颜（我们中间有一个脸红了）在这两可的情形，到底是属于这位仙女，还是发生在我这田舍少年。[6]你绝不能由我得到秘密。

我不大喜欢在户外读书。我不能够收下心读下去。我认得一个主张

---

[1] 主张纯粹精神之爱，超乎肉体之爱情，但俗人讥笑他这种学说，所以把他当作"唱高调"解了。——译者注。

[2] 法国服尔德所作，有讥笑宗教的论调，因为尔德是个怀疑主义者，此书徐志摩先生有译本。——译者注。

[3] 希腊神话中Venus（青春的神）常到的山，兰姆以这位小姐来比青春的神。——译者注。

[4] 十八世纪小说家Richardson著的小说，述一女仆名Pamela，她的主人Mr. B. 要她做外遇（Mistress），她坚执地拒绝，利诱威逼，终不能动。Mr. B. 佩服她的贞洁自爱，后来正式娶她。这部小说完全是她写给她父母的信。——译者注。

[5] 一种于一切的行为专考究良心（动机）为何的人，议论精明，但达近于诡辩。De Quincey有一篇有名的小品，论casuistry，此处只作"研究人类行为的学者"解。——译者注。

[6] 英国十七八世纪文人好以牧羊郎自况，来做情诗或他种诗歌。——译者注。

神位唯一派的牧师[1]，他常常在早上十时同十一时中间，在雪山（师金吕街那时还没有出世）读一本腊得律[2]做的书。这种忘却一切环境的能力，我自认是办不到的。[3]看见一个挑夫的绳结或者一个面包篮会将我所知道的神学全由我脑里赶跑了，使我弄得比不知道五要点还坏。

还有一种路旁书摊的读者，我每次想起这种人总要动情——那班可怜的先生，没有钱来买书同租书，由那排着书卖的摊子上偷些学问——老板，用他厉害的眼睛，老在那里不高兴地看着，心里想什么时候他们才不看。悬心吊胆地冒险着，一页又一页，无时不在预期那老板会下个禁谕，但是他们又舍不得那种快乐，他们这样子"捡来些充满恐惧的快乐"。马丁·伯就曾这样每天念一点，读完两卷克拉力沙[4]，那时管摊子的冷下他这可赞美的野心，问他（这是在他年轻时候）到底想不想买那本书。老马说他一生中无论在什么情形之下，没有念一本书，有那次不安的偷看的一半趣味。一个现代奇怪的女诗人[5]对这问题用两首非常动情，但是很朴素的诗来歌咏：

> 我看见一个眼睛充满热烈希望的小孩
> 在书摊上翻开一本书来，
> 读时节好似想一气念完；
> 开书摊人看见这样，
> 我听见他很快地向少年招呼，
> "先生，你从来没有买过书，
> 所以请你不要在这里看书。"

---

[1] 反对主张三位一体的教徒。——译者注。

[2] 英国神道学家。——译者注。

[3] 这句有双关意，一是牧师独行慢读，和路人毫无接触；一是他驰心于神圣之言，忘却俗世的纷扰。——译者注。

[4] Richardson著的一篇很长的小说，共九大本。——译者注。

[5] 指Lamb的姐姐Mary Lamb。——译者注。

小孩慢慢地踱开，叹口气，
满望他从来没有认过字母，
他就不会用这老东西的书了。
穷人有好多苦痛，
富的永远没有尝过：
我不久又看见一个小孩，
他脸上好像老是饿着，
那天最少是没吃东西——
他对着酒店的凉肉用着眼睛享受。
我想这个小孩的情形必定更苦，
这么饿着，想着，这样一个便士也没有，
对着烹得精美的好肉空望：
他免不了会希望他生来没有学会吃东西。

青年之不朽感

哈兹里特 原著

　　没有年轻人相信他将来会死，这是我兄弟的话，真是一句妙语。年轻人总觉他是能够长生不老，这情绪就可以赔偿我们一切的苦痛。青春时期的人可以说是个神仙。一半的光阴固然是用过去了——但是我们还有另一半预备着给我们用，包含了无穷的宝贝，因为我们不能够划清一条线，说下半生是那时截止，而且我们的希冀同愿望又是没有限度的。我们把将来都算做是我们的——

　　　　我们前面浮现有浩大无边的风光。

　　死同老变成没有意义的字，不过是梦幻的东西，和我们满不相干的。旁人挨过或者现在正受死和老的苦——我们却像有一种神秘的生命，敢对这些无聊的空想嘲笑。像一个快乐旅行开始时节，我们睁着热烈的眼睛前望，

　　　　　向远处的美景欢呼。

　　我们走时，新东西接连地现在眼前，好景后面又有好景，简直没有尽处，同样地在我们生命起首期间，我们有不尽的愿望，我们以为满足

愿望的机会也是无穷。我们还没有碰到障碍不想歇步，仿佛我们可以永久这样前进。我们环视这充满生机进步不停的簇新世界，自己觉得也有精神力气可以跟它同走，我们现在看不出什么预征来推测将来我们会落后衰颓到变做老人，最终坠到墓里去。这是青春时我们知觉的感单性，也可以说是抽象性[1]（我们可以这样讲），使我们同自然合一，（因为我们经验既少，情感又强）使我们想能够同自然一样长存不朽。我们痴痴地恭维自己，以为我们这种和生命暂时的结合会永久不破。像小孩微笑着睡觉一样，我们在期望的摇篮中[2]荡漾着，被环绕四旁的世界声音弄得静默地住在梦想的安全无忧境界里——我们焦渴地去饮生命之杯，并没有饮完，快乐同希望好像老满到杯缘地盛在杯中——一切东西紧紧地围着我们，我们心中只去想这些东西的广大复杂同它们引起的欲望，所以我们没有空去想到死。我们这种醒时做的好梦太新鲜灿烂了，我们的眼睛太迷眩了，我们因此看不见那躲在远处等着我们的暗淡影子。就是说我们看见了，生命是这样紧地把我们擒住它也不许我们分心那里去。我们真太给现在的物事吸引了。当青春的精神还完好无缺地存着，在"生命的酒饮干"[3]以前，我们好似喝醉了酒，或者有热病的人，给自己强烈的感情带着走：一定要等到对当前的事物，开始觉得乏味，爱干的事也灰心了。最密切的关系也割断了，我们才渐渐地忘却这世界，感情也没有那么猛烈地抓着将来，我们慢慢开始惨淡地想我们同世界永久分离的可能性，好像由一面镜子里看出。在那时期以前旁人的例子不能影响我们。不测的变故，我们避着不想；老年慢步的袭来，我

---

[1] 年轻人多半偏于理想，对于一切事情缺乏具体的了解，所以说"年轻人情感的抽象性"。——译者注。

[2] 年轻人整天在希望里做梦，虽然世上波涛汹涌，也能够快乐地嬉笑过日，所以希望是我们的摇篮，使我们获得片刻的安眠。——译者注。

[3] 把生命比做一杯酒，我们一天一天过去，好像是一口一口细尝着人生的滋味，及至真懂得人生味道的时候，杯已干了，死的时期也到来了。——译者注。

们对他要捉迷藏。像斯天^[1]书里所说那个傻胖的厨子，听到他主人蒲伯死的消息，他唯一的感想是"我却没有死"，我们通常也是这样。提起死这观念不仅不能把我们这自信摇动，倒反将我们现在享有生命的自觉增加力气。别人可以落叶般死在我们的四旁，蔓草也似地被"时间"的镰刀割下^[2]；这些话由那不假思索意气飞扬的耳朵同自负不凡妄加臆断的青春听来不过是几句漂亮的比喻就是了。非等到"爱情"，"希望"，"欣欢"的花一朵朵枯萎在我们四周，我们是不肯弃去以前引着我们向前走的幻影，到那时横在我们面前的空虚无趣的将来才使我们假说地不怕那坟墓里的寂静。

生命的确是一个奇怪的礼物，它的好处是非常神妙的。^[3]所以这事用不着纳罕，当这礼物初给我们时候，我们的感谢，赞美同快乐阻止我们记起我们本身的空虚渺茫，或者想到生命有一天会讨回去。我们生来第一次最深的印象是由对着我们开展的伟大自然得来的，我们不自觉地将自然的永存不灭性同壮丽辉煌处全移到自己身上。才得到世界，我们自然谈不到同它分手，最少也把这想头老是迟延着不提。好似在市场游玩的乡下人，我们心里充满了奇怪同高兴，并不想回家或者天快黑了这些事情，我们只能够根据自己去了解生命，我们又把知识同它的对象混在一起。因此我们同自然打成一片。若使不是这样子，那种幻觉，那种请我们去吃的"理智之宴同心灵之酒"全变做有意的讥笑同残酷的侮辱了。通常看戏要等最后一幕演完了，灯快灭了，我们才走出戏院。"自然"神仙般的宠儿老是美丽照耀在宇宙的舞台上：在这出戏闭幕以前，或者当我们还看不清做的是什么时候，我们也得被召了去吗？像小孩一样，我们被"自然"，我们的继母，捧起看一下西洋镜，不一会仿

---

[1] 斯天，十八世纪的英国的小说家，著有Tristram Shandy等书，以诙谐多感著名。——译者注。

[2] 神话中"时间之神"拿着一把镰刀，表示许多东西随时消灭，好像给镰刀刈去的一样。——译者注。

[3] 所谓生命的"特权"，就是生命所给我们的各种趣味同快乐。——译者注。

佛捧我们她也要费什么力气，又将我们放下了。可是，天下没有一件好东西不显在这镜里，像一个宇宙的跳舞或者大宴会。

　　看蔚蓝的苍天，金黄的太阳，舒卷的大海；走这碧绿的大地，做千种生物的主人；由张开大口的悬岩下望，或者远眺向阳的山谷；看世界像张地图展布在我们脚下；用天文仪把星拿近些来瞧；由显微镜看最小的昆虫；阅读历史，细想国家的革命同时代的递变；听到泰尔，锡顿，巴比伦，同苏沙的功绩，口里说这些全在我以前，现在却全化作乌有了；讲我是活在这一时期，这一地方；做这常动不停的世界舞台的观客，同时又扮一个角色；观察春夏秋冬四季的变换；尝到冷热苦乐美丑善恶的不同；感觉到自然界的变更；细味那耳朵眼睛给我们的伟大世界；静听深林里斑鸠的歌调；旅游高山同泽地；午夜里默聆颂圣的乐声[1]；到灯烛高照的大厅，或者赞美那壮大教堂的沉郁气象[2]，或者坐在拥挤的戏院里看生命本身拿来嘲笑[3]；研究艺术品，将审美能力磨练得使自己苦痛；崇拜名誉，梦想长生；瞻礼教皇的皇宫，诵读莎士比亚的戏剧；积起古人的智慧，再去探索将来；听战场的鼓角和凯旋的欢呼；根据着历史来考察人心的演化；找求真理；主张人道，俯视世界好像时间同自然倒出它们的宝贝在我们脚下——做这么复杂一个人，干这么多事，刹那间化作乌有——这么多的东西像幻影或者耍把戏的东西忽然由我们夺去！[4] 由这么复杂的境地一变变做什么都没有，这一转真够惊吓我们，沮丧那满涨了希望同快乐的少年热血，所以我们远避这令人不安的思想。当开始享乐人生时候，我们丢开这欠债同迫偿的恐

---

[1] 指圣诞之夜礼拜堂里的唱歌班。——译者注。

[2] 大礼拜堂进去很深，光线多半不好，所以有阴郁沉雄的气象。——译者注。

[3] 把真的人生缩小起来放在舞台上，岂不是同人生开玩笑？此句或可解作"悲剧里面，命运故意和人们捣乱，冷酷地在旁嘲笑我们的孱弱无力"。——译者注。

[4] 变戏法人能够将东西忽然变丢了。——译者注。

惧，就没有想起我们最后要还"自然"这笔大债。[1]学是无涯，这我们晓得；我们恭维自己说生也是一样地无涯。我们知道要干一件事，我们遇着无限的困难同停顿；尽美尽善的地步是慢慢得到的，那么我们应当有时间去完成工作。我们所仰慕的大人物的盛名是不朽的；可是我们这班默想这盛名的人也能得些那什么也灭不了的灵气吗？屋能勃兰[2]所画的或者"自然"所表现的一个皱纹，我们要花好几个整天才把它分析清楚，了解中间柔松尖硬的程度；我们陶炼那完好的东西，发阐出自然的奥妙。将来要干的事情有多少！我们已经动手做的工作是多么伟大！在事业没有成功以前，我们要被阻止吗？这样用去的时间，我们不把算做丢了，这样花的劳苦，我们不说是白费；我们没有灰心，也不厌倦，而且对这做不完的工作，我们的力气日日增加。这些我们已经动手，和"自然"也说好了，要干的事情，"时间"会鄙吝地不给我们光阴去弄完成吗？这功败于垂成之际以后的时间，为什么不送给我们呢？我曾经连着几个钟头细看一张屋能勃兰的图画，不觉时间的飞过，只是每回都带着新的奇怪同快乐想，不仅我这一生，就是再有一生也可以这样地过去。这种高雅微妙的生活似乎是不会有终止的，没有限定日期，也并不包含有衰颓的分子。我这个看画的人化做蠕虫的食料后，这画还可以留存好久。死这回事像个完全不合理的，我们平常的健康，力气，嗜欲没有一个情形对这死的观念不是相反的，一定要等到我们的幻觉毁灭，我们的希望冰冷，我们才预备去相信天下有死这一回事。年轻时节一切东西因为新鲜同别的原因特别有力整个地印在脑上，我们以为没有东西可以抹去或者破坏这些印象。这些印象钉在脑中，由我们看来是我们的一部分了。我们相信要去丢这些印象必定用暴力，天然的朽腐是不行的。我们这种信力坚固时，我们好像将长生的快乐在意想中提前享来。所以靠着强烈的领悟，我们熔化几十载做了一刻，用了这关于未来

---

[1] 我们的身体本来是大自然给我们的，所以死去等于"将这笔债还给大自然"。——译者注。

[2] 一个阴影画得工巧的画家。——译者注。

的推测，我们来抵抗时间的蹂躏。那么若使我们生命里一刻就值得几十载，我们对生命全体的价值同长短还要加什么限度吗？我们不是有时对自己的生命没有终点这样事很有把握，当一个人独在一块心里不耐烦想翻些新花样时候，我们对这由我们看来同爬着一样慢的时间步伐真觉厌倦，私下打算倘然时间老是这般蜗牛似地无聊地移动，这时间简直过不完？我们心爱东西还没到手时节，我们多么愿意牺牲这中间的时光，一点也没有想到不久我们会感到时间走得太快了。

至于我自己，我生在法国革命时期，我活到，——唉呵！——看见它的终局。可是我并没有预料到这结果。我的生命跟这自由的曙光同来，我从前没有想到多么快这两件东西都要沉灭。这给人们以热狂的新刺激也给我心一种同样的热情；那时我们都意气雄壮，大可以同跑一趟光荣的路，我万想不到在我的生命还没有尽以前，自由的朝阳居然早已化做赤血或者又落到专制的黑夜里。我自认从那时候起我就不再觉得自己是个青年，因为我的希望跟着也倒下了。

以后我转过心来，把早年事的回忆想零零碎碎地收集起来，写下备我自己有时翻看。我向将来的前进被截止了，我只好向过去找些安慰同鼓舞。所以当我们发觉自己实实在在的生命渐渐离开了我们消灭，我们就努力在思想里去得一个反映的，可以拿来做代表的生命[1]：我们不愿全部沦亡，希望最少我们的名可以传到后世。当我们能够使旁人心里想到我们心爱的思想同切己的事情时候，我们并不像完全退出这舞台。我们在旁人心中还占有地位，对他们生出影响，化作尘埃的只是我们的身体；我们喜欢的思想还是受人欢迎，在世人眼中我们有同样的地位，或者比生时更要出色。这样子，就可以满足我们自爱的要求，一个紧迫毫不放松的要求。而且若使我们知识的优长能够使我们肉体死了，精神不死，那么用我们的道德信仰，我们亦可达到对别人发生趣味，自己生活也可以有更高尚的境界，这样子我

---

[1] 我们的过去同我们的思想都是我们全人格的一部分；把这些写下，也可以做我们的代表。——译者注。

们同时能做天使同人们的伴侣。[1]

> 自然之声是从坟墓之中出来；
> 他们昔日之火焰仍存在我们的灰烬之中。

我们年纪一大，我们明显地感觉到时间的宝贵，真的，别的东西全没有什么重要。我们老是奇怪，已经有过的为什么会变做没有。我们知道许多东西总是一样地丝毫不差：那为什么我们会变老呢。这念头叫我们加紧地抓着现在，使我们深感到我们看见的一切是空虚幻假。失丢了在初尝生活同一切东西时候那种丰满流畅的少年精神，什么都是平凡无味——世界变做一个粉饰的坟墓，外面是漂亮的，里头充满了蠕虫争食同一切的不洁。世界是一个女巫，拿假玩意儿来骗骗人。但是青年的老实，不疑的期望，无涯的欣欢全消散了：我们只打算怎样好好地走出世界，没有碰什么大麻烦或者大祸患。幻觉的灿烂丢了，就是那怡然自乐，对过去的快乐同已灭的希望的回忆也找不到；若使我们办到能够没有受侮辱地走出生命行列，身体也无大损伤地逃出，在归到大虚以前心境可以修养得同槁木死灰一样地恬静安宁，——这就是我们最大的希望。我们不在死时完全死；老早我们已经渐渐地腐朽了。机官随着机官，趣味随着趣味，一个个癖好继续掉去；我们活时节，生就已由我们身上剥去，岁岁年年人不同，死不过是将从前的我们的最后剩下的残碎搁在墓里。我们这样次第消磨下去，一直消到没有，用不着什么惊愕，因为在我们年富力强时期，我们最深的印象也不过暂时留在脑中，我们本是受细微环境支配的动物。我们一生中最好的时期中，所读的书，看的事情，受的刺激对我们生下的影响是多么少呀！试想读本好传奇（比方说，司各德的[2]）时候，我们当时感情的经验如何；多么壮丽，多

---

[1] 人虽然跻身在神仙之列，心却仍留连于人间的祸福。——译者注。

[2] 司各德，十九世纪英国浪漫派的小说大家，著作甚多，以写历史小说（偏于苏格兰及中古时代的）名于世。——译者注。

么有趣，多么使人心碎！你一定猜这些情调可以常留不灭，或者将你的心化做同样气质腔调：我们念时节，好像天下没有什么事情能够搅乱我们这心境，或者使我们感到麻烦：——但是一走到街第，脚上玷污了的第一块泞泥，被人骗去的第一个两便士就够使我们的情调由心中完全隐没去，我们变做微末，麻烦的环境的战利品了。[1] 我们的心虽然向高尚卓越处飞翔，它却总是和卑污的，可厌的以及微小的事情熟识。然而我们还是奇怪老人身体会衰弱，爱发牢骚——少年人的青春会萎谢凋零。实在说起来，天上同人间这两世界合起来，也不容易满足我们过度的希望同骄傲。

---

[1] 读者千万不要误会哈兹里特是主张唯物史观的，他在另一篇小品《思想与行为》里曾主张意志万能的学说。——译者注。

玫瑰树

皮尔·索尔 原著

　　这位老太太对她园里那株大玫瑰树总是很自夸，老爱说给人听，这株树是怎样由一个砍下的枝干长大的，那枝干是在好几年以前由意大利带回来的，当她才结婚时候。她同她的丈夫坐马车由罗马回来（这是在发明火车时期以前），在丝莺娜南边，一段不好的道路上，他们的车子坏了，他们不得不在路旁一个小屋里过夜。房里的设备自然是很麻糊；她整夜没有睡好觉，很早就起来，围着东西，站在窗前看朝阳，那时凉风向她脸上吹着。经过了这许多年，她还记得那明月底下的青山，同怎么样在很远一个山峰上的城镇渐渐地变成白色，等到月亮看不见了，那高山给上升的太阳的红光照着，忽然间那城镇像点着火地发光起来，一个窗户跟着一个窗户抓到，又反射出去太阳的光线，最后全城在空中闪烁着，辉煌着像一窝的明星。

　　那早上，知道当他们马车正在修理时候他们要等着，他们就坐地方用的车到山上那个城镇去，据说在那里他们可以得到更好的住所；在那里他们就滞留两三天。这是意大利小城之一，有高耸的礼拜堂，傲慢自得的大方场，几条狭窄的街道同几处小小的宫殿，整整齐齐稠密地栖止在山巅上，城墙围着一块比英国菜园大不得多少的地方。但是这城是充满了生命同嘈杂，整天整夜地回应出人们脚步同说话的声音。

　　他们所住的那个简朴小旅馆的咖啡室是那小城里名人聚会地方；市长，律师，医生同几个做旁的事情人；他们注意到里头有一位面貌秀美，身材瘦长的好说话老人，一对发光的黑眼睛，雪白头发——体格高而直，还带着少年的态度，虽然那侍者很得意地告诉他们这位伯爵是个年纪很大的老人——真的，第二年就要八十岁了。他是他家里最后剩下来的一个人，侍者继续着说——他家从前是很有声望，很富的，——但是他没有子孙；真的，那侍者很愉快地说，好像这是个那地方人民觉得很荣耀的故事，说这位伯爵曾经失恋过，从来没有结婚。

　　但是，那老绅士却很高兴样子；一看就知道，他对于生人感觉有趣味，想和他们认识。这个和蔼的侍者立刻替他将这事办好，谈了一会，这老人请他们到他的别墅同花园去逛，那是正在城镇的城墙外面。所以第二天下午当太阳开始下降，他们由门口窗口瞥见棕色的山上已经有蓝的影子在那里开展着时候，他们去拜会他。那别墅并不大，一个近代式石灰墙的小别墅，连着一座铺着石卵的花园，里面有一个石池，养些无精打采的金鱼，还有一个月神像，旁边刻着她的猎狗，都靠着围墙。但是使这个园光荣显赫的是一株伟大玫瑰树，这树爬到房子上面，差不多把窗口塞满，使空气充满了她的芬香。当他们赞美这树的时候，伯爵得意地说，这确是一株好玫瑰树，他要同这位太太谈这株玫瑰的故事。当他们坐在那里，饮那他请他们喝的酒时候，他用种老年人快乐的不关心态度提到他的情史，那随便的样子，仿佛他以为他们已经听过了。

　　"那位姑娘住在那山过去的谷里。那时我是个青年，因为这是好些年前的事情。我常常骑马去会她；路是很长，但是我骑得很快，因为年轻人总是性急，这点太太一定知道。然而那姑娘心肠很硬，她要让我等，啊，好几个钟头。有一天我等得好久，生气了，当我在那她告诉我她要回我的园中踱来踱去的时候，我折断她的玫瑰，折了一枝下来；当我看清我所做的事情，我把这枝存在我衣服里面——像这样子——；我回家时，就将这支栽下，太太，你看现在长得多大了。若使太太赞美这玫瑰，我一定要送她一支，也栽在她的花园里；我听说英国有美丽绿色的花园，不像我们这给太阳烧焦了的花园。"

第二天当他们修理好了的马车来接他们，他们正开始由旅馆出发的时候，伯爵的老仆人拿着清清楚楚包好的这下来的玫瑰枝走来，说她主人祝他们一路快活平安。镇里人聚集着看他们出发，小孩们跟着马车跑，跑过小城的城门。起先他们听见后面有匆忙脚步的声音，但是不久他们深深进到山谷里面了；那小城同他里头所包含的嘈杂和生命是高高地站在那山巅。

她将这玫瑰栽住家里，这树老是生长发达得奇怪；每年六月时候，那一大堆的枝叶还是送出充满香气同红色的热情华丽气象，好像在树根树心里还燃烧着这位意大利爱人的愤怒同失望。自然，这位老伯爵一定是死了好几年了；她忘却他的名字，而且起先在早上看见在空中闪烁着像一窝的明星，后来她住在里面的那个山上小城，她也忘记是叫做什么名字了。

采集海草之人

赫德森 原著

　　太阳下山时候，海里吹来的烈风开始使人感觉到寒冷，我站在个沙丘顶上，看底下一个老妇人在低湿的地上匆忙的走来走去——那是一块近海的平地，隔个沙陂就是海；我心里觉得很奇怪，因为她的样子是个衰弱的老妇人，但是她走动——我差不多要说，飞动——过那平湿地面的样子是轻快得出奇，有时停住弯下腰，由地面捡些东西。可是我不能够看得很清楚，使我自己满足：太阳正落到水平线下，空气的朦胧同日暮的冷风，当这又是年暮时候，把一切东西都弄模糊了。走下到她那里，我看出她是个老年人，没有戴帽子的头上有稀少灰白的头发，脸孔瘦黑，形容端正，灰色的眼睛并显不出老气，不动地瞧着我，她这种神情使我忽然间感到一种莫名其妙的悲哀。因为那是没有笑容的眼睛，表现出一种说不出的悲情，头一下瞥见时，我是这样觉得；或者她现在并不悲哀，那不过是悲哀留下在眼睛里的一个影子，当一切人生的快乐同兴趣，跟着一切的情感全舍她了，她也不再怀着什么回忆同希望了。这或者只是我的瞎猜同幻想，但是若使她是个由别一世界来的人我也不会觉得更奇怪。

　　我问她这么迟时候在那儿干什么，她用种悄悄地没有什么高低的声音（那声音里也带了影子）回答说她是采集那生在平坦盐泽的海草，那草的叶子像葱，暗绿色，汁很多。她告诉我这时节刚好采集腌着，搁起来整年都可以用。她带个桶子来装这草，手里拿一把餐刀，把小树连根掘起，她还有一个旧布袋，她碰着的每条干树枝同柴碎都丢在里头。她还说她每年八月底在这同一地方采海草已经好多年数了。

我将我们的谈话延长下去，问她许多话，对她那机械式的答话故意当做有趣味地听着，同时我却想法去探测这对不含笑容，没有人气，不动地望着我的眼睛。

我们谈不久，一阵嘈杂的人声传到我们耳朵里，我们半转过身来，看见一群（说一队还好些）打棒球人由那沙丘旁边他们吃茶的棒球房里走来。女的同男的打棒球人，四十多个左右，零零落落地，有一对同行，有几人一组，望着那边海滩上的"棒球旅馆"走；这是一群非常漂亮的人物，肥肥的快乐脸孔，衣服很讲究，高兴得很的样子，随随便便谈天说笑。有些在旅馆里住，其余的人，有二十来辆汽车在旅馆门口等着，预备送他们回到内地的家里，或者他们暂住的房子。

当他们在离我们站的地方三码以内走过时候，我们的谈话暂时停止了，他们走后，我心中记起他们午后游玩的那块沙丘的历史。那块地方是属一个很老的世家；有人说，从诺曼民族征服英国的时候起，他们就占有这块地方；但是这家家长现在穷了，没有房产在伦敦，没有煤矿在威尔士，除租给人耕种的二三万英亩田外，没有别的收入来源。实在说起来，就是这样子他也不会穷，若使没有那班儿子，他们爱城市里的快乐生活，在那里他们或者有私房子。最少，他们养有比赛用的马，自己有汽车，天天在最好的俱乐部过活，年年他们要这忍耐的老父替他们还赌债。把这么可敬的家长处在这样情形中，这真是苦痛的地位，他的朋友邻居都很可怜他，说他是那郡里最好最老的世家的一个好代表。但是他逼到不得不尽他的能力弄成个出入相抵，他因此所干的小事之一就是建设这沙丘上面一英里来长的棒球场，位置在海同沿海的老村中间，还盖座棒球旅馆，吸引各地的来客。这样子偶然地把村里人到海最短的旧路截断了，那个荒野的沙丘，从前可以算是他们的空地同游戏场，他们当公地用已经好几百年了[1]，现在也由他们手里夺去。人们警告他们，吩咐他们到海岸要用另一条路，那路由乡村走起要走半英里多。而且他们一向是驯良听命，没有露过怨声。真的，那管理田地人要他们相信，他们有许多理由对地主应当感谢，因为偿补他们所受的些许不方便，他们有打棒球人在这里，有些村里小孩会被雇去当拿珠棍的差事。然而我看出他们并不感谢，只是以为他们受了人们的欺侮，这件事使他们痛心。

当打棒球人流水般走过时候，我记起这么多事情，心中想不知道这个可怜妇人会不会和她的同村人一样对这班人秘密地怀一种恶感，因为他们剥夺了村人们沙丘的使用权，在那松松的黄沙上面，荒草丛中步行，闲坐或者躺着，村人已经成个习惯好几代了；他们又截断村人到海最近的路，那里村人每天去找些柴同海浪抛上岸的一切东西，这些对他们穷苦的生活都有帮助。

我暗自忖着，若使她会存些恶感，那看到这群高兴快乐的打棒球人向着他们的旅馆，汽车同奢华的家庭走时候，这一对不变的眼睛一定会有变化。

但是我虽然很近地注意她的面容，一些变化也没有，就是恶感或者任一情感的顶微痕迹也找不出，只是以前在眼里的悲哀影子还在那里，她那固定的眼睛好像一个囚着的鸟兽的眼睛，注视着我们，然而又不像是看我们，倒是看穿过我们，看到我们背后的东西。他们都走过了，我们也谈完了，我把钱放在她手上，她的神气老是那么样子；她没有笑容地对我道谢，那悄悄地没有什么高低的声音同她答应我问她关于海草时是相同的。

我又走那山顶，向下望又看她像我起先看她一样，不过更模糊些，轻快地像飞蛾或者像鬼魅行动着或者飞动着，在那低平盐田上面，还在冷风里采取海草，那时我心里想的是，这个我正看见，起先对谈过的人

---

[1] 英国于城市，乡村，皆有公地，供人民随便使用，这样的地就叫做 common。——译者注。

是一个非常像鬼的人，无论如何是一个描写不出的灵魂，像风景画家没法描摹只好置之不理的一种水天大地所生的空气气象一样。为自卫起见，风景画家练出一种本领，叫做"眼力的迟钝"：可以说他用手指塞着耳朵，免得听到那跟着他，讥笑他可怜的有限能力的嘲笑声音。用笔来传达印象的人是差不多同样地不能成功：像上面所说这件事，尽他力之所能只是努力将他当时心中所引起的情感传达出来。

让我现在说一种人，他练习他的眼睛，（不如说他的眼力不知不觉里自己练习。）他要由他所碰的多数脸孔里去探出些他们的内心生活，不管多么微小。这样人不能够走完司特能街同弗立街或者奥士福街，而不很惊奇地遇着一种脸孔，那里面所包含的悲剧同神秘分子和那半露出的奇怪消息会缠绕他的心中。但是这印象不会盘占他的思想很久；另外一个使他不得不注意的脸孔跟着来，一会儿又有一个，这么多的印象不久却全由记忆里消散去了。可是有时，隔了好久时间，或者五年一回，他会逢着一个脸孔，老是缠绕他心中，那显明的印象好几年都不会丢失。这种脸孔同眼睛和我那清冷的黄昏所碰的采集海草的女人是同类的；但是那里面的神秘始终还是个神秘。

伉俪幸福

斯梯尔 原著

　　我的妹夫脱兰启拉斯离开了伦敦，要好几天才能回来，我的妹妹真妮遣人传话，说她想来望我，和我同餐，所以最好是没有别人在座。我就照着她的话办去，看她端庄地，俨然一家的主妇样子走进房来，我心里的确非常喜欢，我想这种态度于她是很合宜的。我一看就晓得她有好多话要对我说，从她的眼睛同脸上的神情，我很容易猜出她心中是十分满意，正欲说给我听。但是，我已经下了决心，要让她自己讲出那一套话，因此她不得不用千般小计同暗示，希冀我会向她提起她的丈夫。一看到我是决意不说到他的名字，她只好自己先说出来。"我丈夫，"她说，"问您的好。"我仅淡淡地答道，"我希望他也很好。"不等她的回话，立刻又谈到别的题目上去了。最后她真生气了，微笑着，含嗔带恼样子，我从来没有看见她有这样可喜的风姿同豪爽的气概，她对我说："我真没有想到，哥哥，你的性情是这么乖僻。我一进了门，你就知道我是一心一意打算来同你谈论我的丈夫，你却偏不肯给我机会，这也未免太狠心了。""我不知道，"我说，"也许你讨厌这个题目。你总不至于以为我是一个陈腐古板的老头子，款待一个年轻姑娘时候，会用她的丈夫来做谈话题目。我晓得她所最喜欢听的是谈论她的未婚夫，但他变成了她的丈夫，我们去谈论呵，（就要讨没趣了！）真的！真妮，我并不像你所想的那样子不懂礼节。"听着我这几句调侃，她稍稍有些不悦神气；从她这种昂头自许，愤愤不平里，我看出她期望人们此后不再看她是真妮·的斯塔夫姑娘，却是以脱兰启拉斯太太之礼待她。她这种新心境我也很喜欢；跟她闲谈几件事情，我免不了觉得她丈夫的癖性同态度很显明地现在她的论断里，她的辞句里，她的声调里，甚至于她脸上表情里。这使我感到不可言喻的快乐，不单是因为我替她所找的丈夫能够教她这许多值得赞美的举动，并且因为她这样模仿他我认为是她整个心儿爱他的最好表征。这种推测我未曾看见有不应验过，虽然我记不起有谁说过这个意思。女性天生的害羞使她不便向我明说她自己的爱情是多么热烈；但是当她描摹他的性格给我听时候，我很容易窥出她的真情。"我所能希望的好处，"她说，"脱兰启拉斯真是完全具有；你先前告诉我一个良好的丈夫会给他的妻子以爱人的眷恋，父母的慈爱同朋友的亲密，这些快乐我全能够由他那里得到。"我不禁狂欢，看她说时候双眼满溢着挚爱的泪。"好妹妹，"我说，"得到这样一个人是不是比在跳舞会里，集会里，穿着妖娆的衣服做出小小的胡闹快乐得多，我从前却费了天大的劲才劝服你看轻那些东西。"她微笑地答道，"脱兰启拉斯在几个星期里说得我痛悔前非，变成另外一个人，虽然我恐怕你就是劝了一生也做不到这样地步。老实地告诉你，我现在只有一个恐惧徘徊在我心里，常常当我在万分满意之中，使我顿然感到烦恼：你一定知道，我怕的是在他眼里我不能够永久保存像目前这么可喜的模样。你知道，毕克司达夫哥哥，你有魔术家之名，若使你能够传给妹妹一种驻颜的秘术，我的快乐真是胜过于我做了大千世界的主人，就是你在星夜里指给我看的，——""真妮，"我说，"用不着向魔术求助，我要教你一个简单的法则，绝对能够担保你要像脱兰启拉斯那样钟爱你的性情又温和又合理的男人眼里始终是一个可喜的人儿。努力于取得他的欢心，你就一定会得到他的欢心；永久保存着你现在求这种秘术时候的心情，我敢包你绝对不会有需要这种秘术的机会。一种不可侵犯的贞节，欣欢的心境同温和的性情在标致庞儿的各种娇媚引力失丢之后，仍然能够继续存在，并且会使她的爱人看不出她容颜的渐渐衰老。"

关于这点我们谈了好久，我俩同样地喜欢讨论这个问题；我要承认，因为我很深切地爱她，所以当我为着她的好，去教导她时候，我觉得非常快乐，她自己接受这些教训时也是同样地快乐。因此我就将这类意思恳切地开导给她听，告诉她我自己偶然晓得的一段奇怪事情的经过。

有一回，我们几个人正在乡村的一位朋友家里宴饮，教区里礼拜堂的下级职员稍有些惊愕神气走进房来，告诉我们，当他在圣坛旁边掘墓时候，他的鹤嘴锄轻轻一击，却打开了一口朽烂的棺材，里面有几张写着字的旧纸。我们的好奇心立刻动起来，就走到这位下级职员刚才工作的地方，看见一大群人围着墓旁。内中有一位老妇人告诉我们埋在里面的是一位贵妇，至于她的名字，我觉得不便提起，虽然这段故事没有一点不是增加她的荣耀。这位贵妇过了几年伉俪之爱的模范生活，她丈夫去世后没有多久她也跟着死去，她的丈夫在道德同感情两方面可以说都配得上她的性格，她弥留时要求他所写给她的信，结婚以前同以后，全要埋在棺材里，同她在一块儿。我检查后，知道所说的信就是我们面前这些旧纸。有几封因为过了这么长的时间，变成破碎不堪，我只能东鳞西爪地瞧出几个字，像"我的灵魂！白百合！红蔷薇！最亲爱的天使！"这类的话。有一封是全篇都可以看得清楚的，内容是如下：

小姐：

若使你想知道我的爱情是多么热烈，请你想一想你自己是多么美丽。你那如花的庞儿，雪般的酥胸同婷婷的身材，无时无刻不是回绕在我的想象里；你那双眸的光明阻碍我不能关闭我的眼睛，自从前次同你会面时起。你还能用嫣然一笑来增加你的美丽。你一皱眉就会使我变成世界里最可怜的人，因为我是世上最热烈的情人。

拿信里所描状的话同本人现在的情形一比较，大家都觉得悲来填胸，因为现在只剩得几块将变成齑粉的残骨同一小堆快要崩解的尘土了。费了很大的劲，我又读出另一封信，开头是，"我亲爱的，亲爱的妻子。"这触起我的好奇心，想去看一看结婚后所写的同求婚时写的文字有什么不同。我真是非常惊愕，看到眷恋之意却倒增加好多，并没有减少，虽然所赞美的是另一种的好处。信里的话是如下：

"在我们这次小别之前，我真不知道我实在是这么爱你；虽然那时我也以为我是尽了爱的力量爱你。我现在非常恐惧，只怕你会有什么麻烦，我却失丢了分忧的机会，我自己也不想有什么赏心乐事，当你不能和我共享的时候。我求你，我亲爱的，好好保养自己的身体，若使不为别的，那么就为着你知道倘然你有什么不测，我是不能独生的。人们当离居时候，常常会说我心匪石，梦寐不忘这类的话，但是对于像你这样值得怀念的人，我的忠实几乎不能算是一个难能可贵的美德，尤其是这不过报答你待我的种种诚恳，自从我们初次认识以来，你是不断地常常给我你挚爱我的证据。——你的……"

当我念这封信时候，刚好这对贤良夫妇的女儿站在旁边。一看到这口棺材，里面躺着她的母亲，放在她父亲的遗体邻近，她简直化做一个泪人儿。我曾经听过人们说她的德性非常好，现又看到她是这么纯孝，我摆不脱我的老癖性，总爱教导年轻人们，所以我就对她说出一番话。"年轻的小姐，"我说，"你看'自然'很慷慨地给你的那类美姿容的据有期间是多么短促的。你晓得你眼前这个悲伤的景象同你刚才所听的关于这件事的第一封信的话是完全冲突的；但是你可以说赞美你母亲的节操的第二封信居然能在这里发现，到可以证明你母亲的贞洁诚挚。不过，小姐，我应当告诉你，不要想躺在你面前的死体是你的双亲。你要知道，他们真挚的爱情得到了酬报，他们实现有比这种同穴更尊贵的结合，他们处在极乐的世界里，不会有第二次离别的危险同可能的。"

恶作剧
艾迪生 原著

我要将下面这封信刊登出来，做读者今天的消遣材料。

先生：

你很知道我们是世界里最负盛名的产生所谓"怪人物"同"滑稽家"的国家；所以人们说英国喜剧里人物的新奇同复杂是无论哪一国的喜剧也赶不上的。

我们国家所产生的数不尽的种种怪人物里面，我看起来最觉得奇怪有趣的是那班异想天开，弄出很特别的把戏，替自己或他们的朋友们寻开心的人们。我的信要单述一种怪人物，他们最喜欢召集一班具有同样特点的客人，使人们看着会觉得滑稽可笑。我要用下面这个例子使大家来明了我的意思。前代有一位滑稽家拥有很厚的财产，他却以为开玩笑花的钱是用得最值得的。有一年他住在巴斯[1]，看到那一大群的时髦人们里面有好几个是长下颏的，他自己脸上的这一部分也是很出色的，他就宴请十位这种出色的人物，他们的嘴都生在他们脸孔中间。他们一

---

[1] 那里有极好的温泉，是十八世纪里英国时髦人们聚集的地方。——译者注。

坐在桌旁，立刻开始彼此睄视，想不出他们怎么会聚在一堂。我们英国的俗谚总说过：

满堂都是胡子
大家一定笑哈哈。

　　我现在所说的这群人也是一样的，他们看见当饮食谈话的时候有这么多脸孔的尖锐下颏老是摇动着，又看到在会这许多的下颏常常在桌的中央相碰，每人都了解了内中的滑稽意味，大家非常高兴，从那天起他们变成很好的朋友，有什么事彼此也帮忙得很周到。

　　这位先生后来他又聚集一班他所谓送秋波的人们，就是那班带有不幸的斜视眼的人们。他这次的开心是在观看这许多破碎曲折视线里的一切射眼箭，误会的表示同不经意的目许。

　　这位哈哈笑先生的第三次大宴会是请口吃的人们，他集有够坐满一桌的人们。他先叫他的一个仆人坐在布幕后面，将他们酒桌上的谈话记下，这是很容易可以办到的，用不着速记的帮助。由所记下来的看起，虽然他们的谈话没有停歇，食第一道菜时候他们还说不到二十字；等二道菜捧上时候，有一位在座的整整费了一刻钟工夫，只说小鸭同龙须菜都很好；还有一位花了同样久的时间宣布他也是这样子想的。可是这次开玩笑的结果没有前回那么好；因为有一位客人是个勇士，一肚子的愤怒不知道怎地发泄好，走出房子，送来一张写的挑战书给这位诙谐主人，虽然经过朋友们的从中斡旋，这个决斗也就取消了，但是他也因此停止了这类好笑的宴会。

　　先生，我敢说你一定会赞成我的意思，以为这类开玩笑既然没有寓了什么深意，是应当阻止的，认做这全是不幸的举动，并不能算为诙谐。但是我们会自然而然地将别人所想出的东西渐渐地修改好，并且单单一个人，不管他有多大本领，总不能够既发明出一种艺术，又使它达到尽美尽善的地步——我现在要告诉你我所认识的一位忠厚绅士，他听到前面所说的那种滑稽，自己也来干一下，却努力于使它变做有益于人类的东西。有一天他宴请六七位朋友来，谁也知道他们个个都喜欢在讲话时用几句特别的赘语，像"你听到我的话没有"，"你知道吗"，"这就是说"，"所以，先生"。每个客人常常用他特有的这些雅句。坐在旁边的人看来自然觉得很可笑的，于是这位邻座人会想到自己，觉得自己在别人眼里一定也是同样的可笑，这么一来，他们没有坐多久，每个人都是万分谨慎地谈话，小心避免他们心爱的冗字，他们的谈话因此丢去了多余的词句，包含有更多的意思，虽然没有那么多的声音。

这位好心的绅士后来他得便又聚集另外一班朋友，他们是沉溺于咒诅这个坏习惯的。为的是要指出给他们看这种习惯的荒谬，他就使用前面所说那个妙法，在房子里看不见的地方安置一个书记生。喝完了两瓶酒，人们不拘地说出心里的话时候，我这位忠厚朋友看出他们坐下酒桌后在他家里说出好许多响亮震耳的废话，他们失丢了不少有意思的谈话，全因为他们要乱说这类用不着说的词句。"他们一定可以集了一大笔的款给穷人们，"他说，"若使我们实行一种法律，彼此互相监督，说一句咒诅就要罚款。"他们都是没有生气地接受这句温和的谴责。他跟着就告诉他们，因为他知道他们的谈论不会有什么秘密，所以他叫人记下，为着好玩起见，要将写下的念出，若使他们愿意。一共有十张，折实起来只有两张，设使没有我前面所说的那种可恶的插话。冷静地念出来，那仿佛是魔鬼聚会的谈话，不像是出自人的口里。总而言之，每人恬静地听到他在谈话的兴高采烈，毫不留意时候所说的咒诅，个个都战栗起来。

我只要再说他的另一次宴会，他用同样的妙策去医好别一类的人们，他们是文雅谈话的烦累，他们的白费时间是不下于前面所说的两种人，虽然他们是比较天真些；我指那班爱说故事的无聊人们。我朋友找到六七个相识的人，他们全染有这个奇病。第一天，他们里面一位一坐下来就说到那慕尔[1]的被围，一直讲到下午四点钟止，那是他们离别的时候。第二天，所有的谈论全给关于苏格兰人的故事所占有，简直没

---

[1] 慕尔是比利时的一省，接近法国。——译者注。

有法子使他停止，当他们还坐着谈天时候。第三天也是同样地费在一篇同样长的故事的叙述里。他们最后想到这种互相对待未免太野蛮了，因此他们从这类昏睡里醒来，他们患这个毛病已经有好几年了。

因为你在某一篇文章里曾经说过人们古怪奇特的性格是你所最喜欢的野味；我又觉得在这类观察人情的作家里你是最伟大的猎夫或者可说是一位宁禄[1]，若使你肯让我这样称呼你，所以我想这封信里所说的新发现你一定是很愿意听的。

先生，我是你的……

---

[1] 宁禄，"为世上英雄之首。他在耶和华面前是个英勇的猎户"（见圣经·创世纪）。——译者注。

悲哀

约翰逊 原著

　　关于扰乱人心的种种热情，我们可以说，它们是自然而然地急趋于自己消灭之途，因为它们鼓励同加快它们目的的实现。比如恐惧催促我们的逃走，希望激发我们的向前；若使有几种热情或者因为受了我们的放纵，弄得失丢了它们达到目的时候所该有的好处，贪婪同野心就常常是这样子，然而它们目前的志向还是想得到幸福的工具，那幸福又是真正存在的，大概是可以望得见的。守财奴总是以为有个数目能够使他心满意足；每个野心家，像皮洛士王[1]一样，心里有个最想占有的东西，得到这个东西，他的穷苦就告终止，此后他的余生要在舒服或者作乐，休息或者虔信里过去。

　　悲哀或者是胸中的唯一情感，不能够应用这几句概括的话，所以值得那班想干保持心境的平衡这个艰难工作的人们的特别注意。其他的热情的确也是种毛病，但是它们必然地使我们得到适当的医治。人会立刻感到苦痛，知道应当用的是什么药，他会更快地去找这个药，因为所以需要这药的病是这么苦楚的，因此，靠着那永不会错的本能，会将自己

---

　　[1] 皮洛士是希腊的伊庇鲁斯国王。——译者注。

医好，好像伊恩力亚人[1]所说，克里特岛[2]上受伤的鹿会自己去找治创的野草。但是关于悲哀，却没有什么天生的治疗，因为悲哀的产生常是由于无法补救的意外事情，它又使人们注意着那已经不在的，或者是情形已变的东西。它绝没有希望能够得到它所需要的，它需要自然律会取消去，死者可以复生或者既往可以追回。

悲哀不是对于失检或者错误的惋惜，那倒可以鼓舞我们将来的小心或者勤作，也不是不对于罪恶的痛悔，不管那罪恶是如何无可挽回的，我们的"创造主"却答应肯将这种痛悔当做赎罪；从这几种的缘因所引起的苦痛还有很大培养精神的效力，并且靠着认清祸根而痛改前非，我们能够时时刻刻减轻这个苦痛。悲哀却是一种特别心境，那时我们的欲望全放在过去上面。没有往前向将来去着想，不断地希望有些事情从前会不是那么样子，对于我们已经失丢，无法再能得到的几种欢娱或者所有物，怀有一个急迫难忍的需要。许多人沉到这类惨痛里，因为他们的财产忽然减少好多，或者他们的名誉意外地遭瘟，或者是丧失了子女或者朋友。他们受此一个打击，就让自己一切对于快乐的感觉全归于毁灭，终其身再也不想去找别个对象，来做替身，填补这个遗憾，甘心度个苦闷愁郁的生涯，消磨自己于无益的自苦里面。

但是这个情感的确是深情挚爱的自然结果，所以不管它是多么苦痛的，多么无用的，在相当的情境之下，若使我们没有感到悲哀，那又是该受责骂的；悲哀的势力又老是那么广大，那么持久，所以有些国家的法律，和有些国家的习俗对于因为亲密人们的死亡同一家骨肉的永诀所产生的悲哀的露泄于外的时期，有一定的限制。

大多数人们好像都以为悲哀在相当程度之内是值得赞美的，因为它是胚胎于爱的，或者最少也是可以原谅的，因为它是人类弱点的结果；但是我们不应当放纵它，让它滋长，要在一定的时期之后，勉强从事于社会上的义务同人生日常的职务。起先原是无法避免的，所以我们只好

---

[1] 是古希腊三大民族之一。——译者注。
[2] 是地中海里隶属于希腊的一个岛。——译者注。

让它去，无论我们是愿意不愿意；后来也可以看它是我们对于逝者的敬爱的一种适当亲切的证据；既是天生有情，当然免不了受了感触，并且我们的哀戚，还可以使世人看出逝者的价值。但是在悲情爆发同严肃仪式之外的悲哀，那不只是无用的，而且是有罪的，因为我们没有权利将上帝派给我们用来做分内的事的时间，牺牲在无益的渴望里面。

　　然而这样规规矩矩地开头的悲哀太常弄得坚固地霸占着我们的心，以后简直没有法子把它驱逐出去；那群惨然的观念开头是蛮横地印到心上，后来是愿意地吸收进去，垄断了我们全部的注意力，因此压下一切的思想，遮暗欣欢的心情，搅乱推想的能力。一个变成习惯的悲哀捉着灵魂，所有的感官全范围在一个对象里面，这对象没有一回想到时，不是引起绝望的痛心。

　　从这样沉闷的心情里是很不容易升到欣欢喜乐的境界，所以许多厘定精神健康的法则的人们都以为预防剂是比疗病物容易奏效得多，教我们不要心倾于喜欢的享乐，也不可尽兴地去钟爱人们，却是要使我们的心老是超然地悬在冷淡的境界里，那么我们四围的对象尽可变迁，我们却不会感到不便，或者有甚牵情。

　　一字不差地守着这条法则或者可以帮助我们得到恬静，但是绝不能够产生幸福。他既是对于谁都没有关切到怕失丢了他们，这样的人一生里也尝不到受人们的同情和信任的快乐；他一定是感不到柔情的爱恋同慈悲的热心；有些人有本领使人们高兴，跟着自己也得到应当得到的快乐，这种乐趣他也是没有份儿的。因为没有人配索取比他所给别人的更多的情谊，所以他该丧失他本来应得的人们对他的小心翼翼的殷勤好意，那是只有爱才能向人要来的，同宽恕仁慈的恳挚情感，靠着它爱才能减轻人生的苦痛。他是该受心中有更多的热血的人们的忽视同怠慢；因为谁肯做他的朋友，若使不管你怎地专心地去求得他的好感，替他干了多少事情，他的主张却不让他同样地来报答你，并且当凡是好意所能的事情，你全干完了时候，你充其量只能使他不做你的仇敌？

　　想保持生活在冷淡中立的状况里是一种悖理无谓的举动。若使单单将欢乐赶出，我们就能把悲哀摈之户外，那么这个计划是值得很严重的注意；但是既然，不管我们怎样不准自己享受幸福，祸患还是找得出许多的进口，虽然我们可以不受快乐的引诱，免丢因此而起的苦痛，苦痛的来袭还是会迫得我们不能不注意，我们有时真该努力将生活提高到麻木无情这个水平线之上，因为它既是无论如何有时总会沉到悲哀的深渊里去。

但是固然因为怕丢失幸福而不去求幸福是很不合于道理的，可是我们一定要承认，得时的快乐是多大，将来失时，我们的悲哀也是成正比例的；所以这是道德家分内的事，去研究我们可以不可以将悲哀很快地减轻消灭下去。有人以为将心中烦闷一扫而空的最靠得住的办法是用强力将它拖到欢乐场中去。有人却觉得这种转移是太猛烈了，倒是主张先把心慰藉到安宁的境地里，用的法子是使它看到别人的更可怕更可悲的苦痛，将我们那很容易紧紧地盯着自己的乖运的注意力，移到别人的苦难上面去。

这是很可以怀疑的，到底这些药方里有没有一个是够有力量的。快乐这个医法并不是老是容易尝试的，至于耽纵于悲哀，恐怕这是属于那一类药，设使偶然不能医好，是反会致死命的。

做事可说是驱逐悲哀的又安全又普通的解毒剂。我们常常看见，在兵士同水手里面，虽他们也是很慈爱的，却只有很少的悲忧；他们看见他们的朋友中弹死了，并没有像在安逸懒惰里的人们那样恣情哀毁，因为他们已经是自顾不暇了；谁能够使自己的思虑同样地忙碌，他对于无法挽回的丧失会同样地无动于衷。

人们常常说时间可以磨掉悲哀，这种效力的速率绝对可以增加，若使事情的递迁能够加快，事务的范围又能扩大，更形出变化多端。

　　　　你还得等了许久，时间才能够减轻你的悲哀；
　　　　飞到智慧那里去吧，她很快就可以给你安慰。

——鲁逸思

悲哀是心灵上的一种铁锈，每个新念头经过心中时，都可以帮助磨去一些。它是停滞的生活所生的腐朽，只有劳作同活动才是最好的医法。

快乐多半是靠着性质

哥尔德斯密斯 原著

当我回忆到我年轻时候在乡下里所过的无野心的幽隐生涯，我免不了感到些悲哀，想起那种快乐的日子是不可复得了。在那个僻静的地方，一切自然的东西好像都能够产生快乐；那时我对于享乐并不讲究，粗俗游戏的笨拙举动也能使我开心；我那时以为互相猜哑谜是人类诙谐的极度，拿问题同命令来相难是消夜的最合理游戏。那是多么的幸福呵！若使这么美妙的幻觉能够还是继续存在着。我看出老年同智识只是使我们的脾气更见乖戾。我现在的享乐也许是更讲究些，但是它们的可乐程度比从前的乐事是差了万万倍了。加立克[1] 所给我的快乐绝不能同我从前看到一位模仿教友派信徒的说教的乡间滑稽家时所得的快乐相比。马泰[2] 的音乐可说是不悦耳的声音，一比到我从前所感到的，当我们的榨取牛奶的老姑娘唱着"约呢·阿姆斯特郎最后的告别"或者"巴巴剌·阿伦的残忍"[3]，唱得叫我流下泪来。

---

[1] 加立克（1716—1779），他是约翰逊的学生，十八世纪里最有名的戏子，他自己又会编剧。——译者注。

[2] 马泰是十八世纪一个音乐家。——译者注。

[3] 这是英国两首民歌的题目。——译者注。

每代的作家都曾努力指示给我们看，快乐是在我们的心里，并不是从我们的娱乐品得来的，若使我们的精神是很快乐的，任一东西都变做可乐的事情，世上差不多没有愁苦这个字了。每件事情从我们眼里经过好像是一个赛会里的人物；有些或者是很难看的，还有些也许是穿得不整齐；但是除开了傻子没有人会因此同这仪式的总管生气。

我记得曾经在法兰德斯[1]堡垒里遇到一个奴隶，他简直不像感觉到他自己地位，他的四肢被人们残害了，他的躯体变成畸形，还给铁链锁住；他被迫从黎明工作到黄昏，并且是判定了终身是这样干着；可是，虽然有这么多显明的苦痛情况，他却唱着调儿，若使他不是缺了一个腿，一定会跳舞，看起来真是全要塞里最高兴，最快乐的人。这是多么伟大的一个实行哲学家！一个快乐的性质给他的达观的思想，虽然好像是一点智慧也没有，他却是个真有智慧的人。没有什么学识同研究来点破他四周的仙境。每件物事都给他一个发噱的机会；虽然有人从他这样不感到苦痛推想他是个傻子，然而他这种傻子或者是哲学家所想模仿而模仿不来的。

有些人们像他这样能够将自己放在某种特别的境界，在那里一切物事都化为可笑的，有趣的，这种人们从每一个事件里都能找出怡情悦意的地方。最不幸的事体，自己的或者别人的，不能带来什么新的悲哀；由他们看来，全世界是一座戏院，在那里专演着喜剧。一切豪勇英武的慌忙或者野心勃勃的狂言不过用来增加剧中的荒谬意味，使里面诙谐更添锋芒。总之，他们对于自己的困难，或者别人的苦情，没有什么伤心，好似代人经理葬事的人，虽然也是穿着黑的衣服，在埋葬时没有什么悲哀。

我在书里所曾碰到的人物里，有名的累兹主教具有最高度的这种欣欢的性情。他既是个倜傥风流的男子，看轻一切挂起道学的酸腐脸孔，所以无论哪里有欢娱出卖，他常是最肯出价的。他是女性的一个普遍赞美者，当他发现一位姑娘太忍心了，他常常就爱上了另一个，他期望从

[1] 是欧洲从前一块独立区域，现在分属法、比两国。——译者注。

她可以得到一个更好的待遇；若使她也拒绝了他的殷勤，他绝不会想起退隐到沙漠去，或者在绝望的苦痛里憔悴着。他劝自己不要想自己现在是爱着那姑娘，只当做他从前曾爱过那姑娘就是了，这么一来什么事也没有了。当"命运"戴上她最愤怒的脸孔时候[1]，当他最后落在他最凶恶的敌人，马萨林主教[2]手里，变做严重禁锢的囚犯，关在瓦兰逞尼斯堡时候，他也绝没有想用智慧或者哲学来支持他的苦痛，因为他并不自命自己有智慧或者哲学。他笑他自己同磨难他的人，好像万分喜欢他这个新环境。在这个苦痛的房屋里，虽然同他的朋友隔绝了，虽然剥夺人生的一切娱乐同甚至于衣食住的利便，时时被那班雇来看守他的坏蛋的无礼所戏弄，他仍然保存着他的好脾气，笑他们一切无谓的怨毒，开玩笑到写出他的狱卒的传，来当做报复。

骄傲的人们的智慧所能教我们的是在不幸事体之下倔强着或者默默地愠怒着。这个主教的例子却教我们在最苦痛的境遇里欣欢着。我们的好脾气，别人会不会认为是感觉迟钝，或者甚至于白痴，这全是不碍事的；对于我们这总是快乐，除开了傻子没有人会用世人的意见来量自己满意的多少。

狄克·魏尔德戈斯是我所知道的一个最快乐的傻家伙。他是属于那类性情温和的人们，据说他们没有害谁，只是害了自己。每回狄克堕到什么悲哀的时候，他总是说这是"见世面"。若使他的头被一个轿夫摔破了，或者他的袋子给扒手光顾了，他就去学轿夫的爱尔兰土语或者扒手的更时髦的口吻，借此来安慰自己。由狄克看来，天下里的事情是没有错的。他银钱事体的不当心激怒了他的父亲，以致朋友们替他的从中斡旋都是无结果的。老绅士是在弥留的时候。全家人，狄克也在内，全围着他四旁。"我给我的第二儿子安德鲁"，临死的守财奴说道，"我

---

[1] 此处将"命运"拿来人格化，这是十八世纪文人所最喜欢弄的把戏。——译者注。

[2] 马萨林（1602—1661），他是路易十四朝的宰相，有好几年简直是法国的实际君主。——译者注。

的全部财产，希望他知道勤俭。"安德鲁用悲哀的声音，在这种时候就是这样子，"祈祷上天延长老人的寿命同健康，使他自己能够享受这个。""我将西门，我第三个儿子，托他的哥哥照呼，此外还给他四千金镑。""唉！父亲，"西门喊道（绝对是很沉痛地），"愿上天给你寿命同健康，使自己能够享受这个！"最后，转过向可怜的狄克，"至于你，你一向是一个整天嘻嘻哈哈的人，你是永不会变好的，你是永不会发财的，我给一先令做买吊绳用。""唉！父亲，"狄克喊道，没有露出什么哀情，"愿上天给你寿命同健康，使他自己能够享受这个！"除开说这句话外，财产的失掉对于这位无忧无虑的粗忽家伙简直是没有影响。可是，一位叔父的软心肠补偿了父亲的冷淡；狄克因此不单是脾气极好，并且也都还富有。

总之，世界尽可以讥诮一个出现在跳舞场里的破产者，一个把说他是个蠢货的公众付之一笑的文学家，一个对着庸俗的责难微笑的将军或者一个不管人们怎样造谣，始终保持着她的好脾气的太太；但是这些是他们所能做到的聪明办法，用消散来抵制灾难绝对是比拿着理性或者决心的武器来抵制灾难高明得多了：用第一个法子我们忘记了我们的苦楚，用下一个法子我们只是将苦楚隐藏起来，使别人看不见；并且同不幸去奋斗我们在冲突时一定会受些创伤。竞争得胜的唯一好法却是逃走。

一个单身汉对已
婚者行为的怨言

兰姆　原著

我是一个单身汉，一向费了好多时间，去记下"结了婚的人们"的缺点，借此来安慰自己，因为他们告诉我，我始终过现在这种生活，是失丢了许多高尚的快乐。

我不能说人们同他们妻子的吵嘴曾经给我什么很深的印象，或者怎样地更坚固我这类与社会组织相冲突的主意，这类主意我是早就打定的，却是为着一个更结实的理由[1]。走到结了婚的人们的家里，最常使我生气的是一种和这个大不相同的错误：——那错误是他们太相爱了。

也不是太相爱了：这句话不能够说清我的意思。并且，我何必因此生气呢？他俩为着要更亲密地彼此相伴，把自己两个同世上别人分开，单单这种举动早已含有他俩彼此偏爱胜过世上一切人的意思。

可是我所不满意的是他们那样不隐藏地现出他们的偏爱，他们那

---

　　[1] 兰姆在二十一岁的时候，比他长十岁的姐姐玛利·兰姆一天忽然发狂起来，拿桌上的餐刀要刺一女仆，当她母亲来劝止时候，她母亲却被误杀了。玛利此后每年中常有一两个月发狂，其余的时候又是很好，所以兰姆不忍把她关进疯人院里，情愿自己一生不娶亲，一心一意地去招呼她。因为他知道自己一结婚，对于他的姐姐就不能那么尽心了。——译者注。

样无耻地在我们单身汉面前排场，你只须同他们一起一会儿，他们绝对要使你觉到，用些间接的讽示或者分明的直言，"你"不是这个偏爱的对象。有些事情当暗暗地含在意内或者仅仅姑以为然时，并不会开罪于人；可是一说出来，那就存有不少的侮辱意思了。若使一个人跑去招呼他最初认识的长得不漂亮或者穿得不讲究的年轻姑娘，蠢钝地对她说她的容貌或者财产配不上他，这种人真该挨踢，因为他太无礼了；可是这个意思也同样包含在这件事实里面，当他有向她求婚的路子同机会，却始终没有想向她求婚。这位年轻姑娘也会很明白地知道了这个意思，可是没有个明理的年轻姑娘会想拿这个来做吵嘴的理由。同样地一对结了婚的人们没有什么权利，配用话或者同说出的话差不多是一样地分明的脸孔来告诉我，我不是那种有幸福的人——姑娘所中意的人。我自知我不是那种的人，这已经是很够了；我不爱受这样继续不断的提醒。

炫学同夸富可以弄得使别人很难堪；但是它们还能够有点好处。特意搬出来做侮辱我用的学问或者偶然会增长我知识；在富人的屋里，在许多古画中间——在他的猎苑同花园里——我最少有暂时享用的权利。但是结婚幸福的夸示却连这些聊以减轻苦痛的好处都没有；那是种十分道地，没有补偿，没有限制的侮辱。

结婚，就是从最好的方面去着想，也只是一种独占，而且是一种最易招忌的独占。一般得到什么独享的权利的人们常有一条狡计，他们尽力地使人们看不到他们所占的便宜，这么一来那班运气赶不到他们的人们既是不大看出他们所得到的好处，或者会因此不大想去争这个权利。但是这群婚姻上的独占者却反将他们的独享权的最可憎的部分强放在我们面前。

天下里我所最讨厌的是新婚夫妇脸上射出的十分自得同满意，——尤其是在姑娘方面。那是等于告诉你，她在世界上已经得个归宿，"你"不能够再对于她有什么希望了。的确，我是没有希望的；也许我并不希望。但是这是属于那类事实，应当，像我前面所说的，认为大家知道的，不该明说出来。

这班人们常拿出顶骄傲的神气，以为我们没有结过婚的人们对于许多事情是没有经验的，若使这种神气不是那样子不合理的，却会叫我更感到不快。我们肯承认他们对于本行的神秘，是比没有福气享受那权利的我们更懂得透彻；可是他们不甘于拘束在这个范围里面。若使一个单身汉敢在他们面前说出自己的意见，虽然是关于最不相干的题目，他们会立刻止住他的口，以为是个没有说话资格的人。不，我认得有一个结了婚的年轻姑娘，最可笑的是她出嫁还不到两星期，当讨论一个问题时候，我不幸同她的意见相反，她居然冷笑一声问我，像我这样一个老单身汉怎配说也懂得些这类的事情。

我前面所讲的可说是算不得什么，若使拿来同这班东西后来的气焰一比较，当他们开始生了小孩子时候，他们多半是会有小孩子的。我一想到小孩子是多么普通的东西——每条街同死胡同里总是有一大群的小孩——最穷的人们在这方面常常是最富有的——结婚了而得不到这种宝贝的人们是多么少数的——多么常见，这班小孩子长大时候变坏了，使他们父母的一场痴望终于落空，走上罪恶的路，结果是穷困，丢脸，上绞架等等——我实在说不出，就是要我的命，也是说不出生了小孩会有什么值得骄傲的地方。若使小孩子真正是雏凤，世界上一年只生一个，那还可以有个借口。但是当他们是这么普通——

我并不是说到生了小孩子后，她们对于丈夫的居功。这件事让他们自己去管。但是为什么不是她们的天生奴隶的"我们"也该献上香料，没药同乳香——我们的贡物同表示我们赞美的敬礼，——我真是莫名其妙。

"少年时所生的儿女，好像勇士手中的箭"：我们"诗篇"是指定给女人产后感谢式时候用的优美的祈祷文是这样说。"箭袋充满的人便是有福"：我也是这样说；但是可不要让他将满袋的箭朝着没有武器的我们发射；——就让他们化做一束的箭吧，可是不要来擦伤我们，刺杀我们。我常常看出这类箭是带有两个箭镞的：它们有两个铁叉，这个打不准时，那个一定会打准。比如，当你走到一个住满了小孩子的家庭，若使你刚好没有去睬他们（他或者心里想着别种事情，不去理他们天真的拥抱），他们就断定你是个顽梗的，怪脾气的，小孩子的厌恶者。反过来说，若使你觉得他们是特别有趣的——若使你爱上了他们可喜的态度，认真地来同他们一起乱跳乱闹，他们的父母一定要找出些理由，将他们调动出房外：故意说他们嚷得太厉害了，或者是喧闹得太过了，或者说——先生是不喜欢小孩子的。用这个，或者用那个铁镢，那支箭总能够打伤了你。

我能够原谅他们的猜忌，情愿不去玩弄他们的小孩子，若使他们因此感到什么痛苦；但是我想那是很无理的，要我去"爱"他们的小孩子，当我看不出有什么可爱的地方，——要我盲目地去爱全家的人，或者八个，或者九个，甚至于十个，——去爱所有顶乖的宝宝，因为小孩子是这么有趣的。

我知道有句俗谚说，"若使你爱我，请你也爱我的狗。"这不是老是那么容易实行的，尤其是若使那受了唆使来跟你捣乱，或者咬你来开玩笑。但是一只狗，或者一件更细微的东西，——随便什么无生命的东西，像一件纪念物，一架表或者一个指环，一口树，或者当我朋友将出外要好久才能回来，我们最后握别的地方，我能够因为我爱他，而设法去爱这些东西，以及凡是会使我记起他的东西；不过这些东西本身要没有什么意义的，容易接收想象所给它的色彩才行。可是小孩子们有一个实实在在的性格，他们自己有个不可磨灭的本性：他们是可爱的，还是不可爱的，全靠他们自己的价值；我爱他们或者嫌他人，一定要照着我看他们的性质内有什么可爱或者可嫌的理由。一个小孩子的性格是太重要的一件东西，绝不能够把它只看做别人的一个附属品，跟着来受我的爱憎：据我看来，小孩子却有他们自己的价值，像大人们一样。呵！你又要说，但是他们的确是正在可爱的时期——小孩子在稚年时候真有种迷住我们的魔力。不错，所以我对于他们格外苛求得厉害。我知道一个甜蜜可爱的小孩子是自然界最甜密可爱的东西，甚至于比他们的幽娴纤弱的母亲还要可爱；但是一类的东西越是悦意，我们越想得到那类中间最悦意的分子。一朵雏菊在艳丽方面跟别一朵没有什么多大的分别；可是紫罗兰却该找那色香都是最精美的。——我对于所认得的女人同小孩子也总是喜欢这样子加以挑剔。

　　但是这还不是顶坏的：最少她们先要让你同她们很亲密，她们才能说你对于小孩子的冷淡。她们总还让你去拜望她们同相当的来往。可是若使那丈夫没有结婚以前一向同你是很有交情的——若使你不是从他的妻子而认得他——若使你不是偷偷地跟着她的裙裾到那家里，却是那家里的一个老朋友，素来是过从非常亲密的，那时他们的婚事简直还没有想到——可是你要当心——那个屋子的享有权你是随时有被夺的危险的——还不到一年，你就看出你的老朋友对于你渐渐冷淡了，态度也变更了，最后他就去找个机会来同你破裂。在所认识的结过婚了的朋友里，我能够信得过他们的恳挚的，几乎没有一个不是在他"结婚时期以后"我才和他生出交情的。在相当程度之下，她们能够忍受这类交情，但是若使丈夫居然敢同人结下了严重的友谊关系，而未曾向她们商量过，虽然那时她还没有认识他——他们现在是夫妇了，那时却还没有见过面——她们觉得这是不可忍耐的。每个有很久历史的友谊，每个靠得住的老交情都得拿到她们的公事房里，按着她们的制度重新盖印过，好像一个皇帝下令将前朝（那时他还没有出世，或者谁也没有想到将来会有他这个人）铸的良好的老钱要重新印过铸过，加上他的朝号，然后才让它通行世界。你们可以猜出在那些"新铸的人物"里面像我这样一个锈色斑斓的古板家伙常常会碰到什么运气。

　　她们有数不尽的法子，来欺侮你同瞒骗她们的丈夫，使他对于你失丢了信任。无论你说什么，她总是装做很惊愕的样子大笑，仿佛你是个会说俏皮话的怪物，但是的确是"一个奇人"——这是一个法子；——她们有一种特别的睇视专做这个用；——她们的丈夫本来是很顺从你的主张，愿意忽视你的意见同态度上有些古怪的地方，因为他看出你通常的想头（也不十分粗熟）倒还不错，现在却开始怀疑你到底是不是一个完完全全的滑稽家——那种人是他当单身汉时候的好伴侣，但是若使介绍给姑娘们，却有点不大好。这个可以叫做"睇视"的法子，是最常用来抵抗我的。

　　此外还有个"形容过实"的法子，或者可以叫做"反语"的法子。那是当她们看出你是她们丈夫所特别看重的人，知道他那种坚固的交情不是这样容易地可以动摇的，因为那是建设于他对于你的尊敬上面。于是你每回讲一句话或者做一件事，她们就拼命地言过于实地赞美，她们的丈夫也很明白这全是为着要悦他的意，心里自然很感激她这么慷慨的举动，等到后来他对于自己不断的感激生了厌倦，就将他的友谊放松一些，把他对于你的热情降下几度，一直堕落到对你只存一种普通的好感，只具有个适度的尊重，——一种"相当的感情同皮面的厚意"。这种态度她才能够跟他同情，不至于损害到她的至诚。

　　还有一个法子（她们达到这么可爱的目的的法子是无穷的）是假装天真无知的神气，老是故意看错她们丈夫起先所以会爱你是为了什么。若使他是为钦重你的道德，才来同你结缔她现在所要打断的关系，她会随意发现出你的说话是太不俏皮了，高声地叫道，"我记得，我亲爱的，你说你的朋友——先生是一个大滑稽家。"反过来说，若使他是因为你的谈吐好像很有些妙处，才开始来喜欢你，因此愿意宽恕你在道德方面细微的不轨，她却一看出你这些毛病，就立刻喊道，"我亲爱的，这是你所谓道德完好的——先生。"我曾经大胆地对一位太太理论，说她待我的礼貌有差，没有把我当做她丈夫的老朋友看待，她倒是很老实地向我自认，她在没有结婚以前常听到——先生说我，她就很想同我认识，但是一见到我，却大使她失望；因为从她丈夫所说的关于我的话，她造成一个观念，以为她要看到一个漂亮的，长得很高的，有军官的仪态的男子（我用她自己的话）；而事实却刚刚是相反的。这可说是很坦白的谈话；我却有点客气，没有去报复她，问她怎么会忽然间对于她丈夫的朋友的外貌有一个同她丈夫自己的外貌这样不同的标准，因为我朋友的身材同我是再相近也没有了：他穿着鞋子时候有五尺五寸高，我却占了便宜，比他差不多高了半寸；他在态度同脸孔上是同我一样地没有现出什么英武性格的表征。

　　这些不过是我傻瓜地跑去拜访他们时候所挨的侮辱的几种。要想把那许多的侮辱一个一个说出，那是办不到的事。所以我现在只将结了婚的姑娘们最常患的一种失礼稍为提一下，——那是待我们仿佛是她们的丈夫，待她们的丈夫又仿佛是她们的客人。我是说她们对我们很随便，对她们的丈夫却很客气。比如忒斯他西亚有一天晚上使我等到比我通常晚餐时间迟两三个钟头，她在那里所焦急的，却是——先生还没有还家，弄得那晚上所吃的蚝因为放了太久，全变味了，可是她总不肯对她的丈夫失礼，在他还未回家以前开宴。这是把礼貌的意义弄颠倒了，因为礼貌的产生是为着要免去一种不安的感觉，那是当我们知道自己在别一个人的眼里不如别外一个人那样可爱可敬的时候所感到的。他在细微事情方面对你加倍殷勤，想用此来补偿在重要地方他那种可妒忌的偏爱却是不能给你。若使忒斯他西亚将蚝留着给我吃，拒绝了她丈夫的先行开宴的要求，那么她的举动是非常合理的。我不知道在贞娴态度同端庄举止之外，做妻子的对于她们的丈夫还要拘什么别的礼貌。所以我一定要反对塞拉西亚的为虎作伥的饕餮，她在自己家里的餐桌上，将我吃得正津津有味的一碟摩勒位斯地方的樱桃拿去，送到坐在桌子那端的她的丈夫面前，却换一盘没有那么神妙的洋莓给我的没有尝过结婚乐趣的味觉。我也不能原谅那种轻佻的无礼，那是一位——

可是我已厌倦于这样用罗马的古名[1]来将我所认得的结了婚的朋友——揭示出来。让他们自己去悔过，改换他们的态度，否则我是要把他们真名字的英文字母全写出来，使这类横行无忌的罪人将来有所忌惮。

[1] 兰姆前面所提的几个名字都是罗马人们所用的名字，他把真名隐去，用这些假名来代。——译者注。

她最后的一块银币

约翰·布朗 原著

我曾经有过朋友——虽然现在谁也厌弃我了；

我曾经有过父母——他们现在都在天堂。

我曾经有过家庭——

苦痛，罪恶同冻饿磨坏了她的精力，

流浪者往下堕落，死神抓住她的知觉。

陌生人在早上看她躺在那里——

上帝已经释放她了。

——骚狄[1]

休·密勒[2]，地质学家，新闻记者，又是一个具有天才的人，在他的报馆里坐到更深。一个凄凉的冬夜里。书记们已经全离馆了，他也正打算回去，门外有匆忙的敲门声音。他说"进来"，向着门

---

[1] Rober Southey (1771—1848)，英国诗人及历史家，他的不朽名著是《纳尔逊传》。——译者注。

[2] 休·密勒（1802—1856），他年轻时候是一个矿工，后来投身到新闻界去，靠着他刻苦的自修，最终成为大地质学家。——译者注。

口望，看见一个衣服褴褛的小孩，遍体给雨雪淋住。"你是休·密勒吗？""是。""玛丽，达夫要你。""她要什么？""她快死了。"对于这个名字的一些模糊的记忆使他立刻出发，穿着他那套有名的格子纹呢衣，拿着他那条有名的手杖，他很快地就跟着小孩子跨着大步往前走，那小孩子急急地穿过那时已绝人迹的亥街，走向卡侬盖提去。当他走到老戏院小巷时候，休唤起他心中关于玛丽·达夫的记忆：一个活泼的女孩，在克洛麦替地方和他一起长大。前次他遇到她时是在一位互助团[1]同志的结婚场中，在那里玛丽是"新娘伴"，他是"新郎伴"。他好像还看到她的晴朗，年轻，无忧无虑的脸孔，她的洁净短衫，同她的深色眼睛；他好像还听着她的嘲笑快乐的声音。

这个穿着百结衣的小姑娘跑下这条小巷，走上一个朝街的楼梯，休很困难地紧跟着她走；在弄堂里她伸出她的手，牵着他；他用大手掌拿着，觉得她缺个大拇指。在黑暗里她找她的路像一个猫样子，最后开一个门，说道，"那个就是她！"一溜烟就不见了。借着将熄的火光，他看见在一个广大空虚的房间的基角上。躺有个像女人衣服的东西，走近时候，才知道有一个枯瘦无血色的脸孔，同两个深色的眼睛极注意地，但是绝望地望着他。这对眼睛分明是玛丽·达夫的，虽然他认不出她的别点相貌。她静静地哭着，不转睛地盯着他。"你是玛丽·达夫吗？""我现在变成这样子了，休。"她接着鼓起劲要向他说话，分明是很要紧的话，但是她说不出来；他看她是病得很厉害，这样勉强只是使她自己更痛苦，他就将一块值得二先令六便士的银币放在她发烧的手里，说明早他会再来看她。他从邻近的人们探不出她的近况：他们不是无礼地不答，就是已经睡觉了。

当他第二早又到那里时候，小姑娘在楼梯顶遇着他，说道，"她已经死了。"他走进去，看出这句话是真的；她躺在那里，火也灭了，她的脸貌是安详恬静的，恢复到她年轻时的状态。休想他现在绝对认得出

---

[1] 互助团，是一种秘密团体，创自中古时代，以互助为目的，团员简称做Mason。苏格兰的大本营是在一七三六年设立的。——译者注。

她，虽然她那对明媚的眼睛是像现在这样子闭着，永久地闭着。

找出一个邻居，他说他愿意替玛丽·达夫安葬，他同巷里一个经理葬事人商量好埋葬的手续。关于这个可怜的流浪者的身世，大家好像知道得很少，只晓得她是个"轻薄的"或者，所罗门一定要说，"奇怪的女人"。"她喝酒吗？""有时。"

埋葬那天，巷里有一两个居民随着他到卡侬盖提礼拜堂坟地去。他看见一个容貌端庄，躯体短小的老妇人注视他们，远远地跟着走，虽然那天有下雨，又是酷冷。墓填满了，他也脱了他的帽子，当人们把土放上，用手打好的时候，他看这位老妇人还滞在那里；她走前，行个屈膝礼，说道，"你想知道这个姑娘的事情吗？""是的。她年青时，我也认得她。"那妇人不禁泪流满面，对休说她自己"在巷口开一间小店，玛丽常来买东西，总是准期还钱，我就怕她是死了，因为她欠我两先令六便士已经有一个月了。"然后用严肃的脸色同声音，她告诉他在他被叫去那一夜，他一离开，她在房里就被一个人叫醒；借着她那熊熊的火光——因为她是一个过安乐小康日子的女人——她瞧到这个憔悴快死的女人走前说道，"这是一块二先令六便士的银钱吗？""是的。""我放在这里。"将钱放在枕垫底下，她就不见了！

可怜的玛丽·达夫！她的生活一向是悲哀的，自从那天在他们朋友的婚礼场中她同休并肩站着以后。她父亲死后没有多久，她母亲占有了她所倾心的男人的爱情。这个大打击使家庭变做不能居住的地方。她从家庭里跑出，带着失望同悲酸，经过了耻辱困苦的生涯，爬到她房间的角上，孤单单地死了。

耶和华说，"我的意念，非同你们的意念，我的道路，非同你们的道路。天怎样高过地。照样我的道路，高过你们的道路，我的意念，高过你们的意念。"[1]

---

[1] 见圣经以赛亚书第五十五章。——译者注。

一个旅伴

加德纳 原著

　　我不知道我们是哪个先到车里。真的，有好久时候，我还简直不晓得他是在车里。那是由伦敦到密特兰里一个小镇的最后一趟火车——一种沿途停歇的火车，一种无限量地从容不迫的火车，这类火车使你了解什么叫做永劫不灭。当它出发时候，乘客也都挤满，但是我们在外郊各站都有停车，旅客就单独地或者两人做伴地接连着下去；当我们离开伦敦的远郊时候，车上只剩我一个人了——或者要说，我想车上只剩我一个人了。

　　独坐在一辆轰轰地颠簸着穿过黑夜的车子，会感到悦意的自由。那是一种很可喜的自由同无拘束。你爱做什么，就可以做什么。你可以随意大声地对自己说话，谁也不会听到你。你可以同琼斯辩论那个题目，意气扬扬地将他驳倒，用不着怕他会还嘴。你可以倒栽地站着，谁也不会瞧见你。你可以唱歌，或者跳二拍子的圆式跳舞，或者练习打杓球的一种手势，或者在地板上玩石球，谁也不来干涉你。你可以打开窗子，或者关起，绝不至引起反对。你尽可以将两扇窗子全打开，或者全关起。你可以坐在你所中意的角上，可以将所有的座位一一依次试过。你可以手足伸直躺在垫褥上面，享受破坏"地方保护法"的条例，或者碎了她自己的心的快乐。不过"地方保护法"不知道她自己的心是破碎了。你甚至于能够躲避了"地方保护法"的注意。

那个晚上，我并没有做些这类的事情。这类想头刚好没有到我心上来。我所做的是更普通得多的事情。当我最后的一个旅伴下去之后，我放下我的报纸，伸一伸我的手臂同我的双脚，站起，从窗口望着恬静的夏夜，我的车子正从那里穿过，看到尚逗留在北天的淡淡的白昼余意；走过车子的那头，从别个窗口里望出；点一根香烟，坐下来开始读书。到那时候，我才觉到我的旅伴。他走来，坐在我的鼻上……他是属于那种有翅的，会咬人的，勇敢的虫子，我们模模糊糊地所叫做蚊子是也。我轻轻地把他弹开我的鼻子，他在房里旅行一周，观察他的四周，拜望每个窗口，绕着灯光飞翔，决定没有一件东西有基角上那个庞大的动物那么有趣，又来看一看我的颈项。

我又轻轻地把他弹开。他盈盈跳起，又环着房子逍遥一次，飞回，大胆地自己坐在我的手背上面。这很够了，我说；大量也有相当的限度。你两回得到警告，我是位特殊的人物，以及我尊严的身体不甘于受生人们这种搔撩的无礼；我戴上了黑帽子[1]。我判下你的死罪。这是公理所需要，而法庭所断下的。你的罪状很多。你是个流氓；你是个为害于公众的妨碍；你旅行没有买票；你没有吃肉的准单[2]。为着这些同许多其他的不法行为，你现在将受死刑。我用右手发一个迅速的，致命的打击。他避着我的进攻，那种骄傲地一点儿也不费力的神气使我难堪。我私下自负的心情也被激起了。我用我的手，用我的纸来向他冲锋；我跳到座位上面，绕着灯儿赶他；我采取猫儿的诡计，等到他停着不飞时候，用可怕的潜行走近，忽然地骇人地飞手打下。

这也是徒然的。他是公开地分明地跟我开玩笑，像个精练的斗牛者缠着发怒的牡牛来弄手段一样。他明明是在那里寻开心，他就为着这

---

[1] 英国法官判决死刑时候，就戴起黑帽子来，所以"戴黑帽子"就是宣告死刑的意思。——译者注。

[2] 欧战时粮食缺乏，每人每星期吃肉的量是限制的，由官厅发出肉券，每人按券买肉，无券就不能吃肉了。——译者注。

缘故才来扰乱我的休憩。他想找些游戏，那种游戏比得上被这个庞大笨拙像风车的动物这样赶着，他身上的肉又是那么可口，他又是这么不中用，这么傻瓜样子？我渐渐钻到这家伙的心里去。他已经不只是一个虫子了。他化成一个有性格的东西，一个有理性的动物，居着同等的地位，来跟我争这间房子的占有权。我觉得我的心向他动起好感，我自高的感觉也渐渐消灭。我怎样能够觉得比他高明，他在我们所曾交手过的唯一竞争里既是这么显明地胜过了我？为什么我不再慷慨起来？慷慨同慈悲是人类最高贵的德性。使用起这类高尚的品性，我能够恢复我的威势。现在我是个可笑的脚色，激起狂笑同嘲弄的东西。当我现出慈悲的样子，我能够重新拿出人类道德的威严，荣耀地回到我的角上去。我取消了死刑的判决，我说时就回到自己的位子。我不能够杀你，但是我能够暂缓你受刑的时期。我就这样干去。

我拿起我的报纸，他飞来，就坐在上面。傻东西，我说，你自己投到我手里了。我只须将这个可尊敬的每星期出版的言论机关两面合着一打，你就是一具死尸了，清清楚楚地像面包中间的火腿一样，夹在一篇关于"和平的圈套"同另一篇关于"许斯[1]先生的谦逊"里面。但是我不这样子干。我既宽展了你受刑的日期，我决定要使你相信，当这个庞大动物说一句话时候，他是打算践言的。并且，我也不想杀你了。因为知道你更透彻些，我渐渐觉得——我要讲出吗？——有些爱你了。我猜圣·佛兰西斯[2]一定会叫你做"小弟弟"。在基督教徒的慈爱同礼貌方面，我不能做到他这种地方。但是我也承认一种较疏远些的关系。命运使我们在这夏夜里成为旅伴。我鼓起你的兴味，你也使我快乐。大家彼此互相感德，这全由于一个根本事实，我们同是会死的东西。生命这个奇迹是我们所共有的，生命的神秘也是大家有份儿的。我猜你全不晓得你的旅程。我不敢说，我对于我的旅程知道了多少。我们真是，若

---

[1] 美国前国务卿。——译者注。

[2] 圣·佛兰西斯（1182—1226），他是非常慈爱的天主教徒，据说能够向鸟儿说教。——译者注。

使你去想一想，很相像的——都是现在活着，后来消灭了的浮生幻影，从夜里出来，飞到点着亮的车子，绕着灯飘游一会儿，又回到外面的夜里去了。或者……

"今晚还往前走吗，先生？"窗口有一个声音说着。那是一个好意的脚夫给我一个暗示，这是我下车的站了。我谢谢他，说我刚才一定是睡着了。抓着我的帽子同手杖，我走到外面清凉的夏夜里。当我关着我那段车子的门时候，我看见我的旅伴绕着灯儿飘游……

追赶自己的帽子

切斯特顿 原著

　　我感觉一种差不多是野蛮人的妒忌，一听到伦敦当我离开时候，被水淹了，而我却只住在乡下里。我自己的巴特西，我听说，特别蒙恩，变做众水的汇聚处。巴特西本来已是，这几乎是用不着我说的，最美丽的居住所在。现在又加上几片大水的伟观，我自己这个浪漫的小镇的风景（或者要说水景）必定有些无可比拟的好处。巴特西绝对化做威尼斯的影子了。从屠户那里送肉来的小船一定是沿着涟漪银色的水港飞驶，带着威尼斯小艇奇妙的流利神情。运生菜到拉取米耳路角的水果一定是倚着桨，现出小艇夫不沾尘土的从容姿态。没有东西会像小岛那样含有十足的诗情，当一个地方被淹着时候，它是变成一群群岛了。

　　有人以为对于大水或者火灾这种浪漫的见解是有点缺乏实在。但是对于这类麻烦的事体，这种浪漫的见解真是和别的同样地可以实行，一点差别也没有。在这些事情里看出开心机会的真正的乐观主义者是同在这些事情里看出说怨言的机会的一般"忿怒的纳税者"一样样地有道理，实在还比他懂事得多。真真的苦痛，像在斯密斯飞德[1]活活地烧死，或者患了齿痛这类的事，是一件实在的东西；能够捱着，却几乎不

---

　　[1] 从前烧异教徒的地方。——译者注。

能拿来做开心的材料。但是，究竟我们的齿痛是例外的事，至于在斯密斯飞德活活地烧死，那是隔了很久很久的时期我们才会碰到。而通常使男人咒骂，女人号啕的麻烦事体多半真是神经过敏，或者幻想所生的麻烦事体——全是心理的作用。比如，我们常听成年的人们诉苦要在火车站滞了许久，等着一辆火车。你可曾听过小孩子诉苦要在火车站滞了许久，等着一辆火车吗？未曾，因为由他看来，在火车站里面是等于在一所怪窟，或者一座带着诗意的快乐的宫殿里面；因为由他看来，信号牌上的红灯同绿灯是像一个新太阳同一个新月亮；因为由他看来，当信号的木臂忽然下落时候，好像一位大王掷下他的宝杖[1]，算个信号，开始了喊声嘈杂的火车竞技。我自己在这方面是带有小孩子的习气。那班站着，只等那两点十五分的快车的人们也可以采取这类见解。他们的默想可以充满有丰饶膏腴的东西。我生平最艳丽的时间许多是从克拉判的换车车站里得到的，我想那地方现在也是没在水里了。我在那里曾经有过许多不同的心境，个个都是那么凝神的，那么神秘的，真的，水尽可以浸到我的腰旁，我还不会明白地晓得。但是关于这类的烦扰，像我上面所说的，一切全靠着我们的情调。你可以安稳地将这个标准用到差不多一切普通所谓日常生活特有的麻烦事情上面。

比如，人们常觉得追赶自己的帽子是不快乐的事情。为什么对于规规矩矩的虔敬心灵，这是不乐的事情呢？并不单是因为跑路同跑路使人疲累。同一的人们在斗技游戏时还跑得更快得多；同一的人们追赶一个无聊的小皮球比他们追赶一顶乖乖的丝帽子还带劲得多。大家以为追赶自己的帽子是丢脸的事；当人们说一件事是丢脸的，他们的意思是那是可笑的。那的确是可笑的；但是人本来就是非常可笑的动物，他所做的事情大多数是可笑的——吃东西就是一个例子。而一切中最可笑的事却刚是那最值得干的事——比如，求爱。一个人追赶一顶帽子还没有一个人追寻一个妻子的可笑的一半。

一个人，若使他的见解不错，能够具着最勇敢的热情同最神圣的

---

[1] 中古时代比武时是以皇帝的宝杖放下做开始的号令。——译者注。

快乐去追赶他的帽子。他可以自命为追逐野兽的一个高兴猎人，因为实在没有禽兽会比帽子再野顽。真的，我倒有些相信刮风日子时畋猎帽子会变做将来上流阶级人们的游戏。在烈风的清晨将来会有贵妇同绅士们聚集在高地上。他们会听他们说的猎场里跟人在某某林里惊动了一顶帽子，或者其他这类的专门名词。请读者们注意这种玩意儿是游戏同人道主义的结合到了十分圆满的程度。打猎的人们会觉得他们没有使别个受苦，不，他们会觉得他们是使别个受乐，一种趣味浓厚，差不多是恣情的快乐，那是旁观的人们所得到的。当前回我看见一位老绅士在海德公园里追赶他的帽子，我告诉他，像他这么仁慈的心肠应当是充满了安乐同感谢，一想到他每个姿势，每个体态当时给群众多少纯净的快乐。

同样的原理可以应用到家庭所特有的一切其他的麻烦。一位绅士试将一个苍蝇从牛奶里拿出或者一块软木塞从酒杯里挑出时，常常以为他是受了气。让他想一会儿坐在墨黑的池旁的钓鱼人的耐心，让他的灵魂立刻被满意同静穆照耀着。我又知道几位思想极新的人们，感到麻烦时就用了神道学的字眼，他们却又没有采取教义的意味，只是因为一个屉子紧紧地嵌在桌里，他们却没有法子拔出。我有一个朋友特别患了这个毛病，每天他的屉子总是嵌紧了，因此每天他总哼出几句别的话来。但是我指出给他看这种受枉曲的感觉真是主观的，相对的；这全由于他先假定那屉子能够，应当，又是愿意很容易被人抽出。"但是若使，"我说，"你自己假设你是同有力的压迫着你的一个仇敌对拉，那么这奋斗只会变做很兴奋，却不会恼人。试想你正在从大海里拽出一条救生船来。试想你正在从阿尔卑斯山的深罅里用绳子救出一位同类的人。甚至于试想你又是个小孩了，两边人扮做法英两国来干一下拔河。"说了这句话我就离开他了；但是我一些也不怀疑我的话生产出最好的结果。我相信此后每天他紧握着他的屉纽，一副红扑扑的脸腔，眼睛发着战争的光辉，向自己呐喊助威，好像听到他的四围全是喝彩的观客雷一般的声音。

所以我想这并不全是痴想的，或者不可信的，去假定就是伦敦的大水也可以逆来顺受，用着诗的情调来鉴赏。好像除了麻烦之外实在并没有引起什么别的坏处；麻烦，像我们前面所说的，不过是一种看法的结果，并且是对于一个真正浪漫的情境的最枯燥同偶然的看法。一件冒险事情只是个没有认错的麻烦。一件麻烦只是看错了的冒险事情。围绕着伦敦住屋店铺的大水若使有什么效力，必定只是增加了它们本有的诱惑同奇妙。故事里的罗马天主教徒说过："酒无论同什么东西在一块都是好的，只除开了水。"所以根据着同样的原理，水无论同什么东西在一块都是好的，只除开了酒。

事实与小说

默里原 著

一位同我通信的人，他是一个医生，曾经写信来问我为什么，在最近一篇文章里，我说《吉诃德先生》是一部杰作。"我曾经试从，"他说，"本来的西班牙文同英文的译本里去喜欢它，我却老是失败。由我看来，去讥笑神经错乱的人们的举动好像是缺乏了真正的幽默精神。这班人们的举动总是引起我的怜悯。或者这是因为我自己是个医生，看了太多精神错乱的病人，所以念着这么苦痛的一个题材，我不能感到快乐。我想我自己情愿当个罪犯，被人吊死，而不肯半疯地死去。"

然而，吉诃德先生并不是半疯地死去。他是方寸不乱地死去，做个安分和平的公民阿伦索，吉赞诺，立下一个遗嘱，里面说明要取消他的侄女的嗣业权，若使她傻到跑去嫁给一个爱读骑士传奇的男人。但是这些全是题外的话。我要自认医生这封信使我无法可办。我不知道怎样去答复他好；那是说，答复得使他会相信。我可以说，我想，吉诃德先生的疯狂不是病态的，却是象征的，那是代表人心要将现实拿来理想化的一种根深蒂固的趋势，虽然塞万狄斯把这冲动力形容过甚地具体表现出来，后代的人们看出自己心里都蕴有吉诃德先生的精神，他们因此能够感觉到这位骑士的狼狈故事是可以应用到普遍的人性的。

但是这类的理由不能够使这位和我通信的人相信。一定要能够将内中的意义同所描写的事情相当地分开，然后才能相信这个道理，这件事

298

有些人比别人特别不易办到。关于《吉诃德先生》这本书，我们很可以说，医生是最不容易取这种态度的。对于一个已惯于处理神经错乱的病人的人，吉诃德先生的苦痛的实在情形一定是比书中的深意更打动他的心。他在现实生活里看了太多的吉诃德先生；他对于他们苦痛的实在情形有很深的印象，所以他绝不能够把这许多苦痛只当做是人心的一种脾气的一个文学象征。它们太震动他的心了。他不能念起吉诃德先生的行动好像它们是人心的可能性的境界里的幻想事件，因为每处他总是联想起真实人们的举动，这班人是在他的记忆里面，他曾努力，也许是枉然的，将他们的苦痛减轻。用克罗齐[1]哲学的名词，我们可以说他对于塞万狄斯的杰作只能具一种实际的态度；美术的观察法对于他是此路不通的。

虽然起先我的心被医生这封信搅乱了，以为我碰到文学欣赏上的麻木的一个例子——我们大家的文学欣赏的机关里都有盲点——可是再想一下，好像他的态度是一点也不离奇，却反可以代表一种普通的限制。比如，这是极端困难的，要那班同一种疾病有过亲密的接触，为了他们所爱的人们的生命尝过希望和恐惧的可怕更迭的人们能够持一种超然的态度，当他们在小说里读到一段描写同样的疾病的时候。不是他们在描写里没有遇到实在情形的苦楚状况，觉得作者是将可怕的东西拿来开玩笑，就是他们从描写里认出实在的情境，自然而然地把书中人的经验拿来同他们自己的经验相比。一群酸苦的联想涌上心来，证明或者反驳作者的真实。我们不让他的书自己来给个印象，我们判断他没有照他所应当得的判断法子做去，那是按着他曾给我们以什么经验，却是靠着他所说的同我们回忆里的一个经验是否符合。

这类判断的偏曲，各种方式的，是接连下去没有归正的。一个经验既做了我们生命中的一个大枢纽了，单是这件事就使我们对于同样经验的艺术的描写特别不容易持别种的态度，除开了一种实际的态度。曾经参加过战争的人们常常不满意《战争与和平》。写出来的确是很好，他们肯这样子承认，但是这实在是不像战争。近来我听一位年轻的军官，他已变做一个文人了，批

---

[1] 克罗齐，意大利当代大哲学家。——译者注。

评罗凌士先生[1]的美妙小说，《亚伦的杖》，因为没有一个"经过战地的呐喊"的人会谈得像书里一位卫队长那样谈着。对于他，像对于那位医生，我是无话可答的。这差不多好像是胡闹，去说"经过战地的呐喊"反是失丢了，而不是得到，批评这书的资格。但是实在的情形倒是这样。若使我们开始用我们个人的实际经验来判断一部文学作品内中的事情，我们是走上错路了，我们是不把它当做艺术看，而当做科学看；不当做是传达对于人生的见解，却是认为是对于所观察的事实的一种大约忠实的纪录。

并且，这两种态度的混杂常常做成无价值的书所以能够奇怪地风行一时的原因。在《新格刺布街》里吉辛说一个小说家的成功大路是去描写很富的上中流社会。这自然只是许多路中的一个，但是实际上从季星时候以来这的确是非常成功的路。那班都还富有的人们喜欢读一种他们想得出可以达到的一种生活情形，好似老处女们使女小说家发财，她自己也是个老处女，在书里总是将一个老处女写做是一个热情的，像阿波罗神[2]的少年的爱人。一个作者能够供给一大群人们的实际的希望以一种虚幻的满足，他的发财是很靠得住的，因为有许多读者简直没有梦想到走到文学的疆土的条件是将一切实际的希望全弃丢不顾了。

这位医生和他们并不是真正可以相比的。这是他的荣誉，他不能念着吉诃德先生的冒险而不感到苦痛。这事证明他具有他的职业所需要的敏锐的同情心。一个研究纯粹科学的人（医生并不是）也许远不会这样心中难过。但是有一班人要文学给他们以实际的满足，凡是没有个好团圆的书，都觉得是读不下去的，这些人们值不得这种赞美，确然我们不能责备他们，因为他们希望得到我们所共同希望的幸福，我们却能够怜悯他们，因为不知道文学的美所引起的快乐是一种更纯净的同更耐久的，绝不是他们日常的希望的虚构的实现所能给的。

---

[1] 罗凌士，英国当代小说家。——译者注。

[2] 阿波罗，希腊神话中的太阳神，他是个美少年。——译者注。

秋

罗杰 原著

春是良夜里在恋人窗下所奏的情歌，秋却是残夜里凄迷如梦的哀调。在一年里消沉的时候，世界是充满了惨淡的严肃景象同老年的一种悲哀情调。这个智识我是从念关于这个题目的诗歌得到的。

> 愁闷的日子来了，一年里最黯淡愁人的日子，
>
> 狂号的风，赤身的树同干枯的棕色草地的日子。

威廉·卡罗·布赖安特[1]的哀歌就这样子开头。

> 是的，年头已经变老了，
>
> 他的眼睛无光而且败烂。

这段是在郎匪罗[2]的诗集里，这位诗人接着把秋同疯狂的老利亚

---

[1] 威廉·卡罗·布赖安特（1794—1878），美国诗人。——译者注。
[2] Henry W. Longfellow （1807—1882），美国歌咏自然的大诗人。——译者注。

王 [1] 相比。威至威士说着秋的"萧条"的美，但是由雪莱看来——

年头躺在大地上，她的死床，穿着枯死的叶子织成的一套寿衣。

呼得 [2] 的值得赞美的小诗结句是：

> 愁闷的秋住在这儿，
> 嘘出她满着清泪的蛊惑，
> 在平原里无日光的阴影之中。

这许多都是再动人不过的；一面读着，一面配上了凄凉的调子，那是风魔在钥匙眼里奏出来的，使我极端地相信这许多话。所以，今天早上当我到乡下去做个长时间的漫步时候，我心里完全以为会看到秋的衰老的悲哀丧象。

但是一开头我就碰到一个光荣赫赫的惊愕，我的心境由哀伤而变为狂喜。我从阴郁的诗的幻境走到生气充溢的现实；从惆怅的幻想走到有力的畅饮高歌忧郁的诗人们的一切预言像秋叶一样地四散凋零了。谁能够看着秋色的照耀，而说它们是严肃呢？谁能深深地吸进一口秋风，而说他是老迈呢？

秋是年轻，快乐，顽皮——夏的欣欢的儿子——到处都呈出青春同恶作剧的现象。春是个小心翼翼的艺术家，他微妙技巧地画出一朵朵的花，秋却是绝不经心地将许多整罐的颜料拿来飞涂乱抹。本来是留着给蔷薇同郁金香的深红同朱红颜色却泼在莓类上面，弄得每丛灌木都像着了火一样，爬藤所盖住的老屋红得似夕阳。

紫罗兰的颜色是奇异地涂在放荡的簇叶之上；水仙同番红花的色料

---

[1] 莎翁悲剧King Lear里面的主要人物，他给他的女儿骗了，把王位传给她们，受到她们的坏待遇，最后气疯了。——译者注。
[2] Thomas Hood（1799—1845），英国诗人，他最善于作滑稽诗。——译者注。

全倾倒在白柠檬同栗木。我们的眼睛看饱了颜色的盛宴——青莲色，红紫色，朱砂色，深黄色，赤褐色，银色，紫铜色，古铜色同暗滞的黄铜色。叶子是蘸上了，浸透了如火的颜色，这位爱捣乱的"艺术家"非等到把每滴的颜料全用完时，是不肯住手的。然而雪莱瞧着这群扮哑剧的森林，却说道，在这么多华丽同辉煌陈列之中，年头躺在她的死床上，这些是她的寿衣！

为什么诗人们会觉得秋是带着老气呢？他在大地上喧跳着，追赶那班同小猫一样轻捷的狂风，使他奔窜过波平如镜的小池，将水面吹皱，一直等到水草发出咝声，将他逐去。他沉溺在嘈杂的乐事里面，捣乱得像个放假第一天的学童。他发下滴滴答答的一阵雨，看有什么结果没有；他就把一些菌染得血红了；他又放出整个钟头的夏天太阳来，跟着有一场的狂风暴雨。他磨折庄严的大树，一把一把地扯下它们的枝叶，把它们拿来向前向后摇动，一直等到它们呻吟出声，然后他才暂时跑去，剩下天堂也似的安静。落叶被赶得沿着小路飞奔。带着狂暴汉的破坏性，他弄坏他自己的作品，树林的华饰全行剥落。赤条条的树林嗟叹，又寒战，但是他却用怒号同猫儿叫春的声音来嘲笑它们。然后，他使羊齿红得像着火，停步来赏玩十月里的彩色。最后，假假地捧出黄金的太阳光，他引诱聪明人走出门外，忽然间把他淋住，将他赶回家里，已经是湿透到皮了。聪明人于是换了衣服，喃喃地说着将尽的年头的严肃同秋的萧条的美！

秋的整个精神是顽皮，喜动，像个热心的小孩。所谓"严肃的颜色"是小丑的古怪彩衣，所谓"如怨如诉的悲风"却暗指着年轻巨人在树顶上玩着跳背戏。黑夜的渐见悠长使人想到一个强壮的幼童的长久睡眠，每个秋天早上，当太阳醒来时候，他搓着他的朦胧睡眼，心里纳罕在睡觉以前他会碰到什么把戏。

春是一位可爱的少女；夏是一位艳丽的新娘；但是秋却是一个顽皮的女孩，她那种偶然的安静是比她最吵闹的恶作剧还要更可怕些。

追蝴蝶

米尔恩 原著

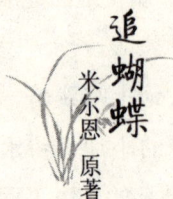

　　最近一场官司泄露出一事实：我们国里有一位绅士，一年花一万金镑来收集蝴蝶，这件事在一八九二、一八九三年时会比今日更使我烦闷。我现在能够冷静地忍受着，但是二十五年以前这消息一定会伤害及我对于自己的收集的自负，为了那个收集我已经花去我一星期三便士的零用钱的大部分了。然而，或者我会安慰自己，以为两人里我是更真实的热心人；因为当我这位仇敌听到巴西有一种罕见的蝴蝶，他就派一个人到巴西去捕拿，可是当我听到园里有一个"暗淡黄"种的蝴蝶，我就留心除开自己外不让谁去图谋杀死它。并且我可说我们的目的是不同的。我本来存心把巴西放在我的收集范围之外。

　　到底追蝴蝶是有益或者有害于个人的性格，我不能去下个断言。无疑地，追蝴蝶也能够有很充分的理由同猎狐一样。若使狐吃有小鸡，蝴蝶蛹却吃有生菜；若使猎狐能够使马种进步，猎蝴蝶能够使小孩的身体强壮。但是最少，我们总未曾对自己说过蝴蝶喜欢被人们追捕，像（我听说）狐那样爱被人打猎。我们关于这点都还老实。最后我们安慰自己，相信许多有名的自然科学家所说的话："昆虫不会感觉到苦痛。"

　　我常常纳罕自然科学家怎么敢这样断然地说着。难道他们晚上绝没有梦着在别个世界里的一种来生，在那里他们被巨大的昆虫追赶着，它们也是热心想增加它们的"自然科学家的收集"——这班昆虫随随便便地互相安慰道"自然科学家不会感觉到苦痛"？也许他们有这样梦过。可是我们，无论如何，是睡得很好的，因为我们从来没有武断过一个蝴蝶的感觉。我们不过是引用聪明人的话。

但是若使对于一个蝴蝶的感觉性有怀疑的余地，对于它的特征却是绝无可疑的。由我们看来，这真是奇怪，有这么多成人的同（仿佛是）受过教育的男女不懂得一个蝴蝶的触角尖端有许多圆球，而蛾却没有。这许多年来他们到底是到哪里去会弄得这么无知？好心肠但是走到错路了的姨娘们神秘地答应带一个新种的蝴蝶来增加我们的收集，却从一个信封里取出个普通的"黄翼里"，不懂得（这点还是可恕的）只有亲手的捕获对于我们才是有价值的，但是不可恕地不晓得一个"黄翼里"是一个蛾。我们并不收集蛾；它们的种类太多了。蛾又是晚上出现的动物。一个猎人，他睡觉的时间是随着别人的高兴，是不宜于夜间的狩猎的。

但是蝴蝶是当太阳出来的时候出现，那刚是小孩子该出来的时候；在英国蝴蝶的种类也没有太多。我曾经全能够说出它们的名字，随便碰到一个都能认清是属于哪一种的——真的，甚至于晓得"罕普斯忒[1]的阿尔比温眼睛"（或者是叫做阿尔比温的罕普斯忒眼睛吗？），关于这类蝴蝶在英国只采集有一个标本；当然是罕普斯忒所采集的——也许是阿尔比温采集的。在我们想里，那第二个标本是我所捕获的。但是他是无貌的家伙，也许若使我得到一个"坎柏卫尔的美人"，一个"紫皇帝"，或者一个"燕尾"，我会更喜欢些。不幸得很"紫皇帝"（书里这样告诉我们）只常在树顶上飞着，这真是太欺侮一个长得不到他的年纪所应有的高度的小孩了，"燕尾"常在诺福克那里出现，这也是同样地不顾到在南方度放假日子的家庭了。"坎柏卫尔的美人"听起来是更有希望的，但是我想煤车使他们灰心，不肯来临了。我怀疑当我在那里时候，他曾经飞到坎柏卫尔过。

---

[1] 罕普斯忒是伦敦郊外的一个地方名字。——译者注。

　　每星期只有三便士，自然是要小心点才行。杀蝶箱同保蝶板是非买不可的，但是扑蝶网可以用家制的。一条竿子，一串铜丝同一块洋纱，所需要就是这么多了。我们喜欢用绿色洋纱，因为我们觉得这大约总可以瞒得过蝴蝶；当他看网子走近时候，他会想这不过是柏喃森林自己走到丹息能来了[1]，后面这个怪样子的东西不过是那地的一种花丛。因此他还在那里拈花惹草，他一生中最惊愕的时候是当这东西一变变做一个小孩同一个蝴蝶网的时候。那么，洋纱是要用绿色的，可是竿子只须一个通常的藤杖。绝不用你们那种可收缩的鱼竿——"宜于捕'紫皇帝'用的"。这些东西让大富豪的儿子去买吧。

　　我现在忽然记起，我今天下午是做二十五年前我所做的事情；我是写一篇文章说怎样去做一个蝴蝶网。因为我生平的第一次投稿是关于这个题目。我把稿送到一种小孩子看的刊物的编辑去，他没有把我登出来，使我很莫名其妙，因为里面每字（那时我很有把握）都是正确地拼着。自然，我现在看出你们对于一篇文章还要求其他的好处。但是在莫名其妙之外，我又是极端地失望，因为我非常需要这稿所应当有的代价。我要用那钱来买一个做好了的蝴蝶网；所谓竿子，铜丝同绿洋纱是（在我手里，无论如何）更宜于做一篇文章的材料。

---

[1] 这是莎翁悲剧Macbeth里的一段故事。——译者注。

跳舞的精神

克灰逊 原著

　　一位伟大的跳舞家或者一种伟大的跳舞不是能够形容出来的——我是指借着文字的能力。用音乐却能够做到，台加[1]同一两位其他画家曾经用图画来描状过。帕甫罗发[2]的舞态尤其是超乎文学的描写能力之上。没有一处是呆的，可以让文字来抓住；她是同空气一样地不可捉摸的，轻飘的同奇妙的。真涅以，波勒尔同以锡多拉·当坎也都是大跳舞家，但是这还是比较容易些，用文字的活结去捉到些他们的特性，因为他们具有我们所谓个性。他们是不完全的跳舞家，跳舞中的个性主义者；个性支配着他们的艺术。

　　帕甫罗发是跳舞的化身；她是混众人而为一的；她是跳舞的真正精神，既不是有古代风的，也不是传统的，也不是近代的，却是把三者全蕴在一身——令人狂喜的运动的一种常变不停的三位一体。她不使你想到她自己；她却叫你梦想到一切古往今来的跳舞。当看她跳舞时候，我免不了想起她不单是遵循一门艺术的定则，却是遵循着生命的定则。树叶在和风里跳舞着，花朵在太阳光里跳舞着，大千世界在空间跳舞着，帕甫罗发的跳舞是这个宇宙的节奏中的一部分。

---

　　[1] 台加（1834—1917），法国名画家。——译者注。

　　[2] 当时一个极出色的舞女。——译者注。

剧院里的每位观客一定都有同这个相类的感觉——特别是当她和迈克尔·摩德金，她在艺术上的绝妙配偶，一起跳格拉尊洛夫的酒神舞。我又想在那黑暗的大厅里的脸孔——里面有许多脸孔反射出英国的尊严的，冷酷的道德——的微光部分一定染着奇怪的情感。这些脸孔的古板主人一定觉得一种新觉醒，好像在梦里一样回忆起他们所曾尝过的一切热情同美感，以及一切他曾尝过的，若使他们一向是随着他们真实的情感，他们神圣的怪想做去。你当真能够觉得观众的心在这非常快乐时候勾连上了回忆同悔恨，因为在欣欢的神庙里面，像开茨[1]所知道的，面蒙黑纱的"愁闷之神"有她的独立的神龛。

但是，关于我自己，悔恨老是染上了一种更圆满的快乐。我觉得世上一切的狂笑在我热血里奔驰；我被带到一个更幼稚的时期，当人们同神们是有交使的情谊时候：

> 当我坐着的时候，从浅蓝的小山里
> 来了一阵闹酒的人们的声音；小河
> 也流到紫色的大江里去——
> 这是酒神同他的全队同伴！
> 最近的喇叭响了，刺耳的银声
> 从两唇相触的铙钹做出一种欣欢的嘈声——
> 这是酒神同他的亲戚！
> 像会动的葡萄一样他们来到下面，
> 顶上戴着绿叶，个个红得好似火烧；
> 大家癫狂地跳舞着经过这可爱的山谷，
> 为着要把你赶去，"愁闷之神"！

帕甫罗发摇动的身体同生命和快乐，同爱和美协调而乱跳。呵，那种横过戏台的放恣的飞奔，那种热烈的追赶，那种甜蜜的调戏，然后那

---

[1] 开茨（1795—1821），英国三大浪漫诗人之一。——译者注。

种擒获同极美的降服的深妙意味！生命的精髓就在这里；生命是这样充满了欣欢，简直是泛滥着极乐的放纵，一直等到它消沉下去，由于唯一可恕的过度——幸福的过度。

她不单是身体跳舞，她的灵魂同时也在跳舞；她美丽苗条的身体只是个工具，在上面她奏出生命的赞美歌。她的脸孔也在跳舞，为着欣欢，为着害怕，为着降服，为着得到了满足的热情的狂欢而跳舞。她是我所看到的第一个脸上也能跳舞的舞女。我们很少看见一种这么活泼的绝对快乐的脸上表情，从来没有在一个跳舞者脸上看见。别个跳舞者的脸孔多半是太关心到他们的脚步。帕甫罗发却是满不在乎的样子，好像他是什么也不关心的——她只一股活气。对于她，可说将来同过去全化为乌有了，只有个疯狂的，有节奏的现在。

跳舞真正应该是这样子。跳舞是有节奏的生命。当生命是在最紧张的时候，当生命是它自己的命运的主人时候，它就摇动着，协调着，跳舞着，它变成可歌的了。跳舞是身体唱出的歌，是风姿的抒情诗。它同运动的关系是像花同树木的关系：它是开花一相，成熟的表征。威廉·勃来克[1]差不多达到这个神秘东西的内心，当他说，"充溢就是美。"

当人们感觉到生命的充溢在他们血管里奔流时候，他们才跳舞。帕甫罗发同迈克尔·摩德金的酒神舞同小孩子在乡村草地上拉着手打着圈圈的疾跑是有一个很真实的关系的，那时小孩子一面唱着那美妙的，永久是无意思的调子：

> 我们在这儿跳舞——乐必乐！[2]
> 我们是在这儿跳舞——乐必来！[3]

---

[1] 威廉·勃来克（1757—1827），英国最伟大的神秘诗人。——译者注。
[2] 这几个字是没有意思的。只是拿来凑韵脚的。——译者注。
[3] 同上。

我们在这儿跳舞——乐必蓝！[1]

大家星期六晚上齐快乐！

　　但是近代跳舞场里的通常跳舞不能算是跳舞：它们是同跳舞的精神离得很远了，好像近代一个酒馆里的痛饮是同酒神节的意义离得很远了。跳舞场是一个时尚，同滑冰场一样，它的结果也是跟一切别的时尚相同。这是为那班太疲倦了不能去真正享受生活的人们的一种消磨岁月的办法；那班没有丰余的活力的人们同那班精力已经耗尽或者萎缩的人们的一种解闷的玩意儿。有时你在跳舞场里会看到一点儿真正的跳舞：两个爱人给普通二人旋转舞的调子里面的一些歌意神秘地感动着，他们真开始跳舞了。但是一种耳语立刻传遍全房，那是从富婆的椅子发起的，她们的老迈想践踏碎他人的幸福，就把充溢的发泄叫做不道德了。

　　但是那班没有体面来维持的人们的"六便士跳舞"却大不同了。在伊斯特·思得[2]那里的跳舞场的烟雾腾腾的空气里，你会看到没有什么艺术，却有许多生气的跳舞。那是粗鄙无文的，但是它具有大跳舞场里所缺乏的东西——热情，欣欢。我常常想我们舒服的中等阶级的人民不应当去尝试跳舞。他们已经是行尸走肉了：他们的理想是钱，面子同威严，这些东西同生命是丝毫不相干的。只有那从来没有过或者已经弃丢了这类理想的人们才能跳舞：小孩子，脑筋简单的农人，伊斯特·思得那里的普通伦敦住民，同特别的人们——会创造的人们，具有充溢的生命同美的人们。但是其余的人们还是有幸福的，他们的生活既是别人替他们活着，所以别人也可以替他们跳舞。帕甫罗发同其他大跳舞家是很仁爱的——他们肯在他们面前跳舞，虽然不一定刚刚是为他们而跳舞。

　　"我只肯相信一个能够跳舞的神"，尼采说着；凡是感动到生命的真正究竟的人们都会和他抱着同一的主张。我们应当跳舞，因为我们的

---

[1] 这几个字没有意思，只是拿来凑韵角。

[2] 那是伦敦下等人聚集的地方。——译者注。

灵魂是跳舞着。真的，我们追想到底，除开跳舞外，世上还有什么实在的东西？我是唯一的实在——喜欢的时候，快乐的动作，仁爱的举动。就是那长久的静默，清澈的心灵的深深的恬静，也是跳舞；所以它们才好像是这么不动样子。当陀螺跳舞得最完全时候，它好像是最静止的；正好像分明是静止的地球却是自转，又绕着太阳转；正好像星空在夜里的跳舞一样。一切艺术都是种跳舞；画家不过是一位舞队的领袖，指挥光同色的跳舞；一首诗是字的跳舞；音乐是声调的跳舞。所以，为什么我们不能有个会跳舞的神们？或者，帕甫罗发同她在这门伟大的艺术上的姊妹们会教导他们。

但是也许神们已经跳舞着了，只是我们不能看见。谁知道呢？让我们别忘记了宗教同跳舞一向是常携手在一块儿的。对于人生的谜已经有许多的臆测了，将来还会有许多；因为神秘还是躺在我们的四旁——它躺在我们心里同我们上面，它把尘土眯着我们的眼睛，在我们的路上放了好像是无法征服的障碍。但是我们不会停着不去努力从这层尘障里看去，越过这许多障碍；按着我们自己的态度来默燃幻想之灯。我也要来猜一下。真的，我已经猜有成千回了，我们里面谁没有这样猜过？有时我想究竟说起来，生命并不是别的，只是一个光荣的跳舞，一种运动的狂欢节，开头是跳舞，继续下去也是跳舞；当结局到了时候，这不过是"舞队的领袖"的一个记号，叫我们把这跳舞重新再来开始。因为世上实在是没有结局的。不错，这真是不能够再怀疑了，神们老是在跳舞着，伟大的跳舞家也可说是真正的预言者。

后 记

在我国现代文学史上，梁遇春是一个不容忽视的角色，在他短短二十七年的生命里，虽然给我们留下的文学作品尚不足五十篇，但是他另辟蹊径、独具一格的创作特点，在现代散文史上具有不可替代的地位，堪称大家。

梁遇春是现代白话散文史上早期的尝试者、实践者和开拓者之一，其文学作品的总体基调可以概括为"笑中带泪，泪中求笑"。南宋词人辛弃疾曾说：青年人写作是"为赋新辞强说愁"，故作迷茫和感伤是他们的"通病"。而梁遇春散文中所体现的悲剧感却是与生俱来的，那种看待生命的独特视角和对宇宙万物的质疑、感慨也超出了一般人的情绪宣泄。他的散文真正做到了率性而为。这一点我们可以从本书收录的《人死观》、《泪与笑》、《破晓》、《黑暗》、《春雨》等梁遇春代表作中感知。

正因这份蕴涵于骨子里的忧伤，在梁遇春文章中体现出的"幽默"不是与人瘙痒的低级趣味，而是带有深刻人生感悟与文化底蕴的沉思。

读梁遇春的散文，不论是早期的青春冲动、少年意气，还是后来略带沉重的沧桑之叹，都不会让人觉得平淡无味。正如他自己所说的，他就是一个生命旅途中的流浪汉，举杯对月，入火而舞。

因此，在本书进行封面设计时，为了充分体现梁遇春忧伤的情愫与独特的人性思考，本社特别选用了我国书画名家纪望平先生创作的画作《舒缓的岁月》。纪望平先生的作品意境深远、恬静清新，可谓独树一帜。而这幅《舒缓的岁月》所表达的意蕴切实突显了梁遇春真挚率性、伤感忧郁的文学风格。

在此，特别向纪望平先生表示衷心的感谢。

图书在版编目(CIP)数据

毋忘草 / 梁遇春著. –– 长春 : 吉林出版集团有限责任公司,
2009.11（2018.9重印）
ISBN 978-7-5463-1125-8

Ⅰ.①毋… Ⅱ.①梁… Ⅲ.①散文 – 作品集 – 中国 – 现代
Ⅳ.①I266

中国版本图书馆CIP数据核字(2009)第201338号

书 名：	毋忘草
著 者：	梁遇春
责任编辑：	韩 笑
封面设计：	点石堂
出 版：	吉林出版集团有限责任公司
地 址：	长春市人民大街4646号(130021)
印 刷：	三河市龙大印装有限公司
开 本：	787mm × 1092mm 1/16
印 张：	20
版 次：	2009年11月第1版
印 次：	2018年9月第2次印刷
书 号：	ISBN 978-7-5463-1125-8
定 价：	22.00元

（如有缺页或倒装，发行部负责退换）